인간의 대지

생텍쥐페리

일신서적출판사

차   례

인간의 대지

생텍쥐페리 지음
安 應 烈 옮김

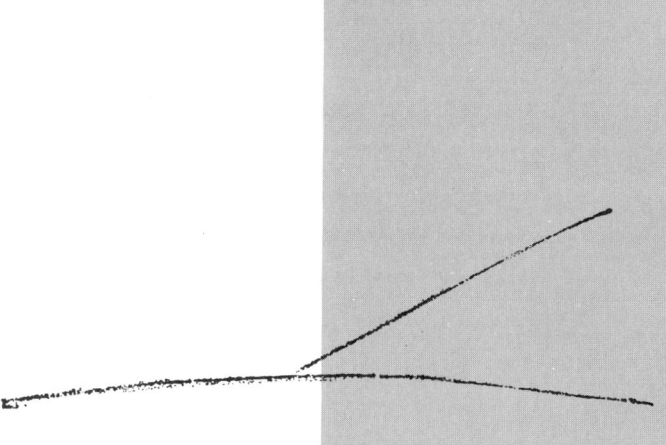

─────동료 앙리 기요메
　　　나는 이 책을 그대에게 바친다.

대지(大地)는 우리에게 책보다 많은 것을 가르쳐 준다. 대지는 우리에게 저항하기 때문이다.

사람은 장애물과 겨루어 볼 때 비로소 자기의 진정한 가치를 발견하게 된다. 그러나 그것을 달성하는 데에는 연장이 필요하다. 대패나 쟁기가 있어야 한다. 농부는 밭을 갈아 자연의 비밀을 조금씩 빼내는데 그가 캐내는 이 진리는 보편성을 띤 것이다. 이와 마찬가지로 항공로의 연장인 비행기도 사람을 오래 묵은 모든 문제들과 한데 어울려 놓는다.

나는 평야에 드문드문 흩어져 있는 불빛들만이 별처럼 깜박이고 있던 어떤 캄캄한 밤, 아르헨티나를 향하여 처음으로 야간비행(夜間飛行)을 하던 모습이 지금도 눈앞에 생생하게 떠오른다.

그 불빛 하나하나는 그 암흑의 대양(大洋) 안에 한 양심의 기적을 일러 주는 것이었다. 이 가정에서는 책을 읽고, 깊은 생각에 잠기고, 속내 이야기를 끝없이 하고 있었다. 또 저 집에서는 공간을 탐색할 생각을 하고, 안드로메다의 성운에 관한 계산에 골몰하고 있었는지도 모른다. 저기서는 사랑을 속삭이고 있었다. 광야에서 이따금씩 비치는 이 불빛들은 양식을 달라고 외치고 있었다. 시인의 불빛, 교사의 불빛, 목수의 불빛 같은 가장 미천한 불빛까지도 양식을 달라고 하였다. 이 살아 있는 별들 중에 닫힌 창문이 얼마나 많았으며 꺼진 별과 잠든 사람이 얼마나 있었던가…….

서로 만날 생각을 해보아야 할 것이다. 들판 여기저기에 흩어져 타고 있는 이 불들 중의 몇몇과 통신을 해보아야 할 것이다.

1. 항공로(航空路)

1926년의 일이다. 나는 라테코에르 회사의 풋내기 항공로 조종사로 들어간 참이었다. 이 회사는, 나중에 에르 프랑스 회사가 된 우편항공회사가 생기기 전에 툴루즈—다카르 사이의 연락을 담당하고 있었는데, 거기서 나는 내 일을 배우고 있었다. 나도 동료들과 마찬가지로, 우편기(郵便機)를 조종하는 영광을 가지기 전에 풋내기들이 치루어야 하는 훈련 기간을 거치고 있었다. 시험 비행이며, 툴루즈와 페르피냥 사이를 이동해 다니는 것이며, 추위가 뼈에 사무치는 격납고 속에서 쓰라린 기상학 공부를 하는 것 등이었다. 우리들은 아직 알지도 못하는 스페인의 산을 무서워하고, 선배들을 우러러 보는 가운데에서 그날그날을 보내고 있었다.

이 선배들을 우리는 식당에서 만나곤 하였는데, 이들은 무뚝뚝하고 좀 쌀쌀하고 또 아주 거만스럽게 자기들의 의견을 내려 주는 것이었다. 선배 중의 어떤 이가 알리캉트나 카사블랑카에서 돌아와, 비에 흠뻑 젖은 가죽 옷을 걸친 채 늦게 우리들이 있는 데로 오는 때에는, 그리고 우리 중에서 누가 기어들어가는 목소리로 비행이 어떠했느냐고 물어 보는 때에는, 그의 짤막한 대답만 들어도, 폭풍우가 있는 날은 올개미와 함정이 가득하고, 절벽이 느닷없이 내닫고, 서양 삼송(杉松)을 뿌리채 뽑아 버릴 만한 소용돌이가 가득찬 그런 동화의 세계가 우리 눈앞에 나타나는 것이었다. 검은 용이 계곡의 어구를 가로막았으며 번개가 무더기로 산봉우리를 에워싼 그런 광경이었다.

이 선배들은 교묘하게 우리들의 존경을 유지해 나갔다. 그러나 이따금씩 그들 중에 어떤 이는 끝내 돌아오지 않아 영원히 우리의 존경을 받는 사람이 되었다.

이와 같이 나중에 코르비에르 산중에서 죽은 뷔리가 돌아오던 어떤 날 일이 생각난다.

이 나이 많은 조종사는 막 우리들 사이에 들어와 앉아서 너무 힘이 들어 어깨를 아직 축 늘어뜨린 채, 아무 말 없이 무겁게 식사를 하고 있었다. 그것은 항공로 이 끝에서 저 끝까지, 하늘이 썩어 문드러지고, 옛날 범선의 대포들이 줄이 끊어져 달아나 갑판 위를 마구 굴러다니는 것처럼, 조종사에게는 산들이 모두 시커먼 구름 속에서 굴러다니는 것같이 생각되는 그런 몹쓸 날 저녁 이었다. 나는 뷔리를 쳐다보며, 침을 꿀꺽 삼키고 마침내 용기를 내어 비행이 힘들었느냐고 물어 보았다. 이맛살을 잔뜩 찌푸리고 머리를 접시 위에 틀어 박고 있던 뷔리는 내 말을 듣지 못하였다. 지붕이 없는 무개(無蓋) 비행기 에서는 날씨가 나쁠 때에는 더 잘 보기 위하여 유리창 밖으로 목을 늘어 뜨리고 내다보기 때문에 호된 바람 소리가 오랫동안 귓속에서 윙윙거렸다. 이윽고 뷔리는 머리를 쳐들더니, 내 말이 들리는 것 같았고, 내 말을 생각 해내는 듯 싶었다.

그러더니 갑자기 명랑하게 웃기 시작하였다. 뷔리는 잘 웃지 않는 사람 이었던 만큼, 이 웃음, 그의 피로를 빛나게 하는 이 짧은 웃음소리를 듣고 나는 깜짝 놀랐다. 그는 자기 승리에 대하여 다른 말을 하지 않고, 머리를 숙이고, 묵묵히 조작 운동을 다시 시작하였다. 그러나 어둠침침한 식당 안에서 하루의 빛나지 않는 피로를 풀고 있는 하급 관리들 틈에 끼여 있는, 이 어깨가 축 늘어진 동료가 나에게는 이상하게도 고귀한 존재로 보였다. 그는 그 거친 외양 속에 용을 이긴 천사의 모습을 엿보이는 것이었다.

드디어 나도 주임의 사무실로 불려가는 저녁이 오고야 말았다. 주임은 그저, 「내일 출발하시오.」 하고 말하였다.

나는·거기 그대로 서서 나가라고 하기를 기다리고 있었다. 그러나 얼마

동안 아무 말이 없다가 그는 이렇게 덧붙였다.

「지켜야 될 규칙은 잘 알고 있지요?」

그 시대의 엔진은 지금처럼 안전을 보장해 주지 못했다. 가끔 엔진들은 아무 예고 없이 별안간 깨어진 그릇과 같은 소음 속으로 우리를 밀어넣는 수가 있었다. 그러면 대피소도 없는 스페인의 바위산을 향하여 손을 놓고 말았다. 『여기서는 엔진이 부서지면 비행기도 이내 깨져 버린다.』 우리는 늘 이런 말을 했었다. 그러나 비행기는 갈아댈 수가 있다. 무엇보다도 중요한 것은 맹목적으로 바위 곁을 스치지 말아야 하는 것이다. 그래서 우리는 산간지대에서는 구름바다 위를 비행하는 것이 금지되어 있었고, 위반하는 경우에 가장 무거운 징계처분을 받게 되어 있었다. 고장중인 비행기의 조종사가 흰 구름의 층속으로 빠져들어가다가는 보이지도 않는 산꼭대기에 부딪힐 것이다.

그렇기 때문에, 그날 저녁 주임은 느릿느릿한 목소리로 다시 한 번 수칙 (守則)을 강조하고 있었다.

「스페인에서 구름바다 위를 나침반만 가지고 비행한다는 것은 매우 훌륭한 일이고 매우 멋진 일이오. 하지만……」

그리고 더 느릿느릿하게 말했다.

「……하지만, 구름바다 밑은…… 영원한 침묵이라는, 이것을 잊지 말아야 하오.」

그러니까, 갑자기, 그다지도 평평하고 그렇게도 단순한 그 고요한 세계, 구름 가운데에서 솟아오를 때 발견하는 그 조용한 세계가 나에게는 미지의 가치를 가진 것으로 나타났다. 나는 저기 내 발 밑에 펼쳐져 있는 끝없는 흰 함정을 머릿속에 그려 보았다. 그 밑에는, 우리가 생각할 수 있었던 것처럼, 사람들이 북적거리고, 요란스럽고, 도시들의 활발한 교통이 있는 것이 아니라, 보다 더 절대적인 평화가 깃들어 있는 것이었다. 그 흰 풀[糊]이 내게는 현실적인 것과 비현실적인 것, 이미 알고 있는 것과 아직 알지 못하는 것의 경계를 이루는 것이었다. 그리하여 나는 벌써, 어떤 풍경이든, 그것이 한 문화와 한 문명과 한 직업을 거치지 않고서는 아무 의미도 없다는 것을 짐작하고 있었다. 산골 사람들도 구름바다를 알고는 있었다. 그러나 그들은 거기에서 이 동화와 같은 장막은 발견하지 못했다.

그 사무실에서 나왔을 때, 나는 젊은이다운 자존심을 느꼈다. 나도 이제 이 밤만 지나 새벽이 되면, 비행기의 승객들과 아프리카로 가는 우편물을 책임지고 맡게 되는 것이다. 그러나 나는 동시에 커다란 겸손도 느꼈다. 자신은 준비가 제대로 다 되어 있지 않다고 생각되었던 것이다. 스페인에는 대피소가 별로 많지 않았다. 위험한 고장이 발생했을 때 나를 받아들일 보조 착륙장을 어디에서 찾아내야 할지 모를까 봐 걱정되었다. 나는 평평한 지도를 기웃거리며 들여다보았으나, 내게 필요한 사항을 거기서 발견하지 못하였다. 그래서 무서움과 자존심으로 뒤범벅이 된 벅찬 가슴을 안고, 이 출동 전야 (前夜)를 동료인 기요메한테 가서 지내기로 하였다. 기요메는 나보다 앞서 이 길을 내왕하였었다. 기요메는 스페인에 대한 주요 사항들을 넘겨 주는 요령을 알고 있었다. 나는 기요메에게서 거기에 대한 초보적 지식을 배워야 했다.

그의 방에 들어가니, 그는 웃으며「소식 들었네, 좋은가?」하고 말했다.

그는 술병과 잔들을 가지러 찬장으로 갔다가 내게로 다시 오며 아직도 웃음띤 채 말을 이었다.

「이걸 한 잔 하세. 두고 보게, 일이 잘 될걸세.」

나중에 우편기로 안데스 산맥과 남대서양 횡단 비행을 하는 데 기록을 세우게 될 이 동료는 마치 램프가 불빛을 퍼뜨리는 것처럼 내게 자신의 자신감을 전해 주었다. 몇 해 전 그날 저녁, 셔츠바람으로 등불 밑에서 팔짱을 끼고 가장 너그러운 웃음을 지으며, 그는 내게 다만 이런 말을 해주었다. 「폭풍우며, 안개며, 눈…… 이런 것이 때로 자네를 괴롭힐걸세. 그런 때에는 자네보다 먼저 그런 것을 겪은 모든 사람들을 생각하게. 그리고『다른 사람들이 성공한 것은 누구나 언제든지 성공할 수 있는 것이다.』라고, 이렇게만 생각하게.」그러나 나는 지도를 펼쳐 놓고, 그래도 나하고 같이 항공로를 다시 좀 점검해 달라고 청하였다. 그리고 전등 밑에 머리를 숙이고 선배의 어깨에 기대어서 나는 학생 시절의 평화를 다시 찾아냈다.

그러나 거기서 배운 지리는 참으로 괴상한 것이었다! 기요메는 스페인에 대하여 가르쳐 주는 것이 아니라, 스페인을 통해 내 친구를 만들어 주는 것이었다. 그는 수지(水誌) 이야기도 해주지 않고 인구 이야기도, 가축도조 (家畜賭租) 이야기도 해주지 않았다. 그는 가디스에 대해서는 말하지 않고 가디스 근처 어떤 밭 둑에 있는 오렌지나무 세 그루에 대하여 일러 주었다. 「그것들을 조심하게, 자네 지도에 그것들을 표해 두게……」 그 뒤부터는 내 지도에 이 오렌지나무 세 그루가 시에라네바다 산맥보다도 자리를 더 잡게 되었다. 그는 로르카에 대하여는 말을 하지 않고 로르카 근처에 있는 어떤 농가 이야기를 해주었다. 살아 있는 농가 이야기였다. 그리고 그 농가의 바깥주인이며 안주인 이야기도 들려 주었다. 그러니까 우리에게서 천오백 킬로미터나 떨어진 공간에 잠겨 있는 이 농부 내외가 어마어마한 중요성을 띠게 되었다. 그 산비탈에 차분히 자리잡은 이들은 등대지기들같이, 그들의 하늘 밑에서 사람들을 구조할 준비를 갖추고 있었다. 이렇게 해서 우리는 이 세상의 모든 지리학자들에게 알려지지 않은 상세함을 망각과 생각조차 미치지 않는 거리에서 끄집어내는 것이었다. 왜냐하면 큰 도시들을 먹여 주는 에브르 강만이 지리학자들의 흥미를 끌지, 모트릴의 서쪽 풀숲에 숨어 있는 그 개천, 한 서른 그루쯤 되는 꽃을 먹여살리는 그 아비는 그들의 관심을 자아내지 않기 때문이다. 「개천을 조심하게, 그놈이 착륙장을 못 쓰게 만 드니까……. 그것도 지도에 그려 넣게.」 아아! 나는 모트릴의 실개천은 잊을 수 없을 것이다. 그것은 아무렇지도 않은 것 같았다. 그놈은 조용한 속삭 임으로 개구리 몇 마리를 홀리는 것이 고작이었다. 그러나 그놈은 한쪽 눈을 뜨고 자는 것이었다. 그 실개천은 보조 착륙장의 낙원 속에서 풀숲 밑에 엎드려 여기서 이천 킬로미터 떨어진 곳에서 나를 엿보고 있었다. 기회가 오기만 하면 나를 불기둥으로 만들어 버릴 것이다…….

나는 또 저 산비탈에서 공격태세를 갖추고 전개되어 있는, 싸움하는 그 양 서른 마리를 단단히 정신차리고 기다렸다. 「자넨 그 풀밭에 아무것도 없는 줄 알지, 그런데 우루루! 하고 그 양 서른 마리가 바퀴 밑으로 달려든단 말이야……」 그러면 나는 그렇게도 위선적인 위협을 명랑한 웃음으로 대하는 것이었다.

그러면 내 지도 안에 있는 스페인은 전등불 밑에서 차츰차츰 동화의 나라가 되는 것이었다. 나는 대피소와 함정들을 십자로 표를 질렀다. 나는 그 농부, 그 양 서른 마리, 그 실개천을 표해 놓았다. 나는 지리학자들이 무시하였던 그 양치는 처녀를 바로 그가 있는 자리에 표해 두었다.

기요메와 헤어지자 나는 몹시 추운 이 겨울밤에 좀 거닐어야 되겠다는 생각이 들었다. 나는 외투 깃을 추켜세우고 알지 못하는 통행인들 틈에 끼여 내 젊은 정열을 안고 거닐었다. 마음에 비밀을 간직하고 그 알지 못하는 사람들과 나란히 거니는 것이 자랑스러웠다. 이 야만인들이 나를 알지는 못하지만, 해뜰 무렵에 그들은 자기들의 근심과 충동을 우편행랑 속에 든 짐에 부쳐 내게 맡길 것이다. 그들의 희망을 갖다 맡기는 곳도 내 손일 것이다. 이렇게 나는 외투 속에 파묻혀서 저들 틈에 끼여 보호자의 발걸음을 옮기는 것이었으나, 그들은 나의 그러한 배려는 조금도 알지 못하였다.

그들은 또한 밤으로부터 내가 받는 메시지도 받지 못하였다. 어쩌면 지금 채비를 차리고 있을지도 모르고, 그래서 내 첫번 항공을 어렵게 만들지도 모르는 저 폭풍설(暴風雪)은 내 육신 자체에 관계되는 것이다. 별들이 하나씩 둘씩 사라진다해도 저 소풍객들이야 어떻게 그것을 알겠는가 ? 나 혼자만이 비밀을 알고 있었다. 나는 싸움이 벌어지기 전에 적의 진지에 대한 정보를 받고 있었다.

그러나 나는 내게 무척 중대한 책임을 지어 주는 이 『슬로건』들을 크리스마스 선물들이 번쩍이고 있는 환한 윈도우 곁에서 받았다. 거기에는 밤중에 이 세상의 모든 재물이 진열되어 있는 듯 싶었고, 따라서 나는 희생에 대한 취할 듯한 자존심을 맛보았다. 나는 위협당하는 전사(戰士)였으니 저녁 잔치를 위하여 마련된 번쩍이는 저 수정그릇이며, 저 전등갓이며, 저 책들이 내게 무슨 쓸모가 있겠는가 ? 나는 항공로 조종사로서 벌써 안개 속에 목욕하고, 비행하는 밤의 쓰디쓴 과일을 벌써 한 입 베어 물고 있었다.

누군가가 나를 깨워 준 것은 새벽 세 시였다. 덧문을 화닥닥 열고 거리에 비가 내리는 것을 바라보며 침착하게 옷을 입었다.

반 시간 뒤에, 나는 조그마한 트렁크를 깔고 앉아, 비에 젖어 번들번들하는 보도 위에서 이번에는 나를 태워다 줄 버스가 지나가기를 기다리고 있었다. 나보다 앞서 많은 동료들이 그들의 처녀 출동의 날, 가슴을 약간 조이며, 이와 같이 기다렸던 것이다. 이윽고 파쇠 소리를 요란스럽게 퍼뜨리는 이 낡은 차가 거리 한 모퉁이에 나타났고, 이번에는 또 내가, 잠이 덜 깬 세 관리와 몇몇 관료들 틈에 끼여 딱딱한 걸상에 비집고 앉을 권리를 가지게 되었다. 이 버스는 곰팡내가 나고, 사람의 생활이 빠져들어가는 먼지가 케케 앉은 행정과 오래 묵은 사무실 냄새를 풍기고 있었다. 버스는 매 오백 미터마다 멈추어서 서기 한 사람과 세 명의 관리, 감독관 한 사람을 더 태웠다. 차 안에서 벌써 잠이 들었던 사람들은 분명치 않게 응얼응얼 새로 탄 승객의 인사를 받고, 그러면 나중 탄 사람도 그럭저럭 자리를 비집고 앉아서는 이내 잠이 들었다. 그것은 툴루즈의 고르지 못한 포도 위를 굴러가는 일종의 슬픈 운반이었으며, 항공로의 조종사도 관리들의 틈에 끼여서는 그들과 별로 다른 점이 없었다. 그러나 가로등은 획획 지나가고 비행장은 가까워오고, 그러나 흔들리는 그 낡은 버스는 사람이 변형되어 나오는 하나의 회색 번데기에 지나지 않았다.

동료들 하나하나가 이와 같이 이 아침과 비슷한 아침, 아직도 이 감독관의 골질을 당해야 하는 욕받이 부하인 자기 자신 안에 스페인과 아프리카의 우편기 책임자가 탄생하는 것을, 즉 세 시간 뒤에는 번개를 헤치고 오스 피탈레의 용과 대결할 조종사가…… 네 시간 뒤에는 그 용을 이기고 나서 전권을 가지고 바다로 우회할지 알코이의 이어진 산들을 직접 공격할지를 완전한 자유로 결정하며, 뇌우와 산악과 대양과 대결할 그 조종사가 탄생하는 것을 느꼈었다.

동료 하나하나가 이렇게 컴컴한 툴루즈의 겨울 하늘 밑에서 특색없는 무리의 틈에 섞여, 이와 비슷한 아침, 주권자가 자기 안에서 커가는 것을,

다섯 시간 후에는 북국의 비와 눈을 뒤에 남겨 두고, 겨울을 거부하고, 엔진의 회전을 줄여서 한여름 속으로, 알리칸테의 찬란한 태양 속으로 내려가기 시작할 주권자가 자기 안에서 성장하는 것을 깨달았었다.

　그 낡은 버스는 없어졌다. 그러나 그 불편, 그 엄혹한 모습은 내 추억 속에 생생하게 남아 있다. 그 버스는 우리들의 직업이 가지는 딱딱한 기쁨을 맛보기 위하여 필요한 준비를 잘 상징하였다. 그곳에는 모든 것이 뼈저리게 검소하였다. 나는 삼 년이 지난 뒤에, 안개 낀 어떤 날 혹은 어떤 밤에 영원히 은퇴한 백여 명이나 되는 항공로 동료들 중 한 사람이었던 레크리뱅 조종사의 죽음을, 그 버스 안에서 열 마디의 말도 오고가기 전에 알아차렸던 것을 기억한다.

　그날도 새벽 세 시였다. 꼭 같은 침묵이 흐르고 있던 중에, 어둠 속에 있어 보이지 않는 주임이 감독관에게 소리를 높여 말하는 것이 들렸다.

　「레크리뱅이 오늘 밤 카사블랑카에 착륙하지 않았답니다.」

　「아! 그래요?」 하고 감독관이 대답하였다.

　그리고 아직까지 더듬던 꿈길에서 억지로 깨어난 그는 잠을 깨려고, 열심을 보이려고 노력하며 덧붙여 말하였다.

　「아! 그래요? 통과하는 데 성공을 못 했습니까? 되돌아왔습니까?」

　거기에 대해서는 버스 저 안쪽에서 그저 「아니」라는 대답만이 들려왔다. 우리들은 계속 기다렸다. 그러나 아무 말도 뒤따르지 않았다. 그리고 일 초 일 초 시간이 지남에 따라 이 『아니』라는 말에는 아무 다른 말이 뒤따르지 않으리라는 것이, 이 『아니』는 공소(控訴)할 길이 없다는 것이, 레크리뱅은 카사블랑카에 착륙하지 않았을 뿐 아니라, 아무데도 영원히 착륙하지 못하리라는 것이 더 명백하여졌다.

　이와 같이, 그날 아침 내가 처녀 우편비행을 하는 날 새벽에, 나도 직업에 따른 거룩한 예절을 지켰고, 유리를 통하여 가로등이 반사하는 번들번들한 포석을 내다보며 자신이 없어지는 것 같은 느낌을 맛보았다. 포석에 고인

물 위로는 바람이 휙 지나가며 커다란 종려잎 같은 무늬를 놓는 것이 보였다. 나는 생각하였다. 『내 처녀 우편비행치고는…… 참말이지…… 운이 좋지 못한걸.』 나는 감독관을 쳐다보며 물었다. 「날씨가 나쁘겠습니까?」 감독관은 유리창 쪽으로 피곤한 눈길을 돌리더니, 이윽고 「꼭 그렇다고만 할 수는 없지요.」 하고 웅얼거렸다. 그래서 나는 어떤 것이 불순한 일기의 조짐인가를 생각해 보았다. 기요메는 전날 저녁에, 오직 한 번 싱긋 웃음으로써 선배들이 우리에게 덮어씌우는 불길한 조짐들을 지워 버렸지만, 그것들은 내 기억 속에 되살아나고 있었다. 「항공로의 조약돌 하나하나까지 알지 못하는 사람이 폭풍설을 만나면 큰일이지…… 아암! 큰일이고말고…….」 그들은 위신을 세워야 하였다. 그래서 우리가 간직하고 있는 천진난만함을 불쌍히 여기는 듯이 좀 거북살스러운 동정의 눈으로 우리들을 내려다보며 머리를 끄덕이는 것이었다.

또 과연 이미 우리들 중의 몇 사람에게나 이 버스는 마지막 대피소 노릇을 하였던가? 육십 명? 팔십 명? 비오는 날 아침, 바로 저 무뚝뚝한 운전수에게 끌려서. 나는 주위를 둘러보았다. 밝은 점들이 어둠 속에서 빛나고 있었다. 담배 연기가 명상(瞑想)들을 점찍고 있었다. 늙은 고용인들의 오죽잖은 명상들을. 우리들 중의 몇 사람에게나 이 동행들은 마지막 호상객 노릇을 하였던가?

나는 또 조그마한 목소리로 속삭이는 이야기를 귓결에 듣기도 하였다. 그것은 병이며, 돈이며, 변변치 않은 집안 걱정에 대한 이야기였다. 그것은 이 사람들이 감금되어 있는 우중충한 감옥의 담을 보여 주는 것이었다. 그러면 별안간 운명의 모습이 내 앞에 나타났다.

여기 있는 내 동료, 늙은 관료여, 아무도 그대를 탈출케 한 일이 없고, 그대는 조금도 거기에 대한 책임이 없다. 다만 그대는 흰개미들이 하는 모양으로 광명을 향하여 빠져나갈 구멍을 시멘트로 막고 또 막고 한 나머지 그대의 평화를 이룩한 것이다. 그대는 그대의 소시민적 안전 속에, 언제나 판에 박은 듯한 그대의 일 속에, 시골 생활의 그 숨막히는 예절 속에 공같이 뭉쳐졌고, 바람과 조수와 별들을 막기 위한 이 초라한 성벽을 쌓아올렸다. 그대는 위대한 문제를 아랑곳할 생각은 조금도 없다. 그대는 그대의 사람된 처지를 잊기 위해서만도 무척 고생하였다. 그대는 떠돌아다니는 유성의 주민이 아니며, 대답이 없을 질문은 아예 품지를 않는다. 그대는 툴루즈의 한 소시민이다. 아직 그럴 여유가 있을 적에 아무도 그대의 어깨를 붙잡지 않았다. 지금은 그대를 이루고 있는 진흙이 말라 굳어 버려서, 이제부터는 아무도 애초에 그대 안에 살고 있었을지도 모르는 잠든 음악가, 시인 혹은 천문가를 그대 안에 다시 깨워 일으키지는 못하리라.

나는 이제 폭풍우를 원망하지 않는다. 직업의 마술이 내게 한 세계의 문을 열어 주니, 나는 그 세계 안에서 두 시간 후에는 시커먼 용들이며 푸른 번개가 얼기설기 걸려 있는 산꼭대기와 겨룰 것이고, 밤이 되면 해방되어 별들 가운데 내 길을 찾아갈 것이다.

우리의 직업적 입문(入門)은 이렇게 진행되어, 우리는 비행을 시작하였던 것이다. 이 비행들은 대개 평온한 것이었다. 우리는 마치 직업적인 잠수부들 모양으로 우리 영역의 깊숙한 곳으로 조용히 잠겨들어갔다. 우리의 이 영역은 오늘날 속속들이 탐사되어 있다. 조종사와 비행기공과 무전사는 이제는 모험을 하는 것이 아니고, 연구소 안에 들어박히는 것이다. 그들은 벌써 풍경의 전개에 복종하는 시기를 지나, 여러 가지 지침(指針)의 움직임에 복종한다. 밖에는 산들이 어둠 속에 잠겨 있다. 그러나 그것들은 이미 산이 아니다. 그것들은 그 접근을 계산하지 않으면 안 되는, 보이지 않는 강국(强國)들이다. 무전사는 얌전하게 전등불 밑에서 숫자를 기입하고, 기공은 지도에 점을 찍고, 조종사는 산들의 방향이 바뀌었을 적에, 왼편으로 끼고 돌려고 하던 산꼭대기가 무언(無言)의 비밀한 군사상 준비로 정면에 전개되었을 때 항로를 수정한다.

지상에서 밤을 새우는 무전사들은 바로 그 시각에 자기네들의 노트 위에 동료의 것과 꼭 같은 말을 얌전히 써넣는다. 『영 시 사십 분, 방향 삼십 도. 기내 이상 없음.』

지금의 승무원들은 이렇게 비행한다. 그들은 자신들이 움직이고 있다는 것을 도무지 느끼지 못한다. 그들은 바다에 밤이 엄습한 것 모양으로 모든 목표물에서 대단히 멀리 떨어져 있다. 그러나 엔진들은 불을 환히 켜놓은 이 방을 속속들이 뒤흔들어 그 본질을 변화시킨다. 그러나 시간은 돌아간다. 그러나 이 지침판 안에서, 이 진공관 안에서, 이 지침 안에서는 눈에 보이지 않는 광범위한 연금술이 행하여지고 있는 것이다. 일 초 일 초가 지나가는 대로, 이 비밀스런 손짓, 이 숨찬 말 한 마디, 이 주의가 기적을 마련하는 것이다. 이리하여 시간이 되면, 조종사는 틀림없이 이마를 유리창에 갖다댈 수 있다. 무(無)에서 금(金)이 난 것이다. 이 금은 기항지 비행장의 불속에서 빛나는 것이다.

그렇기는 하지만 우리는 모두 기항지 비행장에 닿기 두 시간 전에 어떤 특정한 각도에서 오는 불빛을 보고, 별안간 우리가 몹시도 멀리 떨어져 있다는 느낌을 맛보게 되는 그런 비행을 경험하였으니, 그것은 『인도』에 가 있었더라도 느끼지 않았을, 거기에서 다시는 돌아오기를 바라지 못할 그런 비행이었다.

이와 같이 메르모즈가 수상기(水上機)로 처음 남대서양을 횡단하였을 때, 해질 무렵 그는 포토 누와르 지방에 접근하였다. 그는 전면에서 마치 담이 쌓여지는 것을 보듯, 태풍의 꼬리들이 각각으로 빽빽하게 모여들고, 그리고 이런 준비 공작이 진행되는 동안에 밤의 장막이 내려덮어 그것들을 감추어 버리는 것을 보았다. 그리고 한 시간 뒤에 구름 밑으로 살살 기어들어갔을 적에, 그는 기상천외의 왕국에 발을 들여놓게 되었다.

거기에는 바닷물 기둥이 겹겹이 들어섰는데, 보기에는 어떤 신전의 검은 기둥들같이 꼼짝 않는 것 같았다. 그것들은 맨꼭대기에 가서는 부풀어서 폭풍우의 시커멓고 야트막한 천정을 떠받치고 있었다. 그러나 천정이 군데군데 찢어진 틈으로 광선 줄기가 내리달리고, 보름달이 기둥 사이를 뚫고 바다의 차디찬 포석을 비치고 있었다. 메르모즈는 이 광선 줄기에서 저 광선 줄기를 향하여, 아마 바다가 요란한 폭음을 내며 끌어올라가고 있을 그 어마어마한 기둥들을 끼고 돌며, 그 무인의 폐허를 거쳐 비행을 계속하여, 네 시간 동안을 새어나오는 달빛을 따라 신전 출구를 향하여 달렸다.

그리고 그 광경이 얼마나 압도적이었던지 메르모즈는 포토 누와르를 지나치고 난 다음에 생각하니, 그동안 공포를 느끼지 않았었다는 것이다. 나는 또 실제 세상의 변경(邊境)을 넘어서는 그 시간 중의 하나를 기억하고 있다. 그날은 밤새껏 사하라 기항지 비행장들이 보내 주는 무전 방향의 측정 위치가 줄곧 잘못 되어서 무전사 네리와 나를 중대한 착오에 빠져들어가게 하였었다. 안개가 뚫린 틈 저 밑에 물이 번쩍이는 것을 보고 갑자기 해안 쪽으로 방향을 바꾸었을 때, 우리는 몇 시간 전부터 깊은 바다를 향하여 비행하고 있었는지 알 길이 없었다.

우리는 해안에까지 닿을 수 있는지를 확실히 알 수 없었다. 휘발유가 떨어질지도 모르니까. 그러나 또 해안에까지 닿는다해도 기항지 비행장을 찾아야만 했다. 그런데 그때는 달이 질 무렵이었다. 벌써부터 각도 정보가 없으니 우리는 차차 장님이 되어갔다. 달은 마치 깜박이는 숯불 모양으로 눈벌판 같은 안개 속으로 아주 사라져 버리고 말았다. 우리 머리 위에는 하늘도 구름에 가리워지고, 이리하여 우리는 그때부터 그 구름과 안개 사이를 뚫고, 모든 빛과 내용이 빠져나간 세상 속을 비행하고 있었다. 우리에게 응답을 하던 기항지 비행장들도 우리에게 정보를 보내기를 단념하였다.『위치 통보 없음……. 위치 통보 없음…….』그것은 우리의 목소리가 사방에서 그들에게 들려오기 때문에 결국은 아무데서도 들려오지 않는 것이나 마찬가지였기 때문이다.

그런데 우리가 이미 실망하기 시작하였을 때, 갑자기 전방 좌측에 빛나는 점 하나가 지평선에 나타났다. 나는 기쁨이 용솟음 쳐오름을 깨달았다. 네리는 내게로 몸을 굽히며 노래를 부르고 있었다. 그것은 기항지 비행장일 수밖에 없었고, 그 비행장의 등불일 수밖에 없었다. 왜냐하면 사하라는 밤이 되면 완전히 빛을 잃고 하나의 거대한 죽음의 지역이 되기 때문이다. 그러나 그 불빛은 약간 반짝거리더니 꺼지고 말았다. 우리는 안개의 층과 구름 사이 지평선에, 그저 몇 분 동안, 지기 직전에 있는 어떤 별 쪽으로 기수를 향하고 있었다.

그때 우리는 다른 불빛들이 나타나는 것을 보았고, 그럴 때마다 은근한

희망을 품고, 그들 하나하나를 향하여 차례로 기수를 돌렸다. 그리고 불빛이
오래 가면 우리는 생사에 관한 실험을 해보았다. 『불 보임, 당신네 등대를
세 번 껐다켰다하시오.』 하고, 네리는 시스네로스 기항지 비행장을 향하여
명하였다. 시스네로스 비행장에서는 등대를 껐다켰다하였다. 그러나 우리가
주시하던 무자비한 불빛은 변함없는 별이라, 깜박이지 않았다. 휘발유가 점점
떨어져가는데도 불구하고, 우리는 매번 금빛 낚시를 물었으니, 그때마다
그것은 진짜 등댓불이었고, 매번 그것은 비행장이요 삶이었다. 그런 다음
우리는 또 별을 바꿔야만 하였다.

　그때부터 우리는 손이 미치지 않는 수백 개의 별 가운데서 오직 하나인
진정한 별, 우리의 별, 홀로 눈에 익은 우리들의 풍경과 우리들의 친근한
집과 우리들의 애정을 간직하고 있는 그 별을 찾아, 우주의 공간을 헤매고
있다는 것을 깨닫게 되었다.

　홀로…… 간직하고 있던 그 별에 대하여, 혹 그대에게는 유치하게 생각
될지도 모르는, 그것이 내 눈앞에 나타난 그대로의 모습을 말해 보련다.
그러나 위험의 한가운데에서도 사람은 인간의 걱정을 그저 지니고 있는
것이어서 나는 목도 마르고 배도 고팠다. 시스네로스를 찾아내기만 한다면,
우리는 휘발유를 가득 채워 넣고 비행을 계속하여 시원한 이른 아침 카사
블랑카에 착륙할 것이다. 이제 할 일도 다 했다. 네리와 나는 시내로 들어갈
것이다. 새벽녘에 벌써 문을 여는 주막들이 있다……. 아주 안전하게 된
네리와 나는 지난 밤 일을 웃음으로 날려 버리며 뜨끈뜨끈한 반달형의 빵들과
밀크 커피를 앞에 놓고 식탁을 대할 것이다. 네리와 나는 생명의 이 아침의
선물을 받을 것이다. 이와 같이 늙은 농사꾼 마나님은 그림 형상이나 순박한
메달이나 묵주를 통해서 자기의 신과 만나는 것이다. 누구나 우리에게 이
해되기 위해서는 순박한 말을 해야 된다. 이와 같이 삶의 기쁨은 나에게
있어서는 이 향기롭고 따끈한 첫 모금에, 이 우유와 커피와 밀크의 혼합에
요약되는 것이었으니, 그것을 거쳐서 사람들은 조용한 목장과 이국(異國)의
대농원과 타작과 교제하는 것이며, 온대지와 만나는 것이다. 그렇게도 많은
별 중에 우리의 손이 자기에게 미칠 수 있도록 하기 위하여, 새벽 식사의

이 향기로운 사발을 만들어 주는 별은 하나밖에 없었다.

그러나 넘을 수 없는 거리들이 우리 비행기와 사람이 사는 이 땅 사이에 자꾸 겹쳐지고 있었다. 세상의 모든 재화(財貨)가 성좌들 사이에 길을 잃은 먼지 한 알에 머물러 있었다. 그리고 그 먼지 한 알을 알아내려고 애쓰는 천문가 네리는 계속해서 별들에게 간절히 기원하고 있었다.

그의 주먹이 갑자기 내 어깨를 쳤다. 이 주먹질이 나에게 알려 주는 종이쪽에는 이렇게 씌어 있었다. 『만사 오케이, 훌륭한 메시지를 받았습니다…….』 그래서 나는 가슴을 설레이며 우리를 구해 줄 대여섯 마디의 글을 마저 베껴 주기를 기다렸다. 마침내 나는 하늘의 이 선물을 받았다. 그것은 우리가 전날 저녁에 떠난 카사블랑카에서 온 것이었다. 통신 도중에 지체되었다가 이천 킬로미터 떨어진 바다 위의 구름과 안개 속에서 길을 잃고 있는 우리를 별안간 찾아온 것이다. 그 메시지라는 것은 카사블랑카 비행장에 있는 국가의 대표에게서 오는 것이었다. 내용은 이러하였다. 『생텍쥐페리 씨, 나는 파리에 당신의 징계를 요구할 수밖에 없게 되었습니다. 당신은 카사블랑카를 출발할 적에 격납고에 너무 가까이 선회하였습니다.』 내가 격납고에 너무 가깝게 선회한 것은 사실이었다. 그리고 이 사람이 성을 내면서 자기의 질책을 하고 있는 것도 사실이었다. 어떤 비행장 사무실에서라면 나는 이 책망을 겸손히 받아들였을 것이다. 그러나 그것이 찾아와서는 안될 곳으로 우리를 찾아왔던 것이다. 그 책망은 너무도 드문 별들 사이에서, 안개의 층위에서, 위협적인 바다의 맛 가운데에서 폭발했다. 우리는 지금 우리 자신들의 운명과 우편물과 우리 비행기의 운명을 아울러 양손에 쥐고 있는 참이요, 살기 위하여 조종하는 데에 무척 고생을 하고 있는 참인데, 이 사람은 그 하찮은 앙심을 우리를 향하여 내쏟았다. 그러나 네리와 나는 흥분하기는 고사하고 오히려 갑자기 탁 트인 환희를 맛보았다. 여기에서는 우리가 주인이었다. 이 사람은 우리에게 이 사실을 발견하게 하였다. 아니, 그 병장은 우리 소매를 보고 우리가 대위로 승진한 것도 못 보았더란 말인가? 북두칠성과 사수좌 사이를 오락가락하면서 우리 규모에 알맞는 사건, 우리의

머리를 번거롭게 할 만한 사건이란 오직 달의 저 배반뿐인 이때에, 그는
우리의 꿈을 깨워 놓았다…….

절박한 의무, 이 사람이 존재를 나타내는 그 별의 유일한 본분은 우리가
천체 사이에서 하는 계산을 위하여 정확한 숫자를 알려 주는 것이었다. 그런데
그 숫자는 틀린 것이었다. 그 나머지 일에 대하여는 당분간 이 유성은 침묵을
지키는 것이 상책이었다. 네리는 이런 말을 내게 써보였다. 『쓸데없는 짓은
하지 말고 저들이 우리를 어디다 데려다 주었으면 좋을 텐데…….』 네리에게
있어서 『저들』은 지구의 모든 인간, 그들의 민의원, 원로원, 해군, 육군, 황
제들을 포함하는 것이었다. 이리하여 우리와 대결해 본답시고 하는 이 정신
나간 사람의 메시지를 다시 읽으며, 우리는 수성을 향하여 침로(針路)를
바꿨다.

우리는 아주 기상천외의 우연으로 살아나게 되었다. 시스네로스를 언제고
만나리라는 희망을 포기하고, 해안선을 향하여 수직으로 방향을 바꿔가지고
휘발유가 다 떨어질 때까지 기수를 같은 방향으로 고정시켜 놓기로 결정하는
그런 때에 이르고야 말았다. 나는 이렇게 해서 바다 속에 잠겨 버리지 않을
얼마간의 운을 마련한 셈이었다. 불행히도 눈어림이 된 내 헤드라이트가 나를
어디로 끌고 갔는지 알 수가 없었다. 또 불행히도, 일이 가장 잘 되었다고
해도, 한밤중에 짙은 안개 속에서 강하할 수는 없을 것이니, 큰 사고를 일
으키지 않고 착륙할 수 있는 기회는 극히 적은 것이었다. 그러나 나는 이
것저것 가릴 여유가 없었다.

사태는 지극히 명료한 것이어서 나는 으쓱 어깨를 추키는데, 한 시간만
빨랐더라면 우리를 구원해 주었을 메시지를 네리가 건네 주었다. 「시스네
로스가 우리의 위치를 측정하기로 결정하였습니다. 시스네로스가 지시하기는
이백십육 도가 분명치 않답니다…….」 이제는 시스네로스가 어둠 속에 파묻혀
있지 않고 저기 우리 왼손 편에 만질 수 있게 자세를 나타냈다. 그러나 거리가
얼마나 떨어져 있는가? 네리와 나는 짤막한 대화를 시작했다. 너무 늦었다.

우리는 이 점에서 같은 의견이었다. 시스네로스 편으로 달리다가는 해안에 도달하지 못할 위험을 더 가중하는 것이 된다. 그래서 네리의 대답은 「휘발유가 한 시간분뿐이니 기수를 구십삼 도로 고정시킵시다.」 하는 것이었다.

그러는 중에 비행장이 하나씩 둘씩 깨어났다. 우리 대화에 아가디르, 카사블랑카, 다카르의 목소리들이 섞여 들렸다. 각 도시의 무전국이 비행장들에게 급보를 보냈던 것이다. 비행장의 주임들이 동료들을 급히 깨워 일으킨 것이다. 이리하여 차츰차츰 이 동료들이 어떤 병자의 침대 둘레로 모여들듯 우리 주위로 모여들었다. 쓸데없는 열심이었다. 그러나 열심은 열심이었다. 효과 없는 권고이긴 했지만 몹시도 다정한 것이었다.

그런데 갑자기 툴루즈가 나타났다. 사천 킬로미터 저쪽에 떨어져 있는 항공로의 시발점인 툴루즈가 나타났다. 툴루즈는 대뜸 우리들 사이에 자리를 잡고 느닷없이 물었다. 「조종하는 비행기가 F……(등록 번호를 잊었다) 기가 아닙니까?」 「그렇습니다.」 「그러면 휘발유가 아직 두 시간분은 있습니다. 그 비행기의 탱크는 표준형이 아닙니다. 기수를 시스네로스로 돌리시오.」

이와 같이 직업이 요구하는 필요성은 세상을 변화시키고 부유하게 만든다. 조종사로 하여금 묵은 풍경 속에서 새로운 의의를 발견하게 하기 위하여는 이러한 밤이 꼭 필요한 것도 아니다. 승객에게는 지루한 단조로운 풍경이 승무원에게는 달리 보이는 것이다. 지평선을 가로막고 있는 저 구름 덩어리가 그들에게는 이미 장식으로 보이지 않는다. 그들의 근육의 흥미를 불러일으키고 그들에게 문제를 제시할 것이다. 그들은 벌써 그것을 고려하여 예상하고 그들과 그 구름덩어리 사이에는 참으로 말이 오고간다. 저기 산봉우리가 하나 보인다. 아직은 멀리 있다. 그 산봉우리는 어떤 모습을 하고 있을까? 달이 비치면 그것은 편리한 지표가 될 것이다. 그러나 조종사가 맹목적으로 비행할 적에는, 편류(偏流)를 바로잡기가 힘들고, 그 위치에 대하여 의혹을 품을 적에는 산봉우리가 폭발물로 변하고, 밤 전체를 위협으로 뒤덮고 마는 것이, 마치 해류를 따라 멋대로 흘러다니는 물에 잠긴 오직 한 개의 기뢰(機雷)가 바다 전체를 위험 지구로 만드는 것과 같다.

이와 같이 대양들도 변한다. 보통 승객에게는 폭풍우가 보이지 않는다. 이렇게 높은 곳에서 내려다보면 파도는 조금도 두드러져 보이지 않고, 무더기로 튀어오르는 물방울들이 꼼짝하지 않는 것같이 보인다. 다만 엽맥(葉脈)과 반점이 박혀 있는 커다란 흰 종려잎들이 얼어붙은 듯 펼쳐져 있는 것이다. 그러나 승무원들은 여기에는 도저히 착륙할 수 없다고 판단한다. 그들에게는 저 종려잎들이 독 있는 큰 꽃처럼 보이는 것이다.

또 비록 비행이 순조롭다 할지라도 항공로의 일부분인 어떤 곳을 날고 있는 조종사는 단순한 어떤 풍경을 대하지는 않는다. 땅과 하늘의 저 빛깔들, 바다 위를 지나가는 바람의 발자국들, 황혼의 저 황금빛 구름들, 이런 것들을 그는 감상하는 것이 아니라 묵상하는 것이다. 자기 전장을 돌아다니며, 온갖 징조를 보고 봄이 오는 것, 땅이 얼 염려가 있는 것, 비가 오리라는 것을 미리 내다보는 농사꾼처럼, 직업적인 조종사도 눈의 징조와 안개의 조짐과 무사한 밤의 상징을 해독하는 것이다. 처음에는 자연의 크나큰 문제에서 그를 격리시키는 것 같던 기계가 오히려 더 엄격히 그에게 그런 문제를 제시하는 것이다. 폭풍우가 휘몰아치는 하늘이 만들어 놓는 광대한 재판정 가운데 홀로 남겨진 이 조종사는 그의 우편기를 사이에 놓고, 산, 바다, 폭풍우라는 세 가지 신위(神位)와 겨루는 것이다.

2. 동 료 들

1

메르모즈와 그 밖의 몇몇 동료들이 카사블랑카에서 불귀순 지구의 사하라를 거쳐 다카르에 이르는 프랑스의 항공로를 창설하였다. 그때의 엔진들은 별로 저항력이 없었기 때문에, 한 번은 고장이 나서 메르모즈가 모르 인들에게 붙잡혔다. 이들은 그를 학살하기를 꺼려 보름 동안 포로로 잡아 두었다가 다시 팔았다. 그리하여 메르모즈는 다시 우편기를 가지고 그 지방들의 상공으로 비행을 계속하였다.

아메리카의 정기 항공로가 개설되었을 적에, 늘 전위대 노릇을 하는 메르모즈는 부에노스아이레스—산티아고의 구간을 조사할 책임과, 사하라 위에 다리를 놓은 뒤를 이어 안데스 산맥 위에도 다리를 놓을 책임을 맡았다. 그에게는 최고 상승한도 오천이백 미터의 비행기가 맡겨졌다. 안데스 산맥의 최상봉들은 높이가 칠천 미터이다. 이리하여 메르모즈는 통로를 찾아 이륙하였다. 사막과 대결한 뒤, 이번에는 산에 도전한 것이다. 바람이 불면, 눈을 숄 모양으로 펼쳐 놓는 그 산봉우리들을, 폭풍설을 앞두고 만물이 창백하여지는 것을 두 절벽 사이에서 경험하게 되면, 조종사는 일종의 백병전을 할 수밖에 없게 되는 그 지독한 역류들을 무릅썼다. 메르모즈는 적에 대하여 아무것도 모르는 채, 그리고 그러한 접전을 치루고도 살아서 나올 수 있는지도 알지 못한 채 이 싸움을 시작한 것이다. 메르모즈는 다른 사람들을 위하여 『해보는』 것이었다. 마침내, 너무 『해보다』가 하루는 안데스 산맥의 포로가 되고 말았다.

표고(標高) 사천 미터나 되는 사방 절벽으로 둘러싸인 높은 꼭대기에 떨어진 메르모즈와 승무원은 이틀 동안이나 탈출하려고 애썼다. 그들은 꼭 붙잡힌 것이었다. 그래서 그들은 마지막 운명을 걸고 공간을 향하여 비행기를 내몰아 울퉁불퉁한 땅 위에서 몹시 덜컹거리며 절벽에까지 가서 미끄러져 내렸다. 비행기는 떨어지는 중에 마침내 충분한 속력이 생겨서 다시 조종사의 말을 듣게 되었다. 메르모즈는 산봉우리를 향하여 기수를 올렸으나, 산봉우리에 부딪쳐 밤 사이에 얼어터진 배기통이란 배기통에서는 물이 쏟아져 나오고 비행한 지 칠 분 만에 벌써 엔진은 정지된 채, 그의 발 밑에 언약의 땅 같은 칠레 평야를 발견했다. 이튿날 그는 다시 비행을 시작하였다. 안데스 산맥을 잘 탐험하고 횡단기술을 잘 조절하여 놓고 나서, 메르모즈는 이 구간을 자기 동료 기요메에게 맡기고 자기는 야간 탐험에 나섰다.

우리 기항지인 비행장에는 조명이 아직 설치되지 않아서, 캄캄한 밤에는 착륙장에다 메르모즈 앞에 휘발유 불 세 개의 초라한 전광판 장치를 해놓았다. 그는 그것을 헤치움으로써 길을 개척하였다.

밤을 잘 길들이고 나서 메르모즈는 대양을 시험하였다. 이리하여 1931년에 처음으로 우편기를 가지고 나흘 동안 툴루즈에서 부에노스 아이레스까지 비행하였다. 돌아오는 길에 남대서양 한가운데 풍랑이 심한 바다 위에서 휘발유가 떨어졌다. 메르모즈의 우편기와 승무원들은 어떤 배에 의해 구조되었다.

이렇게 하여 메르모즈는 사막과 밤과 바다를 개척하였다. 그가 사막과 산과 밤과 바다에 빠져들어간 것은 한두 번이 아니었다. 그리고 돌아오기만 하면 언제나 다시 길을 떠나곤 하였다.

마침내, 십이 년 동안 이 일을 한 뒤에 다시 한 번 남대서양을 횡단하던 중, 그는 후방 우측의 엔진을 끈다는 것을 짧은 메시지로 알렸다. 그리고는 침묵이 흘렀다.

이 소식은 별로 불안스러운 것 같지 않았다. 그런데도 침묵이 십 분 동안 계속된 뒤에는, 파리에서 부에노스아이레스에 이르는 항공로의 모든 무전국이 가슴을 조이며 기다리고 있었다. 십 분 늦는다는 것은 일상 생활에 있어서는 별로 의미가 없는 것이지만 우편 비행에 있어서는 중대한 의의를 가지기 때문이다. 이 죽은 시간 속에 아직 알려지지 않은 어떤 사건이 싸여 있는 것이다. 무의미하건 불행하건, 그 사건은 이미 저질러진 것이다. 운명은 그의 판결을 선언하였고 이 판결에 대하여는 이미 상소의 길이 없어졌다. 강철 같은 손이 비행기를 물 위에 착륙하게 하거나 대수롭지 않은 일로 폭발시키는 것이다. 그러나 그것을 기다리는 사람들에게 통보되지는 않는다.

우리들 중에 누가 점점 사라져가는 이런 희망을 경험하지 않았으며, 죽을 병처럼 시시각각으로 악화되는 이 침묵을 겪지 않았는가? 우리는 희망을 가지고 있었다. 그리고 시간이 자꾸 흘러가고, 그리고 차차 늦어졌다. 우리는 우리 동료들이 다시는 돌아오지 못하리라는 것을, 상공을 그렇게도 자주 날아다닌 그 남대서양 속에서 그들이 잠들고 있다는 것을 깨달아야만 했다. 밀단을 묶고 나서 자기 밭에 누워 자는 추수꾼 모양으로, 메르모즈는 확실히 자기 사업 뒤에 들어가 숨은 것이다.

어떤 동료가 이렇게 죽으면, 그의 죽음은 아직 작업중의 어떤 행동같이 생각되고, 처음에는 다른 죽음보다 덜 상심된다. 물론 그는 자기의 마지막 기항지를 바꾸어 멀리 떠났다. 그가 없는 것은 빵이 우리에게 아쉬운 것처럼 아직 뼈에 사무치게 아쉽지는 않다.

우리에겐 이미 해후를 오랫동안 기다리는 버릇이 있다. 왜냐하면 항공로의 동료들은 파리에서 칠레의 산티아고까지 이르는 넓은 세상에 흩어져 있어, 영영 서로 말을 주고받고할 기회가 없는 보초들과 마찬가지로 떨어져 있기 때문이다. 직업적으로 흩어져 있는 큰 집안의 가족들이 여기저기서 만나려면 비행하다 우연히 부닥뜨려야 하는 것이다. 카사블랑카, 다카르, 혹은 부에노스아이레스에서 저녁 식탁에 둘러앉아서는, 여러 해 동안의 침묵이 흐른 다음, 중단되었던 대화를 다시 시작하고 옛날의 추억들을 다시 교환하는 것이다. 그리고는 모두 다시 출발한다. 대지는 이와 같이 황막하기도 하고 동시에 부요하기도 하다. 도달하기가 힘들기는 하지만, 어떤 날이고 우리의 직업으로 인하여 꼭 다시 가고야 마는 그 은밀하고 숨은 정원들이 있기 때문에 풍부한 것이다. 우리들의 생활 때문에 이 동료들에게서 우리가 격리되어 있기는 하나 그들은 어딘지는 몰라도 어떻든 어디에든지, 말이 없고 잊혀져 있지만, 몹시도 충실하게 있는 것이다! 그러다가 우연히 길에서 만나면 그들은 아름다운 환희의 불꽃을 내뿜으며 우리들의 어깨를 잡고 흔드는 것이다! 아암, 우리들은 기다리는 습관이 있고 말고……. 그러나 저 친구의 명랑한 웃음소리를 다시는 영원히 듣지 못하리라는 것을 차차 깨닫게 되고 저 정원이 우리에게는 영원히 출입금지가 되었다는 것을 깨닫는다. 그때에야 우리의 참된 슬픔이 시작되는데 그것은 조금도 가슴을 찢어발기는 것이 아니고 다만 약간 마음이 쓰라린 그런 것이다.

사실 잃어버린 동료를 대신할 만한 것은 절대로 아무것도 없다. 오랜 벗들은 만들어지는 것이 아니다. 공통된 그 많은 추억, 함께 당한 그 많은 괴로운 시간, 그 많은 불화, 화해, 마음의 격동이라는 보물만큼 값어치가 있는 것은 아무것도 없다. 이런 우정들을 다시 만들어내지는 못하는 것이다. 참나무를 심었다고 곧 그 그늘 밑에서 쉬기를 바란다는 것은 헛된 일이다.

인생도 이렇다. 우선 우리는 재화(財貨)를 모으고 몇 해를 두고 나무를 심었다. 그러나 시간이 이 사업을 해체해 버리고 나무를 없애 버리는 그런 때가 오는 것이다. 동료들은 하나둘 우리에게서 그늘을 앗아간다. 그리고 우리들의 슬픔에는 늙어간다는 은근한 회한(悔恨)이 섞이는 것이다.

이러한 윤리를 메르모즈와 그 밖의 동료들이 우리에게 가르쳐 주었다. 어떤 직업의 위대함은 무엇보다 인간을 모아 놓는 데에 있는지도 모른다. 진정한 사치는 한 가지밖에 없으니 그것은 사람들의 관계의 사치이다.

다만 물질적 이익만을 위하여 일한다면, 우리 자신이 우리의 감옥을 짓는 것이다. 우리는 살 만한 가치가 조금도 없는 재와 같은 돈을 가지고 외로이 유폐되어 있는 것이다.

내 추억 가운데에서 오랫동안 잊혀지지 않는 것을 찾아보고, 가치있는 시간을 따져 보면, 어떠한 재산도 나에게 마련하여 주지 못하였을 시간들을 영락없이 찾아낸다. 메르모즈 같은 친구의 우정, 함께 시련을 겪음으로 해서 우리와 영원히 맺어진 동료의 우정은 돈으로 사지 못한다.

비행하는 저 밤과 그 무수한 별들, 몇 시간 동안의 그 담담한 심정, 그 주체성, 이런 것은 돈으로 살 수 없는 것이다.

어려웠던 구간을 지난 뒤에 보게 되는 세상의 새로운 모습, 새벽녘에 우리에게 다시 주어진 생명에 의하여 생생한 색채를 띠게 되는 저 나무들, 저 꽃들, 저 여인들, 저 미소들, 우리에게 상금으로 주어진 하찮은 물건들의 이 콘서트, 이런 것을 돈으로는 사지 못하는 것이다.

불귀순 지구에서 지낸 그 밤, 기억이 아직도 새로운 그 밤도 돈으로 살 수 없는 것이다.

우리는 해질 무렵에 리오 데 오로 해변에 떨어진 우편기의 세 그룹의 승무원들이었다. 먼저 우리 동료 리겔의 접속간(接續杆) 파열 때문에 착륙하였었고, 다음에는 다른 동료 부르가 그 승무원들을 수용하려고 착륙하였었으나 경미한 손상으로 이륙할 수가 없었다. 마침내 내가 착륙하였는데, 내가 갔을 적에는 이미 날이 어두워졌다. 우리는 부르가의 비행기를 구하기로 하고 제대로 수선하기 위해서 날이 밝을 때까지 기다리기로 하였다.

일 년 전, 바로 이곳에서 고장을 일으켰던 우리 동료 구르와 에라블르는 주민들에게 학살을 당했었다. 지금도 소총수 삼백 명으로 된 유격대가 바쟈도르 지방의 어디엔가에서 야영하고 있다는 것을 우리들은 알고 있었다. 우리들의 세 비행기가 내려앉는 것이 멀리서 보였을 것이니 그들의 경계를 불러일으켰을지도 모를 일이었다. 그리하여 우리는 마지막이 될지도 모르는 밤샘을 시작하였다.

그러니까 우리는 밤을 지낼 준비를 하였다. 수하물을 넣어 두는 기창(機艙)에서 대여섯 개의 짐짝을 내려 물건을 꺼낸 뒤에 둥그렇게 벌려 놓고, 궤짝마다 밑에는 마치 초소 속에서처럼 바람 모지에 초라한 촛불 하나씩을 켜놓았다. 사막 한가운데의 헐벗은 지각 위에 세상이 갓 생겨났을 때와 같은 고립 속에서 이렇게 우리는 사람들의 한 촌락을 건설하였다.

우리 촌락의 그 큰 광장, 우리의 궤짝들이 흔들리는 불빛을 쏟아 주는 그 사막의 한 조각 위에서 밤을 지내기 위하여 모여 앉아, 우리는 기다렸다. 우리를 구해 줄 새벽 아니면 모르 인들을 우리는 기다렸다. 그런데 무언지 모르게 그 밤은 성탄절 밤 같은 맛을 가지고 있었다. 우리는 서로 추억을 이야기하고 농담을 주고받고 노래를 부르고 하였다.

우리는 잘 차려진 명절놀이의 한가운데에서 맛보는 것 같은 그런 가벼운 흥분을 맛보고 있었다. 그러면서도 우리는 무한히 가난하였다. 바람과 모래와 별들. 그것은 트라비스트 수사(修士)들에게 알맞은 엄격한 생활 양식이었다. 그러나 자기네들의 추억말고는 이 세상에 이미 아무것도 가진 것이 없는 6, 7명의 사람들이, 그 침침한 식탁보 위에서 보이지 않는 재물들을 분배하고 있었다.

우리들은 마침내 서로 만난 것이었다. 사람들은 자기 침묵에 파묻혀 오랫동안 서로 옆구리를 스치며 길을 간다. 그렇지 않으면 아무 뜻도 없는 말들을 교환한다. 그러나 위험한 시간을 당해 보라. 그러면 그들은 서로서로 돕는다. 그들은 같은 공동체에 속해 있음을 발견하는 것이다.

사람들은 다른 양심들을 발견함으로써 마음이 넓어진다. 사람들은 함빡 웃으며 자기를 돌아본다. 바다가 한없이 넓은 것을 놀란 눈으로 보는 그 석방된 죄수같이 되는 것이다.

2

기요메, 나는 그대에 대한 이야기를 몇 마디 하겠다. 그러나 미련스럽게 그대의 용기 혹은 그대의 직업적 가치를 역설해서 그대를 거북하게 만들지는 않으련다. 그대의 가장 훌륭한 모험을 이야기함으로써 나는 다른 무엇을 그려 보았으면 하는 것이다.

어떻게 부를지 알 수 없는 장점이 하나 있다. 어쩌면 『점잖음』인지도 모르나 이 말 한마디로 만족스럽지는 않다. 왜냐하면 내가 말하는 장점은 가장 명랑한 쾌활을 곁들일 수 있기 때문이다.

그것은 그의 나무 도막 앞에 동등한 기분으로 자리를 잡고, 그것을 만져 보고, 재고, 또 그것을 아무렇게나 다루기는 고사하고 거기에다 자기의 온갖 기능을 집중시키는 목수의 장점 바로 그것이다.

기요메, 나는 전에 그대의 모험을 찬양하는 어떤 이야기를 읽었는데, 그 불충실한 묘사에 대해서 이제는 오래 묵혀 둔 말들을 해야 할 것 같다. 그 이야기에서는 용기라는 것이 마치 가장 급박한 위험 가운데서와 죽음을 겪는 시간에 젊은 중학생들이 하는 것 같은 조롱이나 일삼는 것처럼, 그대가 불량배들이 일삼는 투정을 하는 것을 볼 수 있다. 기요메, 사람들은 그대를 알지 못하였다. 그대는 그대의 적수들과 대결하기 전에 그들을 조롱할 필요를 느끼지 않았다. 몹쓸 폭풍우를 대하면 그대는 판단을 내린다. 『몹쓸 폭풍우가 오는구나!』하고 그대는 그것을 받아들이고 그것을 다루어 본다.

기요메, 나는 여기에 내 추억의 증언을 그대에게 보낸다.

겨울에 안데스 산맥을 횡단하다가 그대가 실종된 지 오십 시간이 되었었다. 나는 파타고니아 오지에서 돌아와 멘도사에 있는 들레 조종사를 찾아갔다. 우리 둘은 비행기로 닷새 동안 그 첩첩산중을 뒤졌으나 아무것도 발견하지 못했다. 우리 둘의 비행기로는 아무래도 부족이었다. 우리로서는 비행대(飛行隊) 백 개가 백 년 동안을 날아다녀도 봉우리들이 칠천 미터에까지 이르는 그 거창한 산맥 덩어리를 완전히 탐사하지 못할 것같이 생각되었다. 우리는 희망을 잃었었다. 오 프랑을 벌기 위해서는 죄악까지도 감행하는 강도들인 그곳의 밀수자들까지도 그 지맥 위에 구조대를 보내기를 거절하였다. 「거기서는 우리의 생명이 위험합니다.」그들은 이렇게 말하는 것이었다. 「안데스 산은 겨울에는 사람을 돌려보내지 않습니다.」들레나 내가 산티아고에 착륙하면 칠레 장교들도 우리에게 탐색을 중지하라고 권고하였다. 「지금은 겨울입니다. 당신들의 동료가 추락할 때에 죽지 않았다 하더라도 살아서 밤을 넘기지 못할 겁니다. 저 위에서는 밤이 지나가면 사람은 얼음으로 변한답니다.」그래서 내가 다시 안데스의 벽과 기둥 사이로 미끄러져 다닐 적에, 나는 이제, 그대를 찾는 것이 아니고 눈으로 된 대성당(大聖堂) 안에 조용히 누워 있는 그대의 시체를 지키는 것 같은 생각이 들었다.

드디어, 이레째 되던 날, 한 번 횡단하고 다른 비행을 기다리는 동안 멘도사의 어떤 식당에서 점심을 먹고 있노라니까, 어떤 사람이 문을 밀고 들어와 소리질렀다. 단지 한두 마디뿐이었다.

「기요메…… 살았어 !」

그러자 거기에 있던 생면부지의 사람들이 모두 서로 껴안았다.

십 분 후에 나는 르페브르와 아브리 두 기계공을 태우고 이륙하였었다. 사십 분 뒤에는, 무엇을 가지고 그랬는지 모르나, 산 라파엘 쪽 어디론지 그대를 싣고 가는 자동차를 알아보고, 길 옆에 착륙하였었다. 그것은 아름다운 해후였다. 우리는 모두들 울었다. 그리고 살아 있는, 부활한 자신의 기적을 스스로 만들어낸 그대를 으스러져라 품에 껴안았다. 감탄할 만한 인간의 자부심을 그대가 피력한 것이 그때였다.「내가 한 건 맹세코, 어떤 짐승도 일찍이 한 적이 없을 거야.」이것이 알아들을 수 있는 그대의 최초의 말이었다.

나중에 그대는 사건 이야기를 우리들에게 들려 주었다.

사십팔 시간 동안에 칠레 쪽 안데스 산봉에 두께 오 미터나 되는 눈이 쏟아져 모든 공간을 막았기 때문에, 판 에어 회사의 미국 비행사들은 오던 길을 되돌아갔었다. 그러나 그대는 하늘의 찢어진 곳을 하나 찾아보려고 이륙하였다. 그대는 조금 남쪽에서 그 함정을 발견하고, 이번에는 고도 육천오백 미터쯤으로 다만 높은 봉우리들만이 삐져나오는 높이 육천 미터의 구름들을 굽어보며 아르젠티나 쪽으로 기수를 돌렸다.

내리달리는 기류는 가끔 조종사들에게 이상야릇한 불안감을 준다. 엔진은 이상없이 돌건만, 그래도 밑으로 빠져들어간다. 고도를 회복하려고 급상승하면 비행기는 속도를 잃고 힘이 없어져 그대로 빠져들어간다. 이제는 너무 급상승하지 않았나 싶어 손을 떼고 비약대(飛躍臺) 모양으로 바람을 맞바로

받는 그 유리한 산봉우리에 기대 보려고 바른편 혹은 왼편으로 표류하게
내버려 둔다. 그러나 강하는 그냥 계속된다. 그것은 하늘 전체가 내려앉는
것 같다. 그러면 일종의 우주적 사고에 끼여든 것 같은 느낌을 가지게 된다.
이제는 대피소가 있을 리 없다. 오던 길을 되돌아서 공기가 무슨 기둥처럼
든든하고 **빽빽**하게 받쳐 주던 지대를 찾아 뒤로 돌아가려고 해보지만 소용이
없다. 그러나 이미 기둥은 없어졌다. 모든 것이 분해되고 만물이 파손되는
가운데에서 뭉개뭉개 피어나 그에게까지 올라와 그를 삼켜 버리는 구름을
향하여 사람은 미끄러져 내려가는 것이다.

그대는 우리에게 이런 말을 했다. 「나는 벌써 붙잡힐뻔 했어, 그러나 아직도
설복은 되지 않았었지. 움직이지 않는 것 같은 구름 위에서 내리달리는 기류를
만나는 일이 있는데, 구름이 움직이지 않는 것같이 보이는 것은 다만 같은
고도에서 구름이 무제한으로 다시 생기기 때문이야. 고산지대에서는 모두가
참으로 이상야릇하단 말이야…….」

그리고 그 구름들이라니!……

「붙잡히자마자 나는 조종 장치에서 손을 떼고 밖으로 내쳐지지 않으려고
시트를 움켜잡았네. 혁대가 어깨에 상처를 내고 끊어져 나갈 듯 싶은 심한
진동이었네. 거기에다 성애가 끼여서 기계적 수평을 모두 앗아갔기 때문에
나는 육천오백 미터에서 삼천오백 미터로 모자처럼 굴러떨어졌네.

삼천오백 미터에서 나는 수평으로 된 어떤 검은 덩어리를 힐끗 보았네.
그래서 비행기를 다시 수평으로 회복시킬 수가 있었지. 그것은 호수였는데,
그것이 라구나 디아만테라는 것을 확인했네. 나는 그 연못이 깔때기 모양으로
된 산협 밑에 있는 것을 알고 있었네. 그 산협의 한쪽 산벽을 이루고 있는
마이푸 화산은 높이가 육천구백 미터나 된다는 것도 알고 있었지. 구름에서는
놓여 났지만, 아직도 **빽빽**한 구름의 소용돌이 때문에 앞이 보이지 않았었고,
깔때기 모양의 어떤 산복에 부딪치지 않고는 그 호수에서 놓여날 수가 없었네.
그래서 나는 그 호수 둘레로 삼십 미터의 고도를 유지하며 휘발유가 다
떨어질 때까지 빙빙 돌았네. 두 시간 동안 돈 다음에 나는 내려앉았다가 뒤집혀
버렸지. 비행기에서 빠져나오자 폭풍에 쓰러졌네. 일어섰지, 그러나 다시

쓰러지고 말았네. 할 수 없이 기체 밑으로 기어들어가 눈속에 대피소를 파는 수밖에 없게 되고 말았네. 나는 거기서 우편행랑을 들쳐쓰고 사십팔 시간 동안을 기다렸네. 그런 다음 폭풍설이 멎자, 나는 걷기 시작했네. 다섯 날하고 네 밤을 걸었네.」

그러나 기요메, 그대에게서 남은 것이 무엇이던가? 우리는 그대를 찾아 내기는 하였다. 그러나 새까맣게 타고 빳빳해지고 노파 모양으로 오그라들은 그대였다! 그날 저녁에 나는 비행기로 그대를 멘도사로 데리고 왔다. 그 곳에는 하얀 홑이불들이 그대 위에 향유처럼 흘러내렸다. 그러나 그것들이 그대를 낫게 하지는 못하였다. 그대는 잠재울 수 없이 이리 뒤척 저리 뒤척 하는, 지칠 대로 지쳐 버린 그 육체가 거추장스러웠다. 그대의 육체는 바위도 눈도 잊어버리지 못하였다. 그것들은 그대의 육체에 흠집을 남겨 놓았다. 나는 매를 맞아 검푸르게 멍이 든 과일같이 부어오른 시커먼 그대의 얼굴을 들여다보고 있었다. 그대는 그 훌륭한 그대의 일 연장을 쓸 수 없게 되어 몹시 추하고 불쌍하였다. 그대의 손들은 얼어붙은 채였고, 그대가 몸을 돌리기 위하여 침대 가장자리에 앉으면 그대의 언 발들은 죽은 두 시계추 모양으로 늘어져 있었다. 그대는 아직도 그대의 길을 끝내지조차 못하여 아직도 숨을 헐떡였고, 또 편안하게 하려고 베개 위에 돌아누울 적에는, 그대가 붙들어 놓을 수 없는 환상의 행렬이, 무대 뒤에서 발을 동동 구르며 기다리던 행렬이 그대의 머리통 밑에서 움직이기 시작하는 것이었다. 그리고 그 행렬은 행 진하고 있었고, 그리하여 그대는 그들의 잿더미 속에서 자꾸 소생하는 원 수들과 수없이 싸움을 다시 시작하였다.

나는 그대에게 탕약을 자꾸 부어 주었다.

「여보게, 마시게.」

「제일 놀라운 것은…… 말이야…….」

이기기는 하였으나 큰 타격을 받은 흔적이 역력한 권투선수 같은 그대는 그 괴이한 모험을 다시 경험하였다. 그리고 그곳에서 조금씩 조금씩 해방이 되었다. 그리고 나는 그대가 밤새껏 이야기하는 동안, 그대가 알펜스톡크도,

로프도, 식량도 없이 사천오백 미터 되는 고개를 올라가는 것을 보았고 발과 무릎과 손에 피를 흘리며 영하 사십 도의 추위를 무릅쓰고 깎아지른 듯한 산비탈을 기어오르는 것을 보았다. 차차 피와 힘과 정신이 빠져나가는 그대는 개미와 같이 고집스럽게 장애물을 돌아가기 위하여 가던 길을 되돌아오기도 하고, 넘어졌다가는 다시 일어나고, 혹은 심연으로밖에는 통하지 않는 언덕을 다시 올라가기도 하고, 또 눈 침대에서 다시는 일어나지 못하겠으므로 마침내 조금도 휴식을 취하지 않고 앞으로 나아갔다. 과연 그대가 미끄러질 적에 돌로 변하지 않기 위해서는 빨리 일어나야 했다. 그대는 추위로 인하여 시시각각으로 돌같이 굳어져갔고, 넘어진 다음 잠깐 동안의 휴식을 맛본 탓으로, 다시 일어나기 위하여는 죽은 근육을 움직이게 해야만 되었었다.

그대는 유혹에 저항하였다. 그대는 이런 말을 내게 들려 주었다. 「눈 속에서는 생의 본능이 모두 없어지고 마네. 이틀, 사흘, 나흘 동안을 걷고 나면, 자고 싶은 생각밖에는 아무것도 없단 말이야. 나도 그게 원이었어. 그러나 나는 나 자신에게 말했지. 「내 아내가 만일 내가 살아 있는 줄로 생각한다면 내가 걷고 있는 줄로 생각한다. 동료들도 내가 걷고 있는 줄로 생각한다. 그들은 모두 나를 믿는다. 그러니 만약에 내가 걸음을 걷지 않는다면 나는 망할 자식이다.」

그리하여 그대는 걸었다. 그리고 주머니칼 끝으로 날마다 구두에 아귀덕을 조금씩 더 파서 얼어서 부풀어오른 발이 견딜 수 있게 하였다.

그대는 이런 이상한 속내이야기를 내게 들려 주었다.

「둘째 날서부터는 말이야, 나의 제일 큰일은 생각을 하지 않게 되는 것이었네. 나는 너무도 괴로웠고 내 처지는 너무나 절망적이었네. 걸을 용기를 내려면 그 처지를 생각하지 말아야만 되었네. 불행히도 나는 뇌를 제대로 통제하지 못했어, 그놈이 터빈처럼 활동한단 말이야. 그러나 나는 뇌에 영상을 골라 줄 수는 있었지. 나는 어떤 영화나 책에 열중하게 하였네. 그러면 그 영화나 책은 달음박질을 쳐서 내 안에서 휙휙 지나가네. 그리고는 나의 현재 처지를 다시 생각하게 된단 말야. 틀림없네. 그러면 나는 그놈을 다른 추억을 향해서 놓아 주고 하였네……」

그러나 한 번은 미끄러져 눈속에 배를 깔고 엎어져서 그대는 다시 일어날 생각을 하지 않았다. 그대는 온 정열을 들인 한대에 허탈하여져서 다시 회복할 길 없는, 마지막 십 초에까지 이르도록 일 초 일 초가 아득한 바깥 세상에 떨어지는 것을 듣고 있는 권투 선수와 비슷하였다.

『나는 할 수 있는 데까지 다했지만 희망이 도무지 없다. 무엇 때문에 이 고난 속에서 살기를 고집하는 거냐?』 그대는 눈만 감으면 세상에 가득한 평화를 느끼는 것이었다.

세상에서 바위와 얼음과 눈을 지워 버리는 것이었다. 그 기적적인 눈꺼풀을 감기가 무섭게, 타격도 추락도 찢어진 근육도, 타는 듯한 동상도 없어지고, 소같이 건장할 때에 끌고 가야 할 생명의 짐마차보다도 더 무거워지는 그 생명의 짐도 없어지는 것이었다. 벌써 그대는 독약이 된 그 추위를, 모르핀처럼 이제는 그대를 온통 편안하게 만들어 주는 그 추위를 맛보고 있었다. 그대의 생명은 심장 둘레로 피난하고 있었다. 무엇인지 아득하고 귀중한 것이 그대 자신의 중심에 쪼그리고 있었다. 그대의 의식은 그 육체의 먼 부분을 차차 포기하였고 지금까지 괴로움을 실컷 당한 그 육신은 벌써 대리석과 같은 무관심을 물려받았었다.

그대의 소심증까지도 가라앉았다. 우리의 호소가 그대에게까지 이르지 못하였다. 아니 더 정확히 말하자면, 그대에게는 그것이 꿈속의 호소로 변한 것이다. 그대는 행복스럽게 꿈속의 걸음으로 응답하였고 그대에게 쉽사리 넓은 들판의 쾌락을 보여 주는 큼직한 발걸음으로 응답하였다. 그대는 그대에게 몹시도 다정하게 된 세상 속으로 얼마나 쉽사리 미끄러져 들어갔던가! 그대의 귀환, 그대는 인색하게도 우리에게 그것을 거부하기로 결정했던 것이다.

그대의 양심 저 밑쪽이 가책으로 저려왔다. 꿈속에 갑자기 확실한 내용이 섞여들어왔다. 「나는 내 아내를 생각했네. 내 보험증서가 있으니 그녀가 비참한 생활은 하지 않게 되겠지. 그러나, 보험은…….」

실종의 경우, 법정사망은 사 년 동안 미루어진다. 이 점이 그대에게 번갯불같이 나타나며 다른 영상들을 지워 버렸다. 그런데 그대는 어떤 눈 덮인

가파른 언덕에 배를 깔고 엎어져 있었다. 그대의 시체는 여름이 되면 그 흙탕에 섞여 안데스의 수많은 심연 중 하나를 향하여 굴러 내려갈 것이다. 그대는 그것을 알고 있었다. 그러나 그대로부터 오십 미터 떨어진 앞에 바위 하나가 우뚝 솟아 있다는 것도 그대는 알고 있었다. 「나는 생각했네. 내가 다시 일어나면 저 바위까지 갈 수 있을지도 모른다, 그리고 내 몸을 바위에 기대 두면 여름이 되면 발견될 것이다라고.」

한번 일어서자 그대는 두 밤과 사흘 낮을 걸었다.

그러나 그대는 멀리 갈 생각은 별로 하지 않았다.

「나는 종말이 가까워온 것을 여러 가지 징조로 짐작했네. 그 중에 하나는 이런 것이었지. 나는 대강 두 시간마다 걸음을 멈추고 구두를 조금 더 째 놓거나 부어오른 발을 눈으로 문지르거나 그렇지 않으면 그저 심장이라도 좀 쉬게 하지 않으면 안 되었네. 그러나 마지막 날에 가서는 기억력이 없어지더군, 떠난 지가 벌써 오래 되었는데, 무슨 생각이 번뜩 난단 말야, 그때마다 나는 무엇을 잊은 것이 생각났어. 첫번은 장갑 한 짝이었는데 그 혹독한 추위에 그것은 중대한 일이었지, 나는 그것을 앞에 내려놓았다가 다시 집어들지 않고 떠난 것이었네. 다음에는 시계였네. 그 다음은 주머니칼이었고, 또 다음은 나침반이었네. 걸음을 멈출 때마다 나는 점점 더 간단해졌네……. 생명을 구해 주는 건 한 발을 내디디는 것일세. 그리고 또 한 걸음, 언제나 같은 발걸음을 다시 시작하는걸세……」

「내가 한 것을 맹세코 어떤 짐승도 일찍이 한 적이 없을걸세.」 내가 아는 것 중에서 가장 고귀한 이 구절, 인간을 제 위치에 놓아 주고, 그를 영광스럽게 하여 주고, 진정한 계급제도를 재건하여 주는 이 구절이 내 기억에 떠올랐다. 그대는 드디어 잠이 들었고 그대의 양심은 폐지되었다. 그러나 방비가 없어지고 구겨지고 타고 한 그 육체에서 양심은 다시 살아날 참이었고 다시 그 육체를 지배할 참이었다. 그러니까 육체는 훌륭한 연장에, 하나의 종에 지나지 않는 것이었다. 그리고 기요메, 그대는 이 훌륭한 연장의 자부심을 표현할 줄도 알았다.

「먹지 못하고 걷는 것이 사흘째 되니…… 내 심장이 말야, 그놈이 그리 튼튼하지 못하리라는 건 자네도 잘 짐작이 가겠지……. 그런데 공중에 매달려서 주먹을 넣을 구멍을 파면서 올라가던 깎아지른 듯한 언덕에서 내 심장이 고장을 일으키더군. 멈칫멈칫하다가 다시 뛰고 제대로 뛰지 못하고 한단 말야. 일 초만 더 멈칫거리면 손을 놓아 버리게 되리라고 느껴지더군. 나는 꼼짝하지 않고 내 가슴속에 귀를 기울였네. 일찍이, 알겠나 ? 일찍이 나는 그 몇 분 동안 자신이 내 심장에 매달려 있는 것을 느낀 것만큼 바짝 내 엔진에 붙어다니는 것을 느낀 적이 없었네. 나는 내 심장에게 말했네, 자 ! 조금만 더 기운을 내라 ! 좀더 뛰어 봐 ! …… 그러나 그것은 성능 좋은 심장이더군 ! 멈칫하다가는 언제나 다시 뛰기 시작하거든……. 이 심장이 얼마나 자랑스럽게 생각되었는지 자네도 모를걸세 !」

내가 지키고 있는 멘도사의 방에서 그대는 마침내 숨가쁜 잠이 들었다. 그리고 나는 이런 생각을 하였다. 기요메에게 그의 용기 이야기를 하면 그는 어깨를 들썩해 보일 거다. 그러나 그의 겸손을 찬양하는 것도 그를 배반하는 것이 될 것이다. 그는 이 평범한 덕을 훨씬 지나서 자리잡고 있는 것이다. 그가 어깨를 들썩한다면 그것은 총명해서 그런 것이다. 한번 사건에 부닥뜨리면 사람들은 무서움이 없어진다는 것을 그는 알고 있다. 오직 미지(未知)의 것만이 사람들을 무섭게 하는 것이다. 그러나 그것을 무릅쓰면 그것은 이미 미지의 것이 아니다. 특히 그 미지의 것을 총명한 점잖음으로 살펴보는 때에 더욱 그렇다. 기요메의 용기는 무엇보다도 그의 정의의 결과인 것이다. 그의 진짜 장점은 거기에 있지 않다. 그의 위대함은 자기의 책임을 느끼는 데에 있다. 자신에 대한 책임, 우편물과 희망을 품고 있는 동료들에 대한 책임, 그는 저들의 근심이나 기쁨을 좌우할 수 있다. 저기 산 인간들의 세계에 새로 건설되는 것, 자기도 참가해야 하는 그것에 대한 책임, 자기의 일의 한도 안에서 인간들의 운명에 대해서 약간 지니고 있는 책임, 넓은 지평선을 그들의 잎들로 덮기를 승락하는 너그러운 존재들 중에 그는 끼여 있는 것이다. 사람이 된다는 것은 바로 책임을 안다는 그것이다. 자기에게 달린 것같이 보이지 않던 곤궁 앞에서 부끄러움을 아는 것이다. 동료들이 거둔 승리를 자랑으로 아는 그것이다. 돌을 갖다 놓으며 세상을 세우는 데에 이바지한다고 느끼는 그것이다.

　사람들은 이런 인간들을 투우사나 노름꾼과 혼동하곤 한다. 사람들은 이들이 죽음을 경멸하는 것을 자랑한다. 그러나 나는 죽음을 경멸하는 것을 우습게 안다. 그것은 자기가 알고 들어간 책임감에서 나오는 것이 아니면, 빈곤이나 지나친 젊음의 표시밖에는 되지 않는 것이다. 나는 자살한 어떤 젊은이를 안다. 그는 무슨 실연을 당하였기에 조심성있게 심장에다 대고 총알을 쏘았는지도 모른다. 무슨 문학적 유혹에 빠져 손에 흰 장갑을 끼었는지 나는 모른다. 그러나 그 초라한 연극을 보고 숭고하다는 인상보다는 빈곤하다는 인상을 받았다. 그렇게도 사랑스러운 얼굴 뒤에, 그 인간의 해골 밑에는 아무것도, 정말 아무것도 없었던 것이다. 다른 처녀와 비슷한 어떤 어리석은 처녀의 영상을 빼놓고는. 이 빈약한 운명 앞에서 나는 마음속으로 이런 말을 하였다. 『이것 보시오, 나는 땅을 팔 적에 가끔 땀을 흘렸습니다. 내 다리는 관절염으로 땅겼습니다. 그래서 나는 그놈의 종살이를 저주했어요. 그런데 지금은 괭이질을 했으면, 땅을 팠으면 좋겠습니다! 괭이질을 한다는 것이 얼마나 아름다워 보이는지 모르겠어요! 땅을 팔 적에는 더없이 자유롭거든요! 그리고 내 나무들을 누가 다듬어 주겠습니까?』 그는 황무지를 남겨 놓고 갔다. 그는 개간하지 않은 유성을 남겨 두고 떠났다. 그는 지구의 모든 땅과 모든 나무에 애착을 가졌었다. 그이야말로 아량이 있는 사람, 손이 큰 사람, 진정한 인간이었다. 그이야말로 그의 창작을 대신해서 죽음과 싸우던 그때에, 기요메처럼 용감한 사나이였다.

3. 비 행 기

　기요메, 기압계를 검사하고, 회전의(回轉儀) 위에서 몸을 가누고, 엔진의 숨결을 들어 보고 십오 톤이나 되는 금속에 어깨를 으스러지게 하는 중에 그대의 낮과 밤들이 흘러간들 무슨 상관이 있겠는가? 그대에게 제시되는 문제들은 결국은 인간의 문제이고, 그래서 그대는 대번에 산골 사람의 고귀한 지위를 그대로 붙잡는 것이다. 마치 시인과도 같이 그대는 새벽의 알림을 음미할 줄 안다. 어려운 밤들의 심연 속에서 그대는 그렇게도 자주 저 창백한 불꽃뭉치, 동쪽의 시꺼먼 땅에서 솟아오르는 저 광명의 출현을 소원하였다. 그 기적적인 샘이 어느 순간 그대의 앞에서 천천히 얼음이 녹아내려, 죽는 줄 알고 있던 그대를 낫게 하였다.

　정교한 기구를 사용하였다고 해서 그대는 딱딱한 기계사(機械士)가 되지는 않았다. 우리들의 기술 발달을 너무 지나치게 두려워하는 사람들은 목적과 방법을 혼동하는 것같이 생각된다. 하기는 물질적 재산을 얻을 희망만을 가지고 싸우는 사람은 누구나 살 만한 가치가 있는 것을 거두지는 못한다. 그러나 기계는 목적이 아니다. 비행기는 목적이 아니고 하나의 연장이다. 쟁기와 같이 하나의 연장이다. 기계가 인간을 삼켜 버린다고 생각한다면 그것은 아마 우리가 당한 변화와 같이 빠른 변화의 결과를 판단할 수 있을 만큼 조금 뒤로 물러서서 바라보는 눈이 없기 때문일 것이다. 이십만 년이나 되는 인간의 역사 앞에 백 년 되는 기계의 역사가 무엇이란 말인가? 우리는 광산과 발전소가 있는 이 풍경 속에 겨우 자리잡은 참이다. 아직 채 짓지도 못한 이 새 집에 우리는 겨우 살기 시작한 것이다. 우리 주위의 모든 것은 너무도 빨리 변하였다. 인간들의 관계도, 노동 조건도, 풍속도, 우리의 심리조차도 그 가장 은밀한 근저에까지 뒤죽박죽되었다. 이별과 부재(不在), 거리, 귀가, 이런 개념의 단자(單子)는 그대로 남아 있지만, 그러나 이미 같은 내용을 품고 있지는 않다. 오늘의 세계를 파악하는 데 우리는 어제의 세계를 위하여 제정된 언어를 사용하고 있는 것이다. 그리고 과거의 생활이 우리의 언어와 더 적절하게 합치된다는 한 가지 이유만으로 그것이 우리의 본성과 더 잘 맞는 것같이 생각된다.

진보의 하나하나가 우리가 겨우 가지게 된 습성에서 우리를 조금 더 멀리 쫓아 버렸고, 이리하여 우리는 참말로 아직 고향도 정하지 못한 이주민인 것이다.

우리는 모두가 아직 우리들의 새 장난감에 눈을 휘둥그렇게 뜨는 어린 야만인들이다. 우리들의 비행기 경주는 다른 뜻이 있는 것이 아니다. 그것은 더 높이 올라가고 더 빨리 달린다. 우리는 왜 그 비행기를 달리게 하는지 잊어버리고 있다. 경주 그 자체가 그 비행기를 달리게 한다는 것을 잊어버리고 있다. 경주가 그 목표보다 더 중하다. 그리고 이것은 언제나 마찬가지다. 제국(帝國)을 창건하는 식민주의자에게는 정복하는 것이 삶의 보람이다. 병정은 식민(植民)을 멸시한다. 그러나 그 정복의 목적이란 이 식민의 정착이 아니었던가? 이와 같이 우리의 진보에 열광한 나머지 우리는 철로를 깔고 공장을 세우고 유정(油井)을 파고 하는 데에 사람들을 종 노릇하게 만들었다. 우리들은 이런 건설들이 사람들에게 봉사하기 위한 것임을 어느 정도 잊어버리고 있었다. 정복 기간을 통하여 우리의 윤리는 병사의 그것이었다. 그러나 우리는 이제 식민을 하여야 된다. 우리는 아직 얼굴 모습을 갖추지 못한 이 새 집을 살아 있는 물건으로 만들어 놓아야 한다. 어떤 사람에게는 건설하는 것이 진리이고, 어떤 사람에게는 거기에 사는 것이 진리이다.

우리들의 집은 아마 차차 더 인간다워질 것이다. 기계도 더 완성되면 완성될수록 제 구실 뒤에 자취를 감춘다. 어떤 기둥이나 유선형의 기체 혹은 비행기의 동체에서 곡선을 차츰차츰 이탈시켜, 유방이나 어깨 곡선의 원초적인 순수성을 갖게 하기 위해서는 여러 세대의 경험이 필요한 것처럼, 인간의 모든 공업적 노력, 그의 모든 계산, 공작도(工作圖) 위에서 지내는 그 모든 밤샘들이 눈에 보이는 상징 모양으로 유일한 순수성에 귀착되는 것 같다. 기사들이나 제도가(製圖家)들 혹은 조사부의 계산하는 이들의 일이 보기에는 땜자리를 닦고 쓸고 가볍게 하고 날개를 반듯하게 만들어서 그것이 눈에 뜨이지 않게 되기까지, 비행기 동체에 날개가 달려 있지 않고 마침내 그 불순물에서 분리되어 완전히 만개된 어떤 형체가 되기까지, 신비스럽게 서로 결합된, 그리고 시(詩)와 같은 성질을 가진 일종의 자연적인 전체만이 남게 될 때까지 하는 데 있는 것 같다. 완전이란 것은 아무것도 덧붙일 것이 없을 때가 아니라, 아무것도 떼어낼 것이 없을 때 달성되는 것 같다. 발전의 한계에 다다르면 기계는 몸을 숨기는 것이다.

완전한 발명은 이와 같이 발명이 없는 것과 종이 한 겹 사이이다. 그리고 기구 안에서밖에 드러난 기계 장치가 차차 없어지고 바닷물로 반들반들하게 된 조약돌만큼이나 자연스러운 물건이 우리에게 넘겨지는 것과 마찬가지로, 그 기구를 사용하는 데에 있어서도 기계가 차차 잊혀지게 되는 것도 기묘한 일이다.

우리는 그 전에는 복잡한 공장과 접촉을 가졌었다. 그러나 오늘날에는 엔진이 돌아가고 있다는 것을 잊고 있다. 엔진은 심장이 뛰는 것과 같이 돌아간다는 그의 직책을 드디어 맞갖게 채우게 되었는데, 우리는 우리 심장에 대해서도 도무지 주의를 기울이지 않는 것이다. 이 주의를 연장이 흡수하여 버리지는 않는 것이다. 연장 너머로 또 그것을 거쳐서 우리가 다시 찾아내는 것은 묵은 자연, 정원사나 항해자 혹은 시인의 자연 그것이다.

물을 떠나 이륙하는 조종사는 물과 접촉하게 되고 공기와 접촉하게 되는 것이다. 엔진을 건 다음 비행기가 벌써 바다를 가를 적에는 철썩거리는 세찬 물결에 부딪쳐 선각(船殼)이 징처럼 울리고 사람은 허리가 흔들리는 것으로 이 작용을 깨달을 수 있다. 그는 수상비행기가 일 초 일 초 속력을 더함에 따라 힘이 생기는 것을 깨닫는다. 비행을 할 수 있게 만드는 성숙(成熟)이 그 십오 톤의 물질 속에서 준비되는 것을 그는 느낀다. 조종사는 조종간들을 손으로 쥔다. 그러면 오그린 손바닥 안에 차차 이 힘을 어떤 선물처럼 받게 된다. 조종간의 금속성 기관들은 이 선물이 조종사에게 주어지는 데 비례해서 그의 능력의 전달자로 변한다. 그 힘이 무르익으면 열매를 따는 것보다도 더 경쾌한 동작으로 조종사는 비행기를 물에서 분리시켜 공중에 얹어 놓는 것이다.

4. 비행기와 지구

1

비행기는 물론 기계다. 그러나 얼마나 기막힌 분석의 기구인가 ? 이 기계의 덕택으로 우리는 지구의 참된 모습을 발견하였다. 과연 도로는 몇 세기를 두고 우리들을 속여왔다. 우리는 마치 자기 신민(臣民)들을 둘러보고 자기의 통치를 좋아하는가 알고자 한 그 여왕과 비슷하였다. 그녀의 신하들은 여왕을 속이기 위하여 그녀가 지나갈 길에 보기 좋은 장식을 조금 세우고, 광대들에게 돈을 주어 거기서 춤을 추게 하였다. 여왕은 그 가느다란 길밖에는 자기 나라의 아무것도 보지 못하였고, 먼 평야 쪽에서 굶어죽는 백성들이 그녀를 저주하고 있다는 것을 알 턱이 없었다.

이와 같이 우리는 구불구불한 도로를 따라 길을 갔었다. 그것들은 메마른 땅과 바위와 모래밭을 피하고, 사람들의 요구를 받아들여 이 샘물에서 저 샘물로 뻗어 나간다. 그것들은 시골 사람들을 곡간에서 밀밭으로 데려가고 외양간 문턱에서 가축들을 받아다가 새벽녘에 거여목밭에 놓아 준다. 도로들은 이 촌락을 저 동네와 맺어 준다. 이 동네와 저 동네에서 서로 혼인을 하니까. 그리고 그 도로 중에 어떤 것이 광야를 건너가는 모험을 하는 경우에라도, 오아시스를 즐기기 위하여 이리저리 수없이 돌아간다.

마치 관대한 거짓말에 속아넘어가는 것처럼 그 도로의 굴곡 하나하나에 속아서, 여행하는 동안, 그 많은 관계된 토지와 그 숱한 과수원과 그 많은 목장 곁을 스쳐 지나갔기 때문에, 우리는 우리들의 감옥의 모습을 오랫동안 아름답게 보아왔다. 이 지구를 우리는 축축히 젖고 부드러운 것으로 알아왔다. 그러나 우리의 시력이 예민하여져서 우리는 무자비한 발전을 이룩하였다. 비행기를 가지고 우리는 직선을 배웠다. 비행기가 이륙할 수 있게 되자마자, 우리는 샘터와 외양간 쪽으로 가는 길, 혹은 도시에서 도시로 가는 그 길들을 버렸다. 그때부터는 연연한 종살이에서 해방되고 샘의 필요에서 풀려서 우리는 우리의 먼 목적들을 향하여 기수를 돌린다. 그때에야 비로소 우리들의 직선 탄도(彈道) 위에서 본질적 기초인 바위와 모래와 소금으로 된 지층을 발견하게 되고, 거기에는 가끔, 폐허 밑창에 돋아난 약간의 이끼같이, 생명이 여기저기에 무턱대고 피어나는 것이다.

우리는 그러니까 물리학자나 생물학자가 되어서 골짜기 속을 꾸미는 저 문명들을, 어쩌다가 기적적으로 유리한 풍토를 만나 공원같이 피어나는 그 문명들을 연구하는 것이다. 그러니까 우리는 인간을 우주적 척도로서 판단하게 되며, 검사기를 통하듯 우리의 현창(舷窓)을 통하여 그를 관찰하게 되는 것이다. 우리는 우리의 역사를 다시 읽고 있는 것이다.

2

마젤란 해협을 향해 가는 조종사는 리오 갈레고스의 약간 남쪽에서 예전의 용암 유출로 그 위를 비행하게 된다. 이 파편들이 이십 미터의 두께로 평야를 찍어누르고 있다. 그리고 조종사는 둘째 분출구, 셋째 분출구를 만나게 되고, 그 뒤로는 땅이 두드러진 곳마다, 이백 미터 되는 야산마다, 모조리 산복에 분화구가 있다. 거만한 베스비오스가 아니고, 평야에 그냥 놓인 유탄포의 입구들이다.

그러나 지금은 정적이 찾아왔다. 정적이 몹시도 이상스럽게 느껴지는 그 변한 풍경 속에서는, 전에 수천 개의 화산이 불을 뿜을 적에, 그 웅장한 지하의

파이프 오르간으로 서로 응답했던 적이 있다. 그런데 이제는 잠잠해지고 검은 빙하로 장식된 땅 위를 비행하게 되는 것이다. 그러나 더 멀리 가면 더 오래된 화산들이 벌써 황금빛 잔디를 입고 있다. 그 우묵히 파진 곳에서는 오래 전 화분에 핀 꽃 같은 나무 한 그루가 어쩌다가 자라나고 있다. 황혼빛 광선 아래에서는 평야가 짧은 풀로 피어나서 공원처럼 사치스러워지고, 그 거창한 입구 둘레에서나 겨우 부풀어오른다. 산토끼 한 마리가 깡충거리며 뛰어달아나고 새 한 마리가 날아가고, 별 위에 좋은 흙반죽이 깔린 새로운 지구를 마침내 생명이 차지하게 되었다.

마침내 푼타 아레나스에 조금 못 미쳐서는 최후의 분화구들이 메꿔지고 있다. 판판한 잔디밭이 화산의 곡선을 따라 깔려 있다. 이제 그 화산들은 아늑하기만 하다. 찢어진 곳마다 그 연한 아마(亞麻)로 꿰매어졌다. 땅은 판판하고, 경사는 완만하고 이리하여 사람들은 그 기원을 잊어버린다. 이 잔디밭이 구릉의 산복에서 어두운 상징을 지워 버리는 것이다.

그리고 그곳은 이제는 선천적 용암과 남쪽 빙산 사이에 우연히 약간의 진흙이 있음으로 해서 생길 수 있는 세계 최남단의 도시다. 시커먼 분출구에서 그렇게도 가까운 데서 사람들은 얼마나 인간의 기적을 잘 깨닫게 되는 것인가! 괴상야릇한 해후! 어떻게 또는 왜, 저 승객은 날 중에 축복받은 날, 아주 짧은 시간밖에는 지낼 수 없는, 잘 가꾸어진 이 정원을, 어떤 지질학적 시대를 방문하는 것인지 알지 못할 것이다.

나는 고요한 저녁에 착륙하였다. 푼타 아레나스! 나는 우물에 기대어서서 처녀들을 바라본다. 그들의 얌전한 모습을 지척에서 바라보며 나는 인간의 신비를 한층 더 잘 깨닫는다. 생명이 다른 생명과 그렇게도 잘 합쳐지고, 바람이 몰아치는 가운데에서도 꽃들과 꽃들이 섞이고 백조가 다른 모든 백조들을 아는 이 세상에서, **홀로 사람들만이 그들과 고독을 세운다.**

얼마만한 공간이 이들 사이에 그들의 정신적인 몫을 남겨 놓는 것인가! 처녀의 꿈은 그와 나 사이를 갈라 놓으니, 어떻게 해야 그를 그 꿈속에서 만날 것인가? 눈을 내리깔고 혼자서 방싯 미소하며, 벌써 귀여운 계교와 거짓말을 가득 품고, 느린 걸음으로 집에 돌아가는 처녀에 대해서 무엇을 알 수 있겠는가? 그녀는 어떤 애인의 생각과 목소리와 침묵을 가지고 한 왕국을 꾸밀 수 있었고, 그때부터 그에게는 그 애인 말고는 모두가 야만 인이다. 다른 어떤 별에서보다도 더 고이, 그 처녀가 자기 비밀과 자기 관습과 자기 기억의 음악적인 메아리 속에 숨어 있는 것을 나는 느낀다. 화산과 잔디밭과 바다의 염수에서 어제 태어난 그 처녀가 벌써 반쯤 신과 같이 되지 않았는가?

푼타 아레나스! 나는 지금 우물에 기대어 있다. 늙은 여인들이 물을 길러 온다. 그들이 겪은 인생연극에서 내가 아는 것이란 겨우 이러한 하인들의 동작뿐일 것이다. 아이 하나가 벽에 목덜미를 기대고 가만히 울고 있다. 그에 대한 내 추억 속에는 그저 영원히 위로할 수 없는 예쁜 어린이로밖에는 남지 않을 것이다. 나는 외국인이다. 나는 아무것도 모른다. 나는 그들의 제국 안에 들어가지 못한다.

얼마나 초라한 장치 속에서 증오와 우정과 인간의 희열이라는 거대한 연극이 실연되고 있는가! 아직도 뜨거운 용암 위에 위태롭게 서 있고, 벌써 뒤에 엄습할 모래며 눈의 위협을 당하고 있으면서, 사람들은 영원에 대한 취미를 어디서 찾아내고 있는가? 그들의 문명은 여린 도금에 지나지 않는다. 화산이나 새로 생긴 바다나 모래, 바람이 그것들을 지워 버린다. 이 도시는 보스의 토지처럼 속속들이 풍부하다고 생각되는 때에 땅 위에 앉아 있는 것 같다. 생명은 여기서나 다른 곳에서나 사치이고, 그들의 발자국 밑에 그다지 깊은 땅은 아무데도 없다는 것을 사람들은 잊고 있다. 그러나 나는 푼타 아레나스에서 십 킬로미터 되는 곳에 그것을 증명해 주는 연못이 하나 있는 것을 안다. 자라지 못한 나무들과 얕은 집들에 둘러싸여 어떤 농가의 마당에 있는 웅덩이같이 보잘것없는 그 연못에는 이상하게도 밀물 썰물이 있다. 그 숱한 고요한 현실, 그 갈대, 그 장난하는 아이들 틈에서 밤낮으로 느릿느릿한 호흡을 계속하면서 그 연못은 다른 법칙에 복종하는 것이다. 고요한 수면 아래서, 움직이지 않는 얼음 밑에서, 하나밖에 없는 낡아빠진 나룻배 아래에서 달의 에네르기가 작용하는 것이다. 바다의 소용돌이가 그 검은 덩어리를 저 속에서 단련시키는 것이다. 그 호수 주위에서 또 마젤란 해협에 이르기까지 꽃과 풀의 가벼운 요에 덮여 이상야릇한 소화가 계속되는 것이다. 넓이 백 미터 되는 이 웅덩이에는, 사람들이 인간의 대지에 튼튼히 자리잡은 자기 집같이 생각하는 어떤 도시의 문턱에서, 바다의 맥박이 뛰고 있는 것이다.

3

우리는 떠돌아다니는 한 유성 위에 살고 있다. 비행기의 덕택으로 가끔 이 유성은 우리에게 그 기원을 보여 준다. 달과 관계있는 조수(潮水)는 숨은 친척 관계를 드러내는 것이다——그러나 나는 거기에 대한 다른 표징도 보았다. 쥐비 곶〔串〕과 시스네로스 사이에 걸친 사하라의 해안에서는 드문드문 원추형의 나무도막처럼 생긴 고원 위를 비행하게 되는데, 그 넓이는 몇 백 보에서 한 삼십 킬로미터에 이르기까지 가지각색이다. 그 고도는 현저히 균일하여 삼백 미터이다. 그러나 이 균등한 고도말고도 그 고원들은 빛깔도, 그 흙의 굵기도, 그 절벽의 부조도 같은 모양으로 되어 있다. 모래에서 홀로 솟아나와 있는 신전의 기둥들이 무너진 식탁의 흔적을 아직도 보여 주듯이, 이 외로이 서 있는 기둥들도 예전에 그것들을 하나로 만들어 놓았던 광활한 고원을 표시하는 것이다.

카사블랑카—다카르 항공로가 시작된 후 처음 몇 해 동안, 기재(機材)가 완벽하지 못했던 시대에, 우리는 고장이나 탐색이나 구조 때문에 가끔 불귀순 지구에 착륙하지 않으면 안 되었다. 그런데 모래란 놈은 속이기를 잘한다. 단단하다고 생각했는데, 푹푹 빠져들어간다. 아스팔트같이 딱딱해 보이고 발뒷꿈치 밑에서 단단한 소리를 내는 예전 염전으로 말하면 가끔 바퀴의 무게를 당해내지 못한다. 그러면 흰 소금 껍질이 터지며 시꺼먼 개흙바닥의 고약한 냄새를 풍긴다. 그래서 환경이 허락하기만 하면 반반한 그 고원의 표면을 골라잡았었다. 그것들은 절대로 함정을 숨겨 두지는 않았으니까.

이 보장은 아주 조그마한 조개 껍질들이 어마어마하게 쌓여서 된, 알이 굵고 단단한 모래가 있는 데에서 오는 것이었다. 고원의 표면에서는 아직 그대로 있는 이 조개 껍질들이, 산등성이를 타고 내려옴에 따라 부서져서 한데 엉키는 것을 볼 수 있었다. 산덩어리 밑의 가장 오래된 층에서는 그것들이 벌써 순수한 석회석을 이루고 있었다.

그런데 나는 불귀순 지구의 주민들에게 붙들린 동료들, 레느와 세르가 포로 생활을 하고 있던 시절에, 모르 인 사자(使者)를 내려놓기 위하여 이 대피소 중의 하나에 착륙한 다음, 떠나기 전에 그가 내려갈 수 있는 길이 있는가 하고 함께 찾아본 일이 있었다. 그러나 우리가 내렸던 높은 꼭대기는 어느 쪽으로 가든지 심연을 향하여 두꺼운 천과 같은 주름살을 지으며 수직으로 곤두박질해 내려가는 절벽으로 끝나 있었다. 절대로 탈출이 불가능하였다.

그런데도, 나는 다른 데에 가서 다른 착륙지를 찾으려고 이륙하기 전에 그곳에서 서성거렸다. 짐승이고 사람이고를 막론하고 아무도 일찍이 더럽힌 적이 없는 지역에 내 발자취를 남긴다는 사실에 나는 유치할지도 모르는 기쁨을 맛보았다. 어떤 모르 인도 이 요새를 공격할 생각은 못 하였을 것이다. 어떠한 유럽 인도 일찍이 이 지역을 탐사하지 못하였다. 나는 무한히 순결한 모래 위를 이리저리 거닐었다. 그 조개 껍질로 된 먼지를 무슨 귀중한 금처럼 이 손에서 저 손으로 흘러내리게 한 사람은 내가 처음이었다. 그 침묵을 깨뜨린 사람은 내가 처음이었다. 천지개벽 이래 풀 한 포기 나게 하지 못한 극지의 빙괴(氷塊)와 같은 그곳에서, 나는 바람에 불려온 씨앗과 같은 생명의 첫 증거였다.

벌써 별이 하나 반짝이고 있었다. 나는 그 별을 쳐다보았다. 나는 그 흰 지면이 수십만 년째 오직 별에게만 바쳐져 있었다는 것을 생각하였다. 맑은 하늘 밑에 깨끗하게 펼쳐진 식탁보였다. 그리고 그 백포(白布) 위에 내게서 한 십오 미터나 이십 미터 떨어진 곳에서 검은 조약돌을 하나 발견하였을 때, 나는 큰 발견이 이루어지려는 순간에 받는 것 같은 마음의 충격을 받았다.

나는 조개 껍질이 삼백 미터나 쌓인 그 위에 서 있었다. 그 토대 전체가 하나의 절대적인 증거와도 같이 돌 하나라도 거기에 있는 것을 반대하는 것이었다. 지구의 완만한 소화작용에서 생긴 계석들이 저 땅속 깊이 잠자고 있었는지는 모른다. 그러나 어떠한 기적으로 그 중의 하나가 이 너무도 새로운 지면에까지 올라올 수 있었을까? 그래서 나는 가슴을 설레이며 이 발견물을 주웠다. 단단하고 까맣고 크기는 주먹만 하고 금속처럼 무겁고 눈물 모양으로 생긴 조약돌이었다. 사과나무 밑에 펼쳐진 보자기는 사과밖에 받을 수 없고, 별 밑에 펼쳐 놓은 보자기에는 성진(星塵)밖에는 떨어지지 않는다. 일찍이 어떤 운석도 이렇게까지 명백하게 그 기원을 보여 준 일이 없었다.

그리고 나는 머리를 쳐들며 극히 자연적으로 이 천체의 사과나무에서 다른 사과들도 떨어졌을 것이라고 생각하였다. 수십만 년 전부터 아무것도 그것들을 건드리지 않았을 것인즉, 나는 그것들이 떨어진 그 자리에서 발견할 것이다. 그것들은 다른 재료들과 조금도 섞이지 않았으니까 말이다. 그래서 나는 내 가설을 증명하기 위하여 탐사를 시작하였다.

내 가설은 증명되었다. 나는 일 헥타르에 돌 하나꼴로 내 발견물을 수집하였다. 언제나 옹골진 용암의 그 형상, 언제나 검은 다이아몬드 같은 그 단단한. 나는 이리하여 굉장한 축처 속에서 내 별의 우량게 위에서 그 느린 불의 비를 관찰하였다.

4

그러나 가장 기묘한 것은 지구의 둥근 등 위에, 그 자기를 품은 보자기와 별들 사이에, 그 비가 거울에 비치듯 비칠 수 있는 인간의 양심에 서 있다는 가장 기묘한 일이었다. 광물의 토대 위에 한 꿈이 있다는 것은 기적이다. 그런데 나는 한 꿈이 생각난다…….

이와 같이, 나는 또 한 번은 모래가 두껍게 쌓여 있는 지방에 떨어져서, 날이 새기를 기다리고 있었다. 황금빛 야산들은 달 쪽으로 그 환한 산복을 향하고 있었고 그늘에 잠긴 산복들은 빛과 어둠의 분할선까지 올라오고 있었다. 그 그늘과 달의 적막한 작업장 위에는 공사가 중단된 때와 같은 평화가 깃들어 있었고, 또한 그 속에서 내가 잠든 함정의 침묵도 흐르고 있었다.

잠시 깨었을 때 나는 밤하늘의 수조(水槽)밖에는 아무것도 보지 못했다. 왜냐하면 나는 팔을 열십자로 벌리고 그 별들의 못〔池〕을 향하여 산봉우리 위에 누워 있었던 것이다. 나는 그 깊이가 얼마나 되는지 아직 몰랐고, 또 벌써 끈이 풀어져 잠수부처럼 떨어지게 내맡겨진 나와 그 심연들 사이에 붙잡을 뿌리 하나, 지붕 하나, 나뭇가지 하나 없다는 사실에 현기증을 느꼈다.

그러나 나는 떨어지지는 않았다. 머리 끝서부터 발뒤꿈치까지 나는 나 자신이 대지에 매어져 있는 것을 발견하였다. 나는 내 몸무게를 대지에 맡기는 데에서 일종의 안심을 느꼈다. 인력(引力)이 나에게는 사랑처럼 더할 수 없는 것으로 생각되었다.

나는 대지가 내 허리를 받쳐 주고, 나를 지탱하여 주고, 나를 들어올려 주고, 나를 밤의 공간 속으로 운반하여 주는 것을 느꼈다. 나는 커브를 돌 때 수레에 우리를 착 달라붙게 하는 것과 같은 중력으로 내가 지구에 착 달라붙어 있는 것을 발견하였고, 그 기묘한 엄체(掩體)와 그 견고함과 그 안전함을 맛보았고, 내 육체 밑에 내가 탄 배의 그 굽은 갑판을 느꼈다. 힘들여 다시 맞추어지는 자료들의 신음 소리와 잠자리를 찾아가는 옛날 범선들의 그 삐걱거리는 소리와 역풍을 만난 소범선들이 내는 그 길고도 날카로운 소리가 땅 저 밑에서 올라오는 것을 들어도 놀라지 않았을 만큼 나는 업 혀간다는 것을 몹시도 생생하게 의식하였다. 그러나 땅 깊은 속에는 침묵이 계속되었다. 그리고 이 중력은 내 어깨에 영원히 조화되고 변함없고 고른 것으로 느껴졌다. 죽은 조역형수(漕役刑囚)들의 시체가 납덩어리를 달고 바다 밑에 가라앉아 있는 것처럼 나는 분명히 이 고향에 살고 있었다.

나는 사막 가운데에 홀로 떨어지고 위협을 당하고 모래와 별들 사이에서 알몸으로 너무도 많은 침묵으로 내 생명의 극점에서 분리되어 있는 내 처지를 곰곰이 생각하였다. 왜냐하면 만약에 아무 비행기도 나를 발견하지 못하고 모르 인들이 내일 나를 학살하지 않는다면, 내 생명의 극점을 다시 찾아가기 위해 여러 날 여러 주일 여러 달을 소비하리라는 것을 나는 알고 있었기 때문이다. 여기서 나는 이 세상에 가진 물건이 아무것도 없었다. 나는 오직 숨 쉬는 것의 아늑함을 의식하는, 모래와 별들 사이에 길을 잃은, 죽을 인생에 지나지 않았던 것이다…….

그러면서도 나는 내 안에 꿈이 가득차 있는 것을 발견하였다.

그것들은 샘물과 같이 소리없이 내게로 왔고, 또 나는 맨 처음에는 내 안으로 스며드는 아늑함을 깨닫지 못했었다. 거기에는 목소리도 영상도 없고, 다만 실재와 몹시 가까이 있어 벌써 반쯤은 짐작되는 우정의 느낌이 있었다. 그리고 나서 나는 깨달았고, 눈을 감은 채 내 기억의 환희에 몸을 내맡겼다.

어디엔가 검은 젖나무와 보리수가 들어찬 공원이 있고, 내가 사랑하는 묵은 집이 하나 있었다. 그 집이 멀리 있거나 가까이 있거나, 내 육체 속을 따뜻하게 품어 주지도 못하고, 여기서는 겨우 꿈의 구실밖에 할 수 없기 때문에 나를 거두어 주지 못해도 별로 상관이 없었다. 그것이 있다는 것만으로, 그의 존재를 가지고 내가 지내는 밤을 가득 채워 주기에 족하였다. 나는 이미 모래밭 위에 떨어진 이 육체가 아니었고, 자신을 알고 있었으니 그 집의 냄새가 가득히 배인, 그 현관의 서늘한 기운이 가득히 스며 있는, 그 쟁쟁 울리는 목소리가 몸에 가득히 배인, 그 집의 어린애였다. 그리고 웅덩이 속에서 노래하던 개구리까지도 나를 찾아 이곳으로 왔다. 나 자신을 인식하기 위하여, 그 광야의 맛이 어떤 부재(不在)들로 이루어졌는지 발견하기 위하여 개구리조차도 노래하지 않는 천 가지 침묵으로 이루어진 그 침묵에서 어떤 의의를 발견하기 위하여 나는 이 천 가지 표지(標識)가 필요하였다.

아니다, 나는 이미 모래와 별들 사이에 머물지 않았다. 나는 이미 그 무대 장치에서는 차디찬 메시지밖에 받는 것이 없었고, 그로부터 받는 줄로 생각했던 영원에 대한 흥미조차도, 이제 그것이 어디에서 오는지를 발견하였다. 나는 집의 으리으리한 큰 장농들을 눈앞에 다시 그렸다. 장농문이 빠끔히 열리며 눈같이 흰 홑이불이 채곡채곡 개여 있는 것이 보였다. 그 장문이 빠끔히 열리며 눈같이 찬 피륙들이 보였다. 늙은 가정부는 이 장농에서 저 장농으로 생쥐처럼 종종 걸음을 치며, 빨아 둔 목자 옷감들을 늘 검사하고,

펴보고 다시 접고 다시 세어 보고 하며, 집의 영원성을 위협하는 소모(消耗)의 징조가 보일 때마다, 아이구머니, 이를 어쩌나 하고 소리를 치면서 어떤 램프 밑으로 달려가, 눈을 상해가며 그 제대보(祭臺布)의 날을 고치고, 저 삼장범선(三檣帆船)의 돛을 찍어매고 하여, 자기보다 위대한 그 무엇, 즉 어떤 신(神)이나 배에 봉사하는 것이었다. 아! 나는 그대에 대해서도 한 장쯤은 글을 써야겠다. 할머니, 내가 처음 몇 번 여행하고 돌아갔을 적에, 할머니는 손에 바늘을 쥐고 무릎까지 흰 중백의(中白衣) 속에 파묻혀, 해마다 주름살이 조금 더 늘고 백발이 조금 생긴 얼굴로, 우리의 잠을 마련하여 줄 구김살 없는 그 홑이불이며, 우리의 저녁식사를 채려 줄 혼술 없는 그 식탁보며 그 화려한 수정그릇과 등불들을 언제나 할머니의 손으로 마련하고 있었지. 나는 할머니의 바느질 방을 찾아가서 할머니 앞에 앉아서는, 내가 겪은 모험담을 이야기해서 들려 주며 할머니를 감격하게 하고 세상에 대해서 눈을 뜨게 하고 할머니를 타락시키려고 했지. 내가 별로 변하지 않았다고 할머니는 말했지. 어릴 때 나는 셔츠를 뚫어 놓고——아이구! 이를 어쩌나! 무릎을 벗기고 했지. 그리고서는 그날 저녁에 집으로 돌아와서 붕대로 잡아매 달라고 했지. 아니야, 아니라니까 할머니, 그때는 공원에서 돌아오는 것이 아니고 지구의 끝에서 돌아오던 길이야, 광야의 떫은 냄새와 모래 회오리 바람, 열대 지방의 번쩍번쩍하는 달을 가지고 돌아오던 길이야! 아암, 사내아이들은 뛰고 뼈를 분지르고 하면서 저희들이 아주 힘이 세다고 생각하지, 하고 할머니는 말했지. 그렇지만, 아냐 아니라니까, 할머니, 나는 그 공원보다도 더 먼 데를 가봤어! 할머니는 그 공원이, 그 나무 그늘이 얼마나 하찮은 건지 도무지 모를 거야! 그 나무 그늘을 사막이나 화강석이나 처녀림이나 흙의 밀물 가운데 갖다 놓으면 그것이 어느 구석에 가 박혔는지도 몰라요! 그리고 사람들이 우리를 만나기만 하면 이내 카빈총을 겨눠대는 지방이 있다는 걸 할머니는 알기나 해? 얼어붙은 밤 하늘 아래서 지붕도 없이 침대도 없이 홑이불도 없이 잠을 자는 사막이 있다는 것까지도 할머니는 알아? ……

아! 야만인, 할머니는 이렇게 말했지.

나는 성당의 하녀의 신앙을 손상시키지 못하는 것과 마찬가지로 그 할머니의 신앙도 손상시키지 못하였다. 그래서 나는 그녀를 소경으로, 귀머거리로 만드는 그녀의 미천한 운명을 가엾게 생각하였다…….

그러나 나는 그날 밤, 사하라에서, 모래와 별들 사이에서, 헐벗은 몸으로 지내면서, 그녀가 옳다고 생각하였다.

나는 내 안에서 무슨 일이 벌어지고 있는지를 모른다. 그처럼 많은 별들이 자기(磁氣)를 지니고 있건만 이 무게가 나를 땅에 붙잡아 매어 놓는다. 또 다른 무게는 나를 나 자신에게로 다시 데려온다. 나는 내 무게가 나를 그 많은 물건 쪽으로 끌어당김을 느낀다! 내 꿈은 이 언덕, 저 달, 이 실재보다도 더 현실적이다. 아아! 집이 기묘하다는 것은 우리를 거두어 주거나 우리 몸을 덥게 해준다는 그것도 아니고, 그 벽들을 소유한다는 그것도 아니다. 그 집이 우리들 안에 아늑한 느낌을 천천히 마련해 주었다는 그 점이다. 마음속 깊이, 샘에서 물이 솟아나듯, 꿈들이 생겨나는 그 희미한 덩어리를 만들어 놓는다는 그 점이다…….

나의 사하라, 내 사하라, 너는 이제 완전히 털실 켜는 할머니의 요술에 걸려 있는 것이다!

5. 오아시스

나는 사막에 관한 이야기를 너무 많이 하였기 때문에, 그 이야기를 또 하기 전에 오아시스를 하나 묘사하였으면 한다. 내 머리에 떠오르는 그 오아시스는 사하라 저 안쪽에 외따로 떨어져 있다. 그러나 비행기의 다른 또 하나의 기적은 그대를 신비의 품속에 직접 안겨 주는 그것이다. 그대는 현창 뒤에서 인간 개미집을 연구하는 생물학자였다. 그대는 평야에, 별 현상으로 벌려져서, 동맥들 모양으로 전답의 진액으로 길러지는 도로망의 중심지에 자리잡고 앉은 그 도시들을, 목석과 같은 마음으로 관찰하고 있었다. 그러나 어떤 압력계 위에서 바늘이 한 번 떨자 저 밑에 있던 푸른 무더기가 하나의 우주가 되었다. 그대는 잠든 공원 안 잔디밭의 포로가 되었다. 멀리 떨어져 있는 것을 재는 것은 물질적인 거리가 아니다. 우리 나라의 어떤 정원의 담이 중국의 만리장성보다도 더 많은 비밀을 간직할 수 있고, 사하라의 오아시스들이 두꺼운 모래의 층으로 보호되는 것보다는 한 소녀의 영혼이 침묵으로 더 잘 보호되는 것이다.

나는 이 세상 어디엔가 잠깐 기항하였던 이야기를 하련다. 그것은 아르젠티나 콩코르디아 근방이었다. 그러나 아무데서라도 있을 수 있는 일이었다. 이렇게 신비는 널리 퍼져 있는 것이다.

나는 어떤 밭에 착륙하였었는데, 내가 동화를 체험하리라고는 꿈에도 생각지 못하였었다. 내가 타고 달리는 그 낡은 포드도, 나를 받아 준 그 조용한 가정도 아무 별다른 점이 보이지 않았다.

「오늘 밤 재워 드리지요…….」

그러나 어떤 길모퉁이에 이르자, 달빛 아래의 나무숲이 하나, 그리고 나무숲 뒤에 그 집이 전개되었다. 얼마나 이상한 집이던지! 다부지고 우람하고 거의 하나의 장중한 성(城)이라 할 만하였다. 대문을 들어서자마자, 수도원만큼이나 조용하고 안전하고 아늑한 대피소를 제공하여 주는 전설의 성관이었다.

그러자 두 처녀가 나타났다. 그들은 입국이 금지된 왕국의 관문(關門)에 배치된 두 재판관처럼 나를 위아래로 훑어 보았다. 동생은 입을 뾰죽히 내밀고 푸른 나뭇가지로 땅을 톡톡 두드리고 있었다. 그리고 소개가 끝나자, 둘은 아무 말 없이 호기심 섞인 경멸의 태도로 내게 손을 내밀고는 사라졌다.

나는 재미도 나고 매력도 느꼈다. 그 모든 것은 비밀의 첫마디를 속삭이는 것처럼 순진하고 조용하고 은밀한 것이었다.

「허허허, 그년들 버릇이 없군.」아버지는 그저 이렇게만 말하였다.

그리고 우리들은 들어갔다.

나는 파라구아이에서 도시의 포석들 틈바구니에 코 끝을 뼈끔히 내미는 그 풍자적인 풀, 보이지는 않으나 근처 어디에 있는 처녀림에게서 파견되어 사람들이 아직도 도시를 차지하고 있는지, 그 돌들을 좀 뒤적여 놓으러 올 때가 되지 않았는지 보러 오는 그 풀을 좋아하였다. 나는 많은 재물을 표시하는 데 지나지 않는 그 퇴락의 형태를 좋아하였다. 그러나 여기에서는 감탄하였다.

왜냐하면, 거기에서는 모든 것이 퇴락하되, 그것도 아주 매력있게 퇴락한 까닭이다. 마치 나이를 먹어 껍질이 좀 갈라지고 이끼가 낀 늙은 나무 모양으로, 한 십 대째 내려오며 애인들이 와서 앉는 나무 벤치 모양으로 퇴락한 것이었다. 나무 판장들은 낡고 덧문들은 좀에 먹히고 의자들은 씰룩거렸다. 그러나 아무것도 고치지는 않는다 하여도 열심으로 청소는 하였다. 모든 것이 깨끗하고 밀초로 닦였고 반짝반짝하였다. 응접실은 주름살이 잡힌 노파의 얼굴과도 같이 말할 수 없는 퇴락의 모습을 보여 주었다. 벽이 갈라지고 천장이 찢어지고 한 것이 나는 모두 좋았다. 그러나 그 모든 것보다도 여기는 꺼져들어가고 저기는 보교(步橋) 모양 휘청거리기는 하나, 그래도 문지르고

약칠을 하고 반들반들한 그 마루가 더 좋았다. 이상한 집, 그것은 조금도
소홀히 한다거나 태만하다거나 하는 느낌을 주지 않고, 오히려 그지없이
존중한다는 느낌을 주었다. 해마다 아마 그 매력에, 그 복잡한 모습에, 그
친밀한 분위기의 열성에, 무엇인가 더 보태어지는 것이 있을 것이요, 응접
실에서 식당으로 건너가기 위하여 해야 하는 여행의 위험도 역시 가중되었을
것이다.

「조심하시오 !」

그것은 구멍이었다. 그런 구멍에서는 내 다리를 쉽사리 분지를 수 있었
으리라는 말을 들려 주는 이가 있었다. 그 구멍에 대해서는 누구에게도 책임이
없었다. 그것은 시간이 만들어 놓은 것이었으니까. 애써 평계를 하지 않으려는
그 도도한 태도에는 고관의 태도가 엿보였다. 「우리는 부자니까 이 구멍을
막을 수 있을 겁니다. 하지만……」 이런 말을 나는 듣지 못했다. 나는 또
이런 말도 듣지 못했다. 「그것은 틀림없는 사실이었는데도.」 「우리는 이걸
삼십 년 기한으로 시(市)에 세를 주었습니다. 수리하는 건 시의 책임입니다.
서로 고집을 부리는 거지요……」 변명을 애써 하려 들지 않았고, 그렇게도
여유가 있는 것이 내 마음에 몹시 들었다. 고작 이런 말을 들려 주는 것이었다.

「허허 ! 좀 퇴락했지요…….」

그러나 그것도 아주 가벼운 어조여서 내 벗들이 그 때문에 조금도 슬퍼하지
않는다는 것을 짐작할 수 있었다. 미장이, 목수, 흑단세공사, 석고세공사들의
무리가 이러한 과거 안에 그들의 불경스러운 연장들을 벌려 놓고, 그대가
일찍이 안 일이 없는 집, 그대가 손님으로 찾아온 듯한 느낌을 가지게 될
집을 여드레 안에 다시 만드는 것을 그대는 보려는가 ? 신비가 없고, 으슥한
모퉁이가 없고, 발 밑에 함정이 없고, 숨을 구석이 없는 집, 시청의 응접실
같은 그런 집을 말이다.

그 요술의 집에서 처녀들이 사라진 것은 극히 자연스러운 일이었다. 응
접실이 벌써 곡간만큼이나 풍부하니, 곡간들은 어떠하겠는가 ! 응접실의
벙싯 열린 아주 조그마한 장에서도 벌써 싯누래진 편지 묶음이며 증조부의
영수증들이며 집에 있는 자물통 수효보다 더 많고 또 물론 그 자물통에는

하나도 맞지 않는 열쇠꾸러미가 쏟아져 나올 것 같은 생각이 드니 말이다. 이성을 혼란케 하고 지하실과 파묻은 궤짝과 금화를 연상시키는 묘하게도 쓸데없는 그런 열쇠들 말이다.

「식당으로 가실까요!」

우리는 식탁으로 옮겨갔다. 나는 이 방에서 저 방으로 옮겨가며 향(香)처럼 퍼져 있는 세상의 모든 향기를 이겨내는 묵은 서재의 냄새를 들이마셨다. 무엇보다도 램프를 옮겨 놓는 것이 나는 좋았다. 내가 아주 어렸을 때처럼 이 방에서 저 방으로 끌고다니는 몹시 무거운 램프, 벽에다 이상한 그림자를 움직여 주는 그런 램프들이었다. 그 램프와 함께 빛과 검은 종려가지의 다발도 떠올랐다. 그리고 램프가 자리를 잡고 나니까, 밝은 부분과 나무들이 삐걱 소리를 내는 그 둘레의 밤의 넓은 장막이 고정되었다.

두 처녀는 그들이 사라졌던 때와 꼭 마찬가지로 다시 몰래 조용히 나타났다. 그들은 점잖게 식탁에 자리잡았다. 그들은 틀림없이 그들의 개들과 새들에게 먹이를 주고 밝은 밤을 향하여 창문을 열어 놓고 저녁 바람 가운데에서 풀냄새를 맡았을 것이다. 지금은 냅킨을 펼치며 곁눈질로 조심스럽게 나를 살펴보고, 그들의 가축에 나를 끼워 줄까말까하고 생각하고 있었다. 왜냐하면 저들에게는 갈기도마뱀도 있고, 망구스, 여우, 원숭이, 벌들도 있었다. 그것들이 모두 한데 어울려 살며 지극히 화목하게 새로운 지상낙원을 이루고 있었다. 그 처녀들은 우주의 모든 짐승을 다스리고 그들의 조그마한 손으로 저들을 즐겁게 해주고, 저들을 먹이고 마시게 하고, 망구스에서 벌에 이르기까지 모두 귀를 기울여 듣는 이야기들을 들려 주고 하였다.

나는 그렇게도 예민한 두 처녀가 그들의 모든 비판정신과 섬세한 감각을 움직여 그들과 마주 앉은 남성에 대해서 신속하고 비밀스럽고 결정적인 판단을 내리는 것을 보게 되나 보다 했다. 내가 어렸을 적에 누이들은 처음으로 우리 식탁을 빛내 주는 손님들에게 이렇게 점수를 주었었다. 그래서 대화가 끊어지는 경우에는 조용한 가운데에서 별안간, 「열한 점!」 하는 소리가 울려나오는 것이 들렸다. 그 매력은 누이들과 나밖에는 아무도 맛보지 못하는 것이었다.

이런 장난의 경험이 있었으므로 나는 약간 거북하였다. 그리고 더구나 거북하게 생각된 것은 내 판관들이 몹시 영리하다는 것을 깨달았기 때문이었다. 속임수를 쓰는 짐승들과 천진한 짐승들을 구별할 줄 알고, 그들의 여우의 발소리를 듣고서 그놈이 기분이 좋은지 나쁜지를 알아내고 마음속 움직임에 대해서 그렇게도 깊은 지식을 가지고 있는 판관들이라는 것을 깨달았으니 말이다.

나는 그렇게도 날카로운 그 눈물과 그다지도 곧은 그 조그마한 마음들을 좋아하였다. 그러나 그들이 딴 장난을 하였으면 얼마나 더 좋을지 몰랐다. 그러면서도 나는 비루하게, 또 『열한 점』 하는 소리가 무서워서, 그들에게 소금을 건네 주기도 하고 포도주를 부어 주기도 하였다. 그러나 눈을 들면 매수할 수 없는 그들의 재판관다운 자상한 점잖음이 눈에 띄었다.

아부도 쓸데없었을 것이니 그들은 허영이라는 것을 알지 못했던 것이다. 허영을 모른단 말이지 아름다운 자존심을 모른다는 것은 아니니, 그들은 내가 도와 주지 않아도 자기네 힘으로 내가 감히 말하였을 것보다도 더 많이 좋은 생각을 가지고 있었다. 나는 내 직업으로 위신을 세울 생각조차 못하였다. 왜냐하면 플라타나스의 상가지까지, 그것도 그저 새새끼들의 깃이 잘 나는지 살펴보고 친구들에게 인사나 하기 위하여 올라간다는 것도, 마찬가지로 대담한 행동이기 때문이다.

그리고 그 두 선녀들은 어떻게나 나의 식사하는 양을 잘 살펴보고, 힐끗힐끗 훔쳐보는 그들의 시선이 어찌나 자주 눈에 뜨이던지 나는 말을 그치게 되고 말았다. 말이 끊어졌다. 그리고 이 침묵이 흐르는 동안 무엇인지 마루 위에서 가벼운 휘파람 소리를 내고, 식탁 밑에서 조그만 소리가 나더니 잠잠하여졌다. 나는 이상하다는 눈치를 하였다. 그러니까 아마 자신들의 시험 결과에 만족하였지만, 마지막 시금석을 사용할 셈으로, 그 야성적인 젊은 이빨로 빵을 베어 물며 동생 처녀가 내게 간단히 설명을 하여 주는데, 그것도 아주 천진스럽게 해서 내가 야만인이라면 그 야만인을 놀래 줄 양으로 이렇게 말하였다.

「살모사들이에요.」

그리고는 과히 어리석은 사람이 아니라면 그 설명으로 족하리라는 듯이 만족해서 입을 다물었다. 그의 언니는 나의 첫 반응이 어떤지 판단하려고 번갯불같이 힐끗 살피고는 둘이 다 더할 수 없이 상냥하고 천진한 얼굴을 접시 위에 숙였다.

「아!…… 살모사들이군요…….」

자연스럽게 이런 말이 내 입에서 새어나왔다. 그것이 내 다리 사이로 미끄러져 가고 내 종아리를 스쳤는데, 그놈들이 살모사들이라…….

나는 다행하게도 싱긋 웃었다. 그것도 억지로 웃은 것이 아니었음은 처녀들도 느꼈을 것이다. 내가 웃은 것은 기쁘기 때문이었고, 그 집이 갈수록 확실히 내 마음에 들었기 때문이었다. 그리고 살모사들에게 대해서 더 자세히 알고 싶은 욕망을 느꼈기 때문이기도 하였다. 언니가 나를 도우려 나섰다.
「식탁 밑 구멍에 그 살모사들의 집이 있답니다.」

「밤 열 시쯤 해서 집으로 돌아온답니다.」하고 동생이 덧붙였다. 「낮에는 사냥을 하거든요.」

이번에는 내가 그 처녀들을 훔쳐보았다. 온화한 얼굴 뒤에 숨은 그들의 섬세한 꾀와 조용한 웃음을 훔쳐보았다. 그리고 그들이 행사하는 그 왕권에 탄복하였다. 오늘 나는 꿈을 꾼다. 이 모든 것은 몹시 아득한 이야기다. 그 두 선녀는 어떻게 되었을까? 아마 결혼을 했겠지. 그렇다고 그들이 변했을까? 처녀의 지위에서 여인의 지위로 옮아간다는 것은 대단히 중대한 일이다. 그들이 새 집에서 무엇을 하고 있을까? 잡초들과 뱀들과 하던 그들의 교제는 어찌 되었을까? 그들은 어떤 우주적인 것과 섞여 있었는데, 그러나 처녀 안에서 여인이 눈을 뜨는 날이 오는 것이다. 드디어 열아홉 점을 줄 생각이 들게 된다. 열아홉 점은 마음속 깊이 찍어 누른다. 그때에 어떤 못난이가 나타난다. 그렇게도 날카롭던 눈들이 처음으로 잘못 판단하여 그 못난이를 아름다운 색깔로 비추게 된다. 그 못난이가 만일 시를 읊으면 그를 시인으로 안다. 그가 구멍 뚫린 마루들을 이해하고 망구스를 좋아하는 줄로 믿는다. 테이블 밑에서 그의 다리 사이를 흔들거리며 돌아다니는 살모사의 그 신임이 그의 기분을 좋게 하는 줄로 생각한다. 그래서 그에게 자기의

마음을 준다. 잘 가꾼 정원밖에는 좋아하지 않는 그에게 야성적인 정원인
그의 마음을 준다는 말이다. 그러면 그 바보는 왕녀를 종으로 데려가는
것이다.

6. 사막에서

1

사하라 항공로의 조종사로 모래밭의 포로가 되어, 여러 주일, 여러 달, 여러 해를 귀국하지 않고, 이 소보(小堡)에서 저 소보로 비행하여 다닐 적에는 우리는 이런 즐거움을 맛보지 못하였다. 이 사막은 그와 같은 오아시스를 우리에게 주지 않았다. 정원과 처녀라니, 그 무슨 옛날 이야기란 말인가! 물론, 저 멀리, 우리 일이 끝난 다음 다시 가서 살 수 있을 거기에는 수많은 처녀들이 우리들을 기다리고 있었다. 물론 거기에는 그들의 망구스와 책들 틈에서 처녀들이 참을성있게 달콤한 마음씨를 꾸미고 있었다. 물론 그들은 점점 예뻐지고 있었다…….

그러나 나는 고독을 안다. 삼 년 동안 사막에서 산 덕택으로 나는 그 맛을 잘 안다. 거기에서는 광물성 풍경 속에서 시들어가는 청춘이 도무지 겁나지 않는다. 오히려 거기에서는 자기에게서 저 멀리 떨어진 온 세상이 늙어가는 것같이 보인다. 나무들은 열매를 맺었고, 땅들은 밀을 만들고, 여인들은 벌써 아름다워졌다. 그러나 세월이 흘러가니 빨리 서둘러 돌아가야 할 텐데…….그러나 세월은 흘러가도 먼 곳에 붙들려 있다…….그리고 세상의 재화가 언덕의 가느다란 모래처럼 손가락 사이로 새어나간다.

흔히 세월의 흐름을 사람들은 느끼지 못한다. 그들은 일시적인 안온 가운데에 살고 있다. 그러나 기항지 비행장에 도착해서 끊임없이 불어오는 그 무역풍이 우리를 덮쳐 누를 적에는 우리가 그것을 느끼게 되는 것이다. 우리는 마치 밤하늘에 요란스럽게 울려오는 차바퀴의 소음에 귀가 먹먹한 특급 열차의 손님, 유리창 밖에서 획획 던져지듯 지나가는 한 줌의 빛을 보고 농촌과 자기 동네의 흘러감을, 여행중이기 때문에 아무것도 붙잡을 수 없는 아름다운 터전들의 흘러감을 짐작하는 특급 열차의 손님과 비슷하였다. 우리도 가벼운 열기를 띤 채, 비행의 소음으로 아직도 귀가 윙윙거리는 채 기항지 비행장의 고요 가운데에 있으면서도 아직 비행을 계속하는 것 같은 느낌을 가졌던 것이다. 우리도 바람의 중력을 뚫고 우리들의 심장의 고동을 거쳐 미지의 미래로 끌려가는 것을 깨달았던 것이다.

사막에다가 또 불귀순 지구의 사람들까지 겹쳐왔다. 쥐비곶의 밤은 매 십오 분마다 큰 시계의 종소리 같은 것으로 중단되었다. 보초들이 차례차례로 규정되어 있는 큰 군호(軍號)로 서로서로 경계하고 있었다. 불귀순 지구에 외로이 떨어져 있는 쥐비곶의 스페인 식 보루는 모습을 나타내지 않는 위협을 이렇게 경계하고 있었다. 그리고 그 눈먼 배의 승객인 우리들은 그 군호가 차례차례로 커져서 우리 위에 바다새가 둥글게 날아다니는 것 같은 모습을 그리는 것을 듣고 있었다.

그러면서도 우리는 사막을 좋아하였다.

처음에 사막이 오직 빈 것이고 오직 침묵하는 것으로밖에 안 보이는 것은 잠시 동안의 애인들에게 몸을 바치기 때문이다. 우리는 고향의 아무렇지도 않은 동네조차도 이해하기 힘들다. 만약에 우리가 그를 위하여 나머지 세상을 단념하지 않으면, 만일 우리가 그의 전통과 관습과 경쟁 속으로 뛰어들지 않으면, 어떤 사람들에게 대해서는 고향이 되어 주는 그 동네에 대하여 우리는 아무것도 알지 못한다. 한 걸음 더 나아가, 우리 지척에서 자기 수도원에 숨어 우리가 알지 못하는 규칙을 따라 살아가는 그 사람은, 어떤 비행기로도 절대로 우리를 데려다 주지 못할 만큼 멀리 떨어진 곳에, 참말로 티벳의 벽지와 같은 곳에 불쑥 솟아나는 것이다. 무엇하러 우리는 그의 독방을 찾으려 하는가! 그의 독방은 텅 비었다. 인간의 왕국은 내적인 것이다. 이와 같이 사막도 모래로 된 것이 아니고 투아렉 인이나 또는 소총으로 무장한 모르 인으로 이루어진 것이 아니다…….

그러나 오늘 우리는 갈증을 겪어 보았다. 그리고 우리가 알고 있던 그 우물이 넓은 지역에 뻗쳐 있는 것을 오늘에야 비로소 발견하였다. 눈에 보이지 않는 여인도 이렇게 온 집안을 즐겁게 할 수 있다. 우물도 사랑과 같이 멀리 뻗칠 수가 있는 것이다.

처음에는 모래밭들이 황량하다. 그러다가 유격대가 접근하러 오지 않는가 걱정하여, 그것을 싸고 있는 크나큰 망토의 주름들을 거기에서 판별하게 되는 날이 온다. 유격대도 모래밭을 변형시키는 것이다.

우리는 연기(演技) 규칙을 받아들였고, 연기는 우리를 제 모습대로 만들고 만다. 사하라, 그것은 우리 마음 속에 제 모습을 나타내는 것이다. 사하라를 가까이한다는 것은 결코 오아시스를 찾아가 보는 것이 아니라, 샘물을 가지고 우리 종교를 삼는 것이다.

2

나는 첫번 비행에서부터 사막의 맛을 알았다. 리겔과 기오메와 나는 누 아쇼트 초소 근처에 불시착하였다. 그때에 이 초소는 바다 가운데 외로이 떨어져 있는 작은 섬이나 다름없이 모든 인간이 사는 곳에서 멀리 떨어져 있었다. 거기에는 나이 먹은 중사가 세네갈의 병정 열다섯 명과 함께 유폐 생활을 하고 있었다. 그는 우리를 하늘의 사자로서 영접하였다.

「아아! 당신들과 이야기를 하니 기분이 말할 수 없습니다……. 아아! 기분이 말할 수 없어요!」그의 기분이 말할 수 없다는 것은 사실이었으니 그는 울고 있었다.

「여섯 달 만에 당신네들이 처음 온 사람들이지요. 여섯 달에 한 번씩 보급을 해주지요. 어떤 때는 중위가 오고, 어떤 때는 대위가 오고. 지난 번에는 대위였지요…….」

우리는 아직도 정신이 멍한 것 같았다. 지금 점심 준비를 하는 다카르에서 두 시간 떨어진 곳에서 접속간축승이 터지니, 사람은 천직이 바뀌고 만다. 우리는 울고 있는 늙은 중사에게 유령의 구실을 하는 것이다.

「자! 드세요. 포도주를 대접하는 것이 기쁩니다! 생각 좀 해보세요! 대위가 다녀갔을 적에는 그분에게 드릴 포도주가 없었습니다.」

나는 이것을 어떤 책에 썼다. 그러나 그것은 절대로 소설은 아니었다. 그는 우리에게 이렇게 말했다.

「요전번에는 건배조차 할 수 없었단 말입니다……. 나는 하도 창피스러워서 전출을 청하기까지 했답니다.」

건배를 하는 것! 땀을 주르르 흘리며 약대 등에서 뛰어내리는 다른 사람과 한 잔 철철 넘치게 건배하는 것! 반 년 동안을 이 순간을 위하여 살아온 것이다. 벌써 한 달째나 무기에 광을 내고 초소를 탄약고에서 곡간에 이르기까지 닦고 있었다. 그리고 벌써 보름 전부터는 축복받은 날이 가까움을 깨닫고 망대(望臺) 위에서 끊임없이 지평선을 살펴보며, 아타르의 이동기병 소대가 나타날 때 뒤집어쓰고 올 그 먼지를 발견하려고 하였던 것이다…….

그러나 포도주가 떨어졌다. 그러니 명절을 쉴 수가 없다. 건배를 못 하는 것이다. 이래서 창피를 당하였다고 생각하는 것이다…….

「대위님이 다시 오는 것이 한시가 바쁩니다. 나는 그를 고대하고 있습니다…….」

「대위는 어디 있습니까, 중사?」

그러면 중사는 모래밭을 가리키며 말했다.

「알 수 있어요? 대위님은 어디든지 있지요!」

소보의 망대 위에서 별들 이야기를 하며 지낸 그 밤도 실제적인 것이었다. 그 밖에는 살펴볼 것이 아무것도 없었다. 별들은 거기에도 비행기에서처럼 하나 빠지지 않고 다 있었다. 그러나 그 자리에 고정되어 있었다. 비행기에서는 밤이 너무 아름다울 적에는 조종을 그만두고 제멋대로 가게 내버려둔다. 그러면 비행기는 왼편으로 기울어진다. 아직 수평을 유지하고 있다고 생각하는데 오른쪽 날개 밑에 동네가 하나 나타난다. 사막에 동네가 있을

리 없다. 그러면 바다에 떠 있는 어선의 떼이겠지. 그러나 사하라 바다에는 어선의 떼가 없다. 그러면? 그때에야 착오를 깨닫고 웃음이 난다. 천천히 비행기를 바로잡는다. 그러면 동네도 제자리로 돌아간다. 떨어뜨렸던 성좌를 다시 총걸대에 걸어 놓는다. 동네? 그렇다. 별들의 동네. 그러나 소보 위에서 보면 얼어붙은 듯한 사막밖에는, 잘 걸어 둔 성좌들과 움직이지 않는 모래의 물결밖에는 없다. 그리고 중사는 우리들에게 별 이야기를 들려 준다.

「자 보세요! 나는 방향을 잘 압니다. 저 별을 향하여 기수를 두면 곧장 튀니지로!」

「당신은 튀니지에서 왔소?」

「아니요. 내 사촌 여동생이 거기 있지요.」

오랜 침묵이 흐른다. 그러나 중사는 우리에게 아무것도 감히 숨기지 못한다.

「언제고 나는 튀니지엘 갑니다.」

물론, 그 별을 향하여 곧장 걸어가는 것과는 다른 길로 갈 것이다. 원정하는 어떤 날, 우물이 말라서 그가 정신착란의 시상(詩想)에나 붙잡히기 전에는. 그렇게만 되면 별도 사촌 여동생도 튀니지도 모두 뒤범벅이 될 것이다. 그러면 속인들이 괴로운 것으로 생각하는 그 영감(靈感)받은 걸음이 시작될 것이다.

「한 번은 대위님에게 튀니지에 갈 휴가를 청했지요, 그 사촌 여동생 관계였지요. 그랬더니 대위님 대답이…….」

「그래 대위님 대답이?」

「그랬더니 그의 대답이 이랬어요. 『세상에는 사촌 여동생이 가득 찼는데.』 그리고 좀 덜 멀다고 해서 대위님은 나를 다카르로 보냈답니다」

「그래 당신 여동생은 예쁩니까?」

「튀니지의 동생이요? 물론이지요. 금발이었지요.」

「아니, 다카르의 여동생 말이요.」

중사, 우리는 그대의 약간 분한 듯한 우울한 대답을 듣고는 그대를 껴안기라도 할 뻔했다.

「그 여동생은 흑인이었어요…….」

중사, 그대에게 사하라는 무엇인가? 그것은 항시 그대를 향하여 걸어오는 하나의 신(神)이었다. 그것은 또한 오천 킬로미터 사막 저편에 있는 금발의 사촌 누이동생의 상냥함이기도 하였지.

우리에게는 사막이 무엇인가? 그것은 우리 속에 태어나는 그것이었다. 그것은 우리가 우리에게 대하여 배우는 그것이었다. 우리도 그날 밤 한 사촌 누이동생과 한 대위에게 사랑을 느꼈다……

3

불귀순 지구와 접경해 있는 포르 에티엔은 도시가 아니다. 거기에는 소보와 격납고와 우리 회사의 승무원들을 위한 나무 바라크가 있다. 그 둘레로는 사막이 아주 절대적이어서, 약한 병력을 가지고도 포르 에티엔은 거의 무적이다. 그것을 공격하려면 굉장한 모래와 불의 요대(腰帶)를 넘어서야 하므로 유격대들은 기진맥진하여서나 혹은 준비한 물이 다 떨어져서야 그곳에 다다를 수 있다. 그런데도 사람이 기억하는 한, 북쪽 어디엔가는 언제나 포르 에티엔을 향하여 걸어오는 유격대가 있었다. 대위—사령관이 우리에게 와서 차를 마실 적에는 어떤 아름다운 왕녀의 전설을 이야기하듯, 지도 위에 그 유격대의 진로를 우리에게 그려 보인다. 그러나 그 유격대는 강처럼 모래에 잦아들어 도저히 거기까지 오지 못한다. 그래서 우리는 유령 유격대라고 부른다. 정부에서 저녁때 우리들에게 분배하여 주는 수류탄과 탄환들은 우리 침대 밑의 상자 속에서 잠자고 있다. 그리고 우리는 무엇보다도 우리의 비참으로 보호되어, 침묵 외에 다른 적과 싸울 필요가 없다. 그래서 비행장 주임 뤼카는 밤낮 축음기를 틀어 놓는다. 이 축음기는 사람 사는 곳에서 까마득하게 멀리 떨어진 곳에서 우리들에게 거의 잃어버린 말을 들려 주고, 이상하게도 갈증과 비슷한, 대상 없는 우울증을 일으킨다.

그날 저녁 우리는 초소에서 저녁을 먹었고, 대위—사령관은 그의 정원을 구경시켜 주었다. 과연 그는 프랑스에서 진짜 흙을 세 상자 잔뜩 받았는데,

그것은 이렇게 사천 킬로미터를 건너온 것이다. 거기에는 파란 잎사귀 세 개가 자라고 있는데, 우리는 그것을 무슨 보석이나 되는 듯이 손등으로 쓰다듬어 준다. 대위는 그 이야기를 할 적에는 『그게 내 정원이요.』한다. 그리고 모든 것을 말려 버리는 모래 바람이 불 적에는 정원을 지하실로 옮긴다.

우리는 보루에서 일 킬로미터 떨어진 곳에 살기 때문에 저녁을 먹은 뒤에는 달빛을 이고 우리의 처소로 돌아온다. 달빛을 받으면 모래에는 분홍빛이 돈다. 우리는 우리의 빈곤을 느끼지만, 모래는 분홍빛이다. 그러나 보초의 수하(誰何) 소리가 세상에 감정을 다시 회복시켜 준다. 한 유격대가 전진하는 중인 까닭에 온 사하라가 우리들의 그림자에 놀라고 우리에게 수하를 하는 것이다.

보초의 부르짖음 속에서 사막의 모든 소리가 울린다. 사막은 이제 빈 집이 아니다. 모르 인들의 대상(隊商)이 밤을 자석으로 만든다. 우리는 안전하게 있다고 믿을 수도 있을 것이다. 그러나! 병, 사고, 유격대 등, 얼마나 많은 위협이 걸어오고 있는 것인가! 사람은 비밀스럽게 숨어 있는 사수(射手)들을 위한 땅 위의 과녁이다. 그러나 세네간 인 보초는 예언자와 같이 그것을 우리에게 일깨워 준다.

우리는「프랑스 사람!」하고 대답하며 검은 천사 앞을 지나간다. 그러면 숨쉬기가 편하여진다. 이 위협이 우리에게 얼마나 큰 고귀함을 태워 주었는가…… 오오! 그 위협이란 아직 몹시도 멀리 떨어져 있고, 별로 급박하지도 않고, 그 숱한 모래로 몹시 엷어진 것이다. 그러나 세상이 아까와는 딴판이다. 그 사막이 다시 호화로워진다. 어디에선가 전진하고 있으면서 목적지에는 영 도달하지 못할 유격대는 그의 신성(神性)을 만들어 놓는 것이다.

지금은 밤 열한 시다. 뤼카는 무전 연락소에서 돌아와 자정에 다카르에서 오는 비행기가 도착할 것이라고 일러 준다. 기내에는 이상이 없다. 오전 영

시 십 분이면 우편물을 내 비행기로 옮겨 싣고, 나는 북쪽을 향하여 이륙할 것이다. 금이 간 거울을 들여다보며 나는 조심조심 수염을 깎는다. 이따금씩 타월을 목에 건 채 문에까지 가서 판판한 모래밭을 내다본다. 날씨는 좋다. 그러나 바람이 잔다. 나는 거울로 다시 돌아와서 생각한다. 몇 달째 계속되던 바람이 자게 되면 온 하늘을 흔들어 놓는 수가 있다. 그런데 지금 나는 준비를 하고 있다. 보조 램프들을 허리띠에 매고, 고도계며 연필을 챙긴다. 나는 오늘 밤 기내 무전원이 될 네리한테 간다. 그도 수염을 깎는다. 「괜찮소?」하고 나는 물어 본다. 지금 같아서는 별일 없다. 이 예비작전은 비행하는 데에 있어서 가장 덜 어려운 노릇이다. 그러나 푸드덕거리는 소리가 들린다. 잠자리 한 마리가 내 램프에 와서 부딪치는 것이다. 잠자리를 보니 웬지 모르게 나는 가슴이 조여든다.

나는 다시 나가서 쳐다본다. 모두가 맑다. 비행장 경계선을 이루고 있는 절벽이 대낮인 양 하늘에 분명히 드러나 보인다. 사막 위에는 질서가 잘 잡힌 집같이, 깊은 침묵이 흐르고 있다. 그러나 내 램프에는 푸른 나비 한 마리와 잠자리 두 마리가 와서 부딪친다. 나는 다시금 은은한 감정을 느낀다. 그것이 어쩌면 기쁨인지도 어쩌면 두려움인지도 모르겠으나, 어떻든 나 자신의 저 속에서 오는 것이며, 아직은 희미하고 이제 겨우 예고되는 정도의 그런 감정이다. 누군가 아주 멀리서 나에게 말한다. 그것은 본능인가! 또 나가 본다. 바람은 이제 아주 자버렸다. 아직 선선하다. 그러나 나는 경고를 받았다. 나는 무엇이 나를 기다리고 있는지 짐작한다. 아니 짐작한다고 생각한다. 내 생각은 옳은가! 하늘도 모래도 나에게 아무 신호도 보내지 않았다. 그러나 잠자리 두 마리가 내게 말해 주었고 푸른 나비도 그랬다.

나는 한 모래 언덕에 올라가 동쪽을 향하여 앉는다. 내 생각이 옳다면 그것이 오래지 않아 올 것이다. 내부 지방의 오아시스에서 수백 킬로미터 떨어진 이곳에 그 잠자리들이 무엇을 찾아왔더란 말인가! 바닷가에 밀려온 오죽잖은 표류물들은 바다에 태풍이 불고 있음을 증명한다. 이와 같이 이 곤충들은 모래 바람이 진행중임을 말해 준다. 동쪽에서 불어오는 폭풍, 멀리 있는 종려나무숲의 푸른 나비들을 짓밟아 버린 폭풍 말이다. 그 거품이 벌써

내 몸에 와 닿았다. 하나의 증거인 만큼 장엄하게, 크나큰 위협인 만큼 장
엄하게, 폭풍을 품고 있는 만큼 장엄하게, 동풍은 일기 시작한다. 그의 약한
숨결이 내게 와서 닿을까말까한다. 나는 물결이 겨우 핥는 경계석이다. 나
로부터 이십 미터 뒤에는 아무 포장도 움직이지 않았을 것이다. 그 뜨거운
기운은 한 번, 꼭 한 번 죽은 듯 싶은 손길로 나를 쓰다듬어 주었을 뿐이다.
그러나 나는 몇 초 뒤에는 사하라가 숨을 돌려가지고 두 번째 입김을 내
뿜으리라는 것을 잘 안다. 그리고 삼 분 후에는 우리 격납고의 통풍통이
부르르 떨리라는 것도 안다. 그리고 십 분도 못 가서 모래가 하늘을 뒤덮
으리라는 것도 잘 안다. 얼마 안 있어 우리는 이 불속에서, 이 사막의 불꽃이
돌아오는 가운데에서 이륙할 것이다.

   그러나 나는 이로 인하여 가슴 설레는 것이 아니다. 내가 잔인한 기쁨을
가슴 뿌듯하게 느끼는 것은 첫 마디 말을 듣기가 무섭게 이 비밀한 언어를
알아들었다는 그것이고, 모든 미래에 대한 예고를 어렴풋한 상태에서 알아
차리는 원시인 모양으로 어떤 자취를 냄새 맡았다는 그것이고, 그 분노를
잠자리 날개가 푸득이는 것에서 알아냈다는 그것이다.

4

   거기서 우리는 불귀순 모르 인들과 접촉했다. 그들은 출입 금지 구역에서,
우리가 비행할 적에 넘어다니는 그 구역에서 불쑥 나타나곤 하였다. 그들은
덩어리 사탕이나 홍차를 사러 쥐비나 시스네로스 소보에 와보기도 하는데,
그리고는 다시 그들의 비밀 속으로 깊숙히 사라져 버리곤 하였다. 그리고
우리는 그들이 지나갈 적에 그 중 몇 사람을 길들여 보려고 하였다.

   세력있는 두목인 경우에는, 항공회사 사무소장의 승낙을 얻어가지고 그
들을 비행기에 태워 세상 구경을 시켰다. 그들의 오만을 꺾어 놓자는 것
이었다. 왜냐하면 그들이 포로들을 죽이는 것은 증오에서보다는 오히려 멸
시에서 그러는 것이기 때문이었다. 그들은 소보 근방에서 우리와 마주치면

욕설조차 하지 않았다. 우리에게서 얼굴을 돌리고 침을 뱉었다. 그런데 이 오만은 그들이 자기네들의 세력을 착각하는 데에서 오는 것이었다. 그들 중에 얼마나 많은 사람들이 삼백 자루의 소총을 소유하는 군대를 만들어 놓고는, 「당신들은 도보로 백 일 이상이나 떨어진 프랑스에 있다는 게 운이 좋소……」 하고 뇌까렸던가. 그래서 우리는 그들을 태워가지고 이리저리 데리고 다녔다. 그리고 그 중 세 사람이 이렇게 해서 그 미지의 프랑스를 가보게 되었다. 그들은 한 번 나와 같이 세네갈에 가서 나무들을 처음 보고 운 일이 있는 그런 종류의 사람들이었다.

내가 그들을 그 텐트 속에서 다시 만났을 적에 그들은 나체의 여인들이 꽃 가운데에서 춤을 추는 뮤직홀을 찬양하는 중이었다. 나무 한 그루, 샘 하나, 장미꽃 한 송이 구경 못 한 사람들, 고란이 낙원을 그렇게 부르니까 시내들이 흐르는 동산들이 있다는 것을 그 고란인 것처럼 알고 있는 사람들이 그 사람들이었다. 그 낙원과 거기 붙잡혀 있는 아름다운 여인들은 비참 속에서 삼십 년 동안을 산 뒤에 모래 위에서 불신자의 총 한 방으로 고생스러운 죽음을 얻는다. 그러나 이 모든 보화를 태워 주는 프랑스 사람들에게는 갈증이나 죽음의 배상을 요구하지 않는 것을 보면, 신은 그들을 속이는 것이다. 그래서 이 늙은 두목들은 지금 곰곰이 생각하는 것이다. 그렇기 때문에 그들의 텐트 둘레로 황량하게 뻗어 나가, 그들에게 죽을 때까지 그 메마른 낙을 제공하여 줄 사하라를 바라보며 그들은 가슴을 풀어헤치고 얘기를 하고야 마는 것이다.

「이것 봐……. 프랑스 사람들의 신은 말이야……. 모르 사람들의 신이 모르 사람에게 하는 것보다, 프랑스 사람들의 신은 프랑스 사람들에게 대해서 더 손이 넓단 말야!」

몇 주일 전 그들에게 사보아를 구경시킨 일이 있다. 안내인은 그들을 딿아 놓은 기둥 같은 것이 포효하는 육중한 폭포 앞으로 데리고 가서, 「맛을 보시오.」 하고 말하였다.

그런데 그것이 단물이었다. 물! 여기서는 제일 가까이 있는 유물을 찾 아가려고 해도 며칠 동안이나 걸어야 하는가! 그리고 그것을 찾아내면 약대

오줌이 섞인 흙탕물이 나올 때까지 그 우물에 가득찬 모래를 파내는 데에 몇 시간이 걸려야 하는 것인가! 물! 쥐비곶이나 시스네로스, 포르 에티엔에서는 모르 인들의 어린이들이 돈을 구걸하지 않고, 깡통을 들고와서 물을 구걸한다.

「물 좀 주세요, 응…….」

「얌전하게 굴면 주지.」

몹시도 귀한 물, 그 조그만 한 방울만 있어도 새싹의 파란 광채를 모래에서 끌어내는 그 물이다. 어디엔가 비가 오면 커다란 이주민의 행렬로 사하라가 번화하여진다. 부족들은 삼백 킬로미터 저쪽에 돋아날 풀을 찾아간다……. 그런데 그 인색한 물, 포르 에티엔에는 십 년째 한방울도 떨어지지 않은 그 물이, 저기에서는 마치 터진 수조에서 세상의 모든 물이 흘러나오는 듯 요란스러운 소리를 내는 것이었다.

「돌아갑시다.」 하고 안내인이 말하였다.

그러나 그들은 움직이지 않았다.

「좀더 가만 있어요…….」

그들은 침묵을 지켰다. 말없이 침통하게 장엄한 신비가 전개되는 것을 지켜보고 있었다. 산속에서 물이 이렇게 쏟아져 나오는 것은 생명이요, 바로 사람들의 피였다. 일 초 동안 쏟아지는 물만 가지고도 갈증에 마비되어 소금 못〔池〕과 신기루의 무한대 속으로 영원히 잦아들은 여러 무리의 대상들을 소생시켰을 것이다. 신은 여기서 자신을 나타내고 있었다. 그에게 등을 돌릴 수는 없었다. 신은 그의 수문(水門)을 열고 그의 능력을 보여 주는 것이었다. 그 세 사람의 모르 인들은 꼼짝 않고 있었다.

「무얼 또 보시렵니까? 갑시다…….」

「무얼 기다려요?」

「끝을.」

그들은 신이 그의 지나친 장난에 싫증날 그 시간을 기다리고자 하였다. 신은 이내 후회한다. 그는 인색하다.

「그렇지만 이 물은 천 년째나 흘러 내려오는걸요!……」

그래서, 이날 저녁 그들은 폭포 이야기를 자꾸 하지는 않는다. 어떤 기적은 이야기를 하지 않는 것이 낫다. 그보다도 그것을 너무 생각지 않는 것이 더 낫다. 그렇지 않으면 아무것도 이해하지 못하게 되고 만다. 그렇지 않으면 신을 의심하게 된다…….

「프랑스 사람들의 신은 말이야…….」

그러나 나는 나의 미개인 친구들을 잘 안다. 그들은 신앙이 흔들리고 당황해서 이제부터는 귀순할 생각을 가지고 있는 것이다. 그들은 프랑스 군 경리대를 통하여 보리를 보급받고 사하라 부대들에 의하여 그들의 안전이 보장되기를 바라고 있다. 그리고 귀순만 하면 그들의 물질적 재물이 더 나아지리라는 것도 사실이다. 그러나 그들 셋은 모두 트라르자 인들의 도독(都督) 엘 맘문의 혈통이다(이 이름을 잘못 기억한 것 같다).

나는 이 사람이 우리 부하 노릇을 하였을 적에 알았다. 봉사를 하였기 때문에 공식적인 예식에 참석할 수 있고 총독들에 의하여 재산을 많이 얻고 부족들로부터는 존경받던 그는, 눈에 보이는 재물에는 부족한 것이 없었던 모양이다. 그러나 어떤 날 밤, 어떠한 조짐으로도 그것을 미리 알아차리지 못하였는데, 그와 동행하던 장교들을 학살하고, 약대들과 소총들을 빼앗아 가지고 불귀순 부족들에게로 돌아갔다.

그 뒤로는 사막 가운데에 추방된 한 두목의 영웅적이고도 절망적인 반란과 도망을, 오래지 않아 아타르의 이동 기병소대의 탄막 앞에서 화전(火箭) 모양으로 사라질 이 잠시 동안의 영광을, 사람들은 배반이라고 부른다. 그리고 이 급작스런 광증을 이상히 여긴다. 그렇지만 엘 맘문의 이야기는 다른 아라비아 사람들의 이야기이기도 하였다. 그는 늙어갔다. 사람은 늙으면 명상을 하게 된다. 이렇게 해서 그는 하루 저녁, 자기가 이슬람의 신을 배반하였다는 것과 자기에게는 손해밖에 되지 않는 교환을 그리스도 교인들의 손에 서명함으로써 자기의 손을 더럽혔다는 것을 깨달았다.

그리고 사실 보리와 평화가 그에게 무슨 소용이 있었던가? 타락한 무사로 목자가 된 그는 이전에 사하라에서 살았다는 것을 추상하고 있는 것이다.

거기에는 모래 구비구비에 수많은 위협이 숨어 있었고, 거기서는 밤 가운데로 깊숙이 파고 들어간 야영지에서 목표지에다 야경들을 파견했었고, 또 적들의 움직임을 이야기하는 소식을 들으며 화롯불 둘레에서 가슴을 뛰놀게 하였었는데. 그는 사람이 한번 맛보기만 하면 영 잊혀지지 않는 넓은 바다의 맛을 회상하는 것이다.

오늘날 그는 영광을 잃은 채 아무 위엄도 없는 평정된 지역에서 헤매고 있다. 오늘이야말로 비로소 사하라는 광야이다.

그가 암살한 장교들을 그는 아마 존경하고 있었을 것이다. 그러나 알라의 사랑이 무엇보다도 중요하다.

「엘 맘문. 잘 가게.」

「신이 그대를 보호하실지어다！」

장교들은 담요 속에 기어들어가 뗏목 위에서처럼 별을 쳐다보며 모래 위에 눕는다. 뭇별들이 천천히 돌아가고 하늘 전체가 시간을 새겨간다. 달이 모래밭 위로 기울어져, 신의 지혜에 의하여 무(無)에로 돌아간다. 그리스도교인들은 오래지 않아 잠이 들 것이다. 이제 몇 분만 더 있으면 별들만이 반짝이고 있을 것이다. 그러면, 타락한 부족들이 지난날의 영광을 회복하기 위하여는, 그것들만이 모래를 빛나게 해주는 그 추격이 다시 시작되기 위하여는 그들이 자는 잠 속으로 잠겨들어가며 지르는 이 그리스도교인들의 조그마한 부르짖음만 있으면 되는 것이다……. 이제 몇 초만 더 있으면 회복하지 못한 일에서 한 세상이 태어날 것이다…….

이리하여 잠든 아름다운 중위들은 학살되는 것이다.

5

쥐비에서는 오늘 케말과 그의 동생 무얀이 나를 초대하여, 나는 그들의 텐트 속에서 차를 마시고 있다. 무얀은 아무 말 없이 나를 쳐다보며 푸른 보자기를 입술에까지 올려걸치고 야성적인 근신을 지키고 있다. 케말 혼자만이 내게 말을 하고 인사를 차린다.

「내 텐트며, 약대며, 아내들이며 종들이 다 당신 것이오.」

무얀은 그저 내게서 눈길을 돌리지 않고 자기 형에게로 몸을 기울여 몇 마디 말을 하고는 다시 입을 다문다.

「무어라고 그럽니까?」

「보나푸가 르게이바트네 약대 천 마리를 훔쳤다고 하오.」

나는 아타르 기병소대의 낙타기병인 이 보나푸 대위를 알지 못한다. 그러나 모르 인들의 입을 거쳐 그의 전설은 알고 있다. 그들은 화가 나서 그의 이야기를 한다. 그러나 그가 무슨 신이라도 되는 것처럼 이야기한다. 그가 있다는 것으로 모래밭에는 제값이 붙는 것이다. 오늘도 그는 어떻게 해서인지 남쪽으로 행진하는 유격대들의 후방에 나타나, 그들의 약대를 수백 마리씩 훔치며, 그들이 안전하다고 생각하던 재화를 구하기 위하여는 자신을 향해 방향을 돌리지 않고는 못 배기게 하는 참이다. 그리고 지금은 이 대천사와 같은 출현으로 아다르를 구해내고, 석회질 고대 위에 야영을 치고 빼앗아가야 할 담보 모양으로 기어 우뚝 서 있다. 그리고 그의 발현은 부족들이 그의 군도를 향하여 전진할 만큼 힘있는 것이다.

무얀은 더욱 험한 눈으로 나를 쳐다보며 또 말을 한다.

「뭐라고 합니까?」

「『우리는 내일 유격대로서 보나푸를 향하여 진격하겠소. 소총수 삼백 명이 말이요.』 합니다.」

나는 무엇인가 눈치챘었다. 사흘 전부터 우물로 몰고 가는 그 약대들, 그 연설들, 그 열광. 보이지 않는 범선을 하나 장만한다는 느낌이다. 그리고 그 배를 몰고 갈 바다 바람이 벌써 돌아다닌다. 보나푸 때문에 남쪽을 향하여 옮겨 놓는 걸음 하나하나가 영광에 가득찬 걸음이 된다. 그리고 나는 이러한 출격들이 증오나 사랑을 얼마나 포함하고 있는지를 분별할 수가 없게 되었다.

암살해야 할 만큼 그렇게도 훌륭한 적을 이 세상에서 가진다는 것은 호사스러운 일이다. 그가 나타나는 곳에 가까이 있는 부족들은 그를 면대하여 만날까 봐 벌벌 떨면서 그들의 텐트를 걷어가지고 도망가는가 하면, 더 멀리 떨어져 있는 부족들은 사랑 가운데에서 느끼는 것 같은 그런 황홀경에 빠지는 것이다. 평화스러운 텐트에서, 여인들의 포옹에서. 행복스러운 잠에서 빠져나와 두 달 동안을 남쪽을 향하여 기운빠지는 행군을 하고 타는 듯한 갈증을 겪고 모래바람 밑에서 쭈그리고 앉아 기다리고 한 뒤에 새벽녘에 기습으로 아타르의 이동 기병소대와 맞부닥뜨리고, 거기서, 만약에 신이 허락하신다면 보나푸 대위를 죽이는 것, 이것보다 더 값있는 것이 이 세상에는 아무것도 없다는 것을 깨닫는다.

「보나푸는 강하지요.」하고 케말은 내게 자백한다.

나는 이제 이들의 비밀을 안다. 한 여인을 사모하는 그 사람들이 여자의 아무 생각없이 거니는 걸음을 꿈꾸며, 그들의 꿈속에서 계속하고 있는 그 여자의 냉정한 소요에 상심하고 속이 타듯이 보나푸의 멀리 떨어진 발걸음은 이들을 괴롭힌다. 모르 인 옷을 입은 이 그리스도교인은, 모르 인 비적 이백 명을 거느리고 그를 공격하러 나선 유격대를 피하여 불귀순 지구로 침투하였다. 그가 거느리는 부하들 중 누구라도 프랑스 세력을 이탈하고 아무 탈 없이 자기 속박에서 깨어나, 돌상〔石床〕위에 자기 상관을 신에게 제사지낼 수 있을 그곳에, 오직 그의 권위마이 그들을 억제하는 그곳에, 그의 약점마저 저들을 무섭게 만드는 그곳에 침투한 것이다. 그리고 오늘 밤, 이들의 숨막히는 꿈 가운데에서 그는 아무렇지도 않게 지나오고 지나가고 하며, 그의 발걸음은 사막의 심장에까지 울리는 것이다.

무얀은 텐트의 안쪽에 파란 화강암 부조같이 꼼짝 않고 그냥 앉아 골똘히 생각에 잠겨 있다. 그의 눈만이, 그리고 이제는 장난감이 아닌 그의 은(銀) 단도가 반짝인다. 그는 유격대 속에 들어간 뒤로 몹시도 변하였다 ! 그는 어느 때보다도 자기의 고귀함을 깨닫고 나를 멸시로 덮어누른다. 왜냐하면 그는 보나푸를 향하여 진격할 참이고, 사랑의 모든 조짐을 지닌 증오에 자극되어 새벽녘에 행진을 시작할 참이니까.

다시 한 번 그는 형에게로 몸을 기울이고 나직한 목소리로 말을 하고, 나를 쳐다본다.

「뭐랍니까 ?」

「당신을 보루에서 멀리 떨어진 데서 만나면 쏘겠다고 하오.」

「왜?」

「당신은 비행기들과 무전기가 있고 보나푸가 있지만, 진리를 가지지 못했다고 말하오.」

무얀은 조각의 옷주름과 같인 생긴 보자기에 싸여 부동의 자세로 내게 판결을 내린다.

「『당신은 염소들 모양으로 상추를 먹고, 돼지들처럼 돼지 고기를 먹고, 당신의 나라 여자들은 뻔뻔스럽게 얼굴을 드러낸다고, 당신의 나라 여자들을 본 일이 있다.』고 말하오. 『당신은 도무지 기도하는 일이 없다.』고 하오. 『당신이 진리를 가지고 있지 않으면 당신의 비행기들과 무전기가, 그리고 당신의 보나푸가 무슨 소용이 되느냐?』고 말하오.」

사막에서는 사람이 언제나 자유스러우니까 자유를 방위하지 않는 이 모르 인, 사막에는 아무것도 없으니까 눈에 보이는 재화를 지키지는 않으나, 그러나 비밀의 왕국을 수호하는 이 모르 인에게 나는 감탄한다. 모래 물결의 적막 속에서, 보나푸는 늙은 해적선장처럼 그의 기병소대를 끌고다니고, 그의 덕택으로 쥐비곶의 야영지는 이제 한가한 목자들의 고향이 아니다. 보나푸 폭풍이 그 옆구리를 세차게 압박하고, 그 때문에 사람들은 저녁에 텐트를 바싹 조이는 것이다. 적막이 남쪽에서는 얼마나 가슴 조이게 하는 것인가! 그것은 보나푸의 적막이다! 그리고 늙은 사냥꾼인 무얀은 바람을 타고 걸어오는 그의 발자취를 엿듣는다.

보나푸가 프랑스로 귀국하면 그의 적들은 그것을 좋아하기는 고사하고, 그의 출발이 그들의 사막에서 목표 중의 하나를 앗아가고, 그들의 생활에서 약간의 권위를 채가기나 한 것처럼 그것을 슬퍼하며, 내게 이렇게 말할 것이다.

「당신네 보나푸가 왜 떠나가는 거요?」

「모르지요…….」

그는 이들의 생명과 자기의 생명을 걸고 지냈다. 그것도 여러 해 동안이나. 그는 이들의 규칙으로 자기의 규칙을 삼았다. 그는 이들의 돌에 머리를 기대고 잤다. 끊임없는 추격이 계속되는 동안, 그도 이 사람들과 같이 별과 바람으로 이루어진 성서에 나오는 바람들을 체험하였다. 그런데 그는 이곳을 떠남으로써 긴요한 도박을 하지 않았다는 것을 보여 주는 것이다. 그는 노름판을 날쌔게 떠나는 것이다. 그리고 그가 노름판에 홀로 남겨 둔 모르 인들은 이제는 인간들의 목숨까지 걸지 않게 된 인생의 뜻에 대해서 믿음을 잃어버리는 것이다. 이들은 그래도 그를 믿고자 한다.

「그 보나푸 말이요, 그 사람이 다시 오겠지요?」

「모르지요.」

그가 돌아올 것이라고 모르 인들은 생각한다. 유럽의 노름은 이제 그를 흡족하게 해주지 못할 것이다. 병영의 브릿지도, 승급도, 여인들도 그의 마음을 흡족하게 못 할 것이다. 그의 잃어버린 고귀함이 머리에서 떠나지를 않아, 그는 발걸음 하나하나가 사랑을 향하여 떼어 놓는 발걸음 모양으로 가슴을 뛰놀게 하는 그곳으로 다시 올 것이다. 그는 여기서는 오직 모험을 하였을 뿐이고, 저기에 가야 요긴한 것을 얻어 만나리라고 생각하였을 것이다. 그러나 모래밭의 매력과 이 적막과 바람과 별들의 이 고향 따위, 유일한 참다운 재물은 이곳 사막에서 소유하였다는 것을 환멸 속에서 깨달았을 것이다. 그리고 보나푸가 어느 날 돌아오면, 그 소식은 첫날 밤부터 불귀순 지구에 퍼질 것이다. 사하라 어드메에 그가 거느리는 비적 이백 명 가운데에서 그가 자고 있다는 것을 모르 인들은 알 것이다. 그러면 약대들은 아무 말 없이 우물로 끌고 갈 것이고, 보리를 준비할 것이고 총개머리를 검사할 것이다. 그 증오나 혹은 그 사랑에 자극되어서 말이다.

6

「마라케로 가는 비행기에 나를 숨겨 주어요……」

쥐비에서는 매일 저녁 모르 인들의 그 노예가 짧은 기도를 내게 드리고 있었다. 그러고는 살기 위하여 자기의 최선을 다하고 나서 책상 다리를 하고 앉아 내 차를 준비하였다. 그리고 자기를 낮게 하여 줄 유일한 의사에게 몸을 맡겼다고 생각하고, 자기를 구해 줄 유일한 신에게 은혜를 빌었다고 생각해서, 그는 하루 동안은 조용히 있는 것이었다. 그리고 나서는 주전자 위에 몸을 굽히고, 그의 생애의 단순한 영상들과 마라케의 검은 토지들과 붉은 집들과 그가 잃은 간단한 재산들을 되씹어 보는 것이었다. 그는 내가 아무 말도 하지 않는 것도 생명을 빨리 주지 않는 것도 원망하지 않았다. 그는 내가 자기와 같은 사람이 아니고 시동을 걸어야 하는 무슨 동력(動力)인 듯이, 자기 운명 위에 어느 날이고 일어날 순풍 같은 그 무엇인 듯이 생각하였다.

그렇지만 일 개의 조종사요, 쥐비곶에서 몇 달 동안 비행장 주임 노릇을 한 나요, 재산이라고는 스페인식 보루에 기대 앉은 바람과, 그 바람 속에는 대야 하나에 짠물을 담은 그릇 하나에 너무 짧은 침대 하나밖에 가진 것이 없는 나는 내 권력에 대해서 환상을 덜 가지고 있었다.

「바르크 영감 두고 봅시다.」

모든 노예들이 바르크라고 불리운다. 그러니까 그도 바르크라는 이름을 가지고 있었다. 사 년 동안 포로 생활을 하였는데도, 그는 아직 단념하지 않고 있었다. 그는 임금이었다는 것을 기억하고 있는 것이었다.

「바르크 영감, 자네는 마라케에서 무얼 했나?」

그의 아내와 아이 셋이 아직 살고 있을 마라케에서 그는 훌륭한 직업을 가지고 있었다.

「나는 짐승떼를 몰고 다녔지요. 그리고 내 이름은 모하메드였답니다.」 거기에서는 재판관들이 그를 불러서는, 「모하메드, 나는 소를 팔아야 하겠으니 산에 가서 그놈들을 찾아오시오.」라고 하였다.

그렇지 않으면, 「나는 들판에 양 천 마리가 있는데, 그놈들을 좀더 높이 있는 풀밭으로 데려가시오.」라고 하였다.

그러면 바르크는 감람나무 지팡이를 들고 그 짐승들의 이동을 다스렸다. 많은 양들의 백성의 유일한 책임자로, 그는 새끼 가진 어미양들 때문에 그 중에서 빠른 놈들은 천천히 걷게 하고 게으른 놈들은 좀 재촉하며 모든 양들이 믿고 복종하는 가운데에 걸음을 옮기었다. 어떤 언약된 땅을 향하여 올라가는지를 혼자서 알고, 천체를 보고 혼자 제 길을 찾을 줄 알고, 양들에게는 나누어 주지 못하는 지식을 담뿍 지닌 그는 자기의 지혜로 홀로 쉬는 때와 샘터로 가는 때를 정하였다. 그리고 밤이면 양들이 자는 동안, 일어나서 그 많은 무지와 약함을 측은히 생각하여 무릎까지 양털 속에 파묻혀, 의사요, 예언자요, 왕인 바르크는 자기 백성을 위하여 기도를 드렸었다.

어떤 날 아라비아 인들이 그에게 이런 교섭을 하였다.

「남쪽으로 짐승들을 구하러 같이 갑시다.」

오랫동안 걸리고 나서, 사흘이 지난 뒤 산 속 우묵한 길로 그가 접어들자, 그들은 그저 그의 어깨를 움켜잡고 바르크라는 이름을 지어가지고 팔아먹었다.

나는 다른 노예들도 알고 있었다. 나는 매일 차를 마시러 텐트를 찾아갔다. 거기서 맨발로 푹신한 양탄자 위에 누워 그날의 비행을 음미하였다. 이 푹신한 양탄자는 유목민의 사치품으로, 그들은 거기에다 몇 시간 동안의 처소를 마련하는 것이다. 사막에서는 시간의 흐름을 느낄 수 있다. 내려쪼이는 뙤약볕 아래서 저녁을 향하여 지체(肢體)를 잠궈 주고 땀을 모조리 씻어 줄 그 시원한 바람을 향하여 걸어가는 것이다. 타는 듯한 햇볕 아래서 짐승들도 사람들도 죽음을 향하여 가는 것만큼이나 확실하게 이 큼직한 물구유를 향하여 나아가는 것이다. 이와 같이 한가함이 헛될 적이 없다. 그리고 하루하루가 바다로 가는 그 길들 모양으로 아름다워 보이는 것이다.

나는 그 노예들을 안다. 열쇠 없는 자물통, 꽃 없는 화분, 서푼짜리 거울, 헌 무기 같은 어처구니없는 물건들이 가득찬, 사막 한가운데에 이렇게 밀려와서는 난파선의 조각 같은 느낌을 주는 그런 물건들이 묵직하게 들어 있는 보물 상자에서 주인이 풍로와 주전자와 잔들을 꺼내면, 노예들은 텐트 속으로 들어온다.

그러면 노예는 묵묵히 풍로에 마른 풀잎을 얹고 불똥을 불어 일으키고 주전자를 채우고 하여, 어린 계집애의 노력이면 될 일에 서양 삼송(杉松)이라도 뽑을 수 있는 근육을 놀린다. 그는 온화하다. 차를 만들고 약대를 손질하고 먹고 하는 이 연극에 젖어 버렸다. 대낮의 뙤약볕 밑에서는 밤을 향하여 걸어가고, 별들만이 반짝이는 매섭게 찬 하늘 밑에서는 대낮의 뙤약볕을 그리워한다. 계절들이 여름에는 눈 이야기를 꾸며 주고, 겨울에는 해 이야기를 지어 주는 북쪽 나라들은 얼마나 행복스러운가! 그리고 그 한증막 속에서 별로 변하는 것이 없는 열대 지방은 얼마나 불운한가! 그러나 낮과 밤이 사람들을 이 희망에서 저 희망으로 그렇게도 간단하게 옮겨 주는 사하라도 역시 행복한 곳이다.

어떤 때 흑인 노예는 문 앞에 쭈그리고 앉아 저녁 바람을 맛본다. 그 둔중한 포로의 몸에서는 이제는 추억도 솟아나지 않는다. 납치되던 시간, 그 매, 그 부르짖음, 그를 지금의 암흑 속에서 쓰러뜨린 남자들의 그 팔을 기억하는 것이 고작이다. 그 시간 이후로 그는 소경같이 세네갈의 느릿한 강물이나 남 모로코의 하얀 도시들을 보지 못하고 귀머거리 모양 귀에 익은 목소리를 듣지 못한 채, 이상야릇한 잠속으로 잦아들어가는 것이다. 이 흑인은 불행하지 않고 병이 들었다. 어떤 날 유목민들의 생활의 테두리 안에 떨어져, 그들의 이동에 매달려다니고, 그들이 사막 안에서 그리는 궤도에 일생을 두고 붙잡혀 매어졌으니, 그에게 있어서는 죽은 것이나 다름없는 과거와 가정과 아내와 아이들과 이제 무슨 공통된 것을 보존하고 있겠는가?

오랫동안 큰 사랑으로 살다가 그것을 잃은 사람들은 흔히 그들의 고독한 숭고에 싫증이 나는 수가 있다. 그들은 겸손하게 삶에 가까이 가서 평범한 사랑으로 그들의 행복을 삼는다. 그들은 모든 것을 체념하고 비굴하여져서 사물의 평화 속에 들어가는 것이 마음 편함을 깨달았다. 노예는 주인의 숯불로서 자기의 자랑을 삼는 것이다.

어떤 때는 주인이 「자, 마셔라.」하고 종에게 말한다.

그것은 모든 피로와 불볕 같은 더위에서 놓여나고, 곁에 나란히 붙어서 서늘한 기운에 접어드는 그것 때문에 주인이 노예에게 선심을 쓰는 시각이다. 그래서 주인은 노예에게 차 한 잔을 준다. 그러면 포로는 감격에 머리가 무거워져서 그 차 한 잔 때문에 주인의 무릎에 입이라도 맞출 지경이 된다. 노예가 쇠사슬에 매어 있는 일은 없다. 그건 도무지 소용이 없는 일이다!

얼마나 충실하기에 말이다! 그는 왕관을 잃어버린 흑인 왕을 자기 안에서 얼마나 얌전하게 배척하느냐 말이다. 그는 이제 오직 행복한 포로일 뿐이다.

그러나 그 언젠가는 해방될 것이다. 그가 먹는 양식이나 입는 옷에 알맞는 값어치가 없을 만큼 너무 늙으면 그는 분에 넘치는 자유를 받을 것이다. 사흘 동안 그는 이 텐트에서 저 텐트로 점점 더 약해진 몸을 끌고다니며 거두어 달라고 청하나 헛일일 것이다. 이리하여 사흘째 되는 날이 저물어 갈 무렵, 그저 얌전히 모래 위에 누울 것이다. 나는 쥐비에서 이렇게 노예들이 죽는 것을 보았다. 모르 인들은 그의 긴 임종을 스치고 지나다니나 잔학한 마음이 없었고, 모르 인들의 어린이들은 그 꺼먼 표류물 곁에서 놀고, 새벽마다 그것이 아직도 꾸물거리고 있나 장난삼아 보러 달려갔으나 늙은 종을 조롱하는 일은 없었다. 그것은 자연적인 질서를 따르는 것이었다. 그것은 『너는 일을 잘 했으니 잘 권리가 있다. 가서 자라.』고 그에게 말한 것이나 마찬가지였다. 그는 그저 누워서 현기증에 지나지 않는 주림을 겪으나, 그에게 괴로움을 주는 불의(不義)는 느끼지 않는 것이었다. 그는 차츰 땅과 섞이었다. 햇볕에 마르고 대지의 품에 안기고, 삼십 년 간의 근고, 그리고는 잠과 땅에 대한 이 권리를 얻는 것이었다.

내가 첫번 만난 노예가 신음하는 소리를 나는 듣지 못했다. 그러나 누구 하나 원망할 사람도 없었다. 나는 그에게서 일종의 희미한 동의를 짐작하였다. 기운이 지쳐서 눈속에 누워 자기의 꿈과 눈속에 싸여 들어가는 길 잃은 산골 사람의 체념 같은 것을 짐작했다. 나는 그의 고통으로 인하여 괴로워하지는 않았다. 나는 그가 고통을 느낀다고는 별로 생각하지 않았다. 그러나 사람의 죽음과 함께 미지의 세계가 하나 사라지는 것이므로 나는 그의 안에서 꺼져가는 영상들이 어떤 것인가 하고 생각해 보았다. 세네갈의 어떤 대농원이, 남쪽 모로코의 어떤 하얀 도시들이 차차 망각 속에 파묻혀 들어가는 것이었던가? 그 검은 덩어리 안에서, 차를 만들어야 하고 짐승들을 우물로 몰고 가야 하는 따위의 하찮은 걱정만이 사라져 가는지…… 노예의 영혼이 잠드는 것인지, 혹은 추억의 소생으로 다시 살아난 사람이 그 본래의 위대함 가운데에서 죽어가는 것인지 나는 알 수가 없었다. 그 단단한 해골이 내게는 그 오랜 보물상자 같아 보였다. 빛깔 고운 어떤 비단들이, 잔치의 어떤 영상이 여기서는 전혀 쓸모없이 되고 이 사막에서는 아무 소용없는 어떤 잔해들이 그 상자 속에서 파선을 모면했는지 나는 알지 못하였다. 그 상자는 거기 동여매어진 채 둔중하게 놓여 있었다. 마지막 날들의 거창한 잠을 자는 동안, 세상에 얼마나한 부분이 사람 안에서 분해되는지, 차차 밤과 뿌리로 되돌아가는 그 양심과 육체 안에서 분해되는지를 나는 알지 못하였다.

「나는 짐승떼를 몰고다녔고, 내 이름은 모하메드라고 했소…….」

여기에 저항한 사람은 내가 알기에는 흑인 포로 바르크가 처음이었다. 모르 인들이 그의 자유를 침범하고 하루 사이에 그를 갓난애기보다도 땅 위에서 더 헐벗은 자로 만든 것은 아무것도 아니었다. 이와 같이 한 사람의 추수를 한 시간 사이에 짓밟아 버리는 신의 폭풍우가 있는 것이다. 그러나 그의 재산보다도 모르 인들은 그의 인격을 더 심각하게 위협하는 것이었다. 그런데 그렇게도 많은 다른 포로들은 먹을거리를 벌기 위하여 일 년 내내 고생을 하던 가엾은 목자가 그들 안에서 죽어가게 내버려 두었을 것인데, 바르크는 단념하지 않았다!

바르크는, 기다리다 기다리다 지쳐서 평범한 행복 안에 자리잡은 것처럼, 종살이에 자리를 잡지 않았다. 그는 상전의 선심을 노예로서의 기쁨으로 삼기를 원하지 않았다. 그는 집을 나간 모하메드로서 그 모하메드가 살던 그 집을 자기 가슴 속에 그대로 보존하여 두는 것이었다. 비어 있는 것이 애처롭기는 하나, 다른 사람은 아무도 살지 못할 그 집이다. 바르크는 정원통로의 풀과 적막의 권태 속에서 충실하게 죽는 그 백발의 동산지기와 비슷하였다.

「나는 모하메드 벤 라훗신이오.」라고 그는 말하지 않고, 「나는 모하메드라고 불리웠소.」 하고 말하며, 그 잊어버린 인물이 부활하여, 그 부활만으로 벌써 노예의 모습을 쫓아 버릴 날을 꿈꾸고 있었다. 때로는 밤의 적요 속에서 그의 모든 추억이 어렸을 적의 노래같이 완전하게 되살아났다. 한밤중에, 우리들의 모르 인 통역은 이런 이야기를 하였다. 「한밤중에 그는 마라케

이야기를 하고 울었습니다.」고독 가운데에서는 아무도 이런 집착에서 벗어나지 못한다. 그의 안에 있는 또 한 사람이 예고없이 깨어나 그의 지체 안에서 기지개를 켜고, 일찍이 어떤 여인도 바르크를 가까이한 적이 없는 이 사막에서 자기 곁에 여인을 찾았다. 그리고 바르크는, 눈을 감으면, 사람들이 천으로 만든 집에 살며 바람을 쫓아다니는 거기에서, 매일 밤 같은 별 밑에 자리잡고 앉은 흰 집에 사는 것 같은 생각이 들었다. 그 목표가 지척에 있기나 한듯, 신비스럽고 생생하게 되살아난 묵은 애정을 가득 품고 바르크는 내게로 왔다. 그는 준비가 다 되었다고, 그의 모든 애정이 준비가 되었고, 그것을 나누어 주기 위하여는 제 고향으로 돌아가기만 하면 된다고 내게 말하고자 하였다. 내 편에서 무슨 눈짓만 있으면 그만일 것이었다. 바르크는 웃으며 그것을 내게 가리켰다. 내가 아마 그것을 아직 생각하지 못하고 있는 것이었으리라.

「내일이 우편기가 떠나는 날이지요……. 아가디르로 가는 비행기에 나를 숨겨 주어요…….」

「가엾은 바르크!」

왜냐하면, 우리가 불귀순 지구에 살고 있었으니, 어떻게 그가 도망하는 것을 도와 줄 수 있었겠느냐 말이다. 이튿날만 되면 모르 인들은 그 도둑질과 모욕을 무서운 학살로 보복하였을 것이다. 나는 로베르그, 마르샬, 아브그랄 같은 기항지 비행장 안의 비행기공들의 도움을 받아가지고 그를 사려고 해보기는 하였다. 그러나 모르 인들은 노예를 구하는 유럽 인들을 매일같이 만나는 것이 아니므로 그들을 속여서 돈을 뺏으려 한다.

「이만 프랑이요.」

「우리를 놀리는 거야?」

「그 사람의 팔이 얼마나 튼튼한가 좀 봐요.」

이렇게 해서 몇 달이 지나갔다.

마침내 모르 인들의 요구는 값이 내려갔다. 그래서 내가 편지로 연락하였던 프랑스에 있는 친구들의 도움을 얻어 늙은 바르크를 살 수 있을 만큼 되었다.

그것은 굉장한 협상이었다. 그 협상은 여드레나 걸렸다. 모르 인 열다섯 명과 나는 모래밭 위에 빙 둘러앉아 이 협상을 진행시켰다. 주인의 친구이자 내 친구이기도 한 진 울드 라타리 비적이 은근히 내게 조력을 하였다.

「그놈을 팔게, 아무래도 자네는 그놈을 잃을 거야.」 내 의견을 편들어 그는 이렇게 말하였다.「그놈은 병이 들었어. 병이 처음에는 나타나지 않지만 속에 들어 있단 말이야. 언제고 별안간 불거져 나올 날이 오네. 어서 프랑스 사람에게 팔아 버려요.」

나는 또 다른 도둑인 라치에게 나를 도와 매매 계약을 맺게 하면 구전을 주마고 약속하였다. 그래서 라치는 주인을 구워삶았다.

「그 돈으로 약대를 사고 총과 탄환도 사게나. 그렇게 되면 자네는 유격대가 돼서 프랑스 사람들과 전쟁을 할 수 있을 거야. 자네는 아타르에서 아주 새 노예를 서너 명 데려오게 되네. 그러니 이 늙은 건 처분해 버려요.」

이리하여 바르크는 내게 팔려왔다. 나는 그를 우리 바라크 속에 엿새 동안 쇠를 채우고 가두었다. 만일 비행기가 지나가기 전에 그가 밖에서 방황하였다면 모르 인들이 그를 다시 잡아 더 먼 데로 팔았을 것이기 때문이다.

그러나 나는 그를 노예의 지위에서 해방시켰다. 그것은 또 아름다운 예식이었다. 회교의 교직자가 오고 이전 주인과 이브라힘과 쥐비의 재판관이 왔다. 보루에서 이십 미터 떨어진 곳에서라면 그저 나를 골려 준다는 쾌락 때문에 서슴지 않고 그의 목을 짤랐을 이 세 비적들이 그를 열렬히 포옹하여 주고 공식 증서에 서명하였다.

「이제 너는 우리 아들이다.」

법적으로 따져서 내 아들이기도 하였다.

그리하여 바르크는 그의 여러 아버지들에게 키스하였다.

그는 출발시간까지 우리 바르크에서 안온한 포로 생활을 하였다. 그는 하루에 수십 번씩이나 그 쉬운 길을 일러 달라고 하였다. 아가디르에 가서 비행기에서 내리면, 이 기항지 비행장에서 바라케로 가는 관광 버스 표를 줄 것이다. 바르크는 어린아이가 탐험가 놀이를 하듯 자유인 놀이를 하였다. 삶에로 향하는 그 걸음, 그 관광 버스, 그 군중들, 그가 다시 볼 그 도시들…….

로베르그가 마르샬과 아브그랄의 심부름으로 나를 찾아왔다. 바르크가 비행기에서 내려 배를 곯으면 안 된다는 것이다. 그들은 바르크에게 주라고 내게 천 프랑을 주었다. 이렇게 하면 그는 일거리를 찾을 수 있을 것이다.

나는 이십 프랑을 주고 사례를 요구하는 자선을 하는 사회사업체의 그 늙은 부인들을 생각하였다. 비행기공인 로베르그와 마르샬과 아브그랄은 천 프랑을 주면서 자선을 하지 않았고, 더군다나 사례는 요구하지 않았다. 그들은 행복을 꿈꾸는 그 부인들처럼 동정심으로 그렇게 하는 것도 아니었다. 그들은 단지 한 사람에게 인간의 존엄성을 회복시키는 데에 이바지하는 것뿐이었다. 귀향의 흥분이 가라앉기가 무섭게 바르크를 제일 먼저 맞이할 가장 충실한 벗은 곤궁일 것이고 석 달이 지나지 않아서 그는 철로 위 어디에서 침목(枕木)을 뽑느라고 애쓰리라는 것을 그들이나 나나 너무나 잘 알고 있었다. 그는 사막에서보다 우리들 사이에서 덜 행복할 것이다. 그러나 자기 동족들 사이에서 자기 자신이 되는 권리는 가지고 있었다.

「자, 바르크 영감, 가서 사람이 되시오.」

비행기는 떠나려고 부르릉 거리고 있었다. 바르크는 몸을 내밀어 마지막으로 한 번 더 쥐비곶의 무연한 황야를 바라보았다. 비행기 앞에는 모르인 이백 명이 한 노예가 생명으로 들이가는 문이구에서 어떤 표징을 가지는지 잘 보려고 모여 있었다. 고장이 나면 좀더 멀리 떨어진 곳에서 그를 다시 붙잡아 올 작정인 것이다.

우리는 쉰 살 먹은 우리들의 갓난아기에게 작별인사를 보내며 그를 세상에 무턱대고 내보내는 것이 약간 가슴이 설레었다.

「바르크 잘 가오.」

「아닙니다.」

「아니라니?」

「아니예요. 나는 모하메드 벤 라훗신입니다.」

우리는 아가디르에서 우리의 청으로 바르크를 돌보아 준 아라비아 사람 아브달라에게서 마지막으로 그의 소식을 들었다.

관광 버스는 저녁에야 떠났다. 그래서 바르크는 하루 해를 마음대로 보낼 수가 있었다. 그는 우선 조그마한 도시를 아무 말 없이 몹시도 오랫동안 방황하였다. 그래서 아브달라가 불안을 느끼고 걱정을 할 지경이었다.

「무슨 일이야?」

「아무것도…….」

바르크는 급격한 휴가에 너무도 깊이 파묻혀 아직은 자기의 재생을 느끼지 못하였다. 은근한 행복을 맛보기는 하였다. 그러나 이 행복을 빼놓고는 어제의 바르크와 오늘의 바르크가 별로 다른 것이 없었다. 그렇지만 이제는 그도 다른 사람들과 평등하게 그 햇볕을 나누어 받고 여기 이 아라비아 카페의 정자 밑에 앉을 권리를 가지고 있었다. 그는 거기 가서 앉았다. 아브달라와 자기에게 차를 가져오라고 시켰다. 그것은 그의 최초의 양반 행세였다. 그의 권리로 인하여 그의 얼굴 모습이 달라졌을 것이다. 그러나 심부름하는 아이는 그 행동이 보통인 것처럼 예사로 그에게 차를 따루었다. 그는 그 차를 따름으로써 한 자유인을 축복한다는 것을 깨닫지 못하였다.

「다른 데로 갑시다.」 하고 바르크가 가스바 쪽으로 올라갔다.

어린 베르베르 기생들이 그들에게로 왔다. 그 여자들이 길들인 애교를 얼마나 부렸던지 바르크는 다시 살 것같이 생각되었다. 그 기생들이야말로 알지 못하는 사이에 바르크를 생명 속으로 맞아들였다고 할 것이다. 여자들은 그의 손을 잡고 얌전하게 그러나 다른 아무에게라도 권했을 그 모양으로 그에게 차를 권하였다. 바르크는 자기의 재생을 이야기하려 하였다. 여자들은 조용히 웃었다. 그가 좋아하니까 그 여자들도 그를 위하여 좋아하였다. 그는 여자들을 놀라게 할 양으로 「나는 모하메드 벤 라훗신이다.」라고 하였다. 그러나 여자들은 이 말에 놀라지 않았다. 모든 사람이 이름이 있고 또 많은 사람들이 대단히 먼 곳에서 돌아오는 것을…….

그는 다시 아브달라를 끌고 시내 쪽으로 갔다. 그는 유태 인의 가게 앞에서 서성거리고, 바다를 내다보고, 자기가 어떤 방향으로든지 마음 내키는 대로 걸을 수 있다는 것을, 자기가 자유를 가지고 있다는 것을 생각하였다……. 그러나 이 자유가 그에게는 괴로운 것으로 생각되었다. 그 자유는 무엇보다도 그가 얼마나 세상과 관련이 없는지를 깨닫게 하였다.

그래서 어떤 아이가 지나갈 때 바르크는 그의 뺨을 다정하게 쓰다듬어 주었다. 어린이는 웃었다. 그것은 청을 드리는 주인의 아들이 아니었다. 그것은 바르크가 쓰다듬어 주는 약한 어린이였다. 그리고 그 어린이는 싱긋 웃었다. 그리고 그 어린이는 바르크를 일깨워 주어, 바르크는 자기에게 웃어 보여야 했던 한 약한 어린이 때문에 이 세상에서 자기가 좀더 중요하다는 생각이 들었다. 그는 무엇인가를 예감하기 시작하여 이제는 성큼성큼 걸었다.

「뭘 찾는 거야?」하고 아브달라가 물으니, 「아무것도 아니야.」하고 바르크는 대답하였다.

그러나 어떤 길모퉁이에서 놀고 있는 어린이들의 한 떼와 부딪치자 걸음을 멈추었다. 여기였다. 그는 잠자코 아이들을 바라보았다. 그리고는 유태 인들의 가게 쪽으로 사라졌다가 선물을 한아름 안고 돌아왔다. 아브달라는 성을 냈다.

「바보, 돈을 간직해 두지 않고!」그러나 바르크는 이미 그의 말을 듣지 않았다. 그는 점잖게 어린이 하나하나에게 손짓을 하였다. 그리고 장난감과 팔찌와 금실로 꿰맨 슬리퍼를 향해 조그만 손들이 들려졌다. 어린이들은 각각 제 보물을 꼭 쥐고서는 염치없이 달아났다.

아가디르의 다른 어린이들도 이 소식을 듣고 그에게로 달려왔다. 바르크는 그들에게 금 슬리퍼를 주었다. 그리고 아가디르 부근에서 다른 아이들이 이 소문을 듣고 일어나서 환성을 올리며 검은 신(神)한테로 올라와서는 그의 헌 노예 복장에 매달려서 저희들 몫을 요구하였다. 바르크는 파산하고 있었다.

아브달라는 그가 좋아서 미친 줄 알았다. 그러나 나는 바르크의 경우에, 넘치는 기쁨을 나누어 누리게 하자는 것이 아니었으리라고 생각한다. 그는 자유인인 만큼 실질적인 재산을 소유하고 있었고 남에게 사랑받을 일을 하고 북쪽으로나 남쪽으로나 걸어가고 일을 해서 먹을거리를 벌고 할 권리를 소유하고 있었다. 이 돈이 무슨 소용이란 말이냐…… 그러니까 그는 사람이 심한 시장기를 느끼는 것처럼, 사람들 사이에 있는 사람, 사람들과 관련이 있는 사람이 될 필요를 느꼈다. 아가디르의 기생들이 늙은 바르크에게 정답게 굴었다. 그러나 그는 왔을 때와 같이 힘들이지 않고 그들에게 작별 인사를 하였었다. 그 여자들은 바르크가 없어도 괜찮았다. 아라비아 인 가게의 그 보이나 길을 오고가는 그 행인들도 모두 그의 안에 있는 자유인에게 경의를 표하고 그들의 태양을 바르크와 고르게 나누어 가지고 있었으나, 그가 필요하다고 표명한 사람은 역시 아무도 없었다. 그는 자유로웠다. 그러나 이제는 땅에 얽혀 있는 것을 느끼지 않을 정도로 무한히 자유로웠다. 걸음을 부여잡는 인간들과의 관계의 그 무게, 그 눈물, 그 작별, 그 기쁨이 그에게는 없었다. 사람이 비끗 어떤 몸짓을 할 때마다 쓰다듬거나 찢어놓는 그 모든 것, 그를 다른 사람들과 붙잡아 매어 그를 무겁게 만드는 그 천 갈래의 끈이 그에게는 없었다. 그러나 바르크 위에는 벌써 천 가지 희망이 묵직하게 내려앉고 있었다.

그리고 바르크의 치세는 아가디르 위에 지는 해의 그 영광 속에서 시작되었고, 그다지도 오랜 동안 그에게 있어서 오직 하나 기다려지는 기쁨이었고 유일한 외양간이었던 그 서늘한 기운 속에서 시작되었다. 그리고 떠날 시간이 가까워오자, 바르크는 전에 자기 양떼 속에 파묻혔던 것처럼 밀물같이 몰려드는 그 어린이들 속에 파묻혀 세상으로 첫 이랑을 파며 걸었다. 내일 그는 자기 가족의 빈궁 속으로 돌아가 그 늙어빠진 팔을 가지고는 아마 먹여살릴 수 없을 정도로 생명에 대한 책임을 맡게 될 것이다. 그러나 그는 벌써 여기서 그의 참된 무게를 가지게 되었다. 마치 사람들과 같이 살기에는 너무 가벼운, 그러나 속임수를 써서 허리띠에 납을 꿰매 놓기라도 하였을 대천사 모양으로 바르크는 금 슬리퍼가 그렇게도 필요한 수많은 어린이에게 끌리어 땅으로 힘든 걸음을 옮겨 놓고 있었다.

7

사막은 이런 것이다. 도박의 규칙에 지나지 않는 고란은 그 사막의 모래를 제국(帝國)으로 변화시킨다. 텅 비었을 사하라 저 안쪽에서 사람들의 정욕을 자극시키는 비밀스런 연극이 진행된다. 사막의 진정한 생명은 짐승들에게 뜯길 풀을 찾아 부족들이 이주하는 것으로 이루어진 것이 아니고, 거기서 지금도 진행되는 연극으로 이루어지는 것이다. 정복된 모래밭과 정복되지 않은 것과의 사이에는 얼마나 큰 물적 차이가 있는가 ! 그리고 모든 사람에게 있어서도 마찬가지가 아닌가 ? 변용된 이 사막을 눈앞에 보며 나는 어릴 때 하던 장난과 우리가 여러 귀신이 산다고 생각한 컴컴하고 금빛 도는 그 농산, 일찍이 전부 알아보지도 못하고 속속들이 뒤져 보지도 못한 그 일 킬로미터 평방에서 우리가 만들어내던 끝없는 왕국이 생각난다. 우리는 발걸음에 어떤 맛이 있고 사물이 다른 어떤 문명에서도 가질 수 없는 뜻을 가지는 어떤 밀폐된 문명을 만들었다. 어른이 되어 다른 법률 밑에서 살게 되면, 어릴 때의 추억이 가득차 있는 기묘하고 얼음장 같고 몹시 더운 그 동산에 무엇이 남아 있단 말인가 ! 거기로 돌아가면, 이제는 일종의 절망감을 가지고 거죽에서 그 작은 회색 돌담을 끼고 돌며, 그의 무한을 끌어냈던 한 지방이 그렇게도 좁은 울 안에 갇혀 있는 것을 보고 이상히 생각하며, 동산 안이 아니라 유희 속으로 도로 들어가야 할 터이므로, 이제 다시는 그 무한 속에 절대로 들어가지 못하리라는 것을 깨닫는 그때에, 그 동산에 남아 있는 것이 무엇이겠느냐 말이다.

　그러나 이제는 불귀순 지구가 없어졌다. 쥐비곶 시스네로스, 푸에르토 칸사도, 사겟 엘 함라, 도라, 스마라 등도 이제는 신비가 아니다. 우리가 그리로 향하여 달리던 지평선들이, 마치 뜨뜻한 손의 함정에 붙잡히기만 하면 그 빛깔을 잃어버리는 그 곤충들처럼, 차례차례로 사라져 버렸다. 그러나 그것을 쫓아다니던 사람은 어떤 환상에 사로잡힌 것이 아니었다. 우리들은 이것들을 발견하려고 뛰어다닐 적에 판단을 그릇치지는 않았었다. 손이 닿기가 무섭게 그 아름다운 여자 포로들이 날개의 금빛 광채를 잃고 그의 품안에서 차례차례로 새벽에 꺼져 버릴 만큼 미묘한 문제를 열심히 추구하던 천일야화의 왕도 잘못 생각하지는 않았다. 우리는 모래밭의 매력으로 양식을 삼았다. 다른 사람들은 거기에 유정을 파서 그 상품을 팔아 부자가 될지도 모른다. 그러나 그들은 너무 늦게 도착할 것이다. 왜냐하면 출입금지가 된 종려의 숲이나 사람의 손이 가지 않은 조개껍질 가루는 저들의 가장 귀중한 몫을 우리에게 넘겨 주었기 때문이다. 그것들은 잠시 동안의 열정밖에 보여 주지 않았는데, 그 시간을 체험한 것은 우리들인 것이다.

　사막은? 나는 어느 날 그것을 마음으로 접촉할 기회를 가졌다. 1935년에 인도지나를 향하여 비행하던 중에 나는 리비아와의 접경지대의 에지프트에서 풀〔糊〕 속에 빠지듯 다시 모래 속에 빠져 그 때문에 죽을 뻔한 일을 체험하였었다. 그 경위는 이러하였다.

7. 사막의 한가운데에서

1

지중해로 들어서며 나는 얇은 구름을 만났다. 나는 이십 미터까지 내려갔다. 소낙비가 유리창을 휘몰아 때리고 바다는 연기를 뿜는 것 같았다. 나는 무엇이고 발견해서 배의 마스트에 부딪치지 않으려고 무척 애를 쓴다.

비행기공 앙드레 프레보는 내게 담배를 붙여 준다.

「커피……」

그는 비행기 뒤쪽으로 사라졌다가 이중병(二重瓶)을 가지고 온다. 나는 마신다. 나는 이천백 회전을 유지시키기 위하여 가끔 가스 핸들을 튀겨 준다. 나는 미터들을 한 번 죽 훑어본다. 내 부하들은 잘 복종한다. 바늘 하나하나가 모두 제자리에 있다. 나는 바다를 한 번 힐끗 내려다본다. 그놈은 비를 맞아 커다란 냄비 모양 김이 무럭무럭 피어오른다. 내가 만일 수상비행기를 타고 있다면 바다가 그 지경으로 패어 있는 것을 유감으로 생각했을 것이다. 그러나 나는 보통 비행기를 타고 있다. 바다가 파졌건 말건 거기 내려앉을 수는 없다. 그리고 웬지는 모르나 이것은 이치에 닿지 않는 안전감을 자아낸다. 바다는 내 것이 아닌 세계에 딸린 것이다. 여기서 고장이 생긴다면 그것은 나와는 상관이 없고 내게 위협을 주지조차 못한다. 나는 바다에 대비한 장비를 갖추고 있지 않았다.

한 시간 반을 비행하고 나니 비가 뜸해진다. 구름들은 그대로 매우 얇다. 그러나 벌써 햇빛이 큰 미소처럼 구름을 뚫고 비친다. 나는 이렇게 천천히 좋은 날씨가 준비되어가는 것을 구경한다. 나는 머리 위에 흰 솜이 그리 두껍지 않게 덮여 있음을 짐작한다. 나는 돌풍구름을 피하기 위하여 비스듬히 비행한다. 그 돌풍구름의 중심을 꿰뚫고 지나갈 필요는 없다. 그리고 이제는 처음으로 구름의 갈라진 틈이 나타난다.

나는 그것을 보지 않고 느꼈다. 내 앞면 바다 위에 풀밭 빛깔이 길게 뻗쳐 있는 것이, 삼천 킬로미터나 사막을 난 뒤에 세네갈에서 올라올 적에 남쪽 모로코에서 내 가슴을 찌르르하게 하던 그 보리밭 빛깔과 같은 밝은 초록색의 깊은 오아시스 같은 것이 보였기 때문이다. 여기서도 나는 사람 사는 지방에 가까이 간다는 느낌을 가지게 되어 가벼운 기쁨을 맛본다. 나는 프레보를 돌아보며 말한다.

「끝났어, 됐어!」

「예, 됐어요⋯⋯.」

튀니지. 휘발유를 채우는 동안, 나는 서류에 서명을 한다. 그러나 사무실을 나오려는 순간 잠수할 때 나는 퍽! 소리가 들린다. 나는 그 순간 그와 비슷한 소리, 즉 차고 안에서 일어난 폭발 소리를 들은 생각이 난다. 이 목쉰 기침 소리로 두 사람이 죽었었다. 나는 활주로를 끼고 뚫린 도로 쪽을 돌아다본다. 먼지가 좀 피어오른다. 고속도의 두 자동차가 충돌해서 얼음에 처박힌 것처럼 별안간 꼼짝 못 하게 되었다. 사람들이 자동차 쪽으로 달려가고 또 다른 사람들은 우리에게로 뛰어온다.

「전화해요⋯⋯. 의사를⋯⋯ 머리가⋯⋯.」

나는 가슴이 조여드는 느낌을 맛본다. 운명은 고요한 저녁 햇빛 속에서 작은 기습에 막 성공한 길이다. 한 아름다움이 짓밟혔거나, 한 지력(智力)이나 혹은 한 생명이 짓밟혔을 것이다. 비적들도 이렇게 사막을 걸어다녔고 아무도 모래 위를 걷는 그들의 사뿐사뿐한 발소리를 듣지 못하였다. 그것은 캠프 안에서 약탈하는 짤막한 웅성댐이었다. 그런 다음 모든 것은 도로 황금빛 침묵 속에 잠겼다. 같은 평온, 같은 침묵……. 내 옆에 있는 누군가가 두개골이 깨졌다는 말을 한다. 나는 그 움직이지 않는, 피에 젖은 머리에 대해 아무것도 알고 싶지 않아 도로를 등지고 내 비행기 쪽으로 간다. 그러나 나는 가슴 속에 위협감을 간직한다. 그리고 나는 조금 뒤에는 그 소리를 다시 듣게 될 것이다. 검은 고원을 시속 이백칠십 킬로미터로 스칠 적에 나는 꼭 같은 쉰 기침 소리를 다시 들을 것이다. 우리를 약속 장소에서 기다리고 있던 운명의 꼭 같은 헛! 소리를 다시 들을 것이다.

뱅가지를 향하여 출발.

2

출발. 아직 해가 두 시간 남아 있다. 내가 까만 안경을 벗었을 적에 이미 트리폴리타니아에 접어든다. 그리고 모래는 금빛깔이 돈다. 아아! 이 평야는 얼마나 황량한가! 거기에서는 강들과 녹음과 사람 사는 집들이 어떤 다행한 우연의 결합에서 이루어진 것 같다는 생각이 다시 한 번 들게 된다. 바위와 모래가 얼마나 많이 차례가 왔는가!

그러나 이 모든 것이 나와는 관련이 없다. 나는 비행의 세계에 있으니 말이다. 나는 신전(神殿)에 갇히듯 갇히게 되는 밤이 오는 것을 느낀다. 실질적인 예식의 비밀 속에 구원될 길 없는 명상으로 빠져들어가는 밤이 옴을 느낀다. 이 속된 세상은 이미 모두 지워지고 이제 곧 사라질 것이다. 아직은 황금빛을 지니고 있는 이 모든 풍경, 그러나 무엇인지 벌써 거기에서 사라지는 것이 있다. 그런데 나는 이 시간만큼 값나가는 것을 아무것도 모른다. 정말 아무것도 모른단 말이다.

그러니까 나는 차차 해를 단념한다. 고장이 났을 경우에 나를 받아 주었을 금빛 도는 넓은 들판을 나는 버린다……. 내게 방향을 일러 주었을 목표물들을 나는 떠난다. 내가 암초를 피하게 하여 주었을 하늘에 우뚝 솟은 산들의 옆 모습을 포기한다. 나는 밤속으로 들어간다. 나는 비행을 계속한다. 이제

내편이라고는 별들밖에 없다…….

세상의 이 죽음은 천천히 이루어진다. 그리고 나는 조금씩 조금씩 빛을 잃어간다. 하늘과 땅이 차차 혼동된다. 저 땅이 수증기처럼 올라와 퍼지는 것 같다. 이른 별들이 푸른 물 속에서처럼 흔들린다. 그것들이 단단한 금강석으로 변할 때까지는 아직 오래 기다려야 할 것이다. 별똥들의 무언의 유희를 구경하려면 아직도 오래 기다려야 할 것이다. 어떤 날 밤중에는 별똥이 날아다니는 것을 얼마나 많이 보았던지 별들 사이에 세찬 바람이 부는 듯한 느낌이 들었었다.

프레보는 고정되어 있는 램프와 보조 램프들을 시험한다. 우리는 빨간 종이로 전구들을 싼다.

「한 겹 더…….」

그는 한 겹을 더 입히고, 스위치를 넣는다. 불빛이 아직도 너무 밝다. 그 불빛은 사진사에게와 같이 외부 세계의 희미한 영상을 가릴 것이다. 그것은 밤이 되어도 어떤 때는 아직 물건에 붙어 있는 가벼운 무리〔暈〕를 흩어 버릴 것이다. 그 밤이 이루어지기는 하였다. 그러나 그것은 아직 진정한 생명은 아니다. 초생달이 아직 남아 있다. 프레보는 뒷쪽으로 사라졌다가 샌드위치를 가지고 온다. 나는 포도를 한 송이 먹는다. 배가 고프지 않다. 배도 안 고프고 목도 안 마르다. 나는 조금도 피로를 느끼지 않는다. 이렇게 십 년 동안이라도 조종할 수 있을 것 같다.

달이 졌다.

뱅가지가 캄캄한 밤속에 자태를 나타낸다. 뱅가지는 하도 깊은 어둠 속에서 쉬고 있어 아무 무리도 두르지 않았다. 거기 다 가서야 그 도시를 보았다. 내가 비행장을 찾고 있는데 그 붉은 항공 표지에 불이 켜졌다. 불빛들은 검은 네모꼴을 그려 놓는다. 나는 선회한다. 화재의 불길처럼 곧장 하늘로 뻗은 표지등의 불빛이 빙 돌아 비행장에 황금빛 길을 그려 놓는다. 나는 장애물을 잘 살피려고 또 선회한다. 이 기항지 비행장의 야간 시설은 훌륭하다. 나는 속력을 줄이고 시커먼 물을 향하여 급강하를 시작한다.

내가 착륙한 때는 현지 시간으로 스물세 시다. 나는 표지등을 향하여 굴러간다. 세상에서 제일 친절한 장교와 사병들이 어둠에서 광선투사기의 강한 광선 속으로 들어오고, 보였다안보였다한다. 내 서류를 받아가고 휘발유를 채우기 시작한다. 내 통과는 이십 분 동안에 처리될 것이다.

「한 번 선회를 해서 우리 위를 지나가시오. 그렇지 않으면 이륙이 잘 끝났는지 모를 테니까요.」

출발.

나는 장애물 없는 통로를 향하여 이 황금빛 길 위를 굴러간다. 시문 형(型)의 내 비행기는 달릴 수 있는 활주로를 다 가기 훨씬 전에 그 무거운 짐을 들어올린다. 투사광이 나를 쫓아와서 선회하기가 거북하다. 이윽고 그 광선이 내게서 물러간다. 그것 때문에 내가 눈이 부신 것을 짐작한 것이다. 내가 수직으로 반회전을 하는데 투사광이 다시 내 얼굴에 와서 부딪친다. 그러나 내게 닿기가 무섭게 나를 피하여 다른 곳으로 그 길다란 금빛 피리를 돌린다. 이렇게 마음을 쓰는 데에서 나는 극도의 친절을 느낀다. 그리고 이제는 사막을 향하여 다시 선회한다.

파리와 튀니지와 뱅가지의 기상대들은 시속 삼백 내지 사백 킬로미터의 뒷바람〔追風〕을 내게 통보하였다. 나는 순항 시속 삼백 킬로미터를 믿는다. 나는 알렉산드리아와 카이로를 연결하는 우측 부분의 중간을 향하여 기수를 돌린다. 이렇게 하면 해안의 비행금지 지역을 피할 것이고 또 내가 알지 못하는 사이에 표류된다 하더라도 바른편에나 왼편에 이들 도시 중 하나의 등불을 붙잡을 수 있을 것이고, 그렇지 않으면 더 일반적으로 말해서 나일 계곡의 등불을 붙잡을 수 있을 것이다. 바람이 그냥 계속되면 세 시간 이십 분 동안을 비행할 것이고 바람이 약하여지면 세 시간 사십오 분 동안을 비행할 것이다. 이리하여 나는 천사백 킬로미터의 사막을 집어삼키기 시작한다.

이제는 달도 없다. 별에까지 부풀어오른 시커먼 타마유뿐이다. 나는 불빛 하나 발견하지 못할 것이고 아무 목표물의 도움도 받지 못할 것이고, 무전사는 없으니 나일 강까지는 사람으로부터 아무 신호도 받지 못할 것이다. 나는 컴퍼스와 스페리밖에는 아무것도 살펴볼 생각조차 하지 않는다. 나는 이제 기구의 컴컴한 스크린 위에 라듐의 가는 줄의 완만한 호흡주기를 살펴보는 것 외에는 아무것도 관심이 없다. 프레보가 자리를 뜨고 나는 가만히 수평비행의 편차를 수정한다. 나는 이천 미터까지 상승한다. 바람이 유리하다고 알려 준 그곳이다. 한참씩 있다가 나는 전부 환하지는 않은 지침면을 살펴보기 위하여 램프를 켠다. 그러나 대부분의 시간을 나는 별들과 같은 광물질 빛을 내는 소멸되지 않는 비밀스런 빛을 퍼뜨리고, 같은 언어를 말하는 자디잔 내 성좌들 사이에서 암흑 속에 깊숙히 파묻혀 버린다. 나도 천문가들과 같이 천체역학 책을 읽고 있다. 나도 근면하고 청순하다는 느낌을 가진다. 견디어 볼 대로 견디어 보다가 잠이 드는 프레보가 있다. 그래서 나는 내 고독을 더 낮게 음미한다. 엔진의 조용한 음향이 있다. 그리고 내 앞에는 지침판 위에 그 조용한 뭇별들이 있다.

나는 그러나 명상한다. 우리는 도무지 달의 덕도 보지 못하고 무전 연락도 없다. 우리는 나일 강의 번쩍이는 물줄기에 이마를 마주치기 전까지는 그 어떤 가냘픈 줄로도 세상과 연결되어 있지 않을 것이다. 우리는 모든 것 밖에 있고 오직 우리 엔진만이 우리를 매달아 이 타마유 속에 계속하여 있게 하여 준다. 우리는 동화에 나오는 커다란 캄캄한 골짜기, 시련의 골짜기를 지나간다. 여기에는 구조가 없다. 여기에는 잘못에 대한 용서가 없다. 우리는 신의 자유의사에 맡겨진 것이다.

광선의 한 줄기가 전등 시설이 있는 곳에서 새어들어온다. 나는 프레보를 깨워 그것을 끄게 한다. 프레보는 어둠 속에서 곰 모양으로 뒤뚝거리고 재채기를 하며 나온다. 그는 손수건과 검은 종이로 무엇을 만들어 놓는지 아주 골몰한다. 그 광선 줄기가 없어졌다. 그것이 이 세계 안에 틈을 만들었었다. 그것은 결코 라듐의 창백하고 먼 빛과 같은 성질의 것이 아니었다. 그것은 유흥장의 빛이었지 별빛은 아니었다. 그러나 그보다도 그것은 내 눈을 부시게 하고 다른 광선들을 지워 버리는 것이었다. 비행한 지 세 시간. 내게는 환한 것같이 보이는 빛이 바른편에 솟아오른다. 나는 자세히 본다. 지금까지는 보이지 않던 익단등(翼端燈)에 길다란 광선 줄기가 매달려 있다. 그것은 꺼졌다켜졌다하는 단속적인 광선이다. 나는 구름 속으로 들어가는 것이다. 그 구름에 내 램프가 반사되는 것이다. 내 목표를 지척에 두었을 때 하늘이 맑았으면 더 좋았을 것이다. 비행기 날개가 무리 속에서 환해진다. 광선은 제자리에서 움직이지 않고 퍼져나가 저만큼 분홍빛 무더기를 하나 만들어 놓는다. 깊은 소용돌이가 나를 뒤흔든다. 나는 얼마나 두꺼운지 알지 못하는 층운의 바람 속 어딘가를 비행하고 있다. 나는 이천오백 미터까지 상승한다. 그래도 구름 위로 솟아나지를 못한다. 일천 미터로 내려온다. 꽃다발은 꼼짝 않고 점점 더 반짝이며 있다. 그래. 좋다. 할 수 없지. 나는 딴 것을 생각한다. 언제 거기에서 나오게 되는지 두고 보자. 그러나 나는 그 못된 주막집 불빛 같은 그 불빛이 싫다.

나는 계산을 한다. 여기서 나는 약간 흔들리는데 이건 정상적이다. 그러나 하늘이 맑고 고도를 유지했는데도 비행하는 동안 계속 격동을 겪었다. 바람이 조금도 자지 않은 것이다. 그래서 아마 시속 삼백 킬로미터를 초과하고 있을 거다. 결국 나는 아무것도 정확하게는 알지 못한다. 구름에서 빠져나간 뒤에 방위를 잡아 보리라.

과연 구름에서 빠져나왔다. 꽃다발이 별안간 없어졌다. 그것이 없어지자 나는 사건을 알게 되었다. 전방을 바라보니, 눈 닿는 곳까지 하늘의 좁은 계곡과 다음 층운의 벽이 보인다. 꽃다발이 벌써 다시 나타났다.

나는 이 끈끈이에서 이제는 몇 초밖에는 벗어나지 못할 것이다. 세 시간 반을 비행한 뒤라, 그것은 나를 불안에 몰아넣기 시작한다. 왜냐하면, 내가 생각하는 대로 전진한다면 나일 강에 접근하고 있을 것이기 때문이다. 운이 조금만 좋으면 구름 틈으로 그것을 볼 수 있을지도 모른다. 그러나 구름의 벌어진 곳이 그리 많지 않다. 나는 감히 더 강하하지 못한다. 만일 어떻게 되어서 내가 생각하는 것보다 속력이 덜 빠르다면 나는 아직도 높은 지대 위를 비행하고 있는 것이다.

나는 여전히 아무 불안도 느끼지 않는다. 다만 시간을 허비하게 되지 않을까 겁날 뿐이다. 그러나 나는 내 평정에 한계를 정해 놓는다. 네 시간 십오 분 동안의 비행. 이만한 시간이 지나면 무풍상태라 하더라도——무풍상태는 개연성이 없는 것이지만——나일 계곡을 지나쳤을 것이다.

내가 구름 가장자리에 이르면 꽃다발은 더 자주 꺼졌다켜졌다하는 불빛을 내다가는 갑자기 꺼진다. 나는 밤귀신들과의 이 암호 통신을 좋아하지 않는다.

푸른 별이 하나 내 앞에 나타나 등대와 같이 비친다. 저것이 별인가 혹은 등대인가? 나는 그 초자연적인 광명, 그 학자왕(學者王)의 별, 그 위험한 초대도 좋아하지 않는다.

프레보가 잠을 깨서 엔진 지침판을 비춘다. 나는 그와 그의 램프를 모두 밀쳐 버린다. 나는 지금 두 구름 사이에 난 이 단층에 다다른 길이라, 그것을 이용해서 밑을 내려다보고 있는 것이다. 프레보는 다시 잠이 든다.

그것은 그렇고 아무것도 내다볼 것이 없다.

비행시간 네 시간 오 분. 프레보가 내 곁에 와서 앉았다.

「카이로에 도착할 시간인데…….」

「누가 아니래…….」

「저건 별인가, 등댄가?」

나는 엔진을 좀 줄였다. 아마 이 때문에 프레보가 잠을 깬 모양이다. 그는 비행하는 소리의 모든 변화에 민감하다. 나는 구름덩이 밑으로 빠지려고 천천히 내려가기 시작한다.

나는 지도를 살펴보고 난 길이다. 어떻든 나는 표고(標高) 영(零)에 접근하였으니 아무 위험이 없다. 나는 계속해서 내려가며 북쪽으로 바짝 선회한다. 그러면 유리창에 도시들의 빛을 받게 될 것이다. 나는 그 도시들을 지나쳤을 것이 틀림없으니 그러면 그것들이 왼편에 나타날 것이다. 나는 지금 층운들의 밑을 날고 있다. 그러나 나는 내 왼편으로 더 얕게 내려가는 다른 구름을 스친다. 나는 그 그물에 걸려들지 않으려고 북북동으로 방향을 잡는다.

이 구름은 의심없이 더 밑으로 내려가 내 시야를 모두 가려 버린다. 나는 이제는 감히 고도를 읽을 생각을 못 한다. 나는 고도계의 사백 미터까지 내려왔다. 그러나 여기서는 압력이 어떤지를 모른다. 프레보는 몸을 구부린다. 나는 그에게 소리친다. 바다까지 달아날 테야, 땅을 들이받지 않게 바다에 내려앉고야 말 테야……. 하기는 내가 벌써 바다 쪽으로 표류하지 않았다는 증거는 아무것도 없다. 이 구름 밑에 있는 암흑은 아주 정확하게 말해서 꿰뚫을 수가 없는 것이다. 나는 유리창에 몸을 착 갖다붙인다. 나는 밑을 내려다보려고 애쓴다. 불빛이나 신호를 발견하려고 해본다. 나는 재를 뒤지는 사람과 같다. 나는 아궁이 밑창에서 생명의 불똥을 찾아내려고 애쓰는 사람과 같다.

「해안 등대다!」

우리는 동시에 이 꺼졌다켜졌다하는 함정을 발견하였다! 얼마나 미친 수작인가! 그 도깨비 등대가, 그 밤의 초대가 어디에 있더란 말인가? 왜 그러냐 하면 프레보와 내가 우리 비행기 날개 삼백 미터 밑에 그 등대를 다시 찾아내려고 몸을 구부리는 바로 그 순간에 별안간……

「악!」

나는 다른 아무 소리도 지르지 않았다고 생각한다. 나는 우리 세계를 그 기초에서부터 흔든 굉장한 음향밖에는 아무것도 깨닫지 못하였다고 생각한다. 시속 이백칠십 킬로미터로 우리는 땅을 들이받은 것이다.

나는 그 다음 백 분의 일 초 동안 우리 둘이 다 한덩어리로 뭉쳐 버릴 폭발의 새빨간 큰 별밖에 아무것도 기다려지지 않았다고 생각한다. 프레보도 나도 조그마한 동요도 느끼지 않았다. 내 안에는 엄청난 기다림──우리가 순식간에 그 속에서 소멸하여야 할 그 찬란한 별을 기다리는 마음밖에 보이지 않았다. 그러나 새빨간 별은 없었다. 우리 조종실을 짓이겨 버리고 유리창들을 잡아빼 버리고 함석을 백 미터 밖으로 날려 보내고 그 요란한 음향으로 우리 창자까지 꽉 채워 버린 지진 같은 것이 있었다. 비행기는 멀리서 딱딱한 나무에 던져 꽂은 칼처럼 부르르 떨고 있었다. 그리고 우리는 이 격노에 뒤흔들리고 있었다. 일 초, 이 초…… 비행기는 여전히 떨고 있고, 나는 그 에네르기의 축적이 비행기를 수류탄 모양으로 폭발시키기를 몹시도 조급하게 기다리고 있었다. 그러나 지진은 여전히 계속되며 결정적인 분화(噴火)에 이르지는 않았다. 그래서 나는 그 보이지 않는 작용을 도무지 이해할 수가 없었다. 나는 그 동요도, 그 분노도, 그 무한정한 유예도 이해하지 못하였다……. 오 초, 육 초…… 그런데 별안간 우리는 회전한다는 느낌을 받았고,

우리 담배를 또 창문 밖으로 내던져 버리고, 오른쪽 날개를 산산조각내고
하는 충격을 느꼈다. 그리고는 그만이었다. 차디찬 부동(不動) 밖에는 아무
것도 없었다. 나는 프레보에게 소리질렀다.

「빨리 뛰어내려요!」

그도 동시에 부르짖었다.

「불!」

그러며 벌써 우리는 문이 떨어져 나간 창틀로 해서 곤두박질했었다. 우리는
이십 미터 밖에 서 있었다.

나는 프레보에게 말했다.

「다친 데 없소?」

그는 대답하였다.

「다친 데 없어요.」

그러나 그는 무릎을 비비고 있었다.

나는 그에게 말했다.

「몸을 만져 봐요. 움직여요. 아무데도 깨지지 않았다고 맹세해요……」

그는 이렇게 대답하였다.

「아무것도 아니에요. 보조 소화기예요……」

나는 그가 머리에서 배꼽까지 갈라져 별안간 푹 고꾸라질 것이라 생각했다.
그러나 그는 눈을 똑바로 뜬 채 뇌까렸다.

「보조 소화기예요!……」

나는, 미쳤구나, 이제 춤을 덩실덩실 출 거다, 이렇게 생각했다.

그러나 이제는 불에서 구출된 비행기에서 눈을 돌려 나를 보며 다시 말
하였다.

「아무것도 아니에요, 보조 소화기가 무릎에 걸린 거예요.」

3

우리가 살아 있다는 것은 알지 못할 일이다. 나는 회중전등을 들고 땅 위에 난 비행기 자국을 더듬어 올라간다. 비행기가 정지한 지점에서 이백오십 미터 되는 곳에 벌써 뒤틀린 쇠조각과 함석들이 발견되었다. 그것들은 비행기가 굴러가는 동안 주욱 모래 위에 끼얹어 놓은 것이다. 날이 밝은 뒤에 우리는 황막한 고원 꼭대기에 있는 비스듬한 언덕을 거의 직선으로 들이받았다는 것을 알게 될 것이다. 충돌점에는 모래에 난 구멍이 마치 쟁기의 모습으로 판 구멍 같았다. 비행기는 재주넘이를 하지 않고 성난 길짐승이 꼬리를 휘두르듯 배멀이를 하며 나아간 것이다. 시속 이백칠십 킬로미터로 비행기는 기었다. 우리가 살아난 것은 아마 모래밭 위에서 제멋대로 굴러다니며 당구대를 이루어 놓는 동그란 검은 돌들 덕분일 것이다.

프레보는 누전으로 인한 뒤늦은 화재를 피하기 위하여 축전지들을 떼어 낸다. 나는 엔진에 기대어서 곰곰이 생각해 본다. 나는 고공에서 네 시간 십오 분 동안 시속 오십 킬로미터의 바람에 불렸을 성싶다. 과연 나는 흔들렸었다. 그러나 바람이 예상했던 것과 달리 바뀌었다 하더라도 그것이 어떤 방향을 잡았는지는 도무지 알 길이 없다. 그러니까 나는 옆으로 사백 평방킬로미터 벗어난 곳에 있다고 생각한다.

프레보가 내 곁에 와 앉으며 말한다.

「살아 있다는 게 참 이상하군요…….」

나는 그에게 아무 대답도 하지 않는다. 그리고 아무 기쁨도 느끼지 않는다. 어떤 하찮은 생각이 내 머리를 번거롭게 하며 벌써 나를 약간 괴롭힌다.

나는 프레보에게 램프를 켜서 목표를 만들라고 이르고 회중전등을 들고 앞으로 곧장 간다. 나는 주의해서 땅을 들여다본다. 나는 천천히 전진하며 넓다란 반원을 그리고 여러 번 방향을 바꾼다. 나는 잃어버린 반지를 찾기라도 하는 듯이 여전히 땅을 뒤진다. 나는 조금 전에는 불씨를 이렇게 찾고 있었다. 나는 내가 끌고 다니는 하얀 원 위에 몸을 굽히며 여전히 암흑 가운데를 전진한다. 역시 그렇다…… 역시 그래……. 나는 비행기 쪽으로 천천히 다시 올라간다. 나는 조종실 옆에 앉아서 골똘히 생각한다. 나는 희망을 가질 수 있는 증거를 찾다가 그것을 도저히 발견하지 못하였다. 나는 생명이 주는 어떤 표를 찾았는데 생명은 내게 영 신호를 하지 않았다.

「프레보, 나는 풀을 단 한 포기도 보지 못했소…….」

프레보는 말이 없다. 내 말을 알아들었는지 모르겠다. 우리는 날이 밝아 장막이 걷히면 그 이야기를 다시 할 것이다. 나는 단지 심한 피로를 느낄 뿐이다. 나는 이렇게 생각한다. 사막에서 사백 킬로 떨어진 것쯤! …… 별안간 나는 벌떡 일어선다.

「물!」

휘발유 탱크, 오일 탱크는 터졌다. 우리들의 물 저장도 역시 그렇게 되었다. 모래가 전부 마셔 버렸다. 우리는 깻박이 된 이중병 밑창에서 커피 반 리터와 다른 이중병 밑창에서 포도주 사분의 일 리터를 찾아낸다. 우리는 그 액체들을 걸러서 섞는다. 우리는 포도 조금과 오렌지 한 개도 발견한다. 그러나 나는 계산한다. 사막에서 햇볕을 쏘이며 다섯 시간만 걸으면 이건 다 없애 버리고 만다……. 우리는 조종실에 자리를 잡고 날이 밝기를 기다리기로 한다. 나는 드러눕는다. 잠을 잘 참이다. 나는 잠이 들며 우리 모험의 대차 관계를 따져 본다. 우리는 우리의 위치를 전혀 모른다. 우리는 마실 것이 일 리터도 없다. 만약 우리가 거의 직선상에 위치하였다면, 우리는 여드레 걸려서야 발견될 것이다. 그보다 나은 희망은 거의 가질 수가 없으니 때는 이미 너무 늦을 것이다. 우리가 만일 옆으로 편류(偏流)하였으면 여섯 달이나 걸려야 발견될 것이다. 비행기는 믿을 것이 못 된다. 우리를 삼천 킬로미터나 되는 지역에서 찾을 터이니 말이다.

「아! 분하다……」 프레보가 내게 말한다.

「왜?」

「대번에 요정이 날 수 있었는데! ……」

그러나 그렇게 빨리 단념할 필요는 없다. 프레보와 나는 생각을 돌린다. 아무리 가냘픈 것일지라도 비행기에 의한 기적적인 구조의 기회를 잃어서는 안 된다. 또 앉은 자리에 늘어붙어서 어쩌면 가까이 있을지도 모르는 오아시스를 놓쳐도 안 된다. 우리는 오늘 하루 종일 걷자. 그리고 비행기로 돌아오자. 그리고 길을 떠나기 전에 우리의 할 일을 대문자로 커다랗게 모래 위에 써놓자. 그래서 나는 동그랗게 오그리고 누워 새벽까지 잘 터이다. 그리고 나는 잠이 드는 것이 무척 기쁘다. 내 피로는 내 주위에 많은 존재들을 놓아 준다. 나는 사막에 홀로 있지 않다. 내 어렴풋한 잠에는 사람들의 목소리와 추억과 속삭인 속내이야기가 가득차 있다. 나는 아직 목이 마르지 않다. 몸이 편안하다. 나는 모험을 떠나듯 잠에 내 몸을 내맡긴다. 현실은 꿈과 싸울 적에는 불리하다…….

아아! 날이 밝았을 적에는 사정이 아주 달라졌다!

4

나는 사하라를 무척 사랑하였다. 나는 불귀순 지구에서 여러 밤을 지냈다. 나는 바람이 바다에서처럼 파도를 새겨 놓은 그 금빛 벌판에서 잠을 깨었다. 나는 그곳에 비행기 날개 아래에서 잠을 자며 구조를 기다렸다. 그러나 그것은 비교가 되지 않았다.

우리는 굽은 구릉의 비스듬한 면으로 걸어간다. 땅은 반짝반짝하는 검은 조약돌이 단 한 벌 쫙 깔린 모래로 되어 있다. 금속으로 된 비늘이라고도 할 수 있을 지경이다. 그리고 우리를 둘러싼 모든 언덕은 갑옷 모양으로 번쩍인다. 우리는 광물질 세계에 떨어졌다. 우리는 강철 풍경 속에 갇혀 있다.

첫봉우리를 넘자 저쪽에 반짝반짝하고 비슷한 검은 봉우리가 또 나타난다. 우리는 나중에 다시 오기 위하여 길잡이 줄을 그려 놓느라고 발로 땅을 긁으며 걷는다. 우리는 해를 향하여 나아간다. 기상통보도 그렇고 내 비행 시간도 그렇고, 모든 것이 내가 나일 강을 넘어섰다고 생각하게 하였으니까, 정동(正東) 쪽으로 방향을 잡기로 결정한 것은 도무지 논리에 맞지 않는 것이다. 그러나 나는 서쪽으로 잠깐 가보았는데 도무지 이해할 수 없는 불안을 느꼈다. 그래서 서쪽을 내일로 미루었다. 그리고 바다 쪽으로 가는 길이기는 하지만 북쪽은 당분간 희생하였다. 사흘이 지난 뒤 반 실신상태에서 아주 우리 비행기를 포기하고 쓰러질 때까지 곧장 앞으로 걸어가기로 결정할 적에도 역시 우리는 동쪽을 향해서 떠날 것이다. 더 정확하게 말하면 동북동 쪽이었다. 그리고 이것도 아무 이유가 없는 것이었고 동시에 아무 희망도 걸지 않고 한 것이었다. 그런데 구원된 뒤에 우리는 다른 아무 방향도 우리를 돌아오게 하지 못하였으리라는 것을 발견하였다. 왜냐하면 북쪽으로 갔으면 너무 지쳐서 바다에까지 이르지도 못하였을 것이기 때문이다. 그것이 아무리 이치에 닿지 않아 보인다 하더라도 오늘 나는 우리의 선택에 영향을 미칠 만한 아무런 표가 없었으므로 우리가 그 방향을 골라잡은 것은, 내가 그렇게도 찾아헤매인 친구 기요메가 안데스 산맥 속에서 구원을 받은 그 방향이 내게 어렴풋하게 삶의 방향이 되었기 때문이다.

다섯 시간을 걸으니 풍경이 바뀐다. 모래내가 골짜기로 흘러내려오는 것 같다. 우리는 그 골짜기 속으로 접어든다. 우리는 성큼성큼 걷는다. 가능한 한 멀리 갔다가 아무것도 발견 못 하면 밤이 되기 전에 돌아와야 한다. 그러다가 나는 별안간 걸음을 멈춘다.

「프레보.」

「예 ?」

「발자국……」

언제부터 우리는 우리 뒤에 자취를 남기는 것을 잊었던가 ? 그것을 도로 찾아내지 못하면 죽음이다.

우리는 되돌아섰다. 그러나 약간 바른쪽으로 비켜났다. 넉넉히 멀리 갔을 적에 우리는 첫번 방향 쪽으로 수직으로 돌아서 우리가 아직 흔적을 남겨 놓았던 거기에서 우리 발자국을 확인할 것이다.

이 연락을 취해 놓고 우리는 다시 출발한다. 더위가 점점 심해지고 그와 함께 신기루들이 생긴다. 그러나 그것은 아직 초보적인 신기루에 지나지 않는다. 큰 호수들이 이루어졌다가 우리가 전진하면 사라진다. 우리는 모래 골짜기를 건너가 제일 높은 봉우리에 올라가서 지평선을 살펴보기로 결정한다. 우리는 벌써 여섯 시간째 걷고 있다. 우리는 이 시커먼 산마루에 이르러서 아무 말 없이 앉는다. 우리 발 밑에 있는 모래의 골짜기는 돌 없는 사막으로 빠져나가는데, 그 사막의 반짝이는 흰 빛〔光〕은 눈을 태우는 듯하다. 눈 닿는 곳까지 아무것도 없다. 그러나 지평선에는 광선의 장난으로 벌써 좀더 마음에 걸리는 신기루들이 생긴다. 요새와 회교 교당의 첨탑과 수식선으로 된 규칙적인 건물집단들이다. 나는 또 식물 행세를 하는 커다란 검은 점도 발견한다. 그러나 그것은 낮에 흩어졌다가 오늘 저녁에 다시 생겨날 구름 가운데 마지막 남은 구름에 덮여 있다. 그것은 층운의 그림자에 지나지 않는다.

더 전진해도 소용이 없다. 이렇게 해본대도 아무데도 갈 수가 없다. 우리 비행기로 돌아가야 한다. 동료들에게 발견될지도 모르는 그 빨갛고 하얀 항공표지를 다시 찾아가야 한다. 그 탐색에 조금도 희망을 걸고 있지는 않지만 그것들이 유일한 구원의 기회같이 생각된다. 그러나 무엇보다도 우리들의 마실 것의 마지막 몇방울을 거기에 남겨 두고 왔는데, 벌써 우리는 그것을 꼭 마셔야 할 지경이다. 살기 위하여는 돌아가야 한다. 우리는 우리 갈증의 짧은 자치(自治)라는 이 강철 테두리에 붙잡혔다.

그러나 삶을 향하여 걸어가고 있는지도 모르는데 발길을 돌이킨다는 것은 얼마나 어려운 일인가! 신기루 저편에는 지평선에 정말 도시와 단물이 흐르는 운하와 풀밭이 꼭 들어찼는지도 모른다. 발길을 돌이키는 것이 옳다고 생각하면서도 이 무서운 방향전환을 할 때에 나는 빠져들어가는 듯한 느낌이 든다.

우리는 비행기 옆에 누웠다. 우리는 육십 킬로미터 이상을 돌아다녔다. 우리는 마실 것이 떨어졌다. 우리는 동쪽에서 아무것도 알아내지 못했고 어느 동료도 그 지역 위를 비행하지 않았다. 얼마 동안이나 우리는 배겨날 것인가? 벌써 이렇게 목이 마른데……. 우리는 산산조각난 날개에서 파편을 좀 주워다가 커다란 나무덩이를 쌓아올렸다. 우리는 휘발유와 강한 흰 빛을 내는 마그네슘 판을 준비하였다. 우리는 밤이 아주 캄캄해지기를 기다려 불을 지르기로 하였다……. 그러나 사람들은 어디에 있는가?

지금 불꽃은 올라간다. 우리는 사막에서 우리의 신호불이 타오르는 것을 경건히 지켜본다. 우리는 밤중에 우리의 조용한 광선 메시지가 빛나는 것을 지켜본다. 그리고 나는 이 메시지가 이미 감상적인 호소를 가지고 떠난다지만, 많은 사랑도 가지고 올라간다고 생각한다. 우리는 물을 청한다. 그러나 통신하기를 청하기도 하는 것이다. 밤 하늘에 다른 불이 하나만 켜지거라, 사람들만이 불을 이용한다. 그 사람들이 우리에게 대답을 했으면!

내 아내의 눈이 보인다. 나는 이 눈밖에는 아무것도 다시 보지 못할 것이다. 그 눈들이 물어 본다. 어쩌면 나를 중히 여길 그 모든 이들의 눈이 보인다. 그런데 이 눈들이 물어 본다. 수많은 눈길들이 모여서 침묵을 지킨다고 나를 책망한다. 나는 대답한다! 나는 대답하고 있다! 나는 있는 힘을 다해서 대답해도 밤 하늘에 더 빛나는 불꽃을 올려 보낼 수가 없다!

나는 내가 할 수 있는 일을 하였다. 우리는 우리가 할 수 있는 일을 하였다. 육십 킬로미터를 물 마시지 않고 걸었으니까 이제 우리는 물을 마시지 못할 것이다. 우리가 아주 오랫동안 기다리지 못한다고 그것이 우리 탓이겠는가? 우리는 거기 주저앉아서 아주 얌전히 우리 물통을 빨고 있었을 것이다. 그러나 주석통의 밑창을 들여마신 그 순간부터 어떤 패종이 가기 시작하였다. 마지막 물방울을 빨아들인 그 순간부터 나는 언덕을 내려가기 시작했다. 시간이 나를 강물처럼 붙들어가는데, 내가 어떻게 당해낼 수 있단 말인가? 프레보는 운다. 나는 그의 어깨를 두드려 준다. 나는 그를 위로하려고 말한다.

「다 틀려먹었으면 다 틀려먹은 거지 뭐…….」

그는 대답한다.

「내가 나 때문에 우는 줄 압니까?」

아! 물론, 나는 벌써 이 명백한 사실을 깨달았다. 견디지 못할 것은 아무것도 없다. 내일, 또 모레, 나는 역시 견디지 못할 것이란 아무것도 없다는 것을 알게 될 것이다. 나는 고통이라는 것을 반쯤밖에 믿지 않는다. 나는 벌써 이런 생각을 혼자서 해보았다. 나는 언젠가 선실에 갇힌 채 물에 빠져 죽을 뻔 했다. 그런데 나는 무척 괴로워하지 않았다. 나는 언젠가 머리통이

깨질 뻔했는데 그것이 도무지 큰 사건 같아 보이지 않았다. 여기서도 나는 별로 고민을 맛보지 않을 것이다. 내일 나는 거기 대하여 더 이상한 일들을 경험하게 될 것이다. 그래서 나는 커다란 불길을 올리면서도 참말이지 사람에게 내 말소리를 들리게 한다는 것을 단념하였다!……

『나 때문인 줄 안다면…….』 암 그렇고 말고, 이것이야말로 견딜 수 없는 일이다. 기다리는 눈들이 다시 보일 때마다, 나는 눈이 불에 데는 것 같은 느낌을 받는다. 나는 갑자기 벌떡 일어서서 앞으로 곧장 달려가고 싶은 충동을 느낀다. 저기서는 사람 살리라고 부른다. 파선을 하고 있다!

이것은 이상야릇한 주객전도(主客顚倒)다. 그러나 나는 늘 그렇다고 생각하였다. 그러나 거기에 대하여 아주 확신을 가지기 위하여는 프레보가 내게 필요하였다. 그런데 프레보 역시 우리가 귀에 못이 박히도록 들어온 죽음 앞에서의 그 고민을 경험하지 않을 것이다. 그러나 그도 견디지 못하고 나도 참지 못하는 그 무엇이 있다.

아아! 나는 잠잘 생각을 하기는 한다. 하룻밤 동안이거나 여러 세기 동안이거나 잠잘 생각이 있다. 잠이 들면 나는 그 차이를 도무지 모른다. 그리고 얼마나 편안한가 말이다. 그러나 저기서 울릴 그 부르짖음, 그 크나큰 실망의 불길…… 나는 이런 영상을 견딜 수가 없다. 나는 그 파선들을 눈앞에 보며 팔짱을 끼고 우두커니 있을 수 없다! 침묵의 일 초 일 초가 내가 사랑하는 사람들을 조금씩 죽이는 것이다. 그리고 내 안에서는 큰 격노가 부글거린다. 왜 이 사슬들은 더 늦기 전에 가서 빠지는 저 사람들을 구하지 못하게 나를 방해하는 건가? 왜 우리의 불은 우리들의 부르짖음을 이 세계 끝까지 가져가지 못하는가? 조금만 기다려요……. 곧 갑니다!…… 곧 가요……. 우리는 구조원들이다!

마그네슘이 다 타버려서 우리의 불은 벌개진다. 이제 여기에는 숯불 무더기밖에 없다. 그 위에 우리는 몸을 굽히고 불을 쪼인다. 우리의 위대한 화광 메시지는 끝이 났다. 그것은 이 세상에서 무엇을 움직이게 하였는가? 아! 나는 그것이 아무것도 움직이게 하지 못한 것을 잘 안다. 그것은 들리지 않는 기도였던 것이다.

　좋다. 나는 가서 자겠다.

5

　날이 샐 즈음 우리는 비행기 날개를 헝겊으로 훔쳐서 페인트와 기름이 섞인 이슬을 컵 밑에 깔릴 만큼 받았다. 구역질이 났으나 우리는 그것을 마셨다. 더는 몰라도 적어도 우리 입술은 축인 셈이다. 이 잔치를 치루고 나서 프레보가 내게 말하였다.

　「다행히 권총이 있군요.」

　나는 별안간 대들고 싶은 생각이 들어 험상궂은 적의를 가지고 그에게로 몸을 돌린다. 나는 이 순간, 감상을 털어놓는 것을 가장 미워한다. 나는 모든 것이 간단하다고 생각할 필요를 느낀다. 나는 것도 크는 것도 갈증으로 죽는 것도 간단하다.

　나는 프레보가 입을 다무는 데에 필요하다면 그에게 모욕이라도 줄 작정을 하고 곁눈으로 그를 살펴본다. 그러나 프레보는 내게 조용히 말하였다. 그는 위생 문제를 생각한 것이다. 그는 「손을 씻어야 할 텐데요.」 하고 말하였을 정도로 이 문제를 깊이 생각한 것이다. 그렇다면 우리는 의견이 같다. 나는 어제 가죽 주머니를 보며 곰곰이 생각하였다. 내 명상은 합리적인 것이었지 감상적인 것은 아니었다. 사회적인 것만이 감상적이다. 우리가 책임을 지고 있는 그들을 안심시키지 못하는 우리의 무능이 감상적이지, 권총은 그런 것이 아니다.

　사람들은 여전히 우리를 찾지 않는다. 그보다도 더 정확하게 말하면, 다른 곳에서 찾고 있을 것이다. 아마 아라비아에서 찾을 것이다. 그것은 그렇다 하고, 우리는 내일까지는 아무 비행기 소리도 듣지 못할 것인데 그때에는 이미 우리 비행기를 버렸을 때일 것이다. 저 먼 데로 지나가는 그 유일한 구원에 우리는 무관심할 수밖에 없을 것이다. 사막의 수많은 검은 점에 섞인 또 하나의 검은 점인 우리들이 발견되기를 기대할 수는 없을 것이다. 이 괴로움에 대해서 내가 가지는 것으로 사람들이 알고 있을 그 생각은 아무것도 정확하지 않다. 나는 아무 고통도 겪지 않을 것이다. 나는 구조 대원들이 다른 세계에서 돌아다니는 것으로 생각할 것이다.

삼천 킬로미터 안에 있다는 것밖에는 어떻게 되었는지 조금도 모르는 비행기를 사막에서 발견하는 데는 보름 동안을 찾아야 한다. 그런데 사람들은 우리를 아마 트리폴리타니에서 페르시아까지 이르는 사이에서 찾고 있을 것이다. 그런데도 다른 행운을 바랄 수 없으니까, 나는 오늘도 이 가냘픈 행운을 대기한다. 그리고 전략을 바꿔서 나 혼자 탐험을 나서기로 결정한다. 프레보는 불을 준비해서 누가 찾아오는 경우에는 그것을 피울 것이다. 그러나 우리를 찾아오는 사람은 없을 것이다.

그래서 나는 떠난다. 내가 돌아올 기운이 있을는지조차 알 수 없다. 리비아의 사막에 관해서 내가 아는 것이 머리에 떠오른다. 이곳의 습도가 십팔 퍼센트로 떨어질 적에 사하라에는 사십 퍼센트의 습기가 있다. 그리고 생명은 수증기 모양으로 증발한다. 베두 인들과 여행자들과 식민지 군 장교들은 구십 시간을 물 마시지 않고 견딜 수 있다고 일러 준다. 스무 시간 후에는 눈속이 환해지고 임종이 시작된다. 갈증의 전진은 급격한 것이다.

그러나 이 북동풍, 우리를 그르치게 하고 모든 예상을 깨치고 우리를 이 고원에 못박아 놓은 이 이상한 바람이 지금은 우리 생명을 늘여 주고 있음이 틀림없다. 그러나 이 바람이 첫번 불빛이 환하게 보일 때까지 얼마만큼의 여유를 우리에게 줄 것인가?

그래서 나는 떠난다. 그러나 나는 대양에 카누를 타고 들어서는 것같이 생각된다.

그렇지만 새벽의 덕으로 이 풍경이 덜 슬프게 보인다. 나는 처음에는 손을 주머니에 찌르고 좀도둑 모양으로 걷는다. 어제 저녁 우리는 이상한 몇몇 구멍의 어구에 덫을 해놓았다. 그래서 내 안에서는 밀렵꾼의 습성이 되살아났다. 나는 우선 덫들을 살펴보러 간다. 아무것도 걸리지 않았다.

그러니까 나는 피를 마시지 못할 것이다. 사실 나는 그것을 바라지도 않았었다.

나는 낙망은 하지 않았지만 그 대신 이상한 생각이 들었다. 이 동물들은 사막에서 무엇을 먹고 살까? 그것들은 아마 토끼만큼 작고 무지하게 큰 귀가 달린 페네크라는 사막의 여우일 것이다. 나는 내 욕망을 억제하지 못하고 그들 중 한 놈의 발자취를 따라간다. 그 발자취들은 나를 어떤 좁은 모래내로 끌고 가는데, 거기에는 발자국이 모두 분명히 새겨져 있다. 나는 조그만 가지 셋이 부채살처럼 퍼진 예쁜 종려나무를 감상한다. 나는 이 친구가 새벽에 살금살금 뛰어다니며 돌 위의 이슬을 핥아먹는 것을 상상해 본다. 여기에 발자국이 띄엄띄엄 있다. 페네크가 뛰었다. 여기에 동무가 하나 좇아와 둘이 나란히 깡충깡충 뛰었다. 나는 이렇게 이상한 기쁨을 느끼며 그 아침 소풍을 구경한다. 나는 이 생명의 조짐이 좋다. 그리고 목이 마르다는 것을 약간 잊는다.

드디어 나는 그 여우들의 찬장에 이른다. 여기에는 백 미터씩 떨어져서, 키가 수프 그릇만 하고 줄기에는 조그마한 금빛 달팽이가 달린 난쟁이 나무가 모래 속에서 뻐끔히 솟아나와 있다. 페네크는 새벽에 먹이를 장만하러 간다. 그런데 나는 여기서 자연의 큰 신비를 만난다.

그 페네크는 나무마다 멎지는 않는다. 달팽이들이 달렸는데도 본체만체 하는 나무들이 있다. 눈에 띌 만큼 신중하게 그 주위를 돌아다니는 나무도 있다. 그놈이 가까이 가기는 하면서도 마구 해치우지 않는 나무도 있다. 그놈은 거기서 달팽이 두세 마리를 따고는 다른 식당으로 가는 것이다.

그놈은 아침 산보를 좀더 오랫동안 즐기기 위하여 대번에 배를 불리지 않는 장난을 하는 것일까? 그렇게는 생각되지 않는다. 그의 장난은 불가결한 전술과 너무도 잘 부합된다. 만약에 페네크가 첫번 나무의 산물을 배부르게 먹으면 두세 번 식사로 그 나무의 산 열매를 아주 없애 버리게 될 것이다. 이렇게 하면 한 나무 한 나무 그의 목축 농장을 휩쓸고 말 것이다. 그러나 페네크는 번식을 방해하지 않도록 조심한다. 그놈은 한 번 식사하는데 이 갈색 포기를 한 백 그루 가량 찾아갈 뿐 아니라, 같은 가지에 나란히 붙어 있는 달팽이 두 마리를 따는 일은 절대로 없다. 모든 것이 마치 그놈이 위험을 의식하고 있는 듯이 진행된다. 만일 페네크가 조심성 없이 배불리 먹는다면 달팽이가 없어질 것이다. 달팽이가 아주 없어지면 페네크도 없어질 것이다. 발자국을 따라가니 다시 굴에 이른다. 페네크는 아마 거기서 내 발소리를 들으며 그 요란한 소리에 겁을 집어먹고 있을 것이다. 나는 페네크에게 이렇게 말한다. 「내 조그만 여우야, 나는 다 틀려먹었다. 그러나 이상한 건 그렇다고 해서 내 기질에 흥미를 가지지 못하게 되지는 않았다는 것이다……」

그리고 거기 서서 공상에 잠긴다. 사람은 무엇에고 자기를 적용시키는 것같이 생각된다. 삼십 년 후면 아마 죽으리라는 생각이 사람의 기쁨을 망치지는 않는다. 삼십 년이나 사흘이나…… 이것은 원근(遠近)의 문제이다.

그러나 어떤 영상은 잊어야 한다…….

이제 나는 내 길을 계속 가는데, 피로를 느낌에 따라 벌써 내 안에서 무엇인가 변화가 일어난다. 신기루가 없으면 나는 그것을 만들어낸다…….

「여어!」

나는 팔을 쳐들며 소리쳤다. 그러나 손짓을 하던 그 사람은 시커먼 바위에 지나지 않았다. 벌써 사막 안에 있는 모든 것이 웅성거린다. 나는 잠자고 있는 저 베두 인을 깨우려고 하였다. 그러니까 그는 검은 나무도막으로 변하였다. 나무 도막이라? 이 존재가 이상히 생각되어 몸을 굽힌다. 부러진 가지를 주우려고 하였더니 그것은 대리석이었다! 나는 다시 일어나 주위를 휘 둘러본다. 다른 검은 대리석들이 보인다. 대홍수 이전 시대의 수풀이 그 부러진 줄기를 땅 위에 죽 깔아 놓았다. 그 수풀은 지금으로부터 십만 년 전에 천지개벽을 하는 대폭풍에 불려 대성당처럼 무너진 것이다. 그리고 세기(世紀)들은 강철덩어리같이 닦이고, 화석이 되고, 유리같이 되고, 잉크 빛깔이 된 이 어마어마한 기둥통들은 내게까지 굴러온 것이다. 나는 아직 가지의 마디를 구별할 수 있고, 생명의 뒤틀림을 볼 수 있고, 나무통의 연륜을 셀 수 있다. 새와 음악이 가득 찼던 이 수풀이 저주를 받아 소금이 되었다. 그리고 나는 이 풍경이 내게 더 적의를 가지고 있다고 느낀다. 구릉들의 저 무쇠

갑옷보다도 더 검은, 이 잰 체하는 표착물들은 나를 거부한다. 살아 있는 내가 썩지 않는 이 대리석들 틈에서 무슨 볼일이 있는가? 죽어갈 나, 분해될 육체를 가진 내가 여기 영원 속에 무슨 볼일이 있단 말인가? 어제부터 나는 거의 팔십 킬로미터를 돌아다녔다. 현기증이 나는 것은 필경 목이 마른 때문이리라. 아니면 해 때문이든지. 해는 기름이 얼어붙은 것 같은 이 줄기를 쨍쨍 내려쪼인다. 태양은 이 넓은 껍질을 내려쪼인다. 여기는 모래도 없고 여우도 없다. 여기는 오직 엄청나게 큰 모루가 있을 뿐이다. 나는 이 모루 위를 걷고 있다. 그리고 내 머리 속에 해가 울리는 것 같다. 아! 저기……

「여어! 여어!」

「저기는 아무것도 없다. 흥분하지 말아라, 그건 정신착란이다.」

나는 내 이성에 호소할 필요를 느껴 나 자신에게 이렇게 말한다. 눈에 보이는 것을 거부하기는 몹시 어렵다. 걸어가는 저 대상들을 향하여 뛰어가지 않기가 몹시 어렵다……. 저기…… 보이지 않아!……

「바보, 네가 그걸 생각해내는 줄은 너도 알지 않아?……」

「그럼, 이 세상에는 진실된 것이 아무것도 없어…….」

내게서 이십 킬로미터 떨어진 저 언덕 위에 있는 십자가 말고는 아무것도 참된 것이 없다. 저 십자가 혹은 저 등대…….

그러나 그것은 바다 쪽이 아니다. 그러면 십자가다. 밤 내내 나는 지도를 연구하였다. 내 위치를 알지 못하기 때문에 내 연구는 무익한 것이었다. 그러나 나는 사람의 존재를 가리키는 표지는 모두 들여다보았다. 그리고 어디엔가 비슷한 십자가가 위에 달린 조그마한 동그라미를 발견하였다. 범례 (凡例)를 참고하니 이런 말이 있었다. 『수도원.』 십자가 옆에는 검은 점이 하나 있었다. 다시 범례를 참고하니 『마르지 않는 우물』이라고 씌어 있었다. 나는 마음에 크나큰 충격을 받아 커다랗게 읽었다. 「마르지 않는 우물…… 마르지 않는 우물…… 마르지 않는 우물!」 알리바바와 그 보물이라 한들 마르지 않는 우물에 비하면 무슨 값어치가 있겠는가? 조금 더 떨어진 곳에 흰 동그라미들을 발견하였다. 일러두기에는 『일시적 우물』이라고 씌어 있었다. 그것은 벌써 덜 훌륭하였다. 그리고 그 둘레에는 아무것도 없었다. 아무것도.

저기 그 수도원이 있다! 수도사들이 파선한 사람들을 부르기 위하여 언덕 위에 커다란 십자가를 세웠다! 그래서 나는 그 십자가를 향하여 걷기만 하면 그만이다. 그 도밍고 회 수도사들에게 뛰어가기만 하면 된다…….

「그러나 리비아에는 콥트 파 수도원들밖에 없다.」

「그 근면한 도밍고 회 수도사들에게로…… 그들은 붉은 유리가 달린 서늘한 예쁜 부엌을 가지고 있고, 마당에는 녹슨 기묘한 펌프가 있다. 녹슨 펌프 밑에는, 녹슨 펌프 밑에는, 그대도 그것을 짐작하였으리라…… 녹슨 펌프 밑에는 마르지 않는 우물이다! 아아! 내가 문에 가서 초인종을 누르고, 큰 종을 잡아당기면, 거기서는 큰 잔치가 벌어질 것이다…….」

「이 바보야, 너는 프로방스의 어떤 집을 묘사하고 있다. 하긴 거기에는 종은 없지만.」

「……커다란 종을 잡아당기면! 문지기는 팔을 하늘로 쳐들며 『당신은 신이 보내신 분입니다!』하고 내게 소리치며 모든 수도사들을 부를 것이다. 그러면 그 수도사들은 곤두박질해 달려올 것이다. 그리고 나를 가난한 어린이처럼 반가이 맞이할 것이다. 그리고 나를 부엌으로 밀고 갈 것이다. 그리고 『잠깐만, 내 아들아, 잠깐만…… 마르지 않는 우물까지 달려갈 테니…….』하고 내게 말할 것이다.

그러면 나는 행복에 몸을 떨 것이다……. 아니다. 나는 울지 않으련다. 단지 언덕 위에 십자가가 없어졌다는 그 이유에서이다.」

서쪽의 약속은 오직 거짓말뿐이다. 나는 정북(正北)으로 방향을 바꾸었다. 북쪽은 적어도 바다의 노래가 가득차 있다.

아! 이 등성이를 넘으면 지평선이 펼쳐진다. 보라, 세상에서 가장 아름다운 도시가 저기 있다.

「그건 신기루라니까…….」

신기루라는 것을 나는 잘 안다. 아무도 나를 속이지 못한다! 그러나 신기루

속으로 빠져들어가는 것이 내 마음에 든다면! 회망을 가지는 것이 싫지 않다면? 옹긋쭝긋하고 햇볕으로 장식된 저 도시를 사랑하는 것이 내 마음에 든다면? 이제는 피로를 느끼지 않고 행복스러우니까, 빠른 걸음으로 곧장 걸어가는 것이 내 마음에 든다면? …… 프레보와 그의 권총, 참 우스워서! 나는 내 취기가 더 좋다. 나는 취했다. 나는 목이 말라 죽는다!

황혼이 내 술을 깨웠다. 나는 이렇게 멀리 있다는 것을 깨닫자 겁이 나서 갑자기 발을 멈춘다. 황혼에는 신기루가 사라진다. 지평선은 그 호사와 궁궐과 제의(祭衣)를 벗었다. 그것은 황량한 지평선이다.

「너 꽤 멀리 왔구나! 이제 밤이 너를 덮쳐 잡으면 너는 날이 밝기를 기다려야 할 게고, 내일은 네 발자국이 지워져서 너는 아무데도 있지 않으리라.」

「그러면 차라리 곧장 더 걷거나 하지……. 뭣하러 다시 돌아선단 말인가? 어쩌면 바다를 향하여 팔을 벌리려는 그때에 방향전환을 하기는 싫다…….」

「어디에 바다가 있더란 말이냐? 그건 그렇고, 너는 절대로 바다까지 가지는 못할 것이다. 너 있는 데서 아마 삼백 킬로미터는 떨어져 있을 거다. 그리고 프레보는 시문기 옆에서 망을 보고 있다! 그리고 그는 어쩌면 대상(隊商)들에게 발견되었는지도 모른다…….」

그렇다, 나는 돌아가련다. 그러나 우선 사람들을 부르련다.

「여이!」

이 지구는, 제기, 그래도 사람이 살고 있지 않느냐 말이야…….

「여어! 사람들……」

나는 목이 쉰다. 목소리가 나질 않는다. 이렇게 소리지르는 것이 우스꽝스러워 보인다……. 나는 한 번 더 소리친다.

「사람들!」

그것은 과장하고 건방진 소리를 만들어 버린다.

그래서 나는 뒤로 돌아선다.

두 시간을 걸은 뒤에, 내가 길을 잃은 줄 알고 겁을 집어먹은 프레보가 하늘로 올리는 불길이 보였다. 아! 나는 그것에 아무런 관심도 없다…….
또 걷기를 한 시간……. 오백 미터만 더. 백 미터만 더. 오십 미터.

「아아!」

나는 몹시 놀라 우뚝 섰다. 내 마음에는 기쁨이 넘쳐 흐르려고 하여, 나는
맹렬한 힘을 억제한다. 프레보가 숯불에 환히 비친 채 엔진에 기대앉은 두
아라비아 사람과 이야기를 하고 있다. 그는 나를 아직 보지 못했다. 자기
기쁨에 너무 정신이 없는 것이다. 아! 나도 그 사람처럼 기다렸더라면……
벌써 구조되었을 것을! 나는 기쁘게 부르짖는다.

「여어!」

두 사람의 베두 인은 깜짝 놀라 나를 쳐다본다. 프레보는 그들 곁을 떠나
혼자서 내 앞으로 마주 온다. 나는 팔을 벌린다. 프레보는 내 팔꿈치를 잡아
부축한다. 그럼 내가 쓰러지려고 하였던가? 나는 그에게 말한다.

「이제는 됐군.」

「뭐가요?」

「아라비아 사람들!」

「무슨 아라비아 사람들 말이요?」

「거기 당신과 같이 있는 아라비아 사람들 말이요!……」

프레보는 수상하게 나를 쳐다본다. 나는 그가 중대한 비밀을 억지로 내게
일러 준다는 느낌을 받는다.

「아라비아 사람들은 없습니다…….」

이번에는 아마 내가 울려나 보다.

6

여기서는 물 없이 열아홉 시간을 살 수 있다. 그런데 우리는 어제 저녁부터
무엇을 마셨던가? 새벽에 이슬 몇 방울뿐! 그러나 여전히 북동풍이 불어서
우리의 증발을 약간 더디게 한다. 이 차일은 또 하늘에 높은 구름들이 생기는

118

데에도 유리하다. 아아 ! 그 구름들이 우리에게까지 와서 비가 올 수만 있다면 ! 그러나 사막에는 절대로 비가 오지 않는다.

「프레보, 낙하산을 삼각형으로 짜룹시다. 그 헝겊쪽들을 돌로 땅에 묶어 놓읍시다. 만일 바람이 돌지 않으면 새벽에 이 헝겊들을 짜서 휘발유 탱크에 이슬을 받을 수 있을 거요.」

우리는 흰 헝겊 여섯 폭을 별 밑에 늘어놓았다. 프레보는 탱크 한 개를 뜯어냈다. 이제 우리는 날 새기만 기다리면 된다.

프레보가 파편들의 틈에서 기적적으로 오렌지 한 개를 발견하였다. 우리는 그것을 나누었다. 나는 사뭇 가슴이 설레인다. 그렇지만 우리는 물이 이십 리터는 있어야 할 테니 이것은 하찮은 것이다.

밤불 옆에 누워서 나는 이 반짝이는 실과를 들여다보며 생각한다. 『사람 들은 오렌지가 무엇인지를 모른다……』 또 이렇게도 생각한다. 『우리는 운이 다 했다. 그렇지만 역시 이 확실성이 내 즐거움을 빼앗아가진 못한다. 내 손에 꼭 쥐고 있는 이 오렌지 반쪽은 내 일생의 가장 큰 기쁨의 하나를 내게 갖다 준다……』 나는 벌렁 누워서 내 과일을 빨며 별똥을 센다. 나는 지금 일 분 동안은 무한히 행복하다. 나는 다시 생각한다. 『우리가 그 질서 속에서 사는 이 세상은 거기에 자기 자신이 파묻혀 보지 않은 사람으로서는 짐작할 수가 없다.』 나는 오늘에야 비로소 선고받은 사람의 담배 한 대와 럼 한 잔을 이해하게 된다. 나는 그 사람이 그 비참한 것을 어떻게 받아들이는지 상상하지 못하였었다. 그런데도 그는 거기에서 많은 즐거움을 맛본다. 그 사람이 웃으면 사람들은 그가 용감한 줄로 생각한다. 그러나 그는 럼을 마시게 되어서 싱끗 웃는 것이다. 그가 원근을 바꾸어, 그 마지막의 시간으로 인간의 일생을 만들었음을 사람들은 잘 알지 못한다.

우리는 물을 굉장히 많이 받았다. 아마 이 리터는 될 것이다. 이제 갈증은 끝났다 ! 우리는 살아났다. 우리는 물을 마시게 되었다 !

나는 탱크에서 주석 물 그릇으로 하나를 퍼낸다. 그러나 이 물은 푸르고 누런 고운 빛깔이어서 첫모금부터 맛이 어떻게나 지독한지 갈증에 고통당 하면서도 나는 그 한 모금을 다 마시기 전에 숨을 돌린다. 나는 흙탕물이라도 마실 것이다. 그러나 이 역한 냄새가 나는 금속 맛은 갈증보다도 더 지독하다.

프레보를 보니, 그는 무슨 물건을 열심으로 찾는 것처럼 눈을 땅에 갖다대고 맴을 돈다. 별안간 몸을 숙이고 여전히 맴을 돌면서 토한다. 삼십 초 뒤에는 내 차례다. 나는 어떻게나 심한 경련이 일어나던지 모래 속에 손가락을 박고 꿇어앉아서 토한다. 우리는 서로 말이 없이 십오 분 동안을 이렇게 흔들리며 그대로 엎드려 이제는 담즙만 조금 내놓을 뿐이다.

이제 끝났다. 나는 이제는 아득한 구역질밖에는 느끼지 않는다. 그러나 우리는 마지막 희망을 잃었다. 나는 우리의 실패가 낙하산의 도료 때문인지 탱크에 더덕이진 사염화탄소 때문인지 모른다. 우리는 다른 그릇이나 다른 헝겊이 있어야 했다.

그러면 서두르자! 날이 샌다. 길을 떠나자! 이 저주받은 고원을 피해서 쓰러질 때까지 앞으로 곧장 성큼성큼 걸어가자. 나는 안데스 산맥 속에서 기요메가 한 일을 본받는 것이다. 나는 어제 저녁부터 그의 생각을 많이 한다. 나는 비행기 잔해에 남아 있어야 한다는 명확한 명령을 어긴다. 사람들은 이제 우리를 찾으러 이리로 오지는 않을 것이다.

다시 한 번 우리는 자신들이 파선한 사람이 아님을 깨닫는다. 파선한 사람들은 기다리고 있는 그 사람들이다. 우리의 침묵으로 위협을 느끼는 그 사람들이다. 벌써 지겨운 착각으로 가슴이 발기발기 찢어지는 그들이다. 그들을 향하여 달려가지 않을 수 없다. 기요메도 안데스에서 돌아와, 파선한 사람들을 향하여 달음질을 하였다는 말을 내게 하였다! 이것은 보편적 진리다.

「만일 이 세상에 나 혼자라면 나는 드러누울 겁니다.」 프레보가 내게 하는 말이다.

이리하여 우리는 동북동 쪽으로 곧장 걸어간다. 만약 나일 강을 지나쳤다면, 우리는 한 걸음 한 걸음 더 깊숙히 빽빽한 아라비아 사막 속으로 빠져들어가는 것이 된다.

이날에 대하여는 별로 기억에 남은 것이 없다. 나는 급히 서둘렀다는 것이 생각난다. 무엇을 향하여서나 서둘렀던 일, 내가 쓰러지는 것을 향하여 서둘렀던 것. 나는 땅을 내려다보며 걸은 것도 기억난다. 나는 신기루가 싫었다. 가끔 가다가 우리는 나침반으로 우리의 방향을 바로잡았다. 우리는 또 숨을 좀 돌리기 위하여 이따금씩 누웠다. 나는 또 밤에 쓰려고 간직하였던 내 고무 우비를 어디에선가 내버렸다. 그 외에는 아무것도 모른다. 내 기억의 실마리는 저녁 선기가 나는 때부터 다시 이어진다. 나도 모래같이 되어서, 내 안에 모든 것이 지워졌다.

해가 지자 우리는 야영을 하기로 작정한다. 나는 우리가 걸음을 계속해야 하리라는 것은 잘 안다. 물이 없는 이 밤은 우리를 아주 끝장내고야 말 것이니까. 그러나 우리는 낙하산 천조각들을 가지고 왔다. 만약에 그 독이 도료에서 오는 것이 아니면 내일 아침 물을 좀 마실 수 있을지도 모른다. 우리 이슬 함정들을 한 번 더 별 아래 펼쳐 놓아야 한다.

그러나 이날 저녁 북쪽 하늘은 구름 한점 없이 말갛다. 바람의 맛이 변하였다. 방향도 바뀌었다. 벌써 사막의 뜨거운 입김이 우리를 스친다. 맹수가 잠을 깬 것이다! 나는 그놈이 내 손과 얼굴을 핥는 것을 깨닫는다⋯⋯.

그러나 나는 더 걷는대야 십 킬로미터를 못 갈 것이다. 나는 사흘째 물을 마시지 않고 백팔십 킬로미터 이상을 걸었다.

그러나 걸음을 멈출 그 순간에,

「저건 맹세코 호수예요.」하고 프레보가 내게 말한다.

「미쳤구려!」

「황혼이 된 이 시간에 그것이 신기루일 수 있어요?」

나는 대답을 안 한다. 나는 내 눈을 믿는 것을 단념한 지 오래다. 그것이 신기루가 아닐지도 모르지만, 그러면 우리의 정신착란이 만들어내는 것이다. 어떻게 프레보를 아직 믿는단 말인가?

프레보는 고집을 부린다.

「여기서 이십 분이면 갑니다. 내가 가보겠습니다.」

이 고집에 나는 화가 치민다.

「가보시오, 가서 바람을 쐬요…… 건강에 아주 좋을 거요. 그렇지만 그 호수가 있다하더라도 그건 짠물이라는 걸 알아야 해요. 짠물이건 아니건 그건 아주 먼 데 있는 거요. 그리고 무엇보다도 그 호수는 있지 않아요.」

프레보는 눈을 똑바로 뜨고 벌써 떠나간다. 나는 이 최고의 유혹을 알고 있다! 그래서 나는 이렇게 생각한다. 『기관차 밑으로 곧장 몸을 던지는 몽유병자들도 있다.』 나는 프레보가 돌아오지 못할 것을 안다. 그는 그 공허에서 오는 현기증에 붙들려 이제는 발을 돌이킬 수가 없을 것이다. 이리하여 그는 좀 떨어진 곳에서 쓰러질 것이다. 그리고 그는 그대로 죽고, 나는 나대로 죽을 것이다. 그리고 이 모든 것이 조금도 중요한 일이 아닌 것이다!……

나는 나를 엄습한 이 무관심이 아주 좋은 징조라고는 생각하지 않는다. 반쯤 빠져 죽게 되었을 적에도 나는 이같은 화평을 느꼈었다. 그러나 나는 이것을 이용하여 돌에 배를 깔고 엎드려 유서를 한 장 쓰기로 한다. 내 편지는 매우 아름답다. 대단히 품위가 있고, 나는 거기에 지혜로운 의견을 담뿍 실어 놓는다. 나는 그것을 되읽으며 막연한 허영의 쾌락을 맛본다. 사람들은 그 편지를 보고 말할 것이다. 『이것은 참 훌륭한 유서다! 그 사람이 죽은 것이 참말 아깝다!』 나는 내가 어떤 처지에 있는지도 알고 싶다. 나는 침을 긁어모아 보려고 한다. 몇 시간째나 나는 침을 뱉지 않았는가? 나는 침이 말랐다. 만일 입을 다문 채 있으면 끈적끈적한 물건이 입술을 꽉 봉해 놓는다. 그것이 말라서 거죽에 단단한 테를 만들어 놓는다. 그러나 나는 또다시 침을 삼키려 해보다가 성공한다. 그리고 내 눈속은 아직 환해지지는 않는다. 그 환한 광경이 내게 나타나면, 이제 내게는 생의 두 시간이 남았다는 것이다.

갑갑해진다. 지난 밤보다 달이 커졌다. 프레보는 돌아오지 않는다. 나는 벌렁 누워서 이 확실한 사실들을 숙고한다. 나는 나 자신 안에서 오래된 인상을 다시 발견한다. 나는 그것이 어떤 것인지를 확실히 알아보려고 한다. 나는…… 나는…… 나는 배를 탔다! 나는 남아메리카로 가는 길이었고, 상갑판 위에 이렇게 누워 있었다. 마스트 끝이 별들 사이를 전후좌우로 아주 천천히 오락가락하고 있었다. 여기에는 돛대가 없다. 그러나 나는 배를 타기는 탔다. 그리고 이제는 내가 아무리 노력하여도 어쩔 수 없는 어떤 방향으로 가는 것이다. 흑인노예 상인들이 나를 묶어서 어떤 배에 던졌다.

나는 돌아오지 않는 프레보를 생각한다. 나는 그가 신음하는 소리를 한 번도 듣지 못했다. 그것은 매우 좋다. 신음하는 소리를 듣는다는 것은 나로서는 견딜 수 없는 노릇이었을 것이다. 프레보는 남자다.

아 ! 내게서 오백 미터 떨어진 곳에서 그가 램프를 흔들고 있지 않는가 ! 그는 발자국을 잃은 것이다. 나는 그에게 응답할 램프가 없어서 일어나 소리를 지른다. 그러나 그는 듣지 못한다……

다른 램프 하나가 그의 램프에서 이백 미터 떨어진 곳에 켜진다. 그리고 또 한 램프가. 야아 ! 몰이꾼이다. 나를 찾는 거다 !

나는 소리친다.

「여어 ! 」

그러나 사람들은 내 목소리를 듣지 못한다.

그 세 개의 램프는 그들의 부르는 신호를 계속한다.

오늘 저녁 나는 미치지 않았다. 나는 몸이 멀쩡하다. 나는 평온하다. 나는 주의해서 바라본다. 오백 미터 밖에 램프 셋이 있다.

「여어 ! 」

그러나 사람들은 여전히 내 목소리를 듣지 못한다.

그러나 나는 잠깐 공포에 잡힌다. 내가 경험할 유일한 공포이다. 아 ! 나는 아직 뛸 수 있다. 기다리시오…… 기다려요……. 저 사람들이 발길을 돌릴 참이다 ! 그들은 떠나가서 다른 곳에서 나를 찾으려 하고, 나는 여기에서 쓰러질 참이다 ! 나를 거두어 줄 팔이 저기 있었는데, 나는 삶의 문턱에서 쓰러질 참이다 ! ……

「여어 ! 여어 ! 」

「여어 ! 」

그들은 내 목소리를 들었다. 나는 숨이 막힌다. 숨이 막히지만 그대로 달린다. 나는 여어 ! 소리가 나는 쪽으로 달리다가 프레보를 보고 쓰러진다.

「아 ! 그 램프들이 모두 보였을 적에 ! ……」

「무슨 램프들요?」

맞았다. 그는 혼자다.

이번에 나는 아무런 실망도 느끼지 않으나, 은근한 분노를 느낀다.

「그래 당신의 그 호수는?」

「내가 나아가면 멀어지더군요. 그래서 반 시간 동안을 그것을 향하여 걸었지요. 반 시간 후에는 그것이 너무 멀리 있었습니다. 그래 돌아왔지요. 그렇지만 나는 그것이 호수라는 건 확신해요……」

「당신은 미쳤소, 완전히 미쳤어. 아! 당신은 왜 그 짓을 했소…… 왜?」

그가 무엇을 하였는가? 나는 분개해서 울고 있었다. 그런데 나는 왜 분개했는지 모른다. 그리고 프레보는 탁탁 막히는 목소리로 내게 설명해 준다.

「나는 물을 찾아내기가 얼마나 원이었는지 몰라요……. 당신 입술이 하도 하얗기에!」

아아! 내 분노는 사그러진다. 나는 잠에서 깨는 듯 내 이마를 손으로 짚어 본다. 그리고 나는 슬퍼진다. 그리고 조용히 이야기를 한다.

「나는 당신을 보듯, 분명히 절대로 틀림없이 불빛 셋을 보았소. 프레보, 불빛들을 보았다니까요!」

프레보는 처음에 묵묵히 있다가 이윽고 시인한다.

「그렇고말고요, 일은 글렀습니다.」

수증기가 없는 이 분위기에서는 땅이 열을 빨리 발산한다. 벌써 몹시 춥다. 나는 일어나 걷는다. 그러나 나는 이내 견디지 못할 만큼 떨린다. 물기가 빠져나간 내 피는 도무지 잘 돌지 못하고 이리하여 얼음 같은 추위가 뼈에까지 사무치는데, 이 추위는 밤의 추위뿐이 아니다. 내 어금니가 딱딱 마주치고 몸이 떨린다. 나는 이제 전등을 사용할 수가 없다. 내 손이 그것을 몹시 흔들어대기 때문이다. 나는 일찍이 추위를 탄 일이 없었다. 그런데도 나는 얼어서 죽을 참이다. 얼마나 이상한 갈증의 결과인가!

나는 더운데 가지고 다니기가 귀찮아서, 어디에선가 고무 우비를 떨어뜨렸다. 그런데 바람이 차차 세어진다. 그리고 나는 사막에는 대피할 곳이 없음을 깨닫는다. 사막은 대리석 모양으로 반들반들하다. 사막은 낮에는 그늘을 도무지 만들어 주지 않고 밤에는 사람을 마냥 바람 모지에 내세운다. 나를 가려 줄 나무 한 그루, 울타리 하나, 돌 한 개 없다. 바람은 딱딱한 지세에서 기병대가 돌격하듯 나를 공격한다. 나는 바람을 피하려고 맴을 돈다. 나는 누웠다일어났다한다. 누웠거나 섰거나, 나는 이 얼음 채찍을 피할 길이 없다. 나는 뛸 수가 없다. 이제는 기운이 다하였다. 나는 살인자들을 피할 수가 없어, 두 손으로 머리를 싸매고 칼 밑에 털퍽 꿇어앉는다.

나는 그것을 조금 뒤에야 깨닫지만, 일어나 앞으로 곧장 걸어간다. 여전히 떨면서! 내가 어디에 있나? 아! 이제 떠난 길이었구나, 프레보의 목소리가 들린다. 나를 일깨워 준 것은 그의 부르는 소리였다……. 나는 여전히 떨면서, 온 몸을 사시나무 떨듯 하며 그에게로 돌아간다. 그러면서 생각한다.『이건 추위가 아닌, 다른 무엇이다. 죽음이다.』나는 벌써 물기가 너무 없어졌다. 나는 그저께 그리고 어제 혼자서 갈 적에 너무 걸었다.

추위로 죽는다는 것은 마음이 괴롭다. 나는 내 속에 간직한 신기루들이 더 좋았을 것이다. 그 십자가, 그 아랍 인들, 그 램프들. 요컨대 나는 거기에 흥미를 느끼기 시작했었다. 나는 노예 모양으로 채찍질을 당하기는 싫다.

나는 다시 무릎을 꿇었다.

우리는 약을 조금 가져갔었다. 순(純) 에테르 백 그램, 구십 도 알콜 백 그램, 그리고 요도가 작은 병으로 하나. 나는 순 에테르를 두어 방울 마셔 본다. 그것은 칼을 집어삼키는 것 같다. 그 다음은 구십 도 알콜을 조금 마셔 본다. 그러나 이것은 내 목구멍을 막아 놓는다.

나는 모래에 구덩이를 하나 파고, 거기에 들어가 누워서 모래로 전신을 덮는다. 얼굴만을 빠끔히 내민다. 프레보는 풀포기를 조금 발견해서 불을 피우는데, 그 불꽃은 이내 작아질 것이다. 프레보는 모래 속에 파묻히기를 거절한다. 그는 걷는 것이 낫다고 생각한다. 틀린 생각이다.

내 목구멍은 오그라든 채다. 이것은 나쁜 징조다. 그렇지만 나는 몸이 좀 낫다. 나는 조용한 느낌을 가진다. 나는 모든 희망을 지나 조용한 느낌을 가진다. 나는 별들 아래서 노예매매선의 갑판 위에 결박되어 내가 원치 않는 여행을 떠난다. 그러나 어쩌면 나는 그리 불행하지 않은지도 모른다…….

근육을 조금도 움직이지 않으면 이제는 춥지 않다. 그래서 나는 모래 속에 잠든 내 육체를 잊는다. 나는 더는 움직이지 않으리라, 그리하여 다시는 일체 괴로움을 받지 않으리라. 하기는 사실 별로 괴로움을 당하지도 않는다. 이 모든 괴로움 뒤에는 피로와 정신착란의 조화가 있다. 그리고 모두가 그림책으로, 좀 잔인한 옛날 이야기로 변한다……. 조금 전에는 바람이 나를 몹시 몰아쳤었고 나는 그것을 피하려고 짐승 모양으로 맴을 돌았다. 그러고 나니까 나는 숨쉬기가 힘이 들었다. 무릎 하나가 내 가슴을 찍어눌렀다. 한 무릎이. 그리하여 몸부림을 치며 나는 이 천사의 무게와 싸웠다. 나는 사막에서 절대로 혼자가 아니었다. 나를 에워싸고 있는 것을 믿지 않게 된 지금, 나는 내 안으로 물러나, 눈을 꼭 감고 실눈썹 하나 움직이지 않는다. 이 많은 영상들이 나를 조용한 꿈속으로 데려가는 것을 나는 느낀다. 강물들이 그 숱한 바닷물 속에 가서 가라앉는다.

내가 사랑하던 그대들이여, 잘 있거라. 사람의 육체가 물을 마시지 않고 사흘을 견디지 못하는 것은 내탓이 아니다. 내가 이렇게 샘의 포로라고는 생각지 않았었다. 나는 자치권이 이렇게까지 짧을 줄은 생각지도 못하였었다. 사람은 제 앞으로 곧장 갈 수 있는 줄로 믿고 있다. 사람은 자유롭다고 믿고 있다. 사람은 그를 우물에 잡아매어 놓는 줄을, 탯줄과 같이 그를 땅의 배에 붙잡아 매놓는 줄을 보지 못한다. 한 발자국만 더 내디디면 그는 죽는 것이다. 그대들의 고통을 빼놓고, 나는 아무것도 후회하는 것이 없다. 곰곰이 따져보면 내가 가장 나은 몫을 차지하였다. 내가 돌아가게 되면, 다시 이 일을 시작할 것이다. 나는 살 필요를 느낀다. 도시에는 이미 인간의 생활은 없는 것이다.

여기서는 비행이 문제가 아니다. 비행기는 목적이 아니고 방법이다. 비행기를 위하여 생명의 위험을 무릅쓰는 것은 아니다. 또 농부가 밭을 가는 것도 그의 쟁기를 위해서가 아니다. 그러나 비행기를 타면, 도시와 그 회계원들을 떠나 농촌의 진리를 다시 찾는 것이다.

사람은 사람다운 일을 하고 사람다운 근심을 알게 된다. 바람과 별들과 밤과 모래와 바다와 접촉하게 된다. 자연의 힘과 재간 겨룸을 하게 된다. 동산지기가 봄을 기다리듯, 새벽을 기다리게 된다. 언약된 땅같이 기항지 비행장을 기다리고 별들에서 자기의 진리를 찾게 된다.

나는 원망하지 않으련다. 사흘째 나는 걸었고, 목이 말랐고, 모래 위에 발자취를 더듬었고, 이슬에 내 희망을 걸었다. 땅 위의 어디에 사는지를 잊어버린 내 동류(同類)를 만나려고 애를 썼다. 그리고 이것이 산 사람들의 걱정인 것이다. 나는 이것이 저녁때 어떤 뮤직홀을 선택하는 것보다 더 중요하다고 판단하지 않을 수 없다.

나는 이제 교외 열차의 손님들을 이해할 수 없다. 자기들이 사람들이라고 믿고는 있지만, 개미들처럼 그들이 깨닫지 못하는 어떤 압력에 의해서 사람으로서 이루어진 관습에 환원되어 버리고 만 그 사람들을 이해할 수 없다. 자유로울 적에 그들은 무엇으로 자신들의 무의미한 초라한 일요일들을 채우는가 ?

나는 언젠가 러시아의 공장에서 모차르트를 연주하는 것을 들은 적이 있다. 나는 그 이야기를 썼다. 나는 그것을 욕하는 편지 이백 장을 받았다. 나는 저속한 다방 음악을 더 좋아하는 사람들을 공박하지 않는다. 그들은 다른 노래는 모르는 것이다. 나는 카페 콘서트의 경영자를 원망한다. 사람들을 천하게 만드는 것을 나는 좋아하지 않는 것이다.

나는 내 직업 속에서 행복하다. 나는 기항지 비행장의 농부로 자처한다. 교외열차 안에서 나는 여기와는 아주 다른 의미로 임종을 맞는 것이다 ! 여기는, 곰곰이 따져 보면 얼마나 사치스러운 것이냐…….

나는 아무것도 후회하지 않는다. 나는 도박을 하다가 잃었다. 이것은 내 직업의 질서 속에 들어 있는 것이다. 그러나 나는 그래도 바다 바람은 호흡하였다.

그것을 한 번 맛본 사람들은 이 양식을 잊지 못한다. 그렇지 않은가, 동료들 ? 그리고 위험하게 산다는 이야기가 아니다. 이 말은 건방진 소리다. 투우사들은 별로 내 마음에 들지 않는다. 나는 위험을 좋아하는 것은 아니다. 나는 내가 무엇을 사랑하는지 안다. 생명을 사랑하는 것이다.

날이 새려는 것 같다. 나는 팔 하나를 모래에서 빼낸다. 손 닿는 곳에 헝겊이
있다. 그것을 더듬는다. 그러나 보송보송한 대로다. 기다리자. 이슬은 새벽에
맺힌다. 그러나 새벽은 헝겊을 적시지 않고 밝아온다. 그러니까 내 생각은
약간 헝클어지고, 속에서 이런 소리가 들린다. 『여기는 마른 심장이 있다……
메마른 심장……. 도무지 눈물을 흘릴 줄 모르는 메마른 심장이…….』

「프레보, 떠납시다! 우리 목구멍이 아직 막히지 않았으니, 걸어야 하오.」

7

사람을 열아홉 시간 만에 말리는 서풍이 분다. 내 식도가 아직 막히지는
않았다. 그러나 딱딱하고 아프다. 나는 거기서 무엇인가가 갈그렁거리는 것을
느낀다. 오래지 않아 사람들이 내게 묘사해 들려 준, 그리고 내가 기다리는
그 기침이 시작될 것이다. 내 혀가 거추장스럽다. 그러나 무엇보다도 더
중대한 것은 벌써 반짝이는 점들이 보이는 그것이다. 그것들이 불꽃으로 변할
적에 나는 누우리라.

우리는 급히 걷는다. 우리는 새벽의 찬 기운을 이용한다. 흔히 말하듯
대낮이 되면 더는 걷지 못하게 되리라는 것을 우리는 잘 알고 있다. 대낮이
되면…….

우리는 땀을 흘릴 권리가 없다. 기다릴 권리조차 없다. 이 찬 기운은 습도
십팔 퍼센트의 찬 기운에 지나지 않는다. 지금부터의 이 바람은 사막에서
오는 것이다. 그리고 이 정다운 거짓 애무를 받고 우리의 피는 증발되는
것이다.

우리는 첫날 포도를 조금 먹었다. 사흘째 우리는 오렌지 반쪽과 과자 반
개를 먹었을 뿐이다. 무슨 힘으로 우리의 양식을 씹었겠는가? 그러나 나는
조금도 배가 고프지 않고, 목이 마를 뿐이다. 그리고 이제부터는 갈증보다도
갈증의 결과를 느끼는 것 같다. 이 딱딱한 목구멍. 이 석고 같은 혀. 이 갈
그렁거림과 입 안의 이 몹쓸 맛. 이 감각들은 나로서는 처음 당하는 것들이다.

128

물론 물이 이것들을 고쳐 줄 것이다. 그러나 나는 이 약을 이것들과 연상시켜 주는 기억은 도무지 하지 못했다. 갈증은 점점 더 욕망의 테두리를 벗어나 점점 더 병의 테두리 안으로 들어간다. 샘과 과일들이 이제는 덜 비통한 영상을 내게 보여 주는 듯싶다. 나는 내 애정을 잊어버린 것같이 생각되는 것처럼, 오렌지의 광채도 잊어버린다. 아마 벌써 모든 것을 잊는지도 모른다.

우리는 앉았다. 그러나 다시 떠나야 한다. 우리는 먼 거리를 걷는 것을 단념한다. 오백 미터를 걷고 나면 우리는 피로해서 주저앉는다. 그리고 나는, 드러눕는 데에서 크나큰 기쁨을 맛본다. 그러나 다시 떠나야 한다. 풍경이 변한다. 돌이 점점 드물어진다. 우리는 지금 모래 위를 걷고 있다. 우리 앞 이 킬로미터 되는 곳에 모래 언덕들이 있고, 그 언덕들 위에는 야트막한 식물의 흔적이 좀 보인다. 강철갑옷보다는 모래가 낫다. 이것은 금빛 사막이다. 사하라다. 나는 그것을 알아보는 것같이 생각된다……. 이제 우리는 이백 미터만 걸으면 기진맥진한다.

「그래도 최소한도 저 나무들까지는 걸읍시다.」

그것이 최종 한계다. 신문기를 찾으려고 여드레 후에 우리 발자취를 더듬어 올라갈 적에, 우리는 자동차를 타고, 이 마지막 시도가 팔십 킬로미터에 걸쳤었다는 것을 확인할 것이다. 그러니까 나는 벌써 거의 이백 킬로미터를 쏘다닌 셈이다. 어떻게 계속할 수 있겠는가?

어제 나는 희망 없이 걸었었다. 오늘 이 말들은 그 의미를 잃었다. 오늘 우리는 걸으니까 걷는 것이다. 소들이 밭을 갈 적에도 틀림없이 이럴 것이다. 나는 어제는 오렌지 숲의 낙원을 꿈꾸었었다. 그러나 오늘 내게는 이미 낙원이 없어졌다. 나는 이제 오렌지의 존재를 믿지 않는다.

나는 이제 내 안에 마음의 큰 갈증밖에는 아무것도 발견하지 못한다. 나는 쓰러질 터인데, 실망이라는 것을 느끼지 못한다. 나는 괴롭지도 않다. 나는 그것이 애석하다. 비애는 물처럼 아늑하게 생각될 것이니 말이다. 사람은 자기를 동정하고 친구처럼 자기를 불쌍히 여긴다. 그러나 나는 이제 세상에 친구가 없다. 눈이 타버린 나를 발견하면, 사람들은 내가 자기들을 몹시 찾아 부르고 몹시 고통을 겪은 줄로 생각할 것이다. 그러나 충동은, 그러나 후회는,

그러나 다정한 고통은 아직도 보물들이다. 그런데 나는 이제 재물을 가지지 못했다. 숫처녀들은 그들의 첫사랑의 밤, 비애를 경험하고 운다. 비애는 생명의 약동과 연결되어 있다. 그런데 나는 이제는 비애가 없다…….

사막, 그것은 나다. 나는 이제 침이 고이지 않는다. 그러나 내가 몹시 동경하였을 그리운 영상도 없어졌다. 태양은 내 안에 눈물의 샘을 말려 버렸다.

그런데 나는 무엇을 보았던가? 바다 위에 광풍이 지나가듯 희망의 숨결이 내 위를 지나갔다. 내 의식이 미치기 전에 내 본능을 급히 불러일으킨 조짐은 무엇인가? 아무것도 변한 것이 없다. 그런데도 모두가 변하였다. 이 판판하게 깔린 모래밭, 이 둔덕과 이 자그마한 푸른 판대기는 하나의 풍경을 이루는 것이 아니고 한 무대를 이루고 있는 것이다. 아직은 비었으나 다 준비된 무대다. 나는 프레보를 본다. 그도 나와 같이 놀랐다. 그러나 그는 자기가 느끼는 것이 무엇인지를 아직 이해하지 못한다.

정녕코 무슨 일이 일어나려는 것이다……. 맹세코 사막이 웅성거린다. 정녕코 이 부재(不在), 이 침묵은 별안간 장마당의 웅성거림보다도 더 가슴을 설레게 하는 것이다.

우리는 살아났다. 모래에 발자취들이 있다!……

아아! 우리는 사람이라는 것의 자취를 잃었었고, 부족과 격리되어 있었고, 우리는 이 세상에 홀로 남았었다. 그런데 모래에 박힌 사람의 기적적인 발자국을 발견한 것이다.

「프레보, 여기서 두 사람이 작별을 했소…….」

「여기서는 약대가 무릎을 꿇었고…….」

「여기서는…….」

그러나 우리는 아직 구조된 것은 아니다. 우리가 기다리기만 하면 되는 것이 아니다. 몇 시간이 지나면 사람들이 우리를 구원하지 못하게 될 것이다. 갈증의 진행은, 기침이 시작되기만 하면, 걷잡을 수 없이 빠른 것이다. 그런데 우리 목구멍은…….

그러나 나는 사막 안 어디쯤에서 흔들리고 있는 그 대상(隊商)을 믿는다.

　그래서 우리는 또 걸었다. 그러다가 나는 별안간 닭의 울음소리를 들었다. 기요메는 내게 이런 말을 하였었다.『끝판에 가서는 안데스 산중에서 닭의 울음소리가 들리더군. 기차 소리도 들리고……』

　닭이 우는 그 순간에 나는 그의 이야기가 떠오른다. 그래서 생각했다. 처음에는 내 눈이 나를 속였다. 이것은 아마 갈증의 결과다. 내 귀는 더 잘 견디었다……. 그러나 프레보가 내 팔을 붙들었다.

「들었습니까?」

「뭘?」

「닭의 울음을!」

「그러면…… 그러면?.」

　그러면, 이 바보야, 물론 사는 것이지…….

　나는 마지막으로 한 번 더 환각을 경험하였다. 서로 쫓고 쫓기고 하는 개 세 마리를 보았다. 프레보도 쳐다보았지만 아무것도 보지 못하였다. 그러나 우리는 둘이서 저 베두 인들을 향하여 팔을 벌린다. 우리는 둘이서 우리 가슴의 모든 숨을 그를 향하여 내뿜는다. 우리는 둘이 좋아서 웃는다!……

　그러나 우리의 목소리는 삼십 미터에도 미치지 못한다. 우리의 성대는 이미 말랐다. 우리는 속으로 서로 말을 주고 받았었는데, 그것을 깨닫지도 못하였었다!.

　그러나 가리어 있던 둔덕에서 금시에 자태를 나타낸 그 베두 인과 약대는 느릿느릿 멀어져가고 있지 않은가! 어쩌면 그 사람이 혼자인지도 모른다. 잔혹한 마귀가 그를 우리에게 보여 주고 다시 끌고 가는 것이다…….

　다른 아랍 사람 하나가 둔덕 위에 옆모습을 드러낸다. 우리는 소리를 지른다. 그러나 아주 작게. 그래서 우리는 팔을 흔든다. 그리고 굉장한 신호를 하늘에 가득 채워 놓는 것 같은 인상을 가진다. 그러나 그 베두 인은 여전히 바른편을 바라보고 있다…….

　그러다가 천천히 사분의 일 가량 몸을 돌리는 것이 아닌가! 그가 얼굴을 보이는 그 순간에 모든 것은 성취될 것이다. 그가 우리 쪽을 바라보는 그 순간에 그는 벌써 우리의 목마름과 죽음과 신기루를 지워 버렸을 것이다.

그가 사분의 일쯤 몸을 돌리기 시작했는데, 그것은 벌써 세상을 변하게 한다. 단지 상체를 움직임으로써, 다만 한 번 휘둘러 봄으로써, 그는 생명을 창조하고, 내게는 어떤 신 같아 보이는 것이다…….

기적이다……. 그는 신이 물 위를 걸어오듯 우리를 향하여 모래 위를 걸어온다…….

아랍 인은 우리를 그저 바라보기만 하였다. 그는 손으로 우리 어깨를 눌렀고, 우리는 그에게 복종하였다. 우리는 누웠다. 여기에는 이미 종족도 언어도 분별도 없다……. 대천사와 같은 손을 우리 어깨에 얹은 가난한 유목민이 있을 뿐이다.

우리는 이마를 모래에 박고 기다렸다. 그리고 지금은 배를 깔고 머리를 냄비 속에 틀어박고 송아지처럼 물을 마신다. 베두 인은 그것을 보고 눈이 둥그레진다. 그리고 우리를 자꾸만 중단시킨다. 그러나 그가 우리를 놓기가 무섭게 우리는 다시 얼굴을 물에 틀어박는다.

물!

물, 너는 맛도 없고 빛깔도 향기도 없다. 너는 정의(定義)할 수가 없다. 너는 알지 못하는 채 맛보는 물건이다. 너는 생명에 필요한 것이 아니라, 생명 자체이다. 너는 관능으로는 설명하지 못하는 쾌락을 우리 속 깊이 사무치게 한다. 너와 더불어 우리 안에는 우리가 단념하였던 모든 권리가 다시 들어온다. 네 은혜로 우리 안에는 말라붙었던 마음의 모든 샘물이 다시 솟아난다.

너는 세상에 있는 것 중에 가장 큰 재물이요, 땅속에서 그렇게까지 순결한 너는 가장 섬세한 것이기도 하다. 사람은 마그네슘이 섞인 샘 위에서 죽을 수 있다. 짠 물 호수를 지척에 두고 죽을 수도 있다. 약간의 염분을 그대로 지니고 있는 이슬을 이 리터 가지고 죽을 수가 있다. 너는 도무지 혼합을 허용하지 않고, 너는 조금도 변질을 용납하지 않는다. 너는 의심많은 신성(神性)이다…….

그러나 너는 우리들 안에 무한히 단순한 행복을 부어 준다.

132

리비아의 베두 인아, 우리를 살려 주는 그대는 그래도 내 기억에서 영원히
사라지리라. 나는 그대의 얼굴을 영영 기억하지 못할 것이다. 그대는 인간
이다. 그대는 모든 인간의 얼굴을 동시에 지니고 내 앞에 나타난다. 그대는
절대로 우리를 뚫어지게 쳐다보지 않고도 벌써 우리를 알아보았다. 그대는
지극히 사랑하는 형제다. 그리고 이번에는 내가 모든 사람에게서 그대를
발견할 것이다.

그대는 고귀와 친절에 둘러싸여 나에게 나타났다. 물을 줄 수 있는 권리를
가진 높은 관리로 보였다. 내 모든 친우와 내 모든 원수들이 그대를 통하여
내게로 걸어온다. 그리고 이미 이 세상에서 나의 원수는 한 사람도 없다.

8. 인   간

1

나는 다시 한 번 하나의 진리와 나란히 걸어가며 그것을 이행하지 못한 일이 있었다. 나는 파멸된 줄로 생각하였고, 실망의 밑바닥을 짚은 줄로 믿었었는데, 단념하기로 마음을 정하자 평화를 맛보았다. 그 시기에는 사람이 자기 자신을 발견하고 제 자신의 친구가 되는 듯하다. 우리가 이해하지 못하면 그 어떤 중요한 요구를 우리 안에서 만족시켜 주는 감정을 이겨낼 만한 것이 이제는 아무것도 있을 성싶지 않다. 바람을 따라 달리느라고 기진맥진하던 보나푸가 이 평온을 맛보았으리라고 생각된다. 기요메도 그 눈속에서 그랬으리라. 나도 머리까지 모래에 파묻고 갈증으로 천천히 목이 졸리면서, 별망토 밑에서 마음이 그다지도 뜨거웠던 일을 어떻게 잊겠는가?

우리 안에서 이루어지는 이러한 해방을 어떻게 도울 수 있을까? 사람 안에는 모든 것이 역리적(逆理的)이라는 것은 잘 알려져 있다. 어떤 사람이 창작을 할 수 있도록 그의 생활을 보장하여 주면 그는 잠이 들어 버리고, 승리를 거둔 정복자는 연약하여지고, 관대한 사람이 재산을 많이 얻으면 수전노가 되고 만다. 정치 이념들이 어떤 종류의 사람들을 만들어낼지를 우선 알지 못한다면 그것들이 우리에게 무슨 중요성이 있겠는가? 누가 나려는 것인가? 우리는 풀밭에 놓인 가축들이 아니며, 가난한 파스칼의 출현은 이름

없는 몇몇 부자가 나는 것보다 더 값어치가 있는 것이다.

진정으로 중요한 것은 우리가 미리 알지 못한다. 우리는 누구나 도무지 기대하지 않던 곳에서 가장 생생한 기쁨을 맛본 일이 있다. 그 기쁨들은 우리에게 너무도 절실한 향수를 남겨 놓아서, 우리의 비참이 그것을 있게 해주었다면 우리의 비참까지도 그리워하게끔 되는 것이다. 우리는 누구나 다, 동료들을 다시 만나면 쓰라린 추억들의 매력을 맛보았다.

우리를 풍부하게 하는 미지의 조건들이 있다는 것 외에 우리가 아는 것이 무엇인가? 사람의 진리는 어디에 깃들어 있는가?

진리는 증명되는 것이 아니다. 다른 땅이 아닌 이 땅에만 오렌지 나무들이 든든히 뿌리를 뻗고 열매가 많이 열리면, 이 땅이 오렌지나무들의 진리이다. 만일 이러저러한 다른 것 말고 이 종교, 이 문화, 이 가치 계급, 이 활동 형식이 사람 안에 이 충만감을 만들어 주는 데에 도움이 되고 그의 안에 알려져 있지 않던 그 고위관리를 놓아 준다면 이 가치 계급, 이 문화, 이 활동 형식이 사람의 진리이다. 논리? 논리는 어떻게 해서든지 생명에 대하여 보고를 하라고 한다.

나는 이 책을 쓰면서 계속 어떤 거역하지 못할 천직에 순종한 것 같은 사람들, 다른 이들이 수도원을 선택하였을 것과 같이 사막이나 항공로를 택한 사람들 중에서 몇 사람의 이야기를 썼다. 그러나 내가 그대들을 우선 인간에 대하여 감탄하도록 했다면 나는 내 목적을 배반한 것이 된다. 먼저 감탄할 만한 것은 사람들의 기초가 된 터전이다.

천직들이 아마 어떤 구실을 할 것이다. 어떤 사람들은 가게에 들어박혀 있다. 또 어떤 사람들은 필연적인 어떤 방향으로 뻐기며 길을 간다. 우리는 그들의 어릴 적의 내력에서 그들의 운명을 설명하여 줄 충동의 싹을 발견할 것이다. 그러나 역사는 다음에 읽으면 착각을 일으킨다. 이 충동들을 우리는 거의 누구에게나 발견한다. 우리는 누구나가 어떤 난파나 화재가 일어난 밤에 그들 자신보다 더 위대하다는 것을 드러낸 상점 주인들을 보았다. 그들은 자기네들의 원만한 성질을 나쁘게 생각하지는 않는다. 그 화재는 언제나 그들의 생애의 밤일 것이다. 그러나 새로운 기회가 없고, 유리한 터전이 없고,

까다롭게 구는 종교가 없어, 그들은 자기들의 위대함을 믿지 않고 다시 잠들어 버렸다. 물론 천직은 사람이 해방되는 것을 도와 준다. 그러나 천직을 해방시키는 것도 역시 필요하다.

비행하는 밤, 사막의 밤, 이런 것은 모든 사람에게 주어지지 않는 드문 기회이다. 그렇지만 환경이 그들을 움직이기만 하면 그들은 모두 같은 필요를 드러낸다. 거기에 대해서 내게 교훈을 준 스페인의 하룻밤 이야기를 한다고 해서 내가 다루는 문제에서 벗어나는 것은 아니다. 나는 어떤 특정한 사람들에 대하여 너무 많이 이야기하였다. 그래서 모든 사람에 대하여 이야기하고 싶어지는 것이다.

내가 특파원으로 방문하던 마드리드 전선에서였다. 나는 그날 저녁 방공호 속에서 어떤 젊은 대위의 식탁 앞에 앉아 저녁 식사를 하고 있었다.

2

우리가 이야기를 하고 있는데 전화가 울렸다. 오랜 대화가 시작되었다. 그것은 사령부에서 명령을 통첩하여 주는 국지(局地) 공격에 관한 것이다. 이 노동자들이 사는 교외에서 콘크리트 요새로 변한 몇몇 집을 없애야 하는, 당치 않고 절망적인 공격에 관한 것이다. 대위는 어깨를 으쓱 하고 우리한테로 다시 와서, 「우리 중에서 먼저 나갈 사람들은……」 하고 말하고 나서 여기 있는 중사와 내게 코냑 두 잔을 밀어 놓는다.

「자넨 나하고 제일 먼저 나가네. 마시고 가서 자게.」 하고 중사에게 말한다.

중사는 자러 갔다. 이 식탁에 둘러앉아 밤을 새울 사람들은 열 명쯤 된다. 어떤 불빛도 새어나가지 않는, 잘 가려진 이 방에는 광선이 너무 세어서 나는 눈을 껌벅이게 될 지경이다. 나는 한 오 분 전에 총안(銃眼)으로 잠깐 내다보았다. 열린 곳을 가려 놓은 헝겊을 들치고, 바닷속 같은 빛을 퍼뜨리는 달빛에 잠겨 있는 흉가들의 폐허를 보았다. 헝겊을 도로 제자리에 놓으니, 흐르는 기름 줄기 모양으로 달빛을 훔쳐 버리는 것 같았다. 그리고 지금 내 눈에는 해록색(海緑色) 요새들의 모습이 생생하게 남아 있다. 이 병사들은 아마 돌아오지는 못할 것이다. 그러나 그들은 수줍게 침묵을 지킨다. 이 돌격은 질서를 따르는 것이다. 사람을 준비하여 놓은 데에서 퍼내는 것이다. 곡간에서 퍼내는 것이다. 파종을 위해 낟알을 한 줌 뿌리는 것이다.

그런데 우리는 제가끔 코냑을 마신다. 내 바른편에서는 장기를 두고 있다. 왼편에서는 농담들을 하고 있다. 나는 어디에 있는 것인가? 반쯤 취한 한 사람이 들어온다. 그는 더부룩한 수염을 쓰다듬으며 우리들을 정다웁게 휘둘러본다. 그의 눈길이 코냑을 더듬다가 돌려졌다가 다시 코냑 쪽으로 향해졌다가는 대위 쪽으로 돌아서 애걸한다. 대위는 조용히 웃는다. 그 사람도 희망이 생겨서 따라 웃는다. 구경하는 사람들도 따라서 가볍게 웃는다. 대위가 병을 슬그머니 뒤로 물리니 그 사람의 눈초리는 실망하는 것 같은 빛을 띤다. 이렇게 해서 어린애 같은 장난, 무언(無言)의 발레 같은 것이 시작되는데 그것은 빽빽한 담배 연기와 뜬눈으로 새우는 밤의 핍진과 임박한 공격의 영상을 통하여 볼 때, 꿈의 세계에 속하는 것이다.

그리고 밖에서는 바다 소리와 비슷한 폭발이 잦아지는데, 우리는 우리 배의 선창에 들어박혀 장난을 하고 있다. 이 사람들은 이제 곧 땀과 알콜과 전쟁하는 밤의 왕수(王水) 속에서 기다리느라고 구질구질하게 끼었던 때를 말끔히 닦아낼 것이다. 나는 그들이 오래지 않아 깨끗하게 되리라는 것을 느낀다. 그러나 그들은 아직도 출 수 있는 데까지 주정꾼과 술병의 춤을 추고 있다. 그들은 둘 수 있는 마지막 수까지 그 장기를 두고 있다. 그러나 그들은 선반 위에 딱 버티고 있는 자명종을 일어날 시간에 맞추어 놓았다. 이 종이 오래지 않아 요란스럽게 울 것이다. 그러면 이 사람들은 일어나 기지개를 켜며 혁대를 졸라맬 것이다. 그러면 대위는 자기 권총을 벗겨 찰 것이고 주정꾼은 술이 깰 것이다. 그들은 모두 과히 서두르지 않으면, 달빛을 받아 파란 빛을 내는 구형(矩形)까지 비스듬히 올라가는 그 복도를 지나갈 것이다. 그들은 『빌어먹을 놈의 공격……』이니 『어, 춥다!』하는 따위의 무슨 간단한 말을 할 것이다. 그리고 사라질 것이다.

시간이 되자, 나는 중사가 잠이 깨는 광경을 보았다. 그는 어수선한 땅

광 속에서 쇠침대에 누워 자고 있었다. 그리고 나는 그가 자는 것을 들여
다보았다. 나는, 고민이 있는 것이 아니라 몹시도 행복스러운 그 잠의 맛을
알 수 있을 것 같았다. 그가 자는 것을 보니, 리비아에서의 첫날, 프레보와
내가 물 없이 떨어져 운명이 다해서도, 너무 심한 갈증을 맛보기 전에 한
번, 꼭 한 번 두 시간을 잔 일이 기억에 떠올랐다. 나는 잠이 들면서 현존하는
세상을 거부한다는 기묘한 권리를 행사한다는 느낌을 가졌었다. 아직은 나를
평안하게 버려 두는 육체의 소유자로서 얼굴을 팔 속에 파묻고 나니, 그
밤과 행복된 밤과를 구별지어 놓는 것이 이미 아무것도 없었다.

그와 같이 중사는 공처럼 뭉쳐져서 사람의 형상 같지도 않게 쉬고 있었다.
그리고 그를 깨우러 온 사람들이 촛불을 켜서 병 입구에 세워 놓았을 적에,
그 두루뭉수리의 무더기에서 처음에는 구두밖에 보이는 것이 아무것도 없
었다. 못을 박고 징을 박은 무지하게 큰 구두, 날품팔이나 부두 노동자의
신발 같은 구두였다.

그 사람은 일 연장을 지니고 있었고, 그의 몸에 있는 것은 연장 아닌 것이
없었다. 탄약합, 권총, 가죽 밀방, 혁대 따위. 그는 기르마, 목띠 따위, 밭 가는
말의 행장을 모두 지니고 있었다. 모로코에서는 땅광 속에서 눈을 가리운
말들이 연자매를 끄는 것을 볼 수 있다. 여기서도 흔들리는 불그레한 촛불이
비치는 가운데에서 눈을 가리운 말을 깨워 연자매를 끌게 하는 것이다.

「어! 중사!」

그는 아직 잠이 깨지 않은 얼굴을 하고 무언지 중얼거리며 천천히 움직였다.
그러나 그는 잠을 깨려 하지 않고 벽으로 돌아가, 마치 평안한 어머니의
뱃속에서처럼 깊은 잠에 다시 빠져들어가며 마치 깊은 물속에서처럼 폈다
오무렸다하는 주먹으로 무언지 모를 검은 해초를 붙들고 늘어지는 것이었다.
그의 손가락을 풀어 주어야만 했다. 그의 침대에 앉아서, 우리 중 한 사람이
그의 목 뒤로 살그머니 팔을 넣어서 싱긋 웃으며 그 무거운 머리를 쳐들었다.
그리고 그것은 마치 외양간의 기분 좋은 훈훈한 기운 속에서 목을 서로
비비는 말들의 친절과 같은 것이었다.「어! 전우!」 나는 생전에 이보다
더 정다운 것을 보지 못하였다. 중사는 그의 행복된 꿈속으로 다시 들어

가려고, 다이너마이트와 피로와 얼어붙은 밤의 우리 세계를 거부하려고 최후의 노력을 다하였으나, 이미 때는 늦었었다. 외부에서 오는 그 무엇이 덮어씌우는 것이었다. 이와 같이 일요일에 학교 종이 벌 받은 아이를 천천히 깨운다. 이 아이는 학교 책상과 흑판과 자기가 받은 벌을 잊고 있었다. 그는 벌판에서 장난하는 꿈을 꾸고 있었으나 허사다. 종은 여전히 울려서 사람들의 불공평에로 악착같이 그를 도로 끌고 가는 것이다. 이 아이와 비슷하게 그 중사는 피로에 지친 그 육체, 그가 원치 않는 그 육체, 잠을 깰 적에 느끼는 추위 속에서 얼마 안 있어 뼈마디의 쓰라린 아픔을 깨닫고, 그리고는 장비(裝備)의 무게와 그 무거운 달음박질과 죽음을 맛보게 될 그 육체를 차차 다시 의식하였다. 죽음보다도, 오히려 몸을 다시 일으키기 위해서 손을 적시는 끈적끈적한 그 피를, 그 힘든 호흡과 둘레에 깔려 있는 얼음을 알게 될 그 육체, 죽음보다도 오히려 죽는 불편을 맛보게 될 그 육체였다. 그리고 나는 그를 쳐다보면서 내 자신이 잠을 깨었을 때의 그 황량하던 광경, 다시 시작되는 갈증과 햇볕과 모래의 돌격, 생명과 마음대로 하지 못하는 꿈의 새로운 돌격을 여전히 생각하고 있었다.

그러나 중사는 일어나서 우리들을 똑바로 쳐다본다.

「시간이 됐나?」

여기에서 인간이 나타나는 것이다. 여기서 인간은 논리의 예측에서 벗어나는 것이니, 중사가 빙그레 웃는 것이었다. 대체 그것은 무슨 유혹이란 말인가? 어떤 날 밤에 메르모즈와 내가 몇몇 친구들과 함께 파리에서 무슨 기념일을 지내고 나서 새벽에 어떤 술집의 문지방에 섰을 적에, 우리가 그렇게도 떠들고 그다지도 질탕 치듯 마시고 쓸데없이 그토록 피로한 것에 구역이 나던 일이 생각난다. 그러나 하늘이 벌써 훤해지니까, 메르모즈는 별안간 내 팔을, 그것도 손톱이 박히는 것을 깨달을 정도로 세게 잡으며 말하였다. 「이봐, 이 시간에 다카르에서는……」 그것은 기관 수선공들이 눈을 비비며 프로펠러의 집을 벗기는 시간이었고, 조종사가 기상관측을 물어 보는 시간이었고, 땅 위에 동료들밖에는 없는 시간이었다. 벌써 하늘이 물들고,

벌써 다른 사람들을 위해 명절을 준비하고, 벌써 우리는 참여하지 못할 잔치상의 상보를 펴는 것이었다. 다른 일들은 또 그들의 위험을 무릅쓸 것이었다…….

「여긴 얼마나 더러우냐 말이야…….」하고 메르모즈는 말을 맺었다.

그런데 중사, 그대는 죽을 값어치가 있는 어떤 잔치에 초대를 받았더란 말인가?

나는 그대의 속내이야기를 벌써 들었었다. 그대는 내게 그대의 내력을 이야기하였었다. 그대는 바르셀로나 어디에서 보잘것없는 회계원으로 있으면서, 전에는 그대의 조국의 분열에는 별로 마음 쓰는 일 없이 숫자를 늘어놓고 있었다. 그러나 한 동료가 군대에 나가고 그 다음에 또 한 사람, 그리고 또 한 사람, 이리하여 그대는 놀라웁게도 어떤 야릇한 변화를 겪었다. 그대가 하는 일이 차차 하찮은 것으로 생각되었다. 그대의 쾌락, 걱정, 초라한 안락 따위, 그 모든 것이 다른 세대의 것이었다. 중요한 것은 거기에 있는 것이 아니었다. 마침내 그대의 동료들 중의 한 사람이 말라카 쪽에서 죽었다는 소식이 왔다. 그대가 원수를 갚아 줄 수 있었으리라는 친구가 문제가 아니었다. 정치로 말하면 절대로 그대의 가슴을 설레게 하는 일이 없었다. 그런데도 그 소식은 마치 바다의 세찬 바람 모양으로 그대 위를, 그대의 좁은 운명 위를 지나갔다. 그날 아침, 한 동료가 그대를 쳐다보며 말하였다.

「갈까?」

「가자.」

이리하여 그대들은 『갔던』 것이다.

그대가 말로는 설명하지 못하였으나, 그 자명함이 그대를 인도하여 준 이 진리를, 내게 설명하여 줄 만한 몇 가지 비유가 내 머리에 떠올랐다. 이동기(移動期)에 들오리들이 지나갈 적에 그놈들이 지나가는 지역에 이상한 밀물이 일어난다. 집오리들이 그 크나큰 삼각형의 비상에 끌린 듯이 서투른 비약을 해본다. 야성(野性)의 부르는 소리는 그놈들 안에 무엇인지 알 수 없는 야성의 흔적을 불러일으킨 것이다. 그리하여 농가의 오리들이 임시로 철새로 변하는 것이다. 웅덩이와 벌레와 오리집 같은 초라한 영상이 왕래하는 그 단단한 작은 머릿속에 대륙의 넓은 들판과 넓은 바다 바람의 맛과 해양 지리가 발달, 전래되는 것이다. 그 짐승은 제 뇌가 이런 기묘한 것들을 간직할 만큼 넓다는 것은 모르고 있었다. 그러나 지금은, 날개를 치고 난알을 못 본 체하고 벌레를 본체만체하고, 들오리가 되고 싶어한다.

그러나 내 머리에는 무엇보다도 내 영양(羚羊)들의 생각이 떠올랐다. 나는 쥐비에서 영양들을 길렀다. 거기서 우리는 모두 다 영양들을 길렀다. 우리는 그놈들을 격자(格子)로 된 집에 넣어 한데에 놓아 두었다. 왜냐하면 영양들에게는 바람의 흐름이 있어야 하고, 그놈들만큼 연약한 것은 없기 때문이다. 어려서 잡힌 영양들은 그래도 살고, 사람들 손에 쥐어진 풀을 먹기로 한다. 쓰다듬어 주어도 별일 없고 그 촉촉한 콧등을 오그린 손바닥에 박기도 한다. 그래서 사람들은 그놈들이 길이 든 줄로 생각한다. 사람들은 영양들을 소리없이 잦아들게 하고 그들에게 가장 애처로운 죽음을 갖다 주는 미지의 고민을 그놈들로부터 멀리 쫓아 버렸다고 생각한다…… 그러나 그놈들이 그 조그마한 뿔로 울타리를 사막 쪽으로 향하여 밀고 있는 것을 발견하는 날이 온다. 그놈들은 자석에 끌리는 것이다. 그놈들은 사람들을 피하는 법은 모른다. 그대가 갖다 주는 우유를 그놈들은 막 먹고 난 참이다. 그것들은 아직도 쓰다듬어도 가만히 있고, 그대의 손바닥에 콧등을 더 정답게 틀어 박는다…… 그러나 그놈들은 놓아 주기가 무섭게 행복하게 조금 뛰노는 것처럼 하다가, 이내 다시 격자 있는 데로 돌아가는 것을 발견하게 된다. 그리고 그대가 손을 대지 않으면, 거기 그대로 서서, 울타리와 싸워 볼 생각조차 없이 그저 고개를 숙이고 그 조그만 뿔로 죽을 때까지 울타리를 밀고 있는 것이다. 발정기가 되어서 그런 것인가, 혹은 숨이 턱에 닿도록 단지 실컷 뛰놀고 싶어서 그런 것인가? 그놈들은 모른다. 그놈들을 그대에게 잡아다 주었을 적에는 아직도 눈도 뜨지 않았었다. 그놈들은 사막 안에서의 자유나 숫놈의 냄새는 조금도 모른다. 그러나 그대는 그놈들보다 훨씬 더 영리하다. 그대는 그놈들이 무엇을 찾는지를 안다. 그놈들을 완성시키는 것은 넓은 들판이다. 그놈들은 영양이 되어 그들의 춤을 추고 싶은 것이다. 시속

백삼십 킬로미터의 속력으로 일직선으로 달아나다가, 마치 이따금씩 모래에서 불꽃이 솟아오르기나 하는 듯이 별안간 껑충 뛰어오르는 것을 맛보고 싶은 것이다. 그것만이 그놈들에게 힘에 겨운 일을 해치우게 하고, 가장 높이 뛰어오르게 만드는 공포를 맛보는 것이 영양들의 진리라면, 샤칼이 무슨 아랑곳이겠는가! 쏟아지는 태양 밑에서 사자의 날카로운 발톱으로 배가 찢어발기우는 것이 영양들의 진리라면, 사자가 무슨 아랑곳이란 말인가! 그대는 그놈들을 들여다보며 곰곰이 생각한다. 그놈들이 향수병에 걸렸다고. 향수란 무엇인가를 그리워하는 것이다……. 그리워하는 대상물이 있기는 하다. 그러나 그것을 표현할 만한 말은 없는 것이다.

그런데 우리는 무엇이 그립단 말인가?

중사, 그대는 여기서 이제는 그대의 운명을 배반하지 않으리라는 감정을 그대에게 줄 만한 그 무엇을 발견할 것인가, 아마 그대의 잠든 머리를 쳐들어 준 그 우애적인 팔이거나, 동정하지 않고 괴로움을 같이하던 그 정다운 미소일지도 모른다. 「이것 봐! 전우……」 동정한다는 것은 아직도 둘이 있는 것이다. 아직도 따로 떨어져 있는 것이다. 그러나 감사나 동정이 똑같이 의미가 없어지는 관계의 태도가 있다. 거기에서 사람은 해방된 포로처럼 숨을 쉬는 것이다.

두 비행기가 한 쌍이 되어 아직 불귀순 지구인 리오 데 오로를 넘어갈 적에 우리는 이런 태도를 체험하였다. 나는 일찍이 조난한 사람이 구조원에게 감사하는 것을 들은 적이 없다. 그보다도 흔히 이 비행기에서 저 비행기로 우편행랑을 옮겨 싣느라고 애를 쓰는 동안 우리는 욕설을 주고받고 하였다. 「망할 자식! 내가 고장을 일으킨 건 네 탓이야, 바람을 잔뜩 안고 가면서도 이천 미터를 난다는 네 광증 때문이란 말야! 네가 좀더 고도를 낮춰가지고 나를 따라왔으면, 우린 벌써 포르 에티엔에 도착했을 거 아냐?」 그러면 자기 생명을 내맡기던 상대편은 망할 자식인 것이 부끄러운 것을 깨달았다. 하기는 그에게 무엇을 감사하였겠는가? 그도 역시 우리 생명에 권리가 있었다. 우리는 한 나무의 다른 가지에 지나지 않았다. 그리고 나는 나를 구조하는 그대가 자랑스러웠다!

중사, 그대에게 죽음을 예비시켜 주는 그 사람이 무엇 때문에 그대를 동정하였겠는가? 그대들은 서로 이 위험을 무릅썼다. 그 순간 사람들은 말이 필요하지 않은 그 단결을 발견한다. 나는 그대의 출전을 이해하였다. 그대가 바르셀로나에서는 어쩌면 일이 파한 뒤에도 외로이 불행한 처지에 있었다하더라도, 그대의 육체조차 안식처가 없었다하더라도, 여기서는 그대를 완성시킨다는 감정을 맛보게 되었고 우주적인 것을 만나게 되었다. 파리 사람인 그대가 사랑에 의하여 영접받은 것이다.

아마 그대를 충동했을지도 모르는 정치쟁이들의 굉장한 말들이 진정이었는지 아닌지, 논리적이었는지 아닌지를 나는 알려고 하지 않는다. 씨앗들이 싹이 돋을 수 있는 것처럼, 그 말들이 그대에게 영향을 주었다면 그것들이 그대의 요구와 합치된 까닭이었으리라. 그대만이 홀로 심판관이다. 땅만이 밀을 알아볼 수 있다.

3

우리 밖에 있는 공통된 어떤 목적으로 우리 형제들과 연결됨으로써 비로소 우리는 숨을 쉬는 것이며, 사랑한다는 것은 둘이 서로 들여다보는 것이 아니고 함께 같은 방향을 쳐다보는 것임을 우리는 경험으로 안다. 그들이 서로 만나는 같은 산꼭대기를 향하여 같은 로프로 결합되어 있지 않으면 동료가 아니다. 그렇지 않다면야 어찌하여 안락의 세기인 지금, 사막에서 마지막 음식을 나누며 그렇게 느긋한 기쁨을 맛보겠는가? 거기 대해서 사회학자들의 예측이 무슨 가치가 있단 말인가? 우리 중에 사하라 사막 가운데에서 구조될 때의 그 큰 기쁨을 맛본 사람은 누구나 다 다른 모든 즐거움을 하찮은 것으로 생각했다.

그래서 아마 오늘의 세계가 우리 주위에서 굉장히 떠들기 시작하는가 보다. 이 충만한 기쁨을 약속하는 종교를 위하여 각자가 열광한다. 서로 모순된 말들을 가지고 우리는 모두가 같은 충동을 표시한다. 우리는 우리들의 추리의 결과인 방법에 대하여 의견을 달리하는 것이지 목적에 대하여 그런 것은 아니다. 목적은 다 같은 것이다.

그러니 우리는 이상하게 생각하지 말자. 자기 안에 잠들어 있는 미지(未知)를 짐작조차 하지 못하다가 희생과 상호 원조와 정의의 엄혹한 명상 때문에 바르셀로나의 무정부주의자들의 지하실에서 오직 한 번 그것이 눈을 뜨는 것을 깨달은 그 사람은 무정부주의자의 진리라는 한 가지 진리밖에는 알지 못할 것이다. 또 스페인의 수녀원에서 겁을 잔뜩 집어먹고 무릎을 꿇고 있는 어린 수녀들의 무리를 보호하기 위하여 한 번 보초를 선 그 사람은 교회를 위하여 죽을 것이다.

가슴에는 승리를 한아름 안고 안데스 산맥의 칠레 쪽 비탈을 향하여 빠져들어가는 메르모즈에게, 그가 잘못한다고, 상인의 편지 한 장은 아마 그의 생명의 위험을 무릅쓸 만한 값어치가 없을 것이라고 그대가 타일러 주었다면, 그는 그대의 말을 우습게 생각하였을 것이다. 진리는 그가 안데스 산맥을 넘을 때 그의 안에 태어나던 인간인 것이다.

전쟁을 거부하지 않는 사람에게 전쟁의 무서움을 납득시키고 싶거든, 그를 야만인으로 취급하지 말고 그를 판단하기 전에 먼저 그를 이해하기에 힘쓰라.

리프전쟁 때에 불귀순 지구의 두 산 사이에 쐐기 모양으로 설치된 전초 진지를 지휘하던 남쪽 지구의 그 장교를 생각하여 보라. 어느 날 저녁 그는 서쪽 산 속에서 내려온 사자(使者)들을 대접하고 있었다. 으레 그래야 하는 것처럼, 그들이 차를 마시고 있는데 소총사격이 일어났다. 동쪽 산지의 부족들이 진지를 공격하는 것이었다. 싸우기 위하여 그들을 내쫓는 대위에게 적측의 사자들은 대답하였다. 「오늘은 우리가 그대의 손님이오. 신은 그대를 내버려 두기를 허락하지 않소⋯⋯.」 이리하여 그들은 대위가 거느리는 군인들과 협력하여 진지를 구해 주었다. 그리고는 독수리 집 같은 그들의 처소로 다시 기어올라갔다.

그러나 이번에는 그들이 대위를 습격할 준비를 하며 전날의 사자들을 그에게 보낸다.

「저번 날 밤에 우리는 그대를 도왔다…….」

「그랬지…….」

「우리는 그대를 위하여 탄자(彈子) 삼백 개를 소비했다…….」

「그랬지.」

「그것을 우리에게 돌려 주는 것이 옳을 텐데.」

그리고 마음이 너그러운 대위는 그들의 고귀한 마음씨에서 얻어낼 수 있을 이익을 착취하지는 못한다. 자신을 공격하기 위해 사용될 탄자들을 대위는 적들에게 돌려 준다.

그를 인간으로 만들어 주는 그것이 사람의 진리다. 이 관계의 품격(品格), 경기에 있어서의 그 정직, 생명을 내걸고 서로서로 인격을 존중하여 주는 것을 체험한 그 사람이, 그에게 허용된 이 숭고함과, 바로 그 아랍 인들의 어깨를 탁 치며 우정을 표시하고 그 사람들의 마음을 기쁘게 하여 주기도 하나 동시에 모욕도 하였을 선동적인 정치가의 그 평범한 친절을 비교할 때에, 그대가 만일 그와 반대되는 이론을 가지고 있다면, 그대에게 대하여 다소간의 멸시가 섞인 동정밖에는 느끼지 못할 것이다. 그리고 그 사람이 야말로 옳은 생각을 가진 것이다.

그러나 그대가 전쟁을 미워하는 것도 역시 옳은 생각일 것이다.

사람과 그에게 필요한 것을 이해하고 그가 가지고 있는 본질적인 것에서 그를 알기 위하여는 그대의 진리들의 명백함을 서로 대립시키지 말아야 한다. 그렇다. 그대의 생각은 옳다. 그대들은 모두가 옳다. 논리는 모든 것을 증명한다. 이 세상의 불행을 꼽추들에게 돌리는 사람까지도 옳다. 우리가 꼽추들에게 전쟁을 선포하면, 우리는 이내 열광하는 것을 배울 것이다. 우리는 꼽추들의 죄악을 보복할 것이다. 그리고 물론 꼽추들도 죄악을 범한다.

이 중요한 것을 끄집어내 보려면, 잠시 동안 분열을 잊어야 하며, 이것을 인증하기만 하면 요지부동의 진리의 전 코란과 거기에서 흘러나오는 광신(狂信)이 따라오는 것이다. 사람들을 우익적인 사람과 좌익적인 사람, 꼽추들과 꼽추 아닌 사람들, 파시스트와 민주주의자 따위로 분류할 수 있고 또 이 구별들은 비난할 수 없는 것들이다. 그러나 진리라는 것은 그대도 아다시피 세상을 간소화하는 것이지 혼돈을 일으키는 것은 아니다. 진리라는 것은 보편적인 것을 뽑아내는 언어이다. 뉴튼은 퀴즈 모양으로 오랫동안 숨어 있던 법칙을 발견한 것이 아니다. 뉴튼은 하나의 창조적 실험을 행한 것이다. 그는 풀밭에 사과가 떨어지는 것과 해가 떠오르는 것을 동시에 표시할 수 있는 인간의 언어를 새로 만들어낸 것이다. 증명되는 그것이 진리가 아니고 간단하게 만드는 그것이 진리이다.

이데올로기를 가지고 논쟁하는 것이 무슨 소용이란 말인가? 모든 사상이 증명된다지만, 그것들은 또 모두가 대립되는 것이고, 이러한 논쟁은 인간의 구원에 대해서 절망하게 만드는 것이다. 그런데 우리 주위에서는 어디서고 인간이 같은 요구를 표시하고 있지 않는가?

우리는 구출되기를 원한다. 곡괭이질을 하는 사람은 자기가 하는 곡괭이질의 의미를 알고 싶어한다. 그리고 그를 욕되게 하는 도형수(徒刑囚)의 곡괭이질은 탐험가를 위대하게 만드는 탐험가의 곡괭이질과 같은 것은 아니다. 도형장은 곡괭이질이 있는 그곳에 있는 것이 아니다. 그것은 물질적인 고통으로 된 것이 아니다. 도형장은 의미가 없는 곡괭이질을 하는 거기에, 그것을 하는 사람을 인간 단체와 연결시켜 주지 않는 곡괭이질을 하는 그곳에 있는 것이다.

그런데 우리는 도형장에서 탈출하기를 원하는 것이다.

유럽에는 현재의 삶에서 의미를 찾지 못하여 새로 태어나기를 원할 사람이 이억 명이 있다. 공업은 그들을 농사꾼의 혈통의 언어에서 떼어내어 시커먼 열차들이 혼잡스럽게 들어찬 조차역(繰車驛)과 같은 어마어마한 지정거주구역(指定居住區域)에 가두어 놓았다. 노동도시의 저 속에서 그들은 다시 깨어나고 싶은 것이다.

모든 기계의 톱니바퀴들 틈에 끼여 개척자의 기쁨도, 종교적 기쁨도, 학자의 기쁨도 금지당하고 있는 그런 사람들도 있다. 그들을 향상시키기 위하여는 그저 그들을 먹이고 입히고 그들의 모든 요구를 채워 주기만 하면 되는 줄로 사람들은 생각하였다. 이리하여 사람들은 차츰 그들 속에 쿠르틀린의 소시민, 시골의 사이비 정치가, 내적 생활에는 취미를 잃은 기술자를 만들어 놓았다. 그들을 잘 교육시킨다지만 이미 그들에게 교양은 부어 주지 않는 것이다. 교양이 공식을 외우는 데 있다고 믿는 사람은 그것에 대하여 보잘것없는 의견을 가지고 있는 것이다. 전문학교의 강의를 듣는, 성적이 나쁜 학생도 자연과 그 법칙에 대하여 데카르트와 파스칼보다 많이 안다. 그 학생이 정신에 있어서는 같은 보조를 취할 수가 있겠는가?

누구나 다 다소간 막연하게 나고자 하는 욕망을 느낀다. 그러나 그들을 속이는 해결 방법이 있다. 물론 사람들에게 군복을 입혀서 그들의 원기를 북돋워 줄 수 있다. 그러면 그들은 군가를 부르며 전우들끼리 빵을 나누어 먹을 것이다. 그들은 그들이 찾던 것, 즉 보편적인 것의 맛을 발견한 셈이 된다. 그러나 그들이 받는 빵으로 그들은 죽을 것이다.

나무로 만든 우상을 땅에서 파낼 수도 있고 있고 그럭저럭 검사를 치른 묵은 신화를 부활시킬 수도 있으며, 범독일주의와 로마 제국의 신비학자들을 부활시킬 수도 있다. 독일 사람들을 독일 사람이요, 베토벤의 동포라는 감격 속에 취하게 할 수 있다. 선창계(船艙係)까지도 그런 감격에 취하게 만들 수가 있다. 그것은 물론 선창계에서 한 사람의 베토벤을 끌어내는 것보다는 쉬운 일이다.

그러나 이러한 우상들은 육식 우상들이다. 지식의 진보나 병을 고치는 것을 위하여 죽는 그 사람은 그가 죽음과 동시에 생명에 봉사하는 것이다. 영토를 넓히기 위하여 죽는 것이 아름다운 일일지도 모른다. 그러나 오늘의 전쟁은 그것이 목표로 하는 바를 파괴한다. 오늘날에는 전 민족을 살리기 위하여 피를 좀 희생시킨다는 것이 문제가 될 수 없다. 전쟁이 비행기와 이페리트 독가스로 처리되는 이상 그것은 피가 흐르는 하나의 수술에 지나지 않는다. 저마다 시멘트벽으로 된 대피호에 몸을 의지하고, 저마다 할 수 없이 밤마다 항공기대를 내보내서 상대의 오장육부를 폭격하고 그의 치명적 중심지를 폭파하며 그의 생산과 교역을 마비시킨다. 승리는 맨 나중에 썩는 자에게 돌아가는 것이다. 결국 양쪽이 모두 함께 썩는 것이다.

황야가 된 세상에서 우리는 목마르게 동료들을 찾았다. 전우들과 같이 나눈 빵맛으로 인하여 우리는 전쟁의 가치를 인정하게 되었다. 그러나 우리는 전쟁이 있어야만 같은 목적을 향하여 달리며 옆에 있는 어깨의 온기를 발견할 수 있는 것은 아니다. 전쟁은 우리를 속인다. 증오는 달음질의 흥분에 아무것도 보태주지 못하는 것이다. 무엇 때문에 우리는 서로 미워한단 말인가? 우리는 같은 지구라는 배를 탄 선원으로 연대책임이 있는 자들이다. 그리고 새로운 종합을 돕기 위하여 여러 가지 문명이 대립되는 것은 좋지만, 그것들이 서로 잡아먹는다는 것은 지극히 추한 일이다.

우리가 구원되기 위하여는 우리들을 서로 연결시키는 한 가지 목적을 의식하도록 서로 도와 주면 그만이니 이왕이면 우리를 모두 결단시켜 주는 거기에서 그 목적을 찾는 것이 좋지 않겠는가? 진찰을 하는 의사는 그가 진찰하는 사람의 호소를 듣는 것이 아니고, 그 사람을 거쳐 인간의 병을 고치려고 한다. 의사는 보편성 있는 언어를 말하는 것이다. 원자와 성운을 동시에 이해할 수 있게 되는 거의 신비롭다고 할 만한 방정식을 물리학자가 연구할 때에도 마찬가지다. 그리고 순박한 목동에게 이르기까지 그와 같은 것이다. 왜냐하면 별 아래서 겸손히 양 몇 마리를 지키는 그 사람이 만일 그의 역할을 의식한다면, 자기가 하나의 하인 이상임을 발견하게 된다. 그는 보초인 것이다. 그리고 보초 하나하나는 나라 전체에 대하여 책임이 있는 것이다.

그 목동이 의식을 가지기를 원하지 않는 것으로 그대는 생각하는가? 나는 마드리드 전선의 참호에서, 오백 미터 떨어진 언덕의 조그마한 돌담 위에 자리잡은 학교를 가본 일이 있다. 한 병정이 거기서 식물학을 가르치고 있었다. 자기 손으로 개양귀비의 연약한 기관들을 해부하며 이 병정은 수염이 난 순례자들을 끌었으니, 이들은 그들을 빙 둘러 있는 진흙탕에서 벗어나 포탄을 무릅쓰고 떼를 지어 그에게로 올라왔었다. 병정을 빙 둘러싸고는 책상다리를 하고 주먹으로 턱을 고이고 그가 하는 말을 들었다. 그들은 눈쌀을 찌푸리고 이를 악물었다. 그들은 학과를 별로 알아듣지는 못하였다. 그러나 그들은 「당신들은 짐승이오, 당신들은 짐승굴에서 겨우 나온 거요, 인간이 돼야 합니다.」 하는 말을 들었었다. 그래서 그들은 인간을 찾으려고 무거운 발길을 재촉했던 것이다.

아주 오죽잖은 것일지라도 우리의 역할을 의식하게 되는 때라야 우리는 행복할 것이다. 그때에야 우리는 평화롭게 살고 평화롭게 죽을 것이다. 왜냐하면 삶에 의의를 주는 것은 죽음에도 뜻을 태워 주기 때문이다.

죽음은, 그것이 사물의 질서를 따라갈 때에는 몹시도 아늑한 것이다. 프로방스의 늙은 농부가 그의 통치기간이 다 되어, 염소와 감람나무의 몫을 그의 아들들에게 맡기고 이 아들들은 또 자신의 아들들에게 물려 주게 할 때에 이 죽음은 몹시 아늑한 것이다. 농가의 혈통에서는 사람이 완전히 죽지는 않는다. 각 생명은 꼬투리 모양으로 차례로 터져서 씨를 내놓는 것이다.

나는 언젠가 세 농부가 그들의 어머니의 죽음의 자리 앞에 있는 것을 바로 곁에서 본 일이 있다. 그런데 그것은 물론 비통한 일이었다. 두 번째로 그들의 탯줄이 끊어진 것이었다. 두 번째 매듭이 풀린 것이었으니, 이 대와 저 대를 잇는 그 매듭이었다. 그 세 아들은 이제 고독하게 되어 모든 것을 새로 배우고 명절날 함께 모일 가정의 식탁이 없어지고, 그들이 서로 만나던 극점(極點)이 없어진 것을 깨달았다. 그러나 그 절단에서 나는 생명이 두 번째로 부여될 수 있다는 것도 발견하였다. 그 아들들도 역시 줄의 선두에 서고 모임의 중심지와 할아버지가 되었다가, 때가 오면 그들도 마당에서 놀던 한배의 자식들에게 지휘권을 넘겨 줄 것이다.

나는 그 어머니, 화평하고 딱딱해진 얼굴에 입술을 꼭 다물고 있는 그 늙은 농사꾼 부인, 돌가면으로 변한 그 얼굴을 들여다보았다. 그리고 거기에서 아들들의 얼굴을 알아보았다. 그 면형(面型)은 아들들의 얼굴을 박아 주는 데에 필요했었다. 그 육체는 그들의 육체들, 그 아름다운 인간의 표본을 찍어내는 데에 소용되었었다. 그리고 지금은 절단이 나서 과실을 끄집어내고

난 껍데기 모양으로 쉬고 있었다. 아들과 딸들도 그들의 차례가 오면 그들의
살로 사람의 자식들을 찍어 놓을 것이다. 농가에서는 사람들이 죽는 것이
아니다. 어머니가 돌아가셨다. 어머니 만세!

그가 가는 길에, 백발의 아름다운 그 유물을 하나하나 내던지며, 그의
변신을 통하여 어떤 진리인가를 향하여 나아가는 혈통의 그 상징은 비통
하기는 하다. 그렇다. 그러나, 몹시도 순박하다.

그렇기 때문에 그날 저녁 자그마한 시골 동네의 망자(亡者)의 종소리는
실망이 아니라, 조심스럽고 다정한 희열을 지닌 것같이 들렸다. 장례식과
영세를 같은 목소리로 알려 주던 그 종은 다시 한 번 한 세대에서 다른 세대로
옮겨가는 것을 알려 주었다. 이리하여 한 가엾은 늙은 여인과 대지와의
약혼식을 찬양하는 것을 듣는 데에서 사람들은 크나큰 평화밖에 느끼지
않았다.

나무가 자라는 것처럼 느린 속도로 이렇게 대대로 넘겨 주는 것은 생명
이기도 하지마는 양심이기도 하였다. 얼마나 신비로운 승화인가! 녹아내
리는 용암에서, 별의 반죽에서, 싹이 돋은 산 세포에서 우리는 기적으로
태어났다가 차차 가요시(歌謠詩)를 쓰고 은하수를 달아 보는 데까지 올라온
것이다.

어머니는 생명을 넘겨 준 것이 아니고, 아들들에게 말을 가르쳤고, 여러
세기를 두고 그렇게도 느리게 쌓아올린 봇짐을, 그가 맡았던 정신적 유산을,
뉴튼이나 셰익스피어를 굴속에 사는 짐승들과 분리시켜 주는 차이를 이루는
전통과 개념과 신화의 그 조그만 몫을 그들에게 맡겼던 것이다. 우리가 시장할
적에 스페인 병정들에게 사격을 무릅쓰고 식물학 공부를 하러 가게 만든
그 시장기, 메르모즈를 남아메리카로 가게 한 그 시장기, 다른 사람을 시를
짓게 밀어 준 그 시장기를 느낄 때에 우리가 깨닫는 것은, 천지개벽이 아직
완성되지 않았다는 것이고 또 우리는 우리 자신과 우주에 대하여 인식해야
한다는 것이다. 우리는 밤중에 징검다리를 놓아야 한다. 이기적이라고 생
각하는 무관심을 가지고 자기들의 지혜를 삼는 자들만이 이것을 모른다.

그러나 모든 것이 이 지혜를 부정한다! 동료들아, 내 동료들아, 나는 그대들을 증인으로 세운다. 우리는 전에 행복을 느꼈는가?

4

자, 이제 나는 이 책의 마지막 페이지에서, 우리가 운수좋게 지명되어 사람으로 탈피(脫皮)할 준비를 하던 날 새벽, 처음 우편기를 조종하던 날 새벽에 우리를 배웅하여 준 그 늙은 관리들을 기억한다. 그렇지만 그들도 우리와 같은 사람들이었다. 다만 시장하다는 것을 알지 못하고 있었다.

잠을 자게 내버려 두는 사람이 너무 많다.

몇 해 전에 먼 기차 여행을 하는 동안, 나는 사흘 동안을 갇혀, 사흘 동안을 바닷물에 밀려다니는 조약돌 소리의 포로가 되었던 움직이는 고향을 구경하고자 일어났다. 나는 새벽 한 시경에 열차를 끝에서 끝까지 건너질렀다. 침대차는 비어 있었다. 일등 찻간도 비어 있었다.

그러나 삼등 찻간에는 프랑스에서 해임되어 폴란드로 돌아가는 폴란드 노동자들이 수백 명 타고 있었다. 그래서 나는 사람들을 넘어가며 복도를 올라갔다. 나는 발을 멈추고 둘러보았다. 철야등(徹夜燈) 밑에 서서 나는 큰 방 같기도 하고 병영과 경찰서의 냄새를 풍기는 간막이 없는 그 객차 안에서 혼잡하게 특급 열차의 동요로 흔들리는 많은 민중을 보았다. 악몽에 파묻혀 그들의 곤궁을 다시 찾아가는 많은 백성이었다. 박박 깎은 큰 머리들이 나무 걸상 위에서 이리저리 뒹굴고 있었다. 남자, 여자, 어린애 할 것 없이 모두 그들의 망각 속에서 그들을 위협하는 그 모든 소음과 그 모든 요동에 공격당하는 것처럼 좌우로 몸을 뒤채고 있었다. 그들은 편안히 잠잘 수 있는 대접을 받지 못했다.

그리고 이제 그들은 인간의 자격을 반쯤 잃고, 내가 전에 폴란드 광부들의 창문틀에서 본 일이 있는 제라늄 화분이 셋 놓여 있는 손바닥만한 정원이 달린 지방의 작은 집에서 끌려나와 경제적 조류에 밀려 유럽의 이 끝에서 저 끝까지 쫓겨가는 것같이 느껴졌다. 그들은 엉성하게 비끌어매서 비죽비죽 속이 터져 나오는 짐짝에 부엌 세간과 담요와 커튼만을 끌어 모았었다. 그러나 그들이 쓰다듬고 예뻐하였던 것, 프랑스에서 사, 오 년 머무르는 동안 길들이게 되었던 고양이며 개며 제라늄을 그들은 모두 희생해야 하였고, 그 부엌 세간만을 가지고 가게 되었었다.

한 어린이가, 몹시 피곤해서 잠이 든 것같이 보이는 어머니의 젖을 빨고 있었다. 그 여행의 부조리와 무질서 속에서 생명이 옮겨지고 있었다. 나는 애의 아버지를 들여다보았다. 돌같이 무겁고 반들반들한 머리통이었다. 일옷 속에 갇혀 꼬부리고 불편한 잠을 자는, 쑥 나오고 우묵 들어가고 한 육체였다. 그 사람은 진흙 덩어리와 같았다. 밤중에 이제는 형체조차 없는 유실물들이 이렇게 시장의 나무 벤치 위에 무겁게 놓여 있는 것이다. 그래서 나는 생각하였다. 문제는 이 곤궁, 이 불결, 이 추한 것에 있는 것이 아니라고. 바로 이 남자와 바로 이 여자가 어떤 날 서로 알게 되어, 남자는 아마 여인에게 미소를 던졌으리라. 남자는 아마 일이 끝난 뒤에 여인에게 꽃을 갖다 주었으리라. 수줍고 서툴러서 그는 푸대접을 받을까 봐 겁을 먹었는지도 모른다. 그러나 여인은 천성인 미태(媚態)로 자기의 얌전함에 자신을 가지고 즐겨 그를 불안하게 하였는지도 모른다. 그리하여 오늘날은 땅을 파거나 망치질을 하는 기계에 지나지 않게 된 이 남자가 마음 속에 감미로운 고민을 맛보았던 것이다. 신비로운 것은 그들이 이 진흙 덩어리가 되고 말았다는 것이다. 그들이 어떤 지독한 거푸집을 거쳐 나오고 판박이 기계에서처럼 그 거푸집에서 판이 박혀 나왔단 말인가? 짐승은 늙어서 그 얌전한 모습을 그대로 지니고 있다. 어째서 그 아름다운 인간의 진흙은 망그러졌단 말인가?

나는 값싼 주막에서와 같은 꿈자리가 사나운 잠을 자는 그 군중 사이를 더 걸어다녔다. 씩씩거리는 코고는 소리와 분명치 않는 잠꼬대와 한쪽이 견딜 수가 없어서 다른 쪽으로 뒤쳐 보는 사람들의 미끄러지는 구두 소리가 뒤범벅이 된, 무어라 꼬집어 말할 수 없는 소리가 떠돌았다. 그리고 바닷물에 밀려다니는 조약돌 소리 같은 그 반주가 그저도 은은히 들려오고 있었다.

나는 어떤 부부의 맞은편에 앉았다. 남자와 여자 사이에 어린애가 그럭저럭 오목한 자리를 하나 만들어서 자고 있었다 그러나 자다가 몸을 돌리는 바람에 그의 얼굴이 철야등 밑에 내 눈 앞에 드러났다. 아! 얼마나 귀여운 얼굴이냐! 그 부부에게서 일종의 황금 과실이 열린 것이었다. 그 둔중한 옷속에서 아담하고 매력있는 결과가 나온 것이다. 나는 그 반들반들한 이마와 귀엽게 쑥 내민 입술을 바싹 들여다보며 생각했다. 이것은 음악가의 얼굴이다. 어린 모차르트다. 이것은 생명의 아름다운 약속이다. 동화에 나오는 어린 왕자들도 그와 다를 바 없었던 것이다. 보호해 주고 위해 주고 발전시켜 주면 이애도 무엇인들 되지 않겠는가! 돌연변이로 정원에 새 품종의 장미가 나면 모든 정원사들이 감격하지 않는가? 장미를 따로 옮겨 심어서 가꾸어 주고 우대해 주고 한다. 그러나 사람들을 위해서는 그런 정원사가 없다. 어린 모차르트도 다른 어린이들과 마찬가지로 판찍는 기계에 찍히고 말 것이다. 모차르트는 야비한 음악의 악취 속에서 썩은 음악을 가지고 자기의 최고의 기쁨을 삼을 것이다. 모차르트는 소용이 없게 되고 말았다.

이리하여 나는 내 객차로 돌아왔다. 나는 이렇게 생각하였다. 이 사람들은 자기들의 처지를 별로 고통스럽게 생각하지 않는다. 그러니까 여기서 나를 괴롭히는 것은 자선의 문제가 아니다. 영원히 터지고 다시 터지고 하는 상처를 애처롭게 생각하는 것이 문제가 아니다. 그 상처를 가진 사람들은 그것을 깨닫지 못한다. 여기서 상처를 입고 침해를 당하는 것은 개인이 아니라 인류 같은 그 무엇이다. 나는 동정을 믿지 않는다. 나를 괴롭히는 것은 정원사의 견지이다. 나를 괴롭히는 것은 결국은 나태에 습관이 되는 것과 같이 습관이 되고 마는 이 비참도 아니다. 동방인들은 대대로 비천 속에 살고 있으면서 그것을 낙으로 안다. 나를 괴롭히는 것을 인민의 수프는 고쳐 주지 못한다. 나를 괴롭히는 것은 그 우묵 파진 것도 쑥 내민 것도, 그 누추함도 아니고, 다만 그 한 사람 한 사람 안에서 모차르트가 살해당했다는 사실이 나를 약간 괴롭히는 것이다.

성신(聖神)만이 홀로 진흙 위를 불면 『인간』을 창조하시는 것이다.

야 간 비 행

생텍쥐페리 지음
安 應 烈 옮김

1

비행기 밑으로는 야산들이 벌써 황금빛 저녁 노을 속에 그 그림자가 짙어가고 있었다. 평야는 환해졌다. 그러나 그것은 언제까지나 변하지 않는 빛이었다. 이 지방에는 겨울이 지나도 평야에 오랫동안 눈이 남아 있는 것처럼, 저녁 황금 노을도 오래 남아 있다.

먼 극남(極南) 지방에서 부에노스아이레스를 향해서 파타고니아 선 우편기를 조종해오던 파비앙은, 어떤 항구의 수면처럼 그 고요함과 움직이지 않는 구름이 그려낼까말까한 그 잔주름 같은 표시로, 황혼이 가까워옴을 알았다. 그는 널식하고 복된 물굽이로 접어들고 있었다. 이 고요한 풍경 속에서 그는 마치 목동과 같이 느릿느릿 소풍이라도 하는 것처럼 생각할 수 있었을 것이다. 파타고니아의 목동들은 천천히 이 양떼에서 저 양떼로 옮아다니는데, 파비앙은 이 도시에서 저 도시로 돌아다녀, 작은 도시들의 목자가 되었었다. 두 시간마다 그는 강 기슭에 물을 마시러 오든가 들에 풀을 뜯어먹으러 오든가 하는 도시들을 만났다.

때로는 바다에서보다도 오히려 사람을 만나기 어려운 초원지대를 백 킬로미터나 지난 뒤에, 외따로 떨어져 목장의 출렁이는 물결 속에 사람을 잔뜩 태워가지고 뒤로뒤로 끌고 가는 듯싶은 농가를 만나기도 했다. 그러면 그는 비행기 날개를 흔들어 이 배에 인사를 했다.

『산줄리안이 보임. 우리는 십 분 안에 착륙하겠음.』

기내 무선사는 이 통보를 연선(沿線) 각 무전국에 보냈다.

마젤란 해협에서 부에노스아이레스에 이르는 이천 오백 킬로미터에 걸쳐, 비슷한 여러 기항지 비행장들이 널려 있었다. 그러나 산줄리안 비행장은 밤의 경계선 위에 놓여 있었다. 마치 아프리카에서 귀순부락 중의 맨 마지막 부락이 미지의 세계의 국경선 위에 놓여 있는 것과 같았다.

무전사가 종이 조각을 조종사에게 전했다.

「비와 천둥이 하도 심해서 천둥 소리가 수신기에서 왕왕거립니다. 산줄리안에서 쉬시렵니까?」

파비앙은 빙그레 웃었다. 하늘은 수조(水槽) 모양 고요하고, 그들의 전면에 있는 기항지 비행장에서는 어디서나 『맑음, 바람 없음.』이라고 통보해 보냈다. 그는 대답했다.

「그대로 계속해 갑시다.」

그러나 무전사의 생각으로는 과일 속에 벌레가 들어 있듯이, 어디엔가 뇌우가 자리잡고 있는 것 같았다. 밤 하늘은 아름답겠지만 그래도 이지러진 데가 있을 것이라고 생각되었다. 썩어들어가는 이 어둠 속으로 뛰어드는 것이 그는 싫었다.

엔진의 회전수를 줄여가며 산줄리안에 착륙할 때 파비앙은 몸이 개운하지 않았다. 인간의 생활을 부드럽게 해주는 모든 것이 그를 향해 오며 점점 커졌다. 그들의 집, 그들의 카페, 그들의 산책로의 가로수 따위가 다 그러했다. 그는 많은 정복을 성취하고 난 뒤에 자기 제국의 영토를 내려다보며 인간의 오죽잖은 행복을 발견하는 정복자와 같았다. 파비앙은 무기를 내려 놓고 무거워진 그의 몸과 뼈마디가 옥죄는 것을 깨닫고, 빈곤을 가지고도 재산이 있다고 생각할 수 있으니까, 그저 소박한 한 인간이 되어서 이제부터는 변함 없는 풍경을 창문으로 내려다보며 지내는 것이 절실한 욕망이기도 했었다. 이 손바닥만한 동네에서도 그는 살 수 있었을 것이다. 자기가 좋아하는 것을 골라잡은 뒤에는 자기 생활의 우연을 받아들이고 그것을 사랑할 수도 있는 것이 인간이다. 그것은 사랑과 같이 사람의 눈을 흐리게 한다. 파비앙은 여기에 오래 살며 여기서 영원에 한몫 들고 싶을 지경이었다. 왜냐하면 한 시간 동안을 살며 지나치는 조그만 도시들과 그 묵은 담 속에 갇혀 있는 정원들이 그에게는 자기와 관계없이 영원히 남아 있을 것으로 생각되었기 때문이다. 동네는 비행기를 향해 올라오고 그를 향해서 활짝 열려 있었다. 그러니까 파비앙은 우정이라든가, 상냥한 여자들이라든가, 흰 식탁보를 사이에 두고 아늑하게 식사를 한다든가 하는, 서서히 영원히 몸에 익혀지는 것들이 머리에 떠올랐다. 동네는 비행기 날개와 가지런히 흘러가며 둘러싼 담이 보호하지 못하는, 갇힌 정원의 신비를 드러내고 있었다. 그러나 착륙하고 나니까 파비앙은 돌담 사이로 조용히 움직이고 있는 사람 몇 명밖에는 아무것도 보지 못하였다는 것을 알게 되었다. 이 동네는 그의 부동성(浮動性)만을 가지고도 곧잘 자기 정열의 비밀을 지켜 나갔고 파비앙에게 아늑한 품을 내맡기기를 거절했다. 이 동네의 아늑한 품을 정복하려면 행동을 단념했어야 할 것이었다.

　십 분 간의 정기(停機)가 지나자, 파비앙은 다시 떠나야 했다.
　그는 산쥴리안을 돌아다보았다. 그것은 이미 한 줌의 빛, 그리고 한 줌의 별에 지나지 않았다. 그리고는 최후로 그의 마음을 이끄는 먼지마저 사라졌다.
　이제는 지침판이 안 보인다. 불을 켜야겠다.
　그는 스위치를 넣었다. 그러나 조종석의 붉은 램프가 지침 위에 쏟는 빛은 아직도 밝은 파란 빛 속에서 몹시 희미해져서 지침들을 붉게 비춰 주지는 못했다. 그는 전구 앞에 손가락을 갖다대 보았다. 손가락은 불그레하게 물이 들까말까하였다.
　「너무 이르군.」
　그렇지만 밤은 검은 연기 모양으로 피어 올라와 벌써 골짜기들을 캄캄하게 만들었다. 이제는 골짜기와 평야를 구별할 수 없게 되었다. 벌써 동네들에는 등불이 켜지고 그들의 성좌들이 서로 응답을 하고 있었다. 그러니까 그도 역시 손가락으로 현등(舷燈)을 켰다껐다해서 동네들에게 응답했다. 등화 신호를 보고 대지는 긴장하고 있었다. 모든 집이 각각 그의 별에 불을 켜서 마치 바다를 향해 등댓불을 켜놓듯, 커다란 밤을 향해 올려 보냈다. 인간 생명을 덮고 있는 모든 것이 벌써 반짝이고 있었다. 이번에는 밤으로 접어드는 것이, 어떤 말굽이에라도 들어가듯, 조용하고 아름답게 행해지는 것을 파비앙은 감상하고 있었다.

그는 조종석의 의자에 머리를 파묻었다. 지침의 라듐이 빛을 내기 시작했다. 조종사는 차례차례로 숫자를 점검하고 마음이 흡족했다. 그는 자기가 공중에 든든히 자리잡고 앉아 있음을 발견했다. 그는 손가락으로 강철제 양재(梁材)를 건드려 보았다. 그리고 그 금속 안에 생명이 흐르고 있음을 느꼈다. 금속은 진동은 하지 않았으나 살아 있었다. 엔진의 육백 마력이 그 물질 안에 아주 고요한 생명 줄기를 흐르게 해서, 그 얼음같이 찬 강철을 비로드와 같이 보드라운 살로 변하게 했다. 다시 한 번 조종사는 비행하는 동안 현기증도 취기도 느끼지 않고, 오직 살아 있는 육체의 신비로운 활동만을 느꼈다.

지금 그는 한 세계를 상으로 받았고, 거기에 편안히 자리잡기 위해서 팔꿈치를 놀리고 있는 중이었다.

그는 배전판을 또닥또닥 두드리고, 스위치를 하나하나 만져 보았다. 그리고는 몸을 약간 움직여 의자에 자리를 고쳐잡고, 움직이는 밤이 짙어지고 있는 이 다섯 톤의 금속의 움직임을 가장 잘 깨달을 수 있는 위치를 찾아보았다. 그런 다음 보조 램프를 더듬어 찾아 제자리에 갖다 놓고 한 번 놓았다가 다시 잡았다가 해서 굴러가지 않는 것을 확인하고는 다시 놓고 핸들을 하나하나 두드려 틀림없이 붙잡을 수 있도록 장님 세계에 대비해서 손가락을 훈련시켰다. 그리고 손가락이 그것을 잘 익히고 나서야, 비로소 그는 램프에 불을 켜서 조종석을 정밀 기계로 장식하고 물에 잠겨들어가듯이 밤 가운데로 뛰어드는 것을, 다만 지침판을 거쳐 지켜보았다. 그 다음, 아무것도 흔들리는 것이 없고, 진동하는 것도 없고, 떠는 것도 없고, 쟈이러스코프도 고도계도 엔진의 회전수도 일정한 대로 있는 것을 보자, 그는 가볍게 기지개를 켜고, 뒷덜미를 의자 등가죽에 갖다대었다. 그리고는 형언할 수 없는 희망을 맛보게 되는 비행중의 그 깊은 명상을 시작했다.

그래서 지금, 야경꾼 모양으로 밤 한가운데에서, 그는 밤이 보여 주는 인간, 즉 저 부르는 소리, 저 등불, 저 불안 따위를 발견한다. 어둠 가운데 홀로 반짝이는 저 별 하나, 저것은 외딴 집이다. 별이 하나 꺼진다. 저것은 사랑을 간직하고 문이 닫히는 집이다.

혹은 또 슬픔을 간직하고 문이 닫히는 것인지도 모른다. 그것은 나머지 세상에 대해서 신호를 보내지 않게 된 집이다. 그들의 램프 앞에서 탁자에 팔을 괴고 있는 저 농부들은 자기들이 희망하는 것이 무엇인지를 모른다. 그들은 자기들의 욕망이 그들을 둘러싸고 있는 크낙한 밤 가운데에서 그렇게까지 멀리 미친다는 것을 알지 못한다. 그러나 파비앙은 천 킬로미터나 떨어진 곳에서 오는 동안 숨쉬는 비행기를 깊은 공기의 물결이 추켰다내리쳤다할 적에, 또 전쟁하는 나라 같은 많은 뇌우 가운데를 거쳐오면서 달빛이 새어나오는 곳을 건너지를 때에, 또는 그 등불들을 차례차례로 정복한다는 기분으로 지나칠 적에, 이 욕망을 발견하는 것이다. 저 농사꾼들은 자기들의 등불이 그 초라한 탁자를 비추는 것으로 생각하지만 저들로부터 팔십 킬로미터나 떨어진 곳에서는 이 농부들이 무인고도(無人孤島)에서 바다를 향해 그것을 절망적으로 흔들고 있는 것같이, 벌써 그 등불의 부르는 소리를 마음속에 느끼고 있는 것이다.

2

이와 같이, 파타고니아 선(線), 칠레 선, 또 파라구아이 선의 우편기, 이렇게 세 대가 남쪽과 서쪽과 북쪽에서 부에노스아이레스를 향해 돌아오고 있었다. 부에노스아이레스에서는 자정쯤 유럽 행 비행기를 떠나 보내기 위해서, 이들이 실어오는 우편물을 기다리고 있었다.

세 조종사는 각각 지붕 달린 배와 같은 육중한 덮개 뒤에 앉아, 밤을 방황하며 그들의 비행을 명상하고 있었다. 그리고 그들은 뇌우가 몰아치거나 혹은 평온하거나 한 하늘에서 이 엄청나게 큰 도시를 향해, 마치 괴상하게 생긴 농부들이 산에서 내려오듯 천천히 내려올 것이다.

항공로 전체에 대해서 책임지고 있는 리비에르는 부에노스아이레스의 착륙장을 이리저리 거닐고 있었다. 그는 말이 없었다. 왜냐하면 이 비행기 세 대가 도착하기까지 오늘이 그에게 있어서는 몹시 무서운 날이기 때문이다. 매 분마다 전보가 오는 데 따라, 리비에르는 무엇인가를 운명의 손에서 빼앗고, 미지의 몫을 줄이고, 그의 탑승원들을 밤속에서 구해내서 해변까지 끌어온다는 것을 의식했다.

한 인부가 그에게 가까이 와서 무전국의 메시지를 전했다.

「칠레 선의 우편기에서 부에노스아이레스의 등불이 보인다는 통보를 보내왔습니다.」

「좋소.」

오래지 않아 리비에르에게는 이 비행기의 폭음이 들려올 것이다. 밀물과 썰물로 가득찬 바다가 그렇게도 오랫동안 가지고 놀던 보물을 해변에 돌려주듯, 밤이 벌써 비행기 한 채를 인도하는 중이었다. 조금 더 있으면 밤은 나머지 두 비행기도 내어 줄 것이다.

그렇게 되면 오늘 하루는 청산되는 셈이다. 그렇게만 되면 지친 탑승원들은 자러 가고, 새 탑승원들이 교대할 것이다. 그러나 리비에르에게만은 휴식이란 있을 수 없다. 이번에는 유럽 행 비행기 때문에 그는 새로운 불안을 짊어지게 될 것이기 때문이다. 그것은 언제나 변함없을 것이다. 언제까지나. 이 연공을 쌓은 분투가가 처음으로 자기가 피로하다는 것을 느끼고 놀라는 것이었다. 비행기가 도착하는 것은 전쟁을 끝마치고 행복한 평화시대를 열어 주는 그 승리가 될 수는 절대로 없을 것이었다. 그에게는 단지 이제부터 걸어야 할 천 개의 발걸음에 앞서 하나의 발 걸음을 떼어 놓은 것밖에 되지 않을 것이다.

리비에르는 자기가 오래 전부터 대단히 무거운 물건을 쳐들고 있는 것처럼 느꼈다. 휴식도 없고 희망도 없는 노력이라는 큰 짐을 말이다. 『나는 늙어 가는구나……』 행동 자체 안에서만 자기의 양식을 찾아내지 못하게 되었다면, 그는 늙어간다는 것이다. 그는 여지껏 한 번도 생각해 본 일이 없는 문제를 곰곰이 생각하게 되는 것이 이상하게 여겨졌다. 그런데도, 지금까지 그가 늘 물리쳐온 아늑한 느낌의 무리가 우울한 소리를 내며 그에게 달려드는 것이었다. 그것은 하나의 보이지 않는 대양(大洋) 같은 것이었다.『그래 그것들이 이렇게까지 내게 가까이 왔더란 말인가?……』그는 인간생활을 즐겁게 해주는 그것을 늙은 뒤『시간이 있을 때』로 조금씩 조금씩 미루어 왔다는 것을 깨달았다. 마치 사람이 어느 날 정말로 시간을 가질 수 있기나 한 것처럼, 마치 인생의 종말이 되면 그가 상상하는 그 평화를 차지하게 되기나 하는 것처럼 말이다. 그렇지만 평화라는 것은 있을 수 없다. 어쩌면 승리도 없을지 모른다. 모든 우편물이 다 도착해 버린다는 법은 없는 것이다.

리비에르는 늙은 직공장 르루 앞에서 걸음을 멈추었다. 르루도 역시 사십 년째 일하는 사람이었다. 그는 노동에 모든 힘을 바쳐왔다. 그는 밤 열 시나 자정이 되어서야 집으로 돌아가는데, 새로운 세계가 그 앞에 나타나는 것도 아니고, 일상 생활에서 도피해 나가는 것도 아니었다. 둔중한 머리를 쳐들고, 검푸르게 된 프로펠러 보스를 가리키며「요놈이 아주 단단히 버티었지만, 기어코 해치우고야 말았습니다.」고 말하는 이 사람에게 리비에르는 빙그레 웃어 보였다. 그리고 프로펠러 보스를 들여다보았다. 그에게 직업 의식이 돌아온 것이다.「공장에 말해서, 이 부속들을 좀더 빼기 쉽게 맞추라고 해야겠네.」그는 파진 곳을 손가락으로 또드락거려 보고 나서, 다시 르루를 유심히 들여다보았다. 그 깊게 파인 주름살을 보니까 우스운 질문이 그의 입술을 근지럽게 했다. 그는 그것이 우스웠다.

「르루, 자네는 일생 동안에 연애를 많이 했나?」

「연애요? 소장님, 무어 그다지.」

「자네도 나 같군, 시간이 없었단 말이지…….」

「뭐 별로 시간이…….」

리비에르는 대답이 슬픈 기색을 띠었나 알아보려고 그의 목소리를 유심히 들었다. 그러나 대답에 애조는 느껴지지 않았었다. 이 사람은 자기의 과거 생활에 대해서 훌륭한 널판을 다듬어 놓은 목수가 느끼는 것 같은『자, 됐다.』하는 고요한 만족감을 느끼고 있었다.

『자, 내 일생도 다 되었다.』고 리비에르는 생각했다.

그는 피로에서 오는 서글픈 생각을 모두 물리쳐 버리고 격납고 쪽으로 발길을 돌렸다. 칠레 선의 비행기가 폭음을 내고 있었으니까.

3

멀리서 들려오는 저 엔진 소리가 점점 더 크게 들렸다. 폭음이 익어갔다. 불들이 켜졌다. 항공 표지의 붉은 전등들이 격납고와 무전탑과 사각형의 착륙장의 위치를 보여 주었다. 잔치를 준비하는 것이었다.

「왔다!」

비행기는 벌써 탐조등(探照燈)의 빛살 속을 구르고 있었다. 어떻게나 번쩍거리는지 새 비행기같이 보이기조차 했다. 그러나 이윽고 비행기가 격납고 앞에 머물고, 기공들과 인부들이 몰려와 우편물을 내리기 시작하는데 페르랭 조종사는 꼼짝 않고 있었다.

「아니, 내리지 않고 뭘 하는 거야?」

어떤 신비로운 일에 골몰하고 있는 조종사는 대답할 생각조차 하지 않았다. 아마 그는 자기 안을 지나가는 비행시의 폭음에 아직도 귀를 기울이고 있는 것이리라. 그는 서서히 머리를 끄덕이고, 몸을 앞으로 굽혀 무엇인가를 만지작거리고 있었다. 이윽고 그는 자기 상사들과 동료들에게로 몸을 돌리고 자기 소유물이라도 둘러보듯 점잖게 그들을 둘러보았다. 그는 저들을 세어 보고 달아 보고 하는 것 같았다. 그리고 그 사람들과 명절날같이 환히 밝혀 놓은 이 격납고를, 그리고 이 딱딱한 콘크리트 바닥과 또 좀더 멀리 떨어진 저 분주한 도시와 그 여인들과 그 열기를 자기가 땄다는 생각을 했다. 그는 자기의 널직한 양손에 이 사람들을 자기 백성들과 같이 쥐고 있는 것이었다. 저들을 만질 수도, 저들의 목소리를 들을 수도, 저들을 욕할 수도 있었으니까. 그는 처음에 저들이 무사태평하게 살며 달이나 구경하면서 우두커니 있다고 욕을 해줄까 하고 생각했으나 그러나 마음 무른 소리가 나왔다.

「……한 잔 내게들!」

그리고는 비행기에서 내렸다.

그는 자기 비행기에 대해서 말하고 싶었다.

「오늘은 참말이지! ……」

이만하면 다들 알아들었으리라고 생각하고, 그는 가죽으로 만든 비행복을 벗으러 갔다.

음울한 감독과 말수가 적은 리비에르와 그를 태운 자동차가 부에노스아이레스를 향해 달릴 때 그는 서글퍼졌다. 일을 그르치지 않고 해치우는 것이라든지, 땅에 내려서면서 원기있게 굵직한 욕지거리를 해대는 것이 즐거운 일이기는 하다. 그것은 얼마나 힘찬 기쁨이냐 말이다. 그러나 그 다음 지난 일을 회상할 때에는 무엇인가에 대해서 의심이 나는 것이다.

태풍 속에서의 싸움, 적어도 그것은 실제로 있었던 일이고 진실한 것이다. 그러나 사물의 얼굴은, 그것들이 혼자만 있다고 생각하는 때의 얼굴은 진실하지가 않다. 그는 생각했다.

『그건 꼭 혁명과 같은 것이다. 얼굴들이 약간 창백해지는 정도지마는 실제적으로는 몹시도 변하는 것이다!』

그는 생각해내려고 애썼다.

그는 태평스럽게 안데스 산맥 위를 날고 있었다. 겨울 눈들이 아주 평화로운 모습으로 그 위를 덮어 누르고 있었다. 마치 오랜 세월이 지나면서 사람이 살지 않는 고성(古城)에 평화가 깃들 듯이, 겨울 눈이 그 어마어마한 덩어리 위에 평화를 깃들게 했었다. 길이 이백 킬로미터나 되는 가운데에 사람 하나, 생명의 호흡 하나, 노력 하나 없었다. 오직 육천 미터 높이에서 스치며 지나다니는 깎아지른 듯한 산봉우리들과 수직으로 떨어지는 암석의 외투와 기가 막힌 정적만이 있을 뿐이었다.

투풍가토 봉(峰) 근처에서였다……. 그는 곰곰이 생각했다. 그렇다, 그가 어떤 기적을 체험한 것은 그곳이었다.

그것은 기적이라고 할 만했다. 처음에 그는 아무것도 보지 못하고, 다만 자기 혼자만이 있다고 생각했는데, 혼자가 아니고, 누가 보고 있을 때 느끼는

것 같은 거북살스러운 느낌이 들었었다. 그는 너무 늦게 또 어떻게 되었는지
알지 못하는 채, 자기가 분노에 둘러싸여 있다는 것을 느꼈다.

　그것이 바위들 틈에서 스며나온다는 것을, 그것이 눈에서 솟아나온다는
것을 그는 무엇으로 짐작했던가. 왜냐하면 아무것도 그를 향해 오는 것이
없는 것 같았고, 어떤 음흉한 폭풍도 다가오는 것이 없었으니까 말이다.
그런데도 겨우 다를까말까한 세계가 당장에 딴 세계에서 생겨나고 있었다.
페르랭은 웬지 알 수 없게 가슴을 죄며 회색 빛이 약간 더 짙을까말까한,
그 더럽혀지지 않은 산봉우리들, 그 산등성이들, 그 눈 덮인 산봉우리들이
한떼의 민중 모양으로 설렁거리기 시작하는 것을 바라보았다.

　싸워야 할 것이 없는데도 그는 핸들을 잡은 손에 힘을 주었다. 그가 이
해하지 못하는 무슨 일이 일어나려고 하는 중이었다. 뛰어오르려는 짐승처럼
그는 근육을 긴장시켰다. 그러나 그의 눈에는 고요하지 않은 것이 아무것도
보이지 않았다. 그렇다, 고요하기는 했다. 그러나 이상스러운 힘을 지니고
있는 고요함이었다.

　그 다음은 모두가 날카로워졌다. 그 산등성이며 그 산봉우리들이며, 모두가
날카로워졌다. 그것들이 뱃머리 모양으로 세찬 바람을 뚫고 들어가는 것같이
느껴졌다. 그런 다음, 그 뱃머리들이 전투 위치에 배치되는 어마어마한 배
들처럼, 그의 둘레를 이리저리 돌아다니는 것 같았다. 그리고는 공기에 섞여
먼지가 일었다. 그 먼지는 돛 모양으로 눈을 스치며 천천히 올라와 퍼졌다.
그래서 그는 어쩔 수 없이 퇴각하는 경우에 빠져나갈 구멍을 찾으려고 돌
아다보다가 몸을 덜덜 떨었다. 안데스 연봉(連峰)이 뒤에서 부글부글 끓어
오르고 있기 때문이었다.

　「이젠 죽었구나.」

　앞쪽에 있는 한 산봉우리에서 눈이 솟아올랐다. 눈을 뿜는 화산 같았다.
그리고는 약간 오른쪽에 있는 다른 봉우리에서, 그 다음은 모든 산봉우리가
차례차례로 어떤 보이지 않는 달음박질꾼에 부딪친 것처럼 불이 붙었다.
공기의 첫번 동요와 더불어 조종사 둘레에 있는 산들이 흔들리기 시작한
것이 그때였다.

격심한 행동은 자취를 별로 남겨 놓지 않는 법이어서 그는 자기를 엄습했던 저 커다란 동요를 이미 기억 속에서 찾아낼 수가 없었다. 다만 자기가 그 회색 불꽃 속에서 미친 듯이 몸부림치며 싸웠다는 것이 생각날 뿐이었다.

그는 곰곰이 생각해 보았다.

태풍은 아무것도 아니다. 살아날 수가 있다. 그러나 그 전에! 그것과 맞부닥뜨리게 될 적에는 기가 막힌다!

그는 그 수많은 모습 중에서 한 모습을 알아내는 것같이 생각되었으나, 그것마저 이미 잊어버렸었다.

4

리비에르는 페르랭을 들여다보고 있었다. 이 사람이 이십 분 후에 차에서 내리면, 노곤하고 몸이 무겁다는 기분으로 군중 속에 들어가 섞일 것이다. 그는 아마 『아아 피곤하다……. 더러운 놈의 직업이야!』하고 생각할 것이다. 그리고 또 그의 아내에게는 『안데스 산 위보다는 여기가 낫지.』하는 따위의 말을 할 것이다. 그런데도 사람들이 그렇게 강한 애착을 느끼는 것이 모두 그의 관심을 거의 끌지 못했다. 그는 바로 전에 그것들이 얼마나 하찮은 것인가를 경험하였으니까. 그는 몇 시간 동안을 그 배경의 뒤쪽에서 살며, 자기가 이 도시를 그 등불들 속에서 다시 볼 수 있는지 알지 못했었다. 그뿐 아니라, 귀찮기는 하나 친밀감이 느껴지는 그 어렸을 때부터의 벗인 인간들의 그 작은 약점까지도 모두 다시 볼 수 있는지 알지 못했었다. 리비에르는 생각했다. 『어떤 군중 속에든지, 그 사람이라고 꼬집어낼 수는 없지만, 놀라운 사명을 띠고 있는 사람들이 들어 있다. 그 사람들 자신도 그것을 모르고 있지만. 하기는……』

리비에르는 어떤 탄복자(歎服者)들도 싫어했다. 그들은 모험의 신성한 성격을 이해하지 못하여, 그들의 감탄은 그 모험의 의의를 모독하고, 모험을 행한 사람의 가치를 줄어들게 하기 때문이었다. 그러나 페르랭은 다만 어떤 광선 밑에서 엿본 세계가 어떤 값어치가 있는지를 누구보다도 잘 알고 있으며, 속된 찬사를 아주 경멸하는 태도로 물리칠 수 있는 위대함을 완전히 지니고 있었다. 그래서「리비에르는 어떻게 잘 해치웠나?」하고 그를 칭찬했다. 그리고 페르랭이 직업에 대한 말만 하고, 자기가 해치운 비행에 대해 대장장이가 모루 이야기를 하듯 하는 것을 좋아했다.

페르랭은 우선 도망갈 길이 끊어졌더라는 것을 설명했다. 그는 거의 용서라도 청하는 듯했다. 그래서「저는 달리 할 도리가 없었습니다.」그런 다음, 눈이 앞을 가로막는 바람에 아무것도 보이지 않았지만 세찬 기류가 그를 칠천 미터 높이까지 올려 주어서 그는 구원받았다는 것이다.「저는 산맥을 넘어 비행하는 중에 주욱 산봉우리와 가지런한 높이로 난 모양입니다.」그는 또 눈이 틀어막으니까 쟈이러스코프의 통풍공(通風孔)은 위치를 바꿔야 되겠다는 말도 했다.「성에가 하얗게 낀단 말입니다.」조금 지나서는 다른 기류가 페르랭을 삼천 미터까지 내리질렀었다. 그는 어째서 아직 아무 물건과도 충돌을 하지 않는지 알 수가 없더라는 것이다. 그것은 그가 이미 평야 위를 비행하고 있었기 때문이었다.「나는 별안간 맑게 개인 하늘로 접어들면서야 그것을 깨달았어요.」그는 마침내, 그때에는 움막에서 나오는 것 같은 느낌이었다고 설명했다.

「멘도사에도 폭풍설이던가?」

「아아니오. 쾌청무풍한 가운데 착륙했어요. 하지만, 폭풍이 내 뒤를 바싹 따르고 있었습니다.」

그는『그래도 그건 이상한 것』이었기 때문에 그 폭풍을 묘사했다. 꼭대기는 아주 높게 눈구름 속에 잠겨 있는데, 아래쪽은 검은 용암이 흐르듯 평야 위에 서리고 있는 것이었다. 하나씩 둘씩 도시들이 폭풍설에 잠겨들어갔다. 「난 그런 걸 여태껏 본 일이 없습니다……」그리고는, 무슨 생각이 났는지 입을 다물었다.

리비에르는 감독을 돌아다보았다.

「그건 태평양에서 불어오는 태풍이었지. 우리는 경보를 너무 늦게 받았단 말이야. 하긴, 이 태풍은 안데스 산맥을 넘어오는 일이 없거든.」

이번 태풍이 동쪽을 향해서 그 줄기찬 달음질을 계속하리라는 것을 예측할 수는 없었던 것이다.

거기 대해서 아무것도 모르는 감독은 고개만 끄덕였다.

감독은 망서리는 섯 같더니 페르랭 쪽으로 몸을 돌리고, 목줄내를 눌렀다. 그러나 그는 입은 열지 않았다. 잠깐 생각하더니, 자기 앞을 똑바로 내다보는 것으로 그 우울한 위엄을 회복했다.

그는 짐을 들고다니듯 이 우울을 지니고 다녔다. 꼬집어 말할 수 없는 무슨 일 때문에 리비에르가 오라고 해서 그 전날 아르젠티나에 도착한 그는 커다란 양손과 감독으로서의 위엄을 거북스럽게 몸에 지니고 있었다. 그는 허황된 공상이나 시상(詩想)을 칭찬할 권리가 없었다. 그는 직책상 성실을 칭찬했다. 그는 함께 한 잔 술을 나눌 권리도 없었고, 동료에게 반말을 지껄일 권리도 없고, 있을 수 없다고 할 정도로 아주 우연히 같은 기항지 비행장에서 다른 감독하고라도 만나지 않는 한, 농담 한 마디 할 권리도 없었다.

『재판관 노릇을 하기란 힘든 일이로구나.』하고 그는 생각했다.

사실에 있어서, 그는 판단을 하는 것이 아니고, 머리를 끄덕이는 것이었다. 아무것도 모르니까, 만나는 것 앞에서 모두 천천히 머리만 끄덕였다. 그것은 사람들의 양심을 불안스럽게 만들고 회사의 물자를 유지시키는 데에 이바지했다. 왜냐하면 감독이라는 것은 사랑의 즐거움을 누리기 위해서가 아니고, 보고하기 위해서 만들어졌기 때문이다. 그는 리비에르에게서 다음과 같은 편지를 받은 뒤로는 그 보고에 무슨 새로운 제도라든가 기술상의 해결책을 제출하는 것을 단념했었다.『로비노 감독은 시(詩)가 아닌 보고를 우리에게 제출해 주기 바랍니다. 로비노 감독은 그 능력을 유효하게 발휘해서 직원들의 정신을 고무해야 합니다.』그래서 그는 그때부터 매일 먹는 빵에 덤벼들듯 사람들의 결점을 파고들었다. 술을 마시는 기계공에게, 밤을 새우는 비행장 주임에게, 착륙할 적에 비행기를 덜커덩 뛰게 하는 조종사에게 덤벼들었다.

리비에르는 그를 두고 이런 말을 했다.『그는 별로 똑똑하지 못하다, 그래서 쓸모가 많은 사람이다.』리비에르가 만들어 놓은 규칙은, 리비에르에게 있어서는 사람들을 알아본다는 것이었다. 그러나 로비노에게 있어서는 규칙을 안다는 것밖에는 아무것도 없었다.

「로비노, 지각해서 출발하는 사람에게는 일체 정근 상금은 주지 말아야 합니다.」 하고 어떤 날 리비에르가 말한 적이 있었다.

「불가항력의 경우에도요? 안개가 끼었을 때도요?」

「안개가 끼었을 때도.」

이리하여, 로비노는 불공평한 처사를 하는 것도 꺼리지 않을 만큼 아주 꿋꿋한 상사를 가진 것을 일종의 자랑으로 여겼다. 로비노 자신도 이토록 무례한 권한에서 어떤 위엄을 받아낼 수 있었다.

그 다음에, 그는 비행장 주임들에게 늘 이런 말을 했다.

「여섯 시 십오 분에 출발시켰으니, 당신에게 상금을 줄 수가 없게 되었습니다.」

「하지만, 로비노 씨, 다섯 시 반에는 십 미터 앞도 내다보이지 않았는걸요!」

「그건 규칙이니까요.」

「하지만, 로비노 씨, 우리는 안개를 쓸어 버릴 수는 없지 않습니까?」

그러면 로비노는 그의 신비 속으로 숨어들어가는 것이었다. 그는 회사의 지도급 인물이었다. 팽이 같은 이 사람들 중에서 홀로 그만이, 직원들을 벌함으로써 어떻게 날씨를 개선해 나갈 수 있는지를 알고 있었다.

「그 사람은 아무것도 생각하지 않는다. 그러니까 잘못 생각하지 않게 된다.」고 리비에르는 말했다.

조종사가 기체를 파손하면, 보전(保全) 상금을 잃게 되어 있었다.

「그러나 수풀 위에서 고장이 일어났을 경우에는요?」 이렇게 로비노는 물었다.

「수풀 위에서 일어났을 적에도.」

그래서 로비노는 하라는 대로 실행했다.

그 후, 그는 대단히 기분 좋은 말투로 이런 말을 했다.

「미안하지만, 아주 대단히 미안하지만 말입니다. 다른 곳에서 고장을 일으켰어야 했어요.」

「그렇지만, 로비노 씨, 그걸 마음대로 합니까 ?」

「규칙이 그러니까요.」

리비에르는 생각했다.

『규칙이란 것은, 종교 의식과 비슷한 것인데, 이 종교 의식은 조리 없는 것 같아 보이지마는, 인간을 도야하는 것이다.』리비에르에게 있어서는 공평하게 보이거나 불공평하게 보이거나 하는 것은 아랑곳없었다. 어쩌면 그에게 있어서는 이 말들이 의미를 가지지 않는 것이었는지도 모른다. 작은 도시의 소시민들이 저녁때에 음악당 둘레를 거닐고 있는데, 리비에르는 이런 생각을 했다.『이들에게 공평하다든가 불공평하다든가 하는 것은 의미없는 일이다. 그들은 존재하지 않는 것이니까.』그에게 있어서 사람은 반죽을 해서 만들어야 할 날밀초였다. 이 물질에 영혼을 불어넣고 의지를 창조해 주어야 하는 것이었다. 그는 이렇게 엄격히 해서 그들을 억압할 생각은 없었다. 다만 그들을 그들 자신에게서 해탈하게 할 생각이었다. 그가 이렇게 어떤 이유에 의한 지각이든지 벌하는 것은 물론 불공평한 일이기는 했다. 그러나 각 비행장의 의지를 출발 쪽으로 긴장시켰다. 그는 이 의지를 창조하는 것이었다. 부하 직원들이 일기가 불순한 것을 휴식에 조대받은 것처럼 좋아하지 못하게 함으로써, 그는 저들에게 일기가 회복되는 것을 조바심을 치며 바라게 했다. 그래서 아주 오죽잖은 일꾼까지도 기다리는 것을 은근히 부끄럽게 생각했다. 이렇게 해서, 갑옷을 두른 듯한 안개가 조금이라도 빈틈이 생기면 그것을 이용할 수가 있었다.「북쪽이 벗어졌다. 출발하자 !」

리비에르의 덕택으로, 만오천 킬로미터에 걸쳐 우편기를 위하는 마음이 모든 것을 초월하게끔 되었던 것이다.

리비에르는 가끔 이런 말을 했다.

『저 사람들은 자기들이 하는 것을 사랑하니, 행복하다. 그리고 저들이 그것을 사랑하는 것은 내가 엄격하기 때문이다.』

그는 어쩌면 아랫사람들을 괴롭힐지도 모른다. 그러나 그들에게 벅찬 기쁨을 마련해 주기도 했다.『괴로움도 기쁨도 모두 끌고 가는 강인한 생활을 향해서 저들을 밀어 주어야 한다. 그런 생활만이 값어치가 있는 것이거든.』
이렇게 그는 생각했다.

　자동차가 시내로 들어서자, 리비에르는 회사 사무소로 데려다 달라고 했다.
페르랭과 둘이서 차에 남아 있던 로비노가 조종사를 쳐다보며 무슨 말을
하려고 입을 벌렸다.

5

　그런데 로비노는 그날 저녁 풀이 죽어 있었다. 그는 승리자 페르랭 앞에서
자기의 생활에 빛이 없음을 발견한 것이었다. 특히 그가 깨달은 것은, 로
비노라는 자신이, 감독이라는 명칭과 거기에 따르는 권능을 가졌음에도 불
구하고, 몸이 지칠 대로 지쳐서 눈을 감고, 손에는 시꺼멓게 기름이 묻은
채, 차 한구석에 웅크리고 있는 이 사람보다 가치가 적다는 사실이었다.
처음으로 로비노는 감탄하는 마음이 우러났다. 그는 그것을 말로 표현하고
싶었다. 그는 무엇보다도 우정을 차지하고 싶어졌다. 그는 여기까지 온 여행과
또 그날의 실패 때문에 풀이 죽었었다. 혹은 자기 자신을 우스꽝스럽게
생각했는지도 모른다. 오늘 저녁, 그는 휘발유 재고량을 조사하다가 계산이
틀렸었다. 그래서 자기가 잘못을 알아냈으면 했던 바로 그 직원이 하도 딱해서
계산을 끝마쳐 주었었다. 그러나 무엇보다도, B6호형 오일 펌프를 맞춘 것을,
B4호형 오일 펌프로 잘못 알고서 나무랐던 것이다. 약아빠진 기계공들은
『도무지 용서받을 수 없는 무식』이라고 할 그의 무식을 자기 자신이 이십
분 동안이나 마구 비판하게 가만 내버려 두었었다.
　그는 또 자기 호텔 방이 무서워졌다.
　툴루즈에서 부에노스아이레스까지 이르는 동안, 일을 하고 나서는 어김
없이 찾아가는 곳이 자기 호텔 방이었다. 그는 무거운 비밀의 짐을 지닌
양심을 안고 그 방에 들어박혀, 트렁크에서 종이 한 다발을 꺼내 놓고, 천천히

보고서를 쓴답시고 서너 줄 쓰다가는 모두 찢어 버리고 했다. 그는 회사를 중대한 위험에서 구해내고 싶었는데, 회사는 아무런 위험도 없었다. 지금까지 그가 구해낸 것이란, 녹이 슬은 프로펠러 보스 하나밖에는 거의 없었다. 그는 몹시 험악한 얼굴로 어떤 비행장 주임 앞에서 손가락으로 그 녹슨 것을 가리켰었다. 그런데 그 주임은 그에게 이렇게 대답했었다. 「그건 앞에 있는 비행장에 말씀하십시오, 이 비행기가 거기서 온 길이니까요.」로비노는 이리하여 자기 역할이 무엇인지 의심이 날 지경이었다.

그는 페르랭에게 접근하고 싶어서 한 마디 해보았다.

「오늘 저녁 나하고 같이 식사 안 하시렵니까? 같이 이야기를 좀 해야겠어요. 내 직업이 어떤 때는 견디기 어려운 일이라……」

그리고는 자기를 너무 갑자기 낮추지 않을 작정으로 고쳐서 덧붙였다.

「나는 책임이 하도 중해서!」

그의 하급 직원들은 로비노를 자기네 사생활에 들이기를 별로 좋아하지 않았다. 각자가 이런 생각을 했다.

『보고할 건더기를 아직 발견하지 못했으면, 그자는 허기가 져서 나를 잡아먹을 거다.』

그러나 이날 밤, 로비노는 자기의 비참한 처지 외에는 염두에 있는 것이 없었다. 골치아픈 습진으로 괴로움을 당하는 것이 그의 유일한 진짜 비밀이었는데, 그는 그 이야기를 해서 동정을 받고 싶었다. 그리고 오만 가운데에서 위로를 받을 수 없으므로, 겸손 속에서 그것을 찾아보려 했다. 그는 또 프랑스에 한 정부(情婦)를 두고 있었는데, 출장 여행에서 돌아온 날 밤에는 감찰(監察) 이야기를 해서 그 여자를 좀 현혹시키고 자기를 사랑하도록 만들려고 했지만, 그 여자가 그를 싫어했다. 그래서 그 여자 이야기도 하고 싶었던 것이다.

「그럼 같이 식사를 하시지요?」

페르랭은 마음 좋게 승낙했다.

6

리비에르가 부에노스아이레스 사무소에 들어섰을 때, 사무원들은 꾸벅꾸벅 졸고 있었다. 그는 외투도 벗지 않았다. 그는 영원한 길손 같아 보였다. 그의 작은 키는 공기를 아주 조금밖에는 움직이지 않고, 반백이 된 그의 머리와 특색 없는 옷은 모든 배경과 하도 잘 어울려서, 그는 거의 사람들의 눈에 띄지 않고 출입할 지경이었다. 그런데도 어떤 직원들은 갑자기 열을 내기 시작했다. 사무원들은 놀라고, 계장은 급히 마지막 남은 서류를 조사하고, 타이프 라이터는 또드락거리기 시작했다.

전화 교환수는 교환대에 접속전(接續栓)을 꽂고 두꺼운 장부에 전보를 적어 넣었다.

리비에르는 자리에 앉아서 전보를 읽었다.

칠레 선 비행기의 시련을 겪은 뒤, 그는 행복된 하루의 역사를 되읽고 있었다. 그것은 일들이 저절로 순조롭게 되어, 비행기가 지나간 비행장들이 차례차례로 보내 주는, 전보가 승리에 대한 간단한 보고라고 느껴지는 날 이었다. 파타고니아 선의 비행기도 진행이 빨랐다. 바람이 남에서 북으로 불어 그 유리한 큰 물결을 밀어 주었기 때문이었다.

「기상 보고를 이리 주게.」

각 비행장이 밝은 날씨와 맑게 개인 하늘과 순풍을 자랑하고 있었다. 황금빛 저녁이 아메리카를 덮고 있었다.

리비에르는 사물이 그렇게 열심을 내는 것이 기뻤다. 지금 저 우편기는 어디에선가 밤의 모험을 하고 있지만 그러나 아주 좋은 상태에서 싸우고 있을 것이다.

리비에르는 장부를 밀어 놓았다.

「좋아.」

그리고 세계의 반쪽을 지키는 야경꾼으로서, 일하는 것을 한 번 둘러보기 위해서 밖으로 나갔다.

열린 창문 앞에서 그는 걸음을 멈추고 밤을 이해하였다. 밤은 부에노스아이레스를 둘러싸고 있었다. 그러나 또 넓고 넓은 성당 신자석같이 아메리카를 둘러안고 있기도 했다. 그는 이 위대한 감각을 이상하게 여기지는 않았다. 칠레 산티아고의 하늘은 외국의 하늘이다. 그러나 우편기가 칠레의 산티아고를 향해 떠나기만 하면, 이 항공로의 끝에서 끝까지 사람들은 높다란 한 지붕 밑에서 사는 것이었다. 지금 무전기의 수화기로 그 목소리를 붙잡으려고 등대하고 있는 다른 한 대의 우편기로 말하더라도, 파타고니아의 어부들은 그 현등이 반짝이는 것을 볼 수 있을 것이다. 비행중인 비행기에 대한 걱정, 그것은 엔진의 요란한 소리와 함께 리비에르를 내리눌렀으나, 여러 수도와 여러 지방들을 내리누르기도 했다.

이 활짝 개인 밤 하늘에 행복감을 느끼며, 그는 질서가 문란했던 밤, 비행기가 위험스럽게도 깊이 빠져들어가 구조하기가 무척 힘들 것같이 생각되던 밤이 생각났다. 부에노스아이레스의 무전국에서는 천둥 소리의 잡음과 섞여서 들려오는 그 비행기의 호소에 귀를 기울였다. 이 캄캄절벽인 모암(母岩) 밑에서는 금과 같은 아름다운 음파는 잘 들리지 않았다. 밤의 장애물들을 향해 무턱대고 쏘는 화살같이 달려들고 있는 우편기의 단조(短調)의 노래 속에는 얼마나 애절한 감정이 들어 있었던가!

밤샘을 하는 날 밤, 감독이 있을 자리는 사무실이라고 리비에르는 생각했다.
「로비노를 찾으러 보내게.」

로비노는 지금 한 조종사를 친구로 만들려고 하는 참이었다. 그는 호텔에서 자기 트렁크를 열어 보였다. 그 트렁크에서는 감독을 보통 남자들과 비슷한 사람으로 만드는 자잘한 물건들이 나왔다. 야한 와이셔츠와 화장 도구, 그리고 말라빠진 여자의 사진 한 장, 이 사진을 감독은 벽에 꽂았다. 그는 이렇게 자기의 소원과 애정과 후회에 대해서 페르랭에게 겸손된 고백을 하고 있었다.

자기의 보물들을 초라한 순서로 늘어놓는 것으로, 그는 조종사 앞에 자기의 비참을 펼쳐 보였다. 그것은 정신적 습진이었다. 그는 자기의 감옥을 보여 주는 것이었다.

 그러나 로비노에게도 다른 모든 사람에게나 마찬가지로 조그마한 광명이 하나 있었다. 그는 트렁크 밑에서 소중하게 싼 조그마한 주머니를 끄집어 내면서 크나큰 기쁨을 느꼈다. 그는 아무 말없이 오랫동안 그것을 또드락 거렸다. 그리고 마침내 손을 펴고 말했다.

 「이건 사하라에서 가져온 겁니다…….」

 감독은 이런 속내이야기를 꺼내 놓는 것이 부끄러웠다. 그는 그의 회한 (悔恨)과 불운한 결혼 생활과 그 모든 회색 현실에서, 신비의 세계의 문을 열어 주는 거무스름한 조약돌을 통해 위로받아왔던 것이다. 좀더 얼굴을 붉히며,「브라질에도 이와 같은 돌이 있지요.」라고 했다.

 페르랭은 아득한 공상의 세계를 헤매고 있는 감독의 어깨를 두드렸다.

 페르랭은 또 감독을 어색하지 않게 하려고 물었다.

 「지질학을 좋아하십니까?」

 「그게 내 낙이랍니다.」

 그의 생애에는 오직 돌들만이 그에게 아늑한 느낌을 주었었다.

 로비노는 사람이 부르러 왔을 때에 서글픈 생각이 들었으나 이내 위험을 벗어났다.

 「리비에르 씨가 무슨 중대한 결정을 하기 위해서 나와 의논을 하겠다니, 가봐야 하겠습니다.」

 로비노가 사무실에 들어갔을 때에, 리비에르는 감독 생각은 까맣게 잊어 버리고 있었다. 그는 회사의 항공망이 붉은 줄로 기입되어 있는 벽 지도 앞에서 명상에 잠겨 있었다. 감독은 그의 명령을 기다렸다. 한참 지나서, 리비에르는 머리를 돌리지 않은 채 그에게 물었다.

 「로비노, 당신은 이 지도를 어떻게 생각하시오?」

 공상에서 깨어날 때에, 그는 가끔 수수께끼를 내놓는 일이 있었다.

 「이 지도요, 주임님…….」

 사실을 말하자면, 감독은 그 지도에 대해서 아무런 생각도 가지고 있지 않았다. 다만, 무뚝뚝한 표정으로 지도를 자세히 들여다보며, 유럽과 아메리카를 대충 시찰하고 있었다. 하기는, 리비에르는 자기의 명상을 그대로 계속하며, 감독에게는 그 생각하는 바를 알리지 않았다. 『이 항공망의 얼굴은 아름답기는 하지만 가혹하다. 그것은 우리에게서 많은 생명, 많은 젊은이를 빼앗아갔다. 그것은 이루어진 물건들이 지니고 있는 위엄을 뽐내며 여기에 버티고 있지만, 또 얼마나 많은 문제를 내놓는 것인가!』그러나 로비노에게 있어서는 목적이 모든 것에 앞서는 것이었다.

로비노는 그의 곁에 서서 여전히 앞에 있는 지도를 똑바로 들여다보다가, 차차로 몸을 젖혔다. 그는 리비에르에게서는 아무런 연민도 바라지 않았다.

그는 언젠가 한 번, 자기가 우스운 병으로 인해서 일생을 망쳤다는 것을 고백했었는데, 리비에르는 퉁명스럽게 이렇게 대답했다. 「잠을 자지 못하게 한다면, 당신의 활동을 도와 주기도 하겠구려.」

그것은 반 농담에 지나지 않았다. 리비에르는 늘 이런 말을 했다. 불면증이 어떤 음악가에게 좋은 작품을 창작하게 한다면, 그것은 좋은 불면증이다. 하루는 르루를 가리키며 이렇게 말했다.

「저것 좀 봐요, 사랑을 멀리 달아나게 하는 저 추한 모습이 얼마나 아름다우냐 말이야…….」

르루가 가진 위대함은, 어쩌면 그의 인생을 오직 그 직업에 바치게 만든 그 추모의 덕택이었는지도 모른다.

「당신은 페르랭하고 대단히 친숙합니까?」

「그……」

「그걸 나무라는 건 아닙니다.」

리비에르는 뒤로 돌아서서 머리를 숙이고 자착자착 걸었다. 로비노도 그 뒤를 따라다녔다. 리비에르의 입술에 쓸쓸한 미소가 떠올랐으나 로비노는 그것이 무엇 때문인지를 알지 못했다.

「다만…… 다만, 당신은 상사란 말이오.」

「예.」 하고 로비노는 대답했다.

리비에르는 매일 밤 하늘에서 한 행위가 연극의 줄거리 모양으로 이렇게

엮어지는 것이라고 생각했다. 의지가 해이하게 되는 것이 참패의 원인이 될 수 있었고, 또 날이 새기까지에는 많은 투쟁을 하지 않으면 안 될지도 모르는 것이었다.

「당신은 당신의 역할에 충실해야 하는 거란 말이오.」

리비에르는 말 한 마디 한 마디를 익혀 생각해서 말했다.

「내일 밤, 그 조종사에게 당신이 위험한 출발을 명해야 될지도 모릅니다. 그러면 그는 당신에게 복종해야 합니다.」

「예……」

「당신은 많은 사람들의 생명을 거의 맡아가지고 있다고 할 수가 있는데, 그것도 당신보다 값어치가 있는 사람들의 생명이란 말이오……」

그는 망서리는 듯하더니,

「이건 아주 중대한 일입니다.」라고 말했다.

리비에르는 여전히 잔걸음으로 왔다갔다하며 잠시 말을 끊었다.

「만일 저들이 우정 때문에 당신에게 복종한다면, 당신은 저들을 속이는 거란 말이오. 당신은 개인적으로는 희생을 요구할 아무런 권리도 없습니다.」

「그야 물론 없지요……」

「그리고, 저들이 당신의 우정 덕분에 어떤 고역을 면하리라고 생각할 수도 있습니다. 거기에 앉으시오.」

리비에르는 손으로 조용히 로비노를 자기 책상 쪽으로 밀었다.

「로비노, 나는 당신을 당신의 위치로 돌려 놓으렵니다. 당신이 피로했다 하더라도, 저 사람들에게는 당신을 도와 줄 의무가 없는 겁니다. 당신은 상사니까, 당신의 약한 마음씨는 우스꽝스러워요, 자 쓰시오.」

「나는……」

「쓰시오, 『로비노 감독은 이러저러한 이유로 페르랭 조종사에게 이러저러한 징벌을 내림……』이라고. 이유는 아무거나 당신이 생각해내시오.」

「주임님 !」

「내가 말하는 걸 이해한 셈치고 하시오, 로비노. 당신이 지휘하는 자를 사랑하시오. 그러나 그들에게 그 말은 하지 말고 사랑하시오.』

로비노는 다시 열을 내가지고, 프로펠러 보스를 닦게 할 것이다.

어떤 불시 착륙장에서 무전 보고가 왔다.

『비행기 보임. 비행기에서 다음과 같은 통보가 있음. 엔진 회전 부조(不調). 착륙하겠음.』

아마 삼십 분을 손해볼 것이다. 리비에르는 특급열차가 선로 위에 정지해서 일 분 일 분이 들판의 한 조각을 끌어다 주지 않게 되었을 적에 느끼는 그 안타까움을 체험했다. 괘종 시계의 큰 바늘이 지금은 죽은 공간을 가리키고 있었다. 이 컴퍼스의 벌어짐 속에 얼마나 많은 사건이 포함될 수 있었을지 모를 일인데. 리비에르는 기다리는 시간이 지루한 것을 덜기 위해서 밖으로 나왔다. 그러니까, 밤이 배우 없는 무대 모양 텅 빈 것 같았다. 이런 훌륭한 밤을 허송하다니! 그는 별이 총총 박힌, 환히 트인 그 하늘을, 허비된 이런 밤의 금화(金貨)와 같은 저 달을, 저 고고한 항공 표지 등을 창문으로 내다보았다.

그러나 비행기가 이륙하자 그 밤이 리비에르에게 있어서는 한층 더 아름답고 감개 깊은 것이 되었다. 밤은 그 태중에 생명을 배고 있었다. 리비에르는 그 생명을 보살피고 있었다.

『일기가 어떻소?』하고 탑승원들에게 무전으로 묻게 했다.

십 초가 지난 다음, 『쾌청』이라는 답전이 왔다.

그런 다음, 통과한 몇몇 도시의 이름이 들려왔다. 그러면 리비에르에게는 그것이 이 싸움에서 공략된 도시들같이 생각되는 것이었다.

7

한 시간 뒤에, 파타고니아 선 우편기의 무전사는 어깨에 올라앉은 것처럼 조용히 몸이 쳐들리는 것을 깨달았다. 그는 주위를 둘러보았다. 무거운 구름이 별들을 가려가고 있었다. 그는 땅을 내려다보았다. 그는 풀숲에 숨은 반딧불과 같은 촌락들의 등불을 찾아보았으나, 그 시커먼 풀숲에는 반짝이는 것이 아무것도 없었다.

그는 만만치 않은 한밤을 겪을 것을 예상하고 기분이 우울해졌다. 전진 했다가 후퇴해서 정복했던 영토를 다시 내주어야 하는 그런 밤이 될 것같이 생각된 것이다. 그는 조종사의 전략을 이해하지 못했다. 그의 생각에는, 좀더 가면 벽에 부딪치듯 밤의 두께와 맞부닥뜨릴 것 같았다.

지금, 그는 그들 앞쪽에 지평선과 가지런히 대장간의 불빛같이 희미한 빛이 어른거리는 것을 발견했다. 무전사가 파비앙의 어깨를 건드렸다. 그러나 파비앙은 꼼짝도 하지 않았다.

먼 뇌우의 최초의 바람이 비행기를 향해 몰아쳤다. 금속으로 된 기체가 슬그머니 쳐들리며 무전사의 육체를 지긋이 찍어 누르더니, 다음에는 녹아서 사라지는 것 같아 그는 몇 초 동안 밤속에 홀로 떠 있는 것 같은 느낌이 들었다. 그래서 그는 강철로 된 미간(尾杆)을 양손으로 꽉 붙들었다.

그리고 그에게는 이제 조종석의 붉은 램프 외에는 아무것도 보이지 않 으므로, 오직 광부의 안전등 하나만의 부호를 받으며, 아무 도움도 없이 밤 한가운데로 내려간다는 생각이 들어 몸이 으스스 떨렸다. 그는 조종사에게 어떻게 할 작정인지를 감히 물어 보지는 못하고, 두 손으로 강철을 틀어 쥔 채, 몸을 그 편으로 구부리고, 컴컴한 그 목덜미를 바라보고 있었다.

희미한 빛 속에서는 오직 꼼짝하지 않는 머리와 양 어깨가 우뚝 솟아 있을 뿐이었다. 이 육체는, 약간 왼쪽으로 기울어져서, 얼굴을 뇌우와 맞겨누고 있는 시커먼 덩어리에 지나지 않았다. 그 얼굴은 아마 번개질할 때마다 번쩍이고 있으리라. 그러나 무전사에게는 그 얼굴이 조금도 보이지 않았다. 폭풍우를 무릅쓰고 달려들려고 하는 그 얼굴에 나타나는 모든 감정, 그 꽉 다문 입, 그 의지, 그 격노, 그 창백한 얼굴과 저기 보이는 저 짧은 번갯불 사이에 교환되는 중요한 것은 모두가 그에게는 꿰뚫어볼 수 없는 것이 었다.

그렇지만, 그에게도 이 움직이지 않는 그림자 안에서 축적된 정력은 짐작되고, 이 그림자를 사랑했다. 이 그림자가 그를 폭풍우를 향해 끌고 가는 것이 틀림없었으나, 그것이 그를 덮어 주기도 하는 것이었다. 핸들을 꽉 붙들고 있는 그 손들이, 짐승의 목덜미를 내리누르듯 벌써 폭풍우를 내리누르고는 있겠지만, 힘이 잔뜩 들어 있는 그 어깨는 꼼짝 않고 있었다. 거기에서 깊은 근신을 느낄 수 있었다.

요컨대 책임은 조종사가 지는 것이라고 무전사는 생각했다. 그리고 지금은, 화재를 향해 네 굽을 놓고 달리는 이 말 엉덩이에 덧붙으로 타고 앉아, 자기 앞에 있는 그 검은 형체가 나타내는 물질적이고 묵직한 것, 그것이 표현하는 영속적인 것을 음미하고 있었다.

왼손 편에, 켜졌다꺼졌다하는 등대와 같이 희미하게 또 하나의 번갯불이 번뜩였다.

무전사가 파비앙에게 그것을 알리기 위해서 어깨를 건드리려고 손을 드는 참인데 파비앙이 천천히 머리를 돌려, 몇 초 동안 이 새로운 적과 얼굴을 마주 대했다가, 다시 천천히 그 전 위치로 돌아가는 것이 보였다. 그 어깨는 여전히 꼼짝 하지 않았고 목덜미는 여전히 의자의 가죽에 기대 있었다.

8

리비에르는 다시 일어나기 시작한 불안을 좀 거닐면서 잊어 보려고 밖으로 나왔다. 그러니까 행동을 위해서만, 극적인 행동을 위해서만 살아가고 있던 그에게 이상하게도 연극이 자리를 바꾸어서 개인적인 것이 되는 것같이 느껴졌다. 작은 도시의 소시민들이, 그들의 음악당 둘레에서 볼 때에는 평온한 생활을 하는 것 같지만 어떤 때는 병이다, 사랑이다, 초상이다, 하는 따위의 가지가지 비극이 들어찬 생활도 하고 있으리라고 그는 생각했다. 그래서 어쩌면…… 자기의 불안이 그에게 많은 것을 가르쳐 주었다. 『이래서 보는 눈이 뜨이는 것이다.』라고 그는 생각했다.

그런 다음, 밤 열한 시쯤 되어서 좀 가벼워진 마음으로 사무실 쪽으로 돌아왔다. 그는 영화관 앞에 몰려 있는 군중을 어깨로 가만히 헤치며 걸었다. 그는 좁은 길 위에 광고등의 불빛으로 거의 빛을 잃고 반짝이는 별들을 쳐다보며 생각했다. 『오늘 밤 내 비행기가 두 대나 날고 있으니까, 나는 하늘 전체에 대해서 책임이 있다. 저 별은, 이 군중 속에서 나를 찾고 또 찾아내는 신호다. 그래서 나는 좀 어울리지 않고, 좀 고독한 느낌을 가지게 되는 것이다.』

어떤 음악의 일 절이 그의 머리에 떠올랐다. 그것은 어제저녁 친구들과 같이 들은 어떤 소나타의 몇 음절이었다. 그의 친구들은 이 음악을 이해하지 못하고 「이 예술은 우리도 싫증이 나고 당신도 싫증이 나는 것이지만, 다만 당신은 그걸 자백하지 않을 뿐이오.」 하고 말했다.

「그럴지도 모르지……」 하고 그는 대답했었다.

오늘 밤과 같이 그때도 자기가 고독하다고 느꼈었다. 그러나 이내, 이런 고독이 얼마나 값진 것인가를 깨달았었다. 그 음악의 전언(傳言)은 자기에게, 범속한 사람들 중에서 홀로 자기에게만 아늑한 어떤 비밀을 속삭여 주었던 것이다. 별의 신호도 마찬가지였다. 그것은 그렇게도 많은 어깨를 건너뛰어서, 자기만 알아듣는 말을 해준 것이다.

보도에서 누군지 그를 떠다밀었다. 그는 또 이렇게 생각했다. 『나는 화를 내지 않으리라. 나는 군중 가운데를 자작자작 걸어가는 병든 아이의 아버지와 비슷하다. 병든 아이의 아버지는 자기 안에 집안의 침묵을 지니고 있는 것이다.』

그는 사람들을 쳐다보았다. 그는 저들 속에서 그들의 발명이나 사랑을 간직하고 종종걸음을 치는 이들을 알아보려고 해보았다. 그리고 등대지기들의 고독한 생활을 생각해 보았다.

사무소의 정적이 그는 좋았다. 그는 이 방 저 방을 차례로 천천히 건너질러갔다. 그의 발소리만이 고요한 가운데 울렸다. 타이프라이터들은 덮개를 쓰고 자고 있었다. 잘 정돈된 서류를 넣어 둔 책장은 잠겨 있었다. 십 년 동안의 경험과 노력. 그는 많은 돈이 들어 있는 은행 지하실을 둘러보는 것 같은 생각이 들었다. 그는 그 장부 하나하나가 금화보다도 더 나은 것, 즉 살아 있는 힘을 쌓아올리는 것같이 생각되었다. 살아 있는 힘이기는 하지만, 은행의 금화처럼 자고 있는 힘이었다.

어니선가 그는 오직 한 사람 있는 야근 사무원을 만나게 될 것이다. 생명이 끊어지지 않게 하기 위해서, 의지를 계속되게 하기 위해서, 이리하여 이 비행장에서 저 비행장으로, 툴루즈에서 부에노스아이레스에 이르기까지 잇닿은 사슬이 끊어지지 않게 하기 위해서, 어디에선가 한 사람이 일하고 있었다.

그 사람은 자기가 위대하다는 것을 알지 못한다.

어디에선가 우편기들이 싸우고 있었다. 야간 비행이 병과 같이 계속되고 있으니, 보살펴 주어야만 했다. 가슴과 가슴을 맞대고 어울려서 손과 무릎으로 어둠과 대결하고 있는 저 사람들, 눈에는 보이지 않으나 자꾸만 움직이는 물건, 마치 바다에서 기어나오듯 맹목적인 팔 힘 하나로 거기에서 빠져나와야 하는 그 물건밖에는 이제 아무것도 알지 못하는 저 사람들을 도와 주어야만 했다. 어떤 때는 얼마나 무서운 고백을 듣게 되는가.

「나는 내 손이라도 보려고 그것을 불빛에 비춰 보았오……」 사진사의 그 붉은 현상액(現象液) 속에는 오직 손등의 보르르한 솜털만이 나타나 보였다. 이 세상에서 남아 있는 것, 구해야 할 것은 오직 그것뿐이었다.

리비에르는 영업부 사무실의 문을 밀고 들어섰다. 하나밖에 켜 있지 않은 전등이 한구석에 밝은 점을 만들어 놓았었다. 타이프라이터 한 대만이 내는 따다닥 소리가 그 침묵을 방해하지 않고 그것에 어떤 의미를 태워 주었다. 가끔 전화 벨소리가 울렸다. 그러면 숙직하는 사무원은 일어나 그 고집스럽게 자주 되풀이하여 부르는 그 슬픈 소리를 향해서 발길을 옮겼다. 숙직 사무원이 수화기를 집어들면 그 보이지 않는 고민이 가라앉았다. 그것은 어둠침침한 구석에서 이루어지는 하나의 조용한 대화였다. 그리고 나서 사무원은 담담한 태도로 책상으로 돌아왔다. 그의 얼굴은 풀 길 없는 비밀을 간직하고 고독과 졸음에 싸여 있었다. 우편기 두 대가 비행중일 때 바깥쪽 밤에서 오는 부르는 소리는 얼마만한 위협을 가져오는 것일까? 리비에르는, 밤에 램프 밑에 모여 앉은 가족들을 놀라게 하는 전보를, 그리고 거의 영원이라고도 생각될 만한 몇 초 동안 아버지의 얼굴 속에 비밀히 간직되어 있는 그 불행을 생각해 보았다. 그것은 처음에는 부르는 소리라고는 생각지도 못할 만큼 아주 고요하고 힘 없는 전파였다. 그리고 매번 그 조용조용한 울림 속에서 자기의 약한 메아리가 들리는 것이었다. 그리고 그럴 때마다, 물속에 들어가 수영하는 사람 모양으로 적막으로 인해서 느려진 그 사람의 동작이, 잠수했던 사람이 물 위로 솟아오르는 것처럼 그늘에서 램프 쪽으로 오는 그 사무원의 동작이 많은 비밀을 간직하고 있는 것같이 생각되었다.

「가만 있게, 내가 받지.」

리비에르는 수화기를 집어들고, 바깥 세상에서 오는 웅웅 소리를 들었다.

「여긴, 리비에르입니다.」

조그마한 소음이 들리더니 이어 사람의 목소리가 들려왔다.

「무전국을 대드리겠습니다.」

다시 소음이 들렸다. 교환대에 접속전을 끼우는 소리였다. 그러더니 또 다른 목소리가 새어나왔다.

「여긴 무전국입니다. 전보를 알려 드리겠습니다.」

리비에르는 그것을 받아 쓰며 머리를 끄덕였다.

「예…… 예…….」

별일은 없었다. 사무에 관한 정규적인 통신이었다.

리오데자네이로에서는 조회를 하는 것이었고, 몬테비데오에서는 날씨 이야기를 하고, 멘도사에서는 재료 이야기를 한 것이었다. 그것은 회사의 낯익은 소리들이었다.

「우편기들은 어떻습니까?」

「천둥이 치기 때문에, 비행기의 통신은 들리지 않습니다.」

「알았습니다.」

여기는 맑게 개인 밤하늘에 별들이 반짝이고 있는데, 무전사들은 그 밤 속에서 저 멀리 있는 비와 천둥의 입김을 발견하고 있는 것이라고 리비에르는 생각했다.

「그럼, 또 봅시다.」

리비에르가 일어서려니까, 사무원이 그에게로 왔다.

「영업 서류에 서명을 해주셨으면…….」

「좋소.」

리비에르는 그 밤의 무거운 짐을 한몫 나누어 지고 있는 이 사람에게 깊은 우정을 느꼈다. 『전우의 한 사람이다. 그는 아마 오늘 밤을 함께 지새는 것이 얼마나 우리 두 사람을 결합시키는지 알지 못할 것이다.』 리비에르는 이런 생각을 했다.

9

서류 한 묶음을 손에 들고 자기 책상으로 가려는데, 리비에르는 바른편 옆구리에 심한 통증을 느꼈다. 몇 주일째 그를 괴롭히는 그 통증이었다.

『아무래도 재미없는걸…….』

그는 잠시 동안 벽에 기대섰다.

『이게 무슨 꼴이람?』

그리고는 안락의자로 가서 앉았다.

그는 다시 한 번, 자기가 늙은 사자 모양으로 결박당한 것같이 느껴졌고, 그래서 뼈에 사무치는 슬픔이 그를 엄습해왔다.

『이런 꼴이 되려고 그렇게까지 일을 했단 말인가! 내가 지금 쉰 살이니, 오십 년 동안 나는 쉬지 않고 일을 하고 나를 도야하고 싸우고 일이 되어 나가는 방향을 바꾸고 했는데, 이제 와서는 이 통증이 마음을 쓰게 하고 머리를 번거롭게 하고 이 세상에서 가장 중요한 일인 것같이 생각되다니……. 이게 무슨 꼴이냔 말이야!』

그는 잠시 기다리며 땀을 조금 훔쳤다. 그리고 통증이 가시자 일을 시작했다.

그는 천천히 서류를 조사했다.

『부에노스아이레스에서 301호 엔진을 분해할 때 발견한 바에 의하면……
그러므로 책임자에게 중한 징벌을 가할 것임.』

그는 거기에 서명을 했다.

『플로리아노폴리스 비행장은 명령을 지키지 않았으므로…….』

그는 서명했다.

『규율상 이유에 의하여 본회사는 비행장 주임 리샤르를 전근시킬 것임.
그는……』

그는 서명했다.

그런 다음, 한번 가라앉기는 했으나, 은은히 남아 있어 인생의 무슨 새로운
의의와 같이 새삼스럽게 그의 주의를 끄는 그 옆구리의 통증 때문에 자기
자신을 생각하지 않을 수 없게 되었으므로, 그는 거의 픠까다로운 심정이
되었다.

『나는 공평한가, 불공평한가? 모르겠다. 다만 내가 벌을 주면, 사고가
줄어든단 말이야. 책임있는 것은 사람이 아니라 모든 사람을 벌하지 않고서는
도저히 벌할 수가 없는 흉물스러운 힘과 같은 것이다. 만약에 내가 아주
공평하게 한다면 야간 비행은 매번 치명적인 모험이 되고 말 것이다.』

그는 이 길을 그렇게도 엄혹한 방법으로 개척하였다는 생각을 하니, 어느
정도 마음이 서글퍼졌다. 그는 동정심이란 좋은 것이라고 생각했다. 이런
몽상에 잠긴 채, 그는 여전히 서류를 뒤적였다.

『……로블레 씨는 오늘부터 우리 사원이 아님.』

그의 머리에는 이 늙은이의 모습과 오늘 저녁 그와 주고받은 이야기가
떠올랐다.

「본보기요 본보기, 어떡합니까?」

「그렇지만 지배인…… 그렇지만 지배인…… 한 번뿐, 꼭 한 번뿐입니다.
생각해 보십시오! 저는 일평생을 일해왔답니다!」

「본보기를 보여야 합니다.」

「하지만 지배인님!…… 이것 보십시오, 지배인님!」

그리고는 그 닳아빠진 지갑과, 젊은날의 로블레가 비행기 옆에서 찍은 사진이 실린 헌 신문지.

리비에르는 늙은이의 손이 그 천진한 명예 위에서 후들후들 떨리는 것을 보았다.

「지배인님, 이건 1910년 일입니다……. 세가 여기서 아르젠티나 최초의 비행기를 꾸몄답니다! 1910년서부터 비행기 일을 봐왔어요…… 지배인님. 그러니까 이십 년이 됩니다! 그런데 어떻게 그런 말씀을 하실 수가 있으십니까?…… 젊은 축들이 말입니다. 지배인님, 얼마나들 공장에서 비웃겠습니까……? 아, 얼마나 웃겠느냐 말씀입니다!」

「그건 난 모릅니다.」

「그리고 제 아이놈들은요, 지배인님, 저는 아이놈들이 있으니까요!」

「그래서 인부의 일자리를 주겠노라고 하지 않았오?」

「제 체면은요, 지배인님, 제 체면은 어떻게 되느냐 말씀이예요! 생각해 보십시오. 이십 년 동안이나 항공일에 종사하던 저같이 늙은 직공이…….」

「인부가 되시오.」

「싫습니다. 지배인님, 싫어요……. 제 말씀을 좀더 들어 주세요…….」

「그만두고 가시오.」

리비에르는 생각했다. 『내가 이렇게 무지막지하게 해고시킨 것은 그 늙은이가 아니고, 그에게는 책임이 없을는지 몰라도 어떻든 그 늙은이를 거쳐서 생긴 그 사고를 내보낸 것이다.』

『왜냐하면, 사건들이란 사람이 명령하는 것이요, 명령에 복종하는 것이니 사람이 그것을 만들어내는 것이다. 또 사람들이라는 것도 가련한 물건인만큼, 그들 역시 만들어내는 것이다. 그리고 사고가 저들을 거쳐서 일어나는 경우에는 저들을 물리치는 것이다.』

리비에르는 이렇게 생각했다.

「제 말씀을 좀더 들어 주세요!」

그 가엾은 노인이 무슨 말을 하려고 했던가? 자기의 지나간 날의 기쁨을 빼앗아가려는 것이라는 말을 할 참이었던가? 기체의 강철에 부딪치는 그 연장 소리가 그립다고 말하려던 것인가? 자기의 생활에서 크나큰 시를 없애 버리는 거라고 말을 하려던 것인가?

그리고…… 살아 나가야 하지 않겠느냐는 말을 하려던 것인가?

『몸이 나른한걸.』하고 리비에르는 생각했다. 열이 어루만져 주듯 그의 몸에 올랐다. 그는 그 서류를 토드락거리며 생각했다. 『그 늙은 동료의 얼굴이 나는 좋았지…….』그러니까 그 늙은이의 손이 리비에르의 눈앞에 떠올랐다. 그는 그 손들이 합장을 하려고 움직일 그 힘 없는 동작을 생각해 보았다. 『좋소, 좋아요. 그대로 남아 일하시오.』라고만 말하면 그만일 것이다. 리비에르는 그 늙은 손에 내려앉을 넘쳐흐르는 기쁨을 상상해 보았다. 그리고 그 얼굴이 아닌, 그 직공의 늙은 손이 말했을 그 기쁨이 그에게는 세상에서 가장 아름다운 것으로 생각되었다. 『이 서류를 찢어 버리고 말까?』그리고 그 늙은이의 가족과, 저녁때 집에 돌아가서 빼기지 않고 자랑할 일, 『그럼, 그대로 일하게 되는 거예요?』『암! 내가 아르젠티나에서 제일 처음으로 비행기를 꾸몄는데!』

그리고 젊은 축들의 웃음거리가 안될 것, 선배가 다시 회복한 위신…… 같은 것이 머리에 떠올랐다.

『찢어 버린다?』

전화 벨이 울려서, 리비에르는 수화기를 들었다.

오랜 시간이 지난 뒤에, 바람과 공간이 사람의 목소리에 가져다 주는 그 음향과 그 그윽함. 이윽고 목소리가 들렸다.

「여기는 비행장입니다. 누구십니까?」

「리비에르요.」

「지배인님, 650호가 이륙을 대기하고 있습니다.」

「응.」

「마침내 모든 준비가 다 되었습니다. 그렇지만, 막 출발하려고 할 때 전기 배선을 뜯어고쳐야 했습니다. 연결이 시원치 않았거든요.」

「응, 배선은 누가 했소?」

「조사해 보겠습니다. 만일 동의하신다면 처벌하려고 합니다. 기내에 전등 고장이 일어나면 큰일을 저지를지도 모르니까요.」

「물론이지.」

리비에르는 생각했다. 『잘못이란 놈은, 어디서 발견되든지 뿌리를 뽑지 않으면 전등에 고장이 생기는 법이다. 그 잘못을 만들어낸 원인을 발견했을 적에 어떻게 해서 그것을 놓쳐 버린다는 것은 죄악이다. 그러니 로블레는 역시 내보내야 하겠다.』

아무것도 눈치채지 못한 사무원은 여전히 타이프를 치고 있다.

「그건?」

「보름치 회계입니다.」

「왜 아직 안 됐오?」

「제가……」

「나중에 봅시다.」

『사건들이 어떻게 해서 이렇게 앞질러 가는지 이상해. 처녀림을 뒤흔들어 놓고, 자라고, 강박하고, 큰 사업 주위에는 사방에서 솟아나는 것 같은 숨은 큰 힘이 어떻게 나타나는지 참 이상하단 말이야.』

리비에르는 조그마한 담쟁이 덩굴이 쓰러뜨리는 그 신전(神殿)들을 생각한다.

『큰 사업은……』

그는 안심하기 위해서 또 이렇게도 생각했다. 『이 사람들을 나는 모두 사랑한다. 내가 싸우는 것은 그 사람들이 아니다. 그 사람들을 거쳐서 나오는 그것과 싸우는 것이다……』

그의 심장이 빠른 속도로 뛰어서 그를 괴롭혔다.

『내가 한 것이 잘한 일인지 나는 모른다. 나는 인생이라든지, 정의라든지, 고뇌가 어떤 가치가 있는지를 정확히 알지 못한다. 나는 한 사람의 기쁨이 얼마만한 값이 있는지도 모른다. 떨리는 손이나 자애심이나 자상함이 얼마만한 값어치가 있는지도 모른다……』

그는 몽상했다.

『인생은 모순 덩어리다. 인생이란 그저 힘 닿는 대로 그럭저럭 지내는 것이지……. 그러나 영구히 산다는 것, 창조한다는 것, 자기의 없어질 육신을 무엇과 교환한다는 것은……」

리비에르는 골똘히 생각했다. 그리고 나서 초인종을 눌렀다.
「유럽 행 우편기의 조종사에게 전화해서, 출발하기 전에 나를 보러 오란다고 일러 주게.」
그는 생각했다.
이 우편기가 되돌아와서는 안 된다. 내가 사람들을 격려해 주지 않으면, 밤은 언제나 그들을 불안하게 만들 것이다.

10

전화로 인해 잠이 깬 조종사의 아내는 남편을 들여다보며 생각했다.
『좀더 주무시게 가만 둬야지.』
그는 남편의 딱 벌어진 드러난 가슴을 넋을 잃고 들여다보며, 훌륭한 배를 연상했다.
그는 어떤 항구 안에서처럼 이 평온한 침대에서 쉬고 있었다. 아무것도 그의 잠을 방해하지 않게 하려고 아내는 손가락으로 이 주름살, 이 그림자, 이 출렁임을 지워서 마치 신의 손가락으로 바다를 가라앉히듯, 이 침대를 가라앉혔다.
그 여자는 일어나서 창문을 열고 바람을 쐬었다. 그 방에서는 부에노스 아이레스가 내려다보였다. 춤을 추고 있는 옆집에서 몇몇 음악 곡조가 바람에 실려왔다. 때는 바야흐로 쾌락과 휴식의 시간이었으니까, 이 도시는 병정들을 그 십만의 성(城) 안에 빽빽히 쓸어넣었었다. 모두가 조용하고 무사했다. 그러나 이 여인에게는 누가 별안간 『전투 준비!』 하고 소리칠 것 같고, 그러면 한 사람만이, 자기의 사람만이 벌떡 일어날 것 같은 생각이 들었다. 그는 아직 쉬고 있었다. 그러나 그의 휴식은 돌격을 기다리는 예비대의 휴식과 같은 것이었다. 이 잠든 도시는 그를 보호하지 못했다. 그가 이 도시의 등불이 던지는 뽀얀 불빛에서 젊은 신 모양 솟아오를 적에는 그것들이 쓸데없는 것으로 생각될 것이다. 그 여자는 남편의 튼튼한 팔을 바라보았다. 한 시간만 있으면 유럽 행 우편기의 운명을 받쳐들고, 마치 한 도시의 운명과도 같은 어떤 위대한 것에 대한 책임을 맡을 그 팔이었다. 그 여자의 마음은 혼란해졌다. 이 사람만이 홀로, 수백만 명의 사람들 중에서 이 야릇한 희생을 위해 준비되어 있던 것이다. 그 여자는 그것에 속이 상했다. 그는 아내의 상냥한 품에서까지 빠져나갔다. 그 여자가 남편에게 음식을 해먹이고 그를 보살펴 주고 애무하고 한 것이 자기를 위해서가 아니고, 그를 잡아가려고 하는 이 밤을 위해서였다. 그의 다정한 손은 길든 것에 지나지 않았고 그 손들이 하는 참된 일은 알 길이 없었다. 그 여자는 이 남자의 미소와 그가 애인과 같이 마음을 쓰는 것을 알고 있었지만, 폭풍우 속에서 터져나오는 그의 고상한 분노는 알지 못했다. 그 여자는 음악이다, 사랑이다, 꽃이다 하는 다정한 끈으로 그를 얽어 놓지만, 출발할 때마다 이 끈들이 풀어져 떨어지는데도, 그는 그것을 괴로워하는 것 같지도 않았다.

남편이 눈을 떴다.

「몇 시야?」

「자정이에요.」

「날씨가 어때?」

「모르겠어요……..」

그는 일어났다. 그는 기지개를 켜며 천천히 창문께로 걸어갔다.

「그렇게 춥지는 않겠군, 바람이 어느 쪽으로 불어가오?」

「제가 그걸 어떻게 알아요?……」

그는 머리를 쑥 내밀었다.

「남풍이군. 아주 좋아. 적어도 브라질까지는 바람을 등지고 가게 돼.」

그는 달을 발견했다. 그리고 자기가 풍요롭다는 것을 깨달았다. 그 다음 그의 눈길은 시가 위로 내려갔다.

그에게는 이 도시가 아늑하다고도, 밝다고도, 따뜻하다고도 생각되지 않았다. 그에게는 벌써 그 등불들이 희미한 모래알같이 흘러나가는 것이 보였다.

「무슨 생각을 하세요?」

그는 포르토 알레그레 쪽에는 안개가 낄지도 모른다는 생각을 하고 있었다.

『내게는 전략이 있어. 어디로 해서 돌아야 할지 안단 말이야.』

그는 여전히 상반신을 창 밖으로 내민 채였다. 그는 벌거벗고 바다에 뛰어들어가기 전 모양으로 숨을 깊이 들이쉬었다.

「당신은 쓸쓸한 기색조차 없으시군요……. 며칠 동안이나 나가 계셔두요.」

일주일 아니면 열흘. 그도 알 수가 없었다. 쓸쓸하다니, 천만에, 무엇 때문에 쓸쓸하겠느냐 말이다. 그 평야들, 그 도시들……. 그는 그것들을 정복하려고 아무 매인 데 없이 떠나는 것 같은 느낌이었다. 그는 또 한 시간 안으로 부에노스아이레스를 점령했다가 내주어 버릴 것이라는 생각도 했다.

그는 싱긋 웃었다.

『이 도시에서…… 나는 눈 깜짝할 사이에 멀리 떨어질 거다. 밤에 출발하는 건 멋지단 말이야. 남쪽을 향해서 개솔린 핸들을 잡아당기는데, 십 초 후에는 벌써 북쪽을 향해서 풍경을 곤두박질시킨다. 시가는 이미 바닷속에 지나지 않는다.』

아내는 남편이 정복하기 위하여 버려야 하는 것들을 생각해 보았다.

「당신은 당신의 집이 좋지 않아요?」

「내 집이 좋지…….」

그러나 그 여자는 남편이 벌써 길을 떠나고 있는 것을 알았다. 그 떡 벌어진 어깨는 벌써 하늘을 지긋이 떠받치고 있었다.

아내는 그에게 하늘을 가리키며 말했다.

「날씨가 좋아요. 당신의 길에는 별이 좍 깔렸어요.」

그는 웃었다.

「응.」

그 여자는 그 어깨에 손을 얹었다. 그리고 그것이 따뜻하다는 것을 느끼고 가슴이 뭉클했다. 그래 이 육체가 위협을 당하고 있단 말인가?……

「당신은 아주 튼튼하세요! 하지만 조심하세요.」

「조심하라고, 물론이지……」

그는 또 웃었다.

그는 옷을 입었다. 이 잔치에 가기 위해서 그는 제일 거친 천과, 가장 무거운 가죽을 골랐다. 그는 농사꾼 같은 옷차림을 했다. 그가 둔중해질수록 아내는 그를 홀린 듯 바라보았다. 그 여자는 손수 그 혁대를 졸라 주고 장화를 잡아당겨 주고 했다.

「이 장화는 거북한데.」

「그럼 이쪽 걸로 하시지요.」

「보조 램프를 달아맬 끈을 찾아다 주오.」

그 여자는 남편을 바라보았다. 그 여자는 갑옷에 아직 잘못된 곳이 있으면 손수 고쳤다. 모든 것이 잘 맞았다.

「당신은 참 멋져요.」

그 여자에게는 남편이 머리를 정성들여 빗는 것이 눈에 띄었다.

「별들을 위해서 모양을 내시는 거예요?」

「나이 들었다는 생각이 들지 않으려고 그러는 거야.」

「샘이 나요.」

그는 또 웃고, 아내에게 키스를 하고 그 두꺼운 옷 위로 꼭 껴안았다. 그리고는 어린 계집애라도 쳐들 듯 그녀를 번쩍 쳐들어, 여전히 웃으며 침대에 갖다 뉘었다.

「자요!」

그리고 나와서 문을 닫고 거리의 알지 못하는 밤의 족속들 사이로 정복의 첫걸음을 내디뎠다.

그 여자는 누운 채로 있었다. 그 여자는 남편에게 있어서는 바닷속에 지나지 않는 그 꽃들과 그 책들과 그 아늑한 방안을 쓸쓸하게 바라보고 있었다.

11

리비에르가 그를 맞았다.

「자네는 전번 비행 때에 일을 저질렀지. 기상 통보가 좋았는데 도중에서 돌아왔으니 말이야. 그냥 지나갈 수가 있었는데. 겁이 났나?」

조종사는 불의의 책망을 당하여 말이 없다. 그는 천천히 양손을 비빈다. 그러다가 고개를 쳐들고 리비에르를 똑바로 쳐다보며 대답했다.

「예.」

리비에르는 겁을 집어먹었던 이 용감한 젊은이를 마음속으로 동정한다. 조종사는 발뺌을 하려고 해본다.

「아무것도 보이지 않았습니다. 물론 좀더 가면…… 어쩌면…… 무전도 그렇게 말하고 있었어요. 허지만 조종석 램프가 희미해져서 제 손도 보이지 않게 되었습니다. 저는 비행기 날개나마 보려고 현등을 켰습니다만, 아무것도 보이질 않았습니다. 저는 다시 빠져나오기가 힘든 큰 구멍 속 깊이 빠져들어간 것 같은 생각이 들었습니다. 그때 엔진이 떨리기 시작했습니다……」

「아니야.」

「아니라니요?」

「아니야. 나중에 시험해 보았는데, 엔진은 아무렇지도 않았네. 허지만, 무서울 적에는 반드시 엔진이 떨리는 것같이 생각되는 법이지.」

「누군들 겁이 안 났겠습니까? 산들이 위에서 저를 둘러싸고 있었으니까요. 상승하려고 하면 비행기가 올라가기는 고사하고 오히려 백 미터나 떨어졌습니다. 쟈이러스코프도 안 보이고 기압계도 보이지 않았습니다. 엔진의 회전수가 떨어지고, 뜨거워지고, 오일 파이프의 압력이 떨어지는 것같이 생각되었습니다…… 이것이 무슨 병같이 어둠 속에서 일어났단 말씀입니다. 등불이 켜진 도시를 다시 보게 되니까 참말 살 것 같았습니다.」

「자네는 상상력이 너무 풍부하네. 자 가보게.」

조종사는 나갔다.

리비에르는 안락의자에 깊숙이 들어앉아, 반백이 된 머리에 손을 가져간다.

『저 사람은 내 밑에 있는 사람들 중에서 제일 용감한 사람이다. 그날 밤 그가 무사히 돌아올 수 있었던 것은 참으로 훌륭한 일이었다. 하지만 나는 그 사람을 공포심에서 구해 주는 것이다······.』

그런 다음, 다시 마음이 약해지려고 하자, 그는 생각했다.

『사랑을 받으려면 동정만 하면 되는 것이다. 그런데 나는 별로 동정을 하지 않든가, 그것을 겉으로 나타내지 않든가 한다. 그렇기는 하지만 나도 주위에 사람들의 우정과 온정을 만들었으면 한다. 의사는 그의 직책을 다할 때 그것들을 얻어 만난다. 그런데 나는 사건에 봉사하는 사람이란 말이야. 나는 소용에 닿도록 사람들을 단련시켜야 되는 것이다. 밤에 항공 지도를 펴놓고 사무실에 앉았노라면, 나는 이 숨은 법칙을 명백히 깨닫는다. 내가 보살피지 않고 잘 마련된 일들이 그저 저 갈 길을 가게 내버려 두면, 그때에는 이상하게도 사고가 생긴다. 마치 내 의지 하나로 비행중에 있는 나체가 절단나는 것을 막고, 폭풍우가 비행중에 있는 우편기를 지연시키는 것을 막기라도 하듯이 말이다. 어떤 때 나는 내 능력에 겁이 날 지경이다.』

그는 또 이렇게도 생각한다.

『이건 명백한 일일지도 모른다. 잔디밭을 손질하는 동산지기의 끝없는 노력도 마찬가지다. 그 손의 무게 하나로 땅이 자꾸만 길러내는 처녀림을 땅속으로 다시 쫓아 버리는 것이다.』

그는 조종사를 생각한다.

『나는 그를 공포심에서 구해 준다. 나는 그 사람을 책망하는 것이 아니고, 미지의 세계 앞에서 사람들을 무력하게 만드는 저 압력을 그 사람을 통해서 공격하는 것이다. 만약에 내가 그의 말을 듣는다든지, 동정을 한다든지, 그가 치른 모험을 대수롭게 생각한다든지 하면, 그는 자기가 신비의 세계에서 돌아온 것같이 생각할 텐데, 실로 사람이 무서워하는 것이 이 신비뿐인 것이다. 사람들이 그 캄캄한 우물 속으로 내려갔다가 올라와서 아무것도 만나지 못했노라고 말하게 해야 하는 것이다. 저 조종사가 겨우 손이나 비행기 날개밖에 비치지 않는 그 조그만 광부의 안전등조차 지니지 않고, 밤의 가장 깊숙한 곳까지, 그 겹겹이 싸인 어둠 속으로 내려가서 미지의 세계를 어깨 바람으로 떠다밀어야 하는 것이다.』

그러면서도, 이 투쟁에 있어서 리비에르와 그 밑에 있는 조종사들은 마음속 깊이 드러나지 않는 우정으로 맺어져 있었다. 그들은 같은 배를 타고 있어, 이기겠다는 꼭같은 욕망에 불타는 사람들이었다. 그러나 리비에르는 밤을 정복하기 위해 자기가 치른 다른 싸움들도 생각났다.

정부 측에서는 이 암흑의 영토를, 탐험하지 않은 가시 덤불이 덮인 땅처럼 경계를 했다. 비행기를 시속 이백 킬로미터로 폭풍우와 안개와 밤이 몰래 숨겨가지고 있는 물질적인 장애물들을 향해서 떠나 보낸다는 것은 군사 비행에서나 허락해 줄 만한 모험으로 그들에게는 생각되었다. 군사 비행에서는 맑게 갠 밤에 어떤 비행장을 출발해서 폭격을 하고 같은 비행장으로 돌아온다. 그러나 정기 항공은 야간에는 실패하리라는 것이었다. 거기에 대해서 리비에르는 이런 항변을 했었다. 「기차와 기선에 비해서 낮 동안에 앞섰던 것을 매일 밤이 되면 잃게 되니까, 이건 우리에게는 죽고사는 문제입니다.」

리비에르는 손익(損益)이니, 보험이니, 여론이니 하는 문제를 시들하니 듣다가 한 마디 쏘았다. 「여론이야…… 이끌어 나가면 되는 거지요.」그는 생각했다. 『왜 우물쭈물하느냐 말이야. 그 무엇이, 무엇보다도 중요한 것이 있는데, 살아 있는 것은, 살기 위해 모든 것을 뒤집어 엎어 버리고, 살기 위해 자기에게 적당한 법률을 만드는 것이다. 그건 어쩔 수 없는 일이다.』리비에르는 언제 어떻게 영업 항공이 야간 비행에 손을 댈는지는 알지 못했다. 그러나 이 피할 길 없는 해결책을 준비는 해야 한다고 생각했다.

그는 초록색 테이블 클로드 앞에서 주먹으로 턱을 괴고 앉아 이상하게도 기운이 솟아나는 듯한 기분으로 여러 가지 반대 의견을 들었던 생각이 난다. 그 반대 의견들이 그에게는 허무한 것으로 미리부터 생명력에 의해서 패배의 선고를 받은 것으로 생각되었었다. 그리고 그는 자기 안에 자신의 힘이 무겁게 뭉쳐 있는 것을 느꼈었다. 리비에르는 생각했었다.『내 논리는 무게가 있다. 나는 이긴다. 이건 사물의 자연적인 추세다.』모든 위험을 제거할 수 있는 완전한 해결책을 내놓으라고들 따지면 그는 이렇게 대답했었다.『경험이 법을 만들어 줄 겁니다. 법의 지식이 경험을 앞서는 일은 없습니다.』

다년간 분투한 결과, 리비에르는 승리를 거두었다. 어떤 사람들은『그의 신념 때문이라』고 하고 어떤 사람들은『곰이 돌진하는 것 같은 그의 끈기와 정력 때문이라』고 했다. 그러나 그의 말을 들으면 무엇보다도 그저 자기가 좋은 쪽에 가담했기 때문이라는 것이었다.

그러나 처음에는 얼마나 주의해야 했는지 모른다 ! 비행기들은 해가 뜨기 겨우 한 시간 전에나 떠나고, 해가 진 지 한 시간 전에는 반드시 착륙했었다. 리비에르는 자기의 경험으로 자신이 더 생겼을 때에야 비로소 깊은 밤을 향하여 감히 우편기를 떠나보낼 생각을 했던 것이다. 지금 그는 별로 찬성을 받지 못하고, 거의 비난을 받다시피하며 홀로 계속 투쟁하고 있었다.

리비에르는 비행중인 비행기들의 최후의 보고를 알려고 초인종을 누른다.

12

그동안 파타고니아 선의 우편기는 뇌우에 접근하고 있었다. 파비앙은 그것을 우회하기를 단념했다. 번갯불 줄기가 그 지방 안쪽으로 깊숙이 뻗어 들어가며 두꺼운 구름의 요새를 비추는 것을 보고 그는 폭풍우의 범위가 너무 넓다고 생각한 것이다. 그는 뇌우 밑으로 빠져나가 보다가 일이 틀어지게 되면 되돌아갈 작정이었다.

그는 비행기의 고도를 보았다. 천칠백 미터, 그는 고도를 낮추기 시작하려고 핸들을 잡은 양손바닥에 힘을 주었다. 엔진이 부르르 떨리며 비행기가 흔들렸다. 파비앙은 어림짐작으로 하강 각도를 고쳤다. 그리고 지도 위에서 산 높이를 조사해 보니 그것은 오백 미터였다. 그는 여유를 두기 위해서, 칠백 미터의 고도로 비행하리라 생각했다.

그는 전 재산을 걸듯이 고도를 희생시켰다.

회오리바람에 말려내려가며 비행기는 더 몹시 흔들렸다. 파비앙은 눈에 보이지 않는 사태에 위협당하는 것 같은 느낌이 들었다. 그는 자기가 뒤로 돌아가서 무수한 별들을 다시 만나는 것 같은 공상이 들었으나 각도를 조금도 돌리지 않았다.

파비앙은 자기의 운을 계산했다. 이것은 아마 지방적인 뇌우일 것이다. 왜냐하면 다음 기항지인 트렐레우에서는 하늘이 사분의 삼 가량 흐렸다고 통보해왔으니 말이다. 기껏해야 이십 분 동안만 시커먼 콘크리트 속에서 배겨내면 되는 것이다. 그러면서도 조종사는 불안했다. 바람의 압력에 기대듯 왼편으로 몸을 기울이고, 그는 더할 수 없이 컴컴한 밤중에도 희미하게 흐르는 빛이 무엇인가를 알아보려 했다. 그러나, 그것은 이미 빛도 아니었다. 고작 해야 컴컴한 어둠 속에서 일어나는 밀도의 변화가 아니면 눈의 피로에서 오는 것이었다.

그는 무전사가 건네 주는 종이 쪽지를 펼쳤다.

「우리는 지금 어디를 비행하고 있습니까?」

파비앙도 그것이 무척 알고 싶었다. 그는 대답했다. 「모르겠오. 우리는 나침반을 가지고 뇌우 속을 건너지르고 있는 중이오.」

그는 다시 상체를 기울였다. 그는 배기관에서 내뿜는 불꽃에 막혀 앞이 보이지 않았다. 그 불꽃은 불의 꽃다발 모양으로 엔진에 붙어다니는 지극히 희미한 것이어서 달빛만 있어도 보이지 않을 정도였지만 이 깜깜절벽 안에서는 시야를 모두 집어삼키는 것이었다. 그는 그 불꽃을 바라보았다. 그것은 관솔불처럼 곧추서서 바람에 펄럭이고 있었다.

삼십 초마다 파비앙은 쟈이러스코프와 컴퍼스를 들여다보려고 조종석 밑으로 머리를 디밀었다. 그는 이미 오랫동안 눈을 부시게 만드는 약하면서 붉은 램프를 켤 생각조차 못했다. 다행히도 라듐으로 숫자가 표시된 계기들은 모두 별과 같은 창백한 빛을 내고 있었다. 거기 지침과 숫자 한가운데에 앉아서 조종사는 허망한 안전감을 맛보고 있었다. 물건 밑에 가라앉은 배의 선실 안의 안전감 같은 것이었다. 밤과 밤이 운반해오는 바위와 표류물과 산 같은 것들이 모두 하나같이 무서운 운명을 품고 비행기를 향해 흘러오고 있었다.

「우리는 지금 어디를 비행합니까?」 하고 무선사가 나시 물었나.

파비앙은 다시 목을 길게 빼고 왼편으로 몸을 굽혀 무서운 망을 또 보기 시작했다. 그는 얼마만한 시간과 얼마만한 노력이 들어야 그 어둠의 결박에서 해방될 것인지 알 수 없었다. 그는 거의 언제까지고 거기서 놓여나지 못할 것 같은 생각이 들었다. 왜냐하면 자기의 희망을 북돋워 주기 위해서 수없이 펴서는 읽고 되읽고 한 그 더럽고 구겨진 종이 조각에다가 자기의 생명을 걸고 있었으니까 말이다.『트렐레우, 하늘은 사분의 삼이 흐리고 바람은 약간 서풍.』이라고 쓴 종이였다. 트렐레우가 사분의 삼만 흐렸다면, 구름 틈서리로 그 등불들이 보일 텐데. 하기는 저 멀리 보이는 언약된 엷은 빛을 보고 그는 비행을 계속했다. 그러나 의심이 더럭 났기 때문에,「빠져나갈 수가 있을는지 모르겠오. 후방에는 여전히 날씨가 좋은지 알아봐 주오.」하고 끄적거려서 무전사에게 주었다.

그 대답을 듣고 그는 천만낙심했다.

「코모도로에서는,『이곳으로 돌아올 수 없음. 폭풍우.』라고 통보해왔습니다.」

그는 예사롭지 않은 폭풍우의 공세가 안데스 산맥에서 바다 쪽으로 덮쳐내려가는 것임을 짐작하기 시작했다. 그가 도시들에 닿기 전에 태풍이 먼저 그 도시들을 휩쓸어 버릴 것이라는 생각이 들었다.

「산 안토니오의 일기를 물어 보시오.」

「산 안토니오에서는『서풍이 불기 시작하는데 서쪽에는 폭풍우가 있음. 하늘은 사분의 사가 흐렸음.』하는 회답이 왔습니다. 공전(空電) 때문에 산 안토니오 무전국에서는 도무지 잘 안 들린답니다. 저도 잘 안 들립니다. 공전 때문에 오래지 않아 안테나를 걷어올려야 할 것 같습니다. 되돌아가시렵니까? 어떡하실 예정이십니까?」

「닥쳐요. 바이아블랑카의 일기를 물어 보시오.」

「바이아블랑카에서는 『이십 분 안으로 서쪽에서 심한 뇌우가 바이아블랑카로 덮쳐올 것이 예상됨.』이라는 회답입니다.」

「트렐레우의 일기를 알아보시오.」

「트렐레우에서는 『초속 삼십 미터의 대폭풍이 서쪽에서 불어오고, 폭우가 내림.』이라고 대답해왔습니다.」

「부에노스아이레스에 보고하시오. 『사방이 꽉 막혔음. 천 킬로미터에 걸쳐 폭풍우가 발생하여 아무것도 보이지 않음. 어떻게 할 것인가?』」

조종사를 항구로 이끌어가지도 않고 (항구란 항구는 모두 손이 닿지 않을 것같이 생각되었다) 휘발유가 한 시간 사십 분만 있으면 떨어질 것이니, 새벽에까지 갈 수도 없을 것이다. 이 밤이 그에게는 끝 간 데가 없는 것이었다. 왜냐하면 조만간 이 깊은 암흑 속으로 눈 딱 감고 빠져들어가지 않을 수 없을 테니 말이다.

날 샐 때까지 배겨날 수만 있다면…….

파비앙은 새벽을 마치, 이 어려운 밤을 지낸 다음에 밀려올라갈 황금빛 모래 깔린 해변인 듯 생각했다. 위협당하고 있는 비행기 밑에 평야의 해변이 나타나리라. 평온한 대지는 잠자는 농가와 가축떼와 야산들을 고이 떠받치고 있겠지. 어둠 속에서 굴러다니던 표류물들이 모두 제자리에 돌아가 있겠지. 그는 할 수만 있다면 새벽을 향해서 헤엄이라도 쳐나가고 싶었다.

그는 자기가 포위당했다고 생각했다. 잘잘못은 따질 것도 없이 모든 일이 그 깊은 어둠 속에서 해결될 것이었다.

그것은 사실이다. 그는 어떤 때, 해가 뜨는 것을 보고 건강 회복기에 들어서는 것같이 생각한 일이 있었다.

그러나 해가 살고 있는 동쪽을 뚫어져라 바라본들 무슨 소용이 있겠는가? 그와 해 사이에는 헤어나올 수 없을 만큼 어둠이 깊이 가로놓여 있었으니 말이다.

13

「아순시온 선 우편기는 무사히 진행중이오. 두 시쯤 도착할 테지. 그런데 지금 난항중인 듯한 파타고니아 선 비행기는 상당히 지연될 것으로 예상되네.」

「알았습니다. 리비에르 님.」

「파타고니아 선 비행기가 도착하기 전에 유럽 행 비행기를 이륙시킬지도 모르겠네. 아순시온 비행기가 도착하는 대로 지시를 청하게. 모든 준비를 해놓고 있게.」

리비에르는 지금 북쪽의 기항 비행장들에게서 온 전보를 읽고 있었다. 그 전보들은 유럽 행 우편기를 위해서 달 비치는 길을 열어 놓았다. 『쾌청, 만월, 무풍』이라고.

브라질의 산들이 밝은 하늘에 뚜렷이 솟아올라, 바다의 은빛 파도 위에 그 검은 밀림의 숱한 머리칼을 똑바로 잠그고 있었다. 달빛이 싫증도 내지 않고 내리지르건만 빛깔이 보이지 않는 그 밀림들, 그리고 바다 위에 떠 있는 섬들도 표류물들처럼 검었다. 그리고 전 항공로 위에는 빛의 샘이라고 할 만큼 다하지 않는 저 달이 비치고 있었다.

리비에르가 출발 명령을 내리면, 유럽 행 우편기의 탑승원은 온 밤을 고요히 비추어 줄 안정된 세계로 들어갈 것이었다. 그림자와 빛의 덩어리의 균형을 위협하는 것이 하나도 없는 세계, 깨끗한 바람의 보드라운 촉감조차 스며들지 않는 세계, 선선해지면 몇 시간 동안에 온 하늘을 망쳐 놓을 수도 있는 그 바람조차 없는 세계로 들어갈 것이다.

그러나 리비에르는 이 광휘 앞에서 마치 채굴이 금지된 금광 앞에 선 채초꾼 모양으로 망서렸다. 남쪽에서 일어나는 사건들은 야간 비행의 유일한 지지자인 리비에르에게 불리한 것이었다. 그의 반대론자들은 파타고니아에서 일어난 참사로 말미암아 정신적으로 대단히 유리한 입장에 서게 되어서, 어쩌면 리비에르의 신념이 이제는 무능하게 될지도 모를 일이다. 왜냐하면 리비에르의 신념만큼은 확고부동이었으니, 자기 사업에 빈 틈이 생겨 참극이 일어나는 것을 막지는 못했지만 그 참극은 하나의 빈틈을 보여 주었을 뿐, 그 밖에 아무것도 증명하는 것이 아니었다. 『어쩌면 서부 지방에 기상 관측소를 세울 필요가 있는지도 모르겠다……. 생각해 보기로 해야겠다.』 그는 또 이런 생각도 했다. 『야간 비행을 주장하는 확고한 이유는 그대로 남아 있으면서 거기에 사고를 일으킬 수 있는 원인이 하나 줄었다. 즉 이번에 드러난 그 원인 말이다.』 실패는 강한 자들을 더 강하게 만든다. 그런데 불행히도 종사원들에게 대해서는 도박을 하는 셈인데, 그 도박에서는 사물의 참된 뜻이 별로 고려되지 않는다. 따고 잃는 것은 밖에 드러나는 것뿐이고, 따거나 잃거나 실제에 있어서는 아주 보잘것없는 것이다. 그런데도 이렇게 피상적인 실패로 인해서 사람은 결박되는 것이다.

리비에르는 초인종을 눌렀다.

「바이아블랑카에서는 여전히 아무 입전도 없나?」

「없습니다.」

「그 비행장을 전화로 불러 주게.」

오 분 후에 그는 소식을 묻고 있었다.

「왜 아무 통보도 안 보냅니까?」

「우편기의 발신을 들을 수가 없습니다.」

「아주 침묵해 버렸습니까?」

「모르겠습니다. 뇌우가 너무 심해서요. 비행기에서 발신을 하더라도 들리지는 않을 겁니다.」

「트렐레우에서는 들린답니까?」

「우리는 트렐레우도 들리지 않습니다.」

「전화해 보시오.」

「해보았습니다만, 선이 끊어졌습니다.」

「거기는 일기가 어떻습니까?」

「잔뜩 찌푸렸습니다. 서쪽과 남쪽에서는 번개질을 합니다. 몹시 덥습니다.」

「바람은요?」

「아직은 약합니다만, 그것도 한 십 분 동안뿐일 겁니다. 번개가 빨리 가까워집니다.」

잠시 동안의 침묵.

「바이아블랑카요? 듣고 있습니까? 좋습니다. 십 분 후에 다시 불러 주시오.」

그리고 리비에르는 남쪽 기항지 비행장 여러 군데에서 온 전보를 뒤적거렸다. 어느 비행장이나 모두 우편기의 침묵을 알리는 것이었다. 어떤 비행장에서는 이미 부에노스아이레스에 응답조차 하지 않았다. 그리고 지도 위에는 침묵을 지키는 지방의 얼룩이 커져갔다. 이들 지방의 소도시들에서는 벌써 태풍의 습격을 받아, 문이란 문은 모두 닫히고, 불기 없는 거리거리의 집들은 바다에 홀로 떠 있는 배나 다름없이 나머지 세상과 인연이 끊어져서 밤 가운데에 방황하고 있었다. 오직 새벽만이 저들을 구해낼 것이다.

그렇지만, 리비에르는 지도를 들여다보며, 아직도 맑은 하늘의 대피소를 발견할 희망을 버리지 않았다. 그도 그럴 것이 서른 군데나 넘는 지방의 경찰에 기상 상태를 묻는 전보를 쳐두었는데, 그 회답이 그에게 도착하기 시작한 것이다. 이천 킬로미터에 걸쳐, 모든 무전국들은 어떤 국이든지 비행기에서 부르는 소리를 붙잡으면 삼십 초 안으로 부에노스아이레스에 알리라는 지시를 받았었다. 그리고 부에노스아이레스 무전국에서는 그에게 대피소의 위치를 알려서 그것을 파비앙에게 전달하기로 되어 있었다.

사무원들은 새벽 한 시에 대어오도록 소집되어 각기 사무실로 돌아왔다. 그들은 거기에서 소곤소곤, 야간 비행을 중지할지도 모른다는 이야기며, 유럽행 우편기까지도 해 있을 때 이륙하게 될지도 모른다는 이야기들을 들었다. 그들은 소곤소곤 파비앙에 대한 이야기며, 태풍에 대한 이야기며, 특히 리비에르에 대한 이야기며를 주고받고했다. 그들은 리비에르가 바로 거기에 이 자연의 거부로 납작하게 되어 있는 것을 눈치챘다.

그러나 모든 목소리가 사라졌다. 리비에르가 외투를 입고, 여전히 모자를 깊숙이 내려 쓰고, 영원한 길손 같은 차림으로 자기 방 문에 나타났기 때문이다. 그는 과장 쪽으로 조용히 한 걸음 다가섰다.

「지금 한 시 십 분인데, 유럽 행 우편기에 서류는 다 되어 있오?」

「저…… 저는 떠나지 않을 걸로 생각하고서…….」

「자네는 생각할 필요없어, 이행해야 하는 거야.」

그는 뒷짐을 지고 천천히 열린 창문 쪽으로 돌아섰다.

사무원 한 사람이 그에게 가까이 와서 말했다.

「지배인님, 우리는 회답을 별로 받지 못할 것입니다. 내륙 지방에서는 벌써 여러 군데 전화선이 끊어졌다는 통보가 왔습니다…….」

「좋소.」

리비에르는 꼼짝하지 않고 밤하늘을 내다보았다.

이와 같이 보고 하나하나가 모두 파비앙의 우편기를 위협하는 것이었다. 각 도시가 전화선이 절단되기 전에 회답할 수 있는 경우에는, 외적의 침입이 전진하는 것을 알리듯, 태풍의 진행을 알렸다.「그것은 내륙 지방, 안데스 산맥에서 와서 모든 통로를 휩쓸며 바다 쪽으로 향하여 감…….」

리비에르는 별이 너무 반짝이고 공기가 너무 습하다고 생각했다. 얼마나 이상한 밤이란 말인가 ! 그것은 무슨 빛나는 과실의 살처럼 군데군데 썩어들어갔다. 부에노스아이레스의 하늘에는 별들이 아직도 하나 빠지지 않고 반짝이고 있었다.

그러나 그것은 오아시스에 지나지 않았고, 그것도 잠시 동안의 오아시스에 지나지 않았다. 그뿐 아니라 이 오아시스는 그 비행기의 탑승원들의 행동권 밖에 있는 항구였다. 못된 바람이 건드려서 썩히는 불길한 밤, 정복하기 어려운 밤이었다.

한 비행기가 어디선가 그 깊은 어둠 속에서 위협을 당하고 있었다. 기상에서는 사람이 아무 소용 없이 발버둥을 치고 있고.

14

파비앙의 아내가 전화를 걸었다. 남편이 돌아오는 밤마다 그 여자는 파타고니아 선 비행기의 진행 상태를 헤아리는 것이었다. 『그이는 지금 트렐레우에서 이륙할 거다……』 그리고는 다시 든다. 조금 있다가는 『지금 그이는 산 안토니오에 다가오고 있을 거다. 그 도시의 등불들이 보일 테지……』 그리고는 일어나서 커튼을 젖히고 하늘을 판단한다. 『저놈의 구름이 모두 그이를 방해하겠구나……』 어떤 때는 달이 목동 모양으로 거닐었다. 그러면 이 젊은 여인은 그 달과 별들, 자기 남편의 둘레에 있는 그 수천 수만의 실재들로 인해서 안심이 되어 다시 자리에 든다. 한 시쯤 되면, 그 여자는 남편이 가까이 있는 것이 느껴진다. 『그이는 별로 멀리 떨어진 데 있지 않을 거야. 부에노스아이레스가 보일 거야……』 그러면 그 여자는 또 일어나서 남편의 식사를 준비한다. 따근따근한 커피를. 『하늘에서는 몹시 추우니까……』 그 여자는 언제나 남편이 눈 덮인 산 꼭대기에서 내려오기나 하는 것처럼 그를 맞아들인다. 『춥지 않으세요? ──춥기는! ──그래도 몸을 좀 푸세요……』

한 시 십오 분쯤 되면 모든 준비가 이루어진다. 그러면 그 여자는 전화를 건다.

오늘 밤도 다른 날 밤이나 마찬가지로 그 여자는 소식을 물었다.

「파비앙이 착륙했습니까?」

전화를 받던 사무원은 약간 당황했다.

「누구십니까?」

「시몬 파비앙이에요.」

「아, 그러십니까? 잠깐 기다리십시오……」

사무원은 아무 말도 할 수가 없어 수화기를 과장에게 주었다.

「누구시지요?」

「시몬 파비앙인데요.」

「아, 그러십니까? 무슨 일이십니까? 부인.」

「제 남편이 착륙했습니까?」

잠시 동안 대답이 없었다. 아마 이것을 그 여자는 이상하게 여겼을 것이다. 그런 다음 그저,「안 했습니다.」하는 대답이 있을 뿐이었다.

「늦어지는 건가요?」

「예……」

다시 말이 없다가,「예……. 연착입니다.」

「아!」

이『아!』소리는 상처 입은 육체의 부르짖음 같은 것이었다. 연착은 아무것도 아니다…… 아무것도 아니야…… 그러나 그것이 오래 끄는 때에는……

「아! 그래요……. 그럼 몇 시에나 여기에 도착할까요?」

「몇 시에나 도착하겠느냐구요? 그건 우리도 모르는데요.」

그 여자는 이제는 벽에다 대고 말하는 것이나 다름없었다. 그 여자는 자기 물음이 메아리가 되어 돌아오는 것밖에는 듣지 못했던 것이다.

「제발, 대답 좀 해주세요! 제 남편이 지금 어디 있습니까?」

「어디에 있느냐구요? 기다리십시오……」

이 무기력이 그 여자의 마음에 걸렸다. 저기 저 벽 뒤에선 무슨 일이 일어나고 있는 것이 분명했다.

이윽고 대답을 하기로 한 모양이었다.

「코모도로에서 일곱 시 반에 이륙했습니다.」

「그 다음에는요?」

「그 다음에는요? 대단히 늦어져서…… 악천후로 대단히 늦어져서요……」

「아! 날씨가 나쁘군요……」

부에노스아이레스 상공에 한가로이 걸려 있는 저 달은 얼마나 불공평하고 얼마나 거짓말쟁이란 말인가! 젊은 아내는 문득, 코모도로에서 트렐레우까지는 겨우 두 시간밖에 걸리지 않는다는 것이 생각났다.

「그래 벌써 여섯 시간째나 그이는 트렐레우를 향해서 비행하고 있어요！
그렇지만 통신은 보내오지요？ 뭐라고 그럽니까？」

「무어라고 해오느냐구요？ 물론 일기가 이렇게 나쁘고 보면…… 그 뭐……
그 통신이 들려야 말이지요.」

「일기가 이렇게 나쁘다구요？」

「그러면, 무슨 일이 있으면 곧 알려 드리기로 하겠습니다.」

「아니, 그럼 아무것도 모르시는군요…….」

「그럼 안녕히 계십시오…….」

「아니！ 잠깐만！ 지배인께 좀 말씀드리고 싶어요！」

「지배인님은 대단히 바쁘신데요. 지금 회의중이어서요…….」

「괜찮아요！ 그런 건 아무래도 괜찮아요！ 지배인에게 말씀드리겠어요！」

과장은 땀을 씻었다.

「잠깐만 기다리십시오…….」

그는 리비에르의 방문을 밀고 들어갔다.

「파비앙 부인이 말씀을 드리고 싶답니다.」

리비에르는 생각했다.『내가 염려하던 게 이거란 말이야.』이 비극의 감
정적인 소재가 눈에 나타나기 시작한 것이었다. 처음에 그는 그것을 거부할까
하고 생각했다. 어머니와 아내는 수술실에 들어가지 않는 법이다. 위험을
당하고 있는 배에서도 각자의 감동을 침묵시키는 법이다. 감동은 사람들을
구조하는 데에 도움이 되지 않는 것이다. 그렇지만 그는 전화를 받기로 했다.

「내 방으로 돌려 주게.」

그는 멀리서 떨리는 작은 목소리가 들려오는 것을 듣고, 이내 그 목소리에
대답할 수가 없으리라는 것을 깨달았다. 아웅다웅 해보았자, 두 사람에게
있어서는 손톱만큼도 효과가 없는 노릇이라고 생각했다.

「부인, 제발 진정하십시오！ 저희들이 하는 일에서는 소식을 오랫동안
기다린다는 건 아주 흔한 일입니다.」

그는 지금 단지 개인적인 자잘한 비탄의 문제가 아니라 사업 자체에 대한
문제가 놓여 있는 분기점에 다다라 있는 것이었다. 그의 앞을 막아선 것은

파비앙의 아내가 아니고, 인생의 다른 일면이었다.

리비에르는 그 작은 목소리, 그 지극히 슬픈 노래를 동정하지 않을 수 없었다. 그러나 그것은 적의를 가지고서였다. 사업과 개인적 행복은 양립할 수 없고, 서로 대립되는 것이다. 이 여인도 한 절대적인 세계와 그 의무, 그 권리의 이름으로 말하는 것이었다. 저녁 식탁의 램프의 밝은 빛의 세계, 자기의 육체를 요구하는 육체, 희망의 고향, 애정, 추억의 세계의 이름으로 말이다. 그 여자는 자기의 권리를 주장하는 것이었는데, 그것은 당연한 일이었다. 그리고 리비에르 자신도 옳았다. 그러나 그는 이 여인의 진실에 대해서 내세울 것이 아무것도 없었다. 그는 형언할 수 없고 인간적이 아닌, 한 조촐한 가정의 램프 빛으로 자기 자신의 진실을 발견했다.

「부인……」

그 여자는 이미 듣고 있지 않았다. 그 약하디약한 주먹이 벽을 두드리는 데에 배겨나지를 못하고 그 여자가 자기 발 밑에라도 와서 탁 쓰러진 것같이 리비에르는 생각되었다.

만들어지고 있는 다리 옆에서 어느 날 리비에르와 함께 한 부상자를 들여다보고 있던 기사가 그에게 이런 말을 한 일이 있다. 「이 다리가 으깨진 한 사람의 얼굴만한 값어치가 있습니까?」 이 다리를 이용하는 농부들 중 한 사람도 그 다음 다리로 돌아다니는 수고를 덜기 위해서 이 무서운 얼굴을 병신을 만들어도 좋다고 할 사람은 없었을 것이다. 그렇기는 하지만, 사람들은 다리를 놓는다. 기사는 덧붙여 말했었다. 「공익이란 사익(私益)이 모여서 이루어지는 것이고, 그 이외의 아무것도 아닙니다.」 나중에 리비에르는 기사에게 이렇게 대답했었다. 「그렇지만 사람의 생명을 값으로 따질 수는 없다 해도, 우리는 언제나 무엇인가 인간의 생명보다 더 값나가는 것이 있는 것처럼 행동합니다……. 그러나 그것이 무엇이겠습니까?」

이제 리비에르는 그 비행기의 탑승원들을 생각하니 가슴이 뻐근해왔다. 행동, 다리를 놓은 행동조차 행복을 깨쳐 버린다. 리비에르는 자기가 『무엇의 이름으로』 행동하는지를 스스로에게 물어 보지 않을 수 없었다.

그는 생각했다.『어쩌면 죽어 없어질지도 모르는 저 사람들이 행복하게 살았을 수도 있었을 텐데.』그의 눈에는 저녁때 램프의 황금빛 성전 안에 머리를 숙인 얼굴들이 어른거렸다.『무엇의 이름으로 나는 그들을 거기에서 끌어냈는가?』무엇의 이름으로 그는 저들을 그 개인적인 행복에서 잡아빼왔는가? 제일 중요한 법이란 이 행복들을 보호하는 것이 아닌가? 그러나 자기 자신도 그것을 깨뜨리고 있는 것이다. 그렇지만 그 행복의 성전은 어느 날이고 반드시 신기루처럼 사라지는 것이다. 늙음과 죽음은 리비에르 자신보다도 더 무자비하게 그것을 깨쳐 버린다. 어쩌면 그것보다 다른 무엇, 그리고 그것보다는 더 영속적인 것을 구해내야 할 것이 있을지도 모른다. 리비에르는 아마 인간의 그 몫을 구해내기 위해서 일하는지도 모른다. 그렇지 않다면 그의 행동은 존재 이유가 없어지고 만다.

사랑하는 것, 그저 사랑하기만 한다는 것은, 막다른 골목이 아니고 무엇이겠는가? 리비에르는 사랑한다는 의무보다 더 큰 의무가 있음을 막연하게 깨닫고 있었다. 혹은 그것도 무슨 애정일 수 있지만, 그러나 다른 애정들과는 아주 판이한 것이었다. 그는 어떤 구절이 생각났다.『그것들을 영구하게 만드는 것이 문제다……』그가 어디서 이 구절을 읽었던가?『그대가 그대 안에서 추구하는 것은 죽어 없어진다.』그의 눈에는 페루의 고대 잉카 족이 태양신을 위해 세웠던 신전의 모습이 떠올랐다. 산 위에 꼿꼿하게 세워진 그 돌기둥들. 그 돌기둥들이 없었다면 지금 인류에게 양심의 가책 모양으로 무겁게 내리누르는 위대한 문명에서 무엇이 남아 있겠는가?『어떠한 냉혹, 혹은 어떤 괴상한 사람의 이름으로 고대 인민들의 지도자가, 산 위에 그 신전을 쌓아올리도록 군중들을 강제하여, 그들의 영원을 세워 놓게 만들었을까?』

리비에르는 또 그들의 음악당 둘레를 돌아다니는 조그마한 도시의 군중들을 그려 보았다.『그런 행복, 그런 치장은……』하고 그는 생각했다. 고대 민중의 지도자는 혹 인간의 고통을 애처롭게 생각하지 않았다 하더라도, 인간이 죽어 없어짐을 애처롭게 생각했다. 개인의 죽음이 아니라 모래 바다에 파묻혀 버릴 인류의 죽음을 말이다. 그래서 그는 사막이 파묻어 버리지 못할 돌기둥이나마 세우라고 자기 백성을 이끌고 갔던 것이다.

15

네 번 접은 이 종이 쪽지가 그를 구해 줄지도 모른다. 파비앙은 이를 악물고 그것을 폈다.

『부에노스아이레스와는 통신이 불가능합니다. 손가락이 감전되어서 무전기를 조작하지도 못하게 됐습니다.』

파비앙은 약이 올라서 회답을 쓰려고 했다. 그러나 글을 쓰려고 조종 장치에서 손을 떼자 강한 파도 같은 것이 그의 몸을 엄습했다. 오 톤이나 되는 그 금속 안에 있는데도, 돌풍은 그를 번쩍 들어올리고 재주넘기를 시키는 것이었다. 그는 회답 쓰는 것을 단념했다.

그의 손은 다시 파도를 움켜쥐고 그것을 제압했다.

파비앙은 숨을 깊숙이 들이쉬었다. 무전사가 뇌우 때문에 겁을 집어먹고 안테나를 걷어올리기라도 하면, 도착해서 그의 얼굴을 짓이겨 놓으리라 했다. 마치 천사백 킬로미터 이상이나 떨어진 곳에서 이 어둠의 심연 속에 빠진 그들에게 구원의 밧줄을 던져 줄 수 있기라도 한 것처럼, 어떻게 해서라도 부에노스아이레스와는 연락을 취해야 한다고 생각되었다. 그에게는 별로 소용도 없겠지만 그리고 등댓불 모양으로 땅이 있다는 것을 증명해 줄 가물가물하는 불빛 하나, 주막집 등불 하나도 보이지 않는 대신에 적어도 목소리 한 마디, 이미 잃어버린 지구에서 오는 목소리 한 마디만이라도 그는 듣고 싶었다. 조종사는 이 비극적인 진실을 뒤편에 있는 무전사에게 알릴 생각으로 주먹을 들어 붉은 램프 불에다 대고 흔들어 보였다. 그러나 무전사는 도시들이 파묻혀 버리고 등불들이 꺼져 버린 황량한 공간을 내려다보느라고 그것을 알지 못했다.

파비앙은 충고가 들려오기만 한다면 무슨 충고든지 전부 좇았을 것이다.

그는 생각했다.『누가 나더러 뺑뺑 돌라고 하면, 나는 뺑뺑 돌겠다. 정남향으로 나아가라고 하면……』달그림자가 커다랗게 비낀, 아늑하고 평화스러운 대지가 어디엔가 있기는 있을 것이다. 학자들같이 박식한, 저 세상에 있는 동료들은 그 대지를 잘 알고 있었다. 꽃과 같이 아름다운 등불 밑에서 지도나 들여다보는 그 무한히 권능있는 그 동료들은 말이다. 그런데 그는 자기를 향하여 사태가 밀려내리듯 빠른 속도로 그 시커먼 탁류를 밀어붙이는 이 돌풍과 밤을 빼놓고는 무엇을 안단 말인가? 사람 둘을 구름 속의 이 물기둥, 이 불꽃 가운데 내버려 둘 수가 있단 말인가? 그럴 수는 없는 것이다. 누가 파비앙 씨에게『기수를 이백사십 도 방향으로……』하고 명령하면, 그는 기수를 이백사십 도 방향으로 돌릴 것이다. 그러나 그는 혼자뿐이었다.

그에게는 물질까지도 반항하는 것같이 생각되었다. 비행기가 밑으로 빠져들어갈 때마다, 엔진이 어떻게나 심하게 진동하는지 비행기 전체가 성이 난 것처럼 부들부들 떨었다.

파비앙은 조종석 속으로 머리를 틀어박고 쟈이러스코프의 수평을 들여다보며, 비행기를 제어하기에 전력을 다했다. 왜냐하면 천지개벽 때의 암흑과 같이 모든 것이 뒤범벅이 된 어둠 속에 빠져들어가, 밖을 내다보아도 하늘 덩어리와 땅 덩어리를 구별할 수 없게 되었기 때문이었다. 그러나 위치를 가리키는 계기의 지침들이 점점더 빨리 왔다갔다해서 숫자를 붙잡기가 힘들었다. 벌써 그 지침들한테 속아떨어져서 조종사는 악전고투를 하며 고도를 잃고 차츰차츰 그 어둠 속으로 파묻혀 들어갔다. 그는 고도계의 숫자를 읽었다. 오백 미터였다. 그것은 야산과 가지런한 높이였다. 그는 그 산들이 눈이 핑핑 돌 것 같은 파도를 그를 향해서 밀어붙이는 것같이 느꼈다. 그는 또 그 제일 작은 덩어리 하나만 있어도 그를 으깨 놓을 수 있을 지상의 모든 산이, 그 받침대에서 떨어지듯, 볼트에서 너트가 빠져나오듯이 되어가지고, 취한 듯이 자기 주위로 돌아다니기 시작하는 것같이 느껴졌다. 그 산들은 그를 둘러싸고 무엇인지 알 수 없는 춤을 추며 바작바작 죄어들어오기 시작하는 것이었다.

파비앙은 최후의 결심을 했다. 격돌할 땐 하더라도 어디에든지 착륙을

하리라고 결심했다. 그리하여 산만이라도 피할 생각으로 하나밖에 없는 조
명탄을 던졌다. 조명탄은 발화하여 빙빙 돌며 평야를 비춰 주고는 꺼졌다.
그것은 바다였다.

그는 재빠르게 생각했다. 『다 틀려먹었구나. 사십 도나 오차를 고쳐 놓
았는데도 편류하고 말았다. 이건 대선풍이다. 육지는 어디 있단 말인가?』
그는 정서(正西)로 방향을 바꾸었다. 그는 생각했다. 『이제는 조명탄도 없
으니, 죽는 수밖에.』 언제고 한 번은 이런 일이 있을 것이었다. 그런데 저
뒤에 있는 동료는 어떻게 되었을까? …… 『진짜로 안테나를 걷어치웠을
거다.』 그러나 조종사는 이미 그를 원망하지 않았다. 만일 조종사 자신이
양손을 펴기만 하면 그저 그것만으로도 그들의 생명은 아무것도 아닌 먼
지처럼 이내 사라져 버릴 것이다. 그는 자기 양손에 동료와 자기의 뛰는
심장을 쥐고 있었다. 그래서 그는 자기의 양손이 무서워졌다.

멧돼지처럼 몰아치는 돌풍 가운데에서 조종실의 동요를 완화시키기 위해서
그는 있는 힘을 다 들여 핸들을 움켜쥐었다. 그렇지 않으면 동요 때문에
조종쇄가 끊어져 나갈 것이다. 그는 여전히 그것을 틀어쥐고 있었다. 그런데
너무 힘껏 틀어쥔 때문에 이제는 손에 감각이 없어졌다. 그는 그 손에서
무슨 반응이라도 있을까 하고 손가락을 움직여 보았다. 그러나 손이 말을
듣는지 알 수가 없었다. 무엇인지 자기 육체의 부분이 아닌 물건이 양팔
끝에 달려 있었다. 감각도 없고 흐느적거리는 장막피(腸膜皮)가 달려 있었다.
그는 생각했다. 『내가 잔뜩 움켜쥐고 있다고 생각해야겠다……』 그는 자기의
생각이 손까지 미치는지 알 수가 없었다. 그리고 그저 어깨가 아픈 것으로나
조종실이 흔들리는 것을 깨닫게 되었으므로, 『핸들이 손에서 빠져나갈 것
같다. 손이 펴질 것 같다……』고 생각했다. 그러나 그는 이런 생각을 감히
하는 것조차 무서워졌다. 왜냐하면 이번에는 자기 양손이 그 환상의 신비한
힘에 복종해서 어둠 가운데 자기를 놓아 버리려고 살그머니 펴지는 것 같았기
때문이었다.

그는 아직 싸움을 버리지 않고 운을 시험해 볼 수 있었을 것이다. 외부에서
오는 불운은 없는 것이니까. 그러나 사람의 속에서 오는 불운이 있는 것이니

자기가 쇠약하다는 것을 느끼는 순간이 오고 그렇게 되면 여러 가지 과오가 현기증과 같이 사람을 엄습하는 것이다. 그런데 바로 그 순간에 그의 머리 위에 별 몇 개가 폭풍우의 틈새기를 뚫고, 살〔魚籠〕 속의 목숨 노리는 미끼 모양으로 반짝였다.

그도 그것이 함정이라고는 생각했다. 어떤 구멍에 별 세 개를 발견하고, 그것을 향하여 올라가면 이내 내려올 수가 없게 되어 그 자리에서 별을 물고 늘어지게 되는 것이다…….

그러나 빛이 하도 목마르게 그리워서 그는 올라가고야 말았다.

16

그는 별이 가리키는 목표를 따라 폭풍의 소용돌이를 더 낮게 피해가며 올라갔다. 그는 그 희미한 자석에 끌려 올라갔다. 빛을 찾아 그다지도 오랫동안 고생을 한 길인지라, 그는 이제 아무리 희미한 빛이라도 놓치지 않았을 것이다. 주막집의 등불 하나만 보더라도 자기가 너너한 사람이라는 생각으로 그 갈망하던 그 표적 둘레를 죽을 때까지 돌고 또 돌았을 것이다. 그런데 그는 지금 광명의 세계로 향하여 올라가고 있는 것이 아닌가? 위는 트이고, 올라가는 대로 밑은 다시 닫혀지는 우물 속을 그는 빙글빙글 돌며 조금씩 올라갔다. 그가 올라가는 데 따라 구름은 그 암흑의 흙탕이 가시어, 점점 더 깨끗하고 흰 물결처럼 그의 코 앞으로 다가와서는 뒤로 지나가곤 했다. 파비앙은 솟아올랐다.

그는 몹시 놀랐다. 어찌나 밝은지 눈부실 지경이었던 까닭이다. 그는 몇 초 동안 눈을 감아야 했다. 그는 밤에 구름이 눈부실 수 있으리라고는 일찍이 생각지 못했다. 그런데 만월과 뭇 성좌가 구름들을 반짝이는 파도로 만들어 놓았던 것이다.

솟아오른 그 순간에, 비행기는 별안간 이상하리만한 평온을 회복했었다. 비행기를 기울어뜨리는 파도 하나 없었다. 둑을 넘어가는 거루 모양으로 비행기는 고요한 물로 들어서는 것이다. 비행기는 행복된 섬의 물굽이처럼 알지 못하는 숨은 하늘의 일부분에 접어든 것이다. 폭풍우는 비행기 밑에서는 광풍, 물기둥, 번개가 휘몰아치는 두께 삼천 미터의 별 세계를 이루고 있지만 별을 향해서는 수정과 같은 얼굴을 돌려대고 있었다.

파비앙은 이상한 세계에 들어선 것이라고 생각했다. 왜냐하면 그의 손, 의복, 비행기의 날개 할 것 없이 모두가 빛나기 때문이었다. 그것은 빛이 천체에서 오는 것이 아니고, 그의 아래쪽과 그의 주위에 한없이 쌓여 있는 흰 물체에서 발산되는 것이었다.

그의 밑에 있는 구름은 달에서 받는 눈과 같은 빛을 모두 반사시키고 있었다. 탑같이 높이 솟은 좌우 쪽 구름도 마찬가지였다. 젖 같은 광명이 사면으로 흘러다니는 가운데에 비행기와 탑승원이 흠뻑 몸을 잠그고 있었다. 파비앙이 돌아다보니 무전사가 싱글벙글 하고 있었다.

「이제 좀 나아졌습니다.」 하고 그는 소리치고 있었다.

그러나 그의 목소리는 엔진의 폭음에 지워지고 미소만이 상대에게 전하여졌다. 파비앙은 생각했다. 『우리가 살아날 길이 없게 되었는데, 웃다니, 나는 아주 미치고 말았어.』

하지만 그는 그를 붙잡았던 수천 수백의 암흑의 팔에서 놓여났던 것이다. 포승을 끌러서 잠시 동안 꽃밭을 마음대로 걸어다니게 혼자 내버려 두는 죄수 모양으로 그를 옭아맸던 줄이 풀어졌다.

『지나치게 잘 됐어.』 하고 파비앙은 생각했다. 그는 보물과 같이 빽빽하게 쌓여 있는 별들 사이를, 파비앙 자신과 그의 동료밖에는 살아 있는 존재라고는 하나도 없는 세계를 방황하고 있었다. 다시는 나올 수가 없을 보물곳간에 갇혀 있는, 옛날 이야기에 나오는 도시의 도둑들과 꼭같은 처지였다. 차디찬 보석들 사이로 무한한 재화를 안고, 그러나 사형 선고를 받은 몸으로 그들은 방황하고 있는 것이다.

17

파타고니아의 기항지, 코모도로 리바다비아의 무전사 한 사람이 갑작스런 몸짓을 하자, 그 비행장 안에서 아무 소용도 없이 밤을 새우고 있던 사람들이 모두 그의 둘레로 모여들어 들여다보았다.

그들은 강한 광선을 받고 있는 백지 한 장을 들여다보고 있었다. 무전사의 손은 아직도 망서리고 있었고 연필은 뒤뚱거리고 있었다. 무전사의 손은 아직도 글자를 붙잡은 채였으나 손가락은 벌써 후들후들 떨고 있었다.

「폭풍우요?」

무전사는 머리로 『그렇다』는 뜻을 표시했다. 천둥이 전파에 섞여들어와 그가 청취하는 것에 방해가 되었다.

그러더니, 그는 알아볼 수 없는 기호 몇 개를 적었다. 그리고는 몇 마디 말을, 그런 다음에는 문장을 하나 꾸며 놓을 수가 있었다.

『폭풍우의 상공 삼천 팔백 미터에 갇혔음. 바다로 불려갔으므로 육지를 향하여 정서(正西) 방향으로 비행중임. 아래 쪽은 전부 구름에 가렸음. 아직 해상을 비행하는지 알 수 없음. 폭풍우가 내륙까지 뻗쳤는지 통고 바람.』

뇌우 때문에 이 전보를 부에노스아이레스로 전송하는 데에 무전국 하나 하나를 릴레이 식으로 거쳐야만 했다. 통보는 이 탑에서 저 탑으로 차례차례 올려지는 봉화 모양으로 밤을 뚫고 달렸다.

부에노스아이레스에서는 이런 답전을 쳐달라고 했다.

『내륙 전체에 폭풍우 엄습했음. 휘발유가 얼마 남았는가?』

『반 시간.』

이 귀절은 또 이 국에서 저 국으로 차례차례 올라가서 부에노스아이레스까지 이르렀다.

비행기 탑승원은 삼십 분 안으로, 그들을 땅바닥에까지 밀어내려 줄 대선풍 속으로 빠져들어갈 운명에 놓여 있었다.

18

한편 리비에르는 깊은 생각에 잠긴다. 그는 이미 희망을 버렸다. 저 탑
승원들은 밤 가운데 어디엔가 **빠져들어가고** 말 것이다.

리비에르는 그가 어렸을 적에 깊은 충격을 받았던 어떤 장면을 추상한다.
시체를 찾아내느라고 사람들이 연못의 물을 빼고 있었다. 이번에도 역시,
땅 위에서 이 어두운 덩어리가 흘러가 버리기 전에는 그리고 햇빛을 받아서
모래밭과 저 평야와 저 밀들이 다시 자태를 나타내기 전에는 아무것도 발
견되지 않을 것이다. 어쩌면, 팔꿈치를 꾸부려 얼굴을 가리고 잠자는 것 같은
두 어린이가 고요한 물속에서 풀과 금빛 모래 위에 밀려 나와 있는 것을,
순박한 농부들이 발견할는지도 모른다. 그들은 밤에 빠져 죽은 것이리라.

리비에르는, 옛날 이야기에 나오는 바다 속 모양으로 밤의 저 깊은 속에
파묻혀 있는 고물들을 생각한다. 꽃이 만발한 모습으로, 아직은 소용에 닿지
않는 꽃을 잔뜩 지니고 날이 새기를 기다리는 그 사과 나무들을 생각한다.
향기가 가득 차고, 잠든 어린 양들과 아직은 빛깔이 보이지 않는 꽃을 가득히
지닌 밤은 부유하고 풍요롭다.

차츰차츰, 살진 밭 이랑과 촉촉히 젖은 수풀과 싱싱한 거여목들이 해를
향하여 올라올 것이다. 그러나 이제는 해를 끼치지 않게 된 산들과, 목장과
양들과 벗하여 세상의 지혜 속에서 두 어린이는 잠이 든 듯이 보일 것이다.
그리고 볼 수 있는 이 세상에서 무엇인가가 저 세상으로 흘러 나갔을 것이다.

리비에르는 파비앙의 아내가 걱정이 많고 상냥한 것을 안다. 이 사랑은
가난한 어린이에게 빌려 준 장난감처럼, 그 여자에게 겨우 빌려 준 것밖에는
되지 않았다.

리비에르는 아직 몇 분 동안은 조종간에다가 자기의 운명을 걸고 있을
파비앙의 손을 생각한다. 애무를 한 그 손을. 어떤 가슴 위에 얹혀서, 신의
손처럼, 그 가슴을 설레이게 한 그 손을. 어떤 얼굴 위에 얹혀서 그 얼굴의
표정을 변화시킨 그 손을. 기적을 이루던 그 손을 생각한다.

파비앙은 구름바다의 화려한 위를, 밤 하늘을 방황하고 있지만, 그 밑에는 영원히 가로놓여 있다. 그는 자기 혼자만이 사는 성좌들 사이에서 길을 잃고 헤맨다. 그는 아직은 세상을 양손에 쥐고, 가슴에다 대고 그것을 흔든다. 그는 그 핸들 안에 인간의 재화의 무게를 움켜쥐고 아무래도 돌려 주어야 할 쓸데없는 보물을 질밍적으로 이 별에서 저 별로 끌고다니는 것이다…….

리비에르는 아직 어떤 무전기가 파비앙의 목소리를 듣고 있다고 생각한다. 파비앙을 아직 세상에 연결시켜 주는 것은 오직 음악적인 음파, 단조(短調)의 억양뿐이다. 신음 소리 한 마디 없다. 오직 절망이 낼 수 있는 가장 깨끗한 음이 있을 뿐이다.

19

로비노가 그를 고독에서 건져 주었다.

「지배인님, 제 생각에는요……. 이렇게 하면 어떨까 하는데요…….」

그는 어떻게 하자고 제안할 것은 아무것도 없었다. 다만 이렇게 그의 성의를 표시하는 것이었다. 그는 해결책을 발견하는 것이 지극한 소원이었고, 그래서 수수께끼라도 풀듯 해결책을 찾아보았던 것이다. 그가 발견하는 해결책을 리비에르는 들어 주는 법이 없었다.

「이거 봐요, 로비노, 인생에는 해결책이 없는 겁니다. 움직이는 힘이 있을 뿐이오. 그것을 창조해야 됩니다. 그러면 해결책은 저절로 따라오는 거지요.」

그래서 로비노는 자기의 구실을 그저 기계공들 사이에 활동적인 힘을 만들어 주는 데에 그치게 했었다. 이 오죽잖은 힘이 활동하므로 프로펠러 보스에 녹이 슬지 않게 되는 것이었다.

그러나 오늘 밤의 사건을 당하자 로비노는 무력해졌다. 감독이라는 그의 직함은 폭풍우에 대해서도, 허깨비 같은 탑승원에 대해서도 아무 권력이 없었다. 그 승무원들은 이제는 정말 정근상을 타기 위해서가 아니라, 로비노의 처벌을 취소해 버리는 유일한 처벌인 죽음에서 빠져나오기 위해서 몸부림

치며 싸우고 있었다.

그래서 이제는 쓸데없이 된 로비노는 할일 없이 사무소 안을 서성거리고 있었다.

파비앙의 아내가 면회를 청했다. 걱정이 되어 못 견디는 그 여자는 사무원들 방에서 리비에르가 만나 주기를 기다리고 있었다. 사무원들은 힐끔힐끔 그 여자의 얼굴을 훔쳐보았다. 그 여자는 그것이 부끄러워서 불안스러운 눈으로 주위를 둘러보았다. 거기에 있는 모든 것이 그 여자를 달갑지 않게 여기는 것이었다. 시체를 밟고 나아가듯이 일을 계속하는 이 사람들이 그랬고, 사람의 생명이나 인간의 고통도 무정한 숫자의 찌꺼기밖에는 남겨 놓지 못하는 그 서류들이 그러했다. 그 여자는 파비앙의 이야기를 해주는 무슨 표적이라도 있을까 하고 찾아보았다. 자기 집에는 방싯 벌어진 침구며, 준비해 놓은 커피며, 꽃다발이며…… 모두가 파비앙의 부재를 보여 주는 것이었다. 그 여자는 거기서 아무 표적도 발견하지 못했다. 모두가 동정과 우정과 추억에 반대되는 것이었다. 아무도 그 여자 앞에서 큰소리로 말하지 않았기 때문에, 그 여자가 들은 오직 한 마디 말은 어떤 사무원이 송장(送狀)을 달라고 내뱉은 욕설이었다. 「……빌어먹을! 산토스에 보내는 다이나모의 송장은 어디 있어?」 그 여자는 몹시 놀란 표정으로 그 사람을 쳐다보았다. 그리고는 지도가 걸려 있는 벽을 보았다. 그 여자의 입술은 보일까말까하게 약간 떨렸다. 그 여자는 자기가 여기서는 적의 있는 어떤 진리를 표시하는 것임을 짐작하고 마음이 거북해졌다. 그 여자는 여기 온 것이 후회가 될 지경이어서 숨기라도 했으면 하였다. 그리고 사람들의 주의를 너무 끌까 봐 기침도 참고 울음도 참았다. 그 여자는 자기가 있어서는 안 되는 곳에 있는 것같이, 온당치 못한 것으로, 벌거벗은 몸으로 있는 것같이 생각되었다. 그러나 그 여자의 진실은 몹시도 강한 것이어서 그것을 그 여자의 얼굴에서 읽으려고 힐끔힐끔 훔쳐보는 눈길이 끊임없이 그녀에게로 향해졌다. 그 여자는 대단히 아름다웠다. 그 여자는 남자들에게 행복의 신성한 세계를 보여 주는 것이었다. 그 여자는 무의식적인 사람의 행동으로 얼마나 숭고한 물건을 손상시킬 수 있는가를 보여 주는 것이었다. 이렇게 많은 시선을 한몸에 받고, 그 여자는 눈을 감았다. 그 여자는 무의식중에 사람이 어떠한 평화를 무너뜨릴 수 있는가를 보여 주었다.

리비에르가 그 여자를 만나 주었다.

그 여자는 쭈뼛쭈뼛하며, 자기의 꽃이며, 준비해 놓은 커피며, 자기의 젊은 육체에 대해서 호소하고 난 길이었다. 한층 더 냉랭한 이 사무실 안에서 그 여자의 입술은 새삼스럽게 다시 가냘프게 떨리기 시작했다. 그 여자도 이 딴 세상에 와서는, 자기 자신의 진실을 설명하기가 어렵다는 것을 깨달았다. 그녀 안에서 일고 있는 거의 야성적이라고도 할 만큼 몹시도 격렬한 사랑이 이곳에서는 모두 귀찮은 이기적인 모습을 띠고 있는 것같이 느껴졌다. 그 여자는 도망이라도 치고 싶어졌다.

「방해가 되시지요 ?……」

「부인, 방해는 되지 않습니다. 다만 부인이나 저나 기다리는 것밖에 달리 어떻게 할 수가 없군요.」

그 여자는 어깨를 약간 으쓱했다.

리비에르는 그것이 무슨 뜻인지를 알았다. 『나를 기다리고 있는 저 등불, 준비해 놓은 식사, 저 꽃들이 무슨 소용이 있겠어요 ?……』 하는 것이었다. 언젠가 어떤 젊은 어머니가 리비에르에게 고백한 일이 있었다. 「제 아들이 죽은 것을 저는 아직 이해하지 못했어요. 참기 어려운 것은 오히려 사소한 물건들이에요. 눈에 띄는 그애의 옷가지며, 밤에 잠이 깨면 가슴속에 끓어오르는 애정, 이제는 제 젖이나 마찬가지로 소용이 없어진 그 애정 같은 것 말이에요……」 이 여자에게 있어서도 파비앙의 죽음은 내일부터 시작될까 말까. 이제는 쓸데없게 된 행동 하나하나에 파비앙은 자기 집을 천천히 떠날 것이다. 리비에르는 마음속으로 깊은 동정을 느꼈다.

「부인……」

젊은 여인은 자기의 힘이 얼마만큼 큰지를 모르고, 겸손하다고까지 할 미소를 띠며 물러갔다.

리비에르는 약간 침울한 기분으로 의자에 앉았다.

218

『하지만, 그 여자는 내가 찾던 것을 발견하는 데 도움이 되었어…….』

그는 건성으로 북쪽 비행장들에서 온 보전(保全) 전보를 토드락거렸다. 그는 생각했다.

『우리는 우리 자신이 영원하기를 바라는 것이 아니고, 다만 행동과 사물이 갑자기 그 의의를 잃는 것을 보지 않기를 바란다. 그러면, 우리를 둘러싸고 있는 공허가 눈앞에 나타나서…….』

그의 눈길이 전보 위에 멎었다.

『이제는 의미가 없어지고 만 이 보고들, 이것을 거쳐서 우리들 사이로 죽음이 뚫고 들어오는 것이다…….』

그는 로비노를 쳐다보았다. 지금은 아무 쓸모없고 의미가 없어진 이 평범한 남자. 리비에르는 우락부락하다고 할 만한 말씨로 그에게 말했다.

「이것 해라 저것 해라! 하고 일일이 일러 주어야 되겠소?」

그런 다음, 리비에르는 사무원들의 방 쪽으로 난 문을 밀고 들어섰다. 그러니까, 파비앙 부인은 알아볼 수 없었던 표에서 파비앙의 실종(失踪)이 명백히 그의 눈을 파고들었다. 파비앙의 탑승기 RB903호의 쪽지는 벌써, 벽에 걸린 도표의 사용 불능 기재라는 난에 꽂혀 있엇다. 유럽 행 우편기의 서류를 만들면 사무원들은 출발이 늦어지리라는 것을 알고 일을 야무지게 하지 않았다. 비행장에서는 이제는 아무 목적도 없이 밤샘을 하고 있는 지상 근무원들을 어떻게 하느냐는 전화가 걸려왔다. 생명의 활동이 느려졌다. 『이것이야말로 죽음이다!』하고 리비에르는 생각했다. 그의 사업은 바람이 자서 바다에 정지한 범선과 같은 것이었다.

로비노의 목소리가 들려왔다.

「지배인님……. 그들은 결혼한 지 여섯 주일밖에 안 되었습니다…….」

「가서 일이나 하시오.」

리비에르는 여전히 사무원들을 들여다보고 있었다. 그리고 사무원들 저쪽에는 인부들, 기계공들, 조종사들같이, 모두 건설자라는 신념을 가지고 자기의 사업을 도와 준 사람들의 모습이 떠올랐다. 그는, 『섬들』이야기를 들고 배를 만들던 옛날의 작은 도시들을 생각했다. 그 배에 자기들의 희망을 싣기 위하여. 사람들이 자기들의 희망이 바다 위에 돛을 펼치는 것을 볼 수 있게 하기 위하여. 배의 덕택으로 모두가 커지고, 모두가 자기 자신에서 벗어나고, 모두가 해방되어서 말이다. 『목적은 어쩌면 아무것도 증명 못 할지 모르지만, 행동은 죽음에서 구해 준다. 그 사람들은 그들의 배로 인하여 영원히 살아 있는 것이다.』

그러니까 저기 쌓인 전보의 그 진정한 의의를, 밤샘하는 기계공들에게 그들의 불안을, 그리고 조종사들에게 그들의 비창한 목적을 돌려 줄 적에, 리비에르도 죽음과 싸우는 것이 될 것이다. 바람이 범선을 다시 바다 위로 달리게 하듯이 생명이 이 사업을 다시 움직일 때, 그도 죽음과 싸우는 것이 되리라.

20

코모도로 리바다비아 무전국에서는 이제 아무것도 들리지 않는다. 그러나 거기서 천 킬로미터 떨어진 바이아블랑카 무전국에서는, 이십 분 후에 세 이보를 청취한다.

「내려감. 구름 속으로 들어감…….」

그런 다음에는 분명치 않은 어떤 문구 중에서 단 이 두 자만이 트렐레우 무전국에 나타났다.

「……아무것도 보이지…….」

단파란 이런 것이다. 저쪽에서는 청취가 되는데, 여기서는 들리지 않는다. 그러다가 까닭없이 모두가 변한다. 어디에 있는지 위치를 알 수 없는 그 탑승원들이 이미 공간과 시간을 초월해서 세상 사람들에게 존재를 알리는 것이다. 그리고 무전국의 백지 위에는 이미 유령들이 글을 쓰고 있는 것이다.

휘발유가 떨어졌는가, 그렇지 않으면 엔진이 멎기 전에 조종사가 격돌하지 않고 착륙한다는 최후의 화투장을 던지는 것일까?

부에노스아이레스 무전국의 목소리가 트렐레우에게 명령한다.

「그걸 물어 보시오.」

무전국의 수신실은 실험실과 비슷하다. 니켈, 구리, 그리고 전압계와 얼기설기된 전선. 밤샘하는 기사들은 흰 일옷을 입고 묵묵히 무슨 간단한 실험이라도 들여다보는 것 같다.

조심스러운 손가락으로 그들은 기계를 만지고, 금광맥을 찾는 탐광가들처럼, 자기(磁氣)를 품은 하늘을 수사하고 탐지한다.

「응답이 없습니까?」

「응답이 없습니다.」

살아 있다는 표시가 될 그 음이 어쩌면 들려올지도 모른다. 그 비행기와 그 현등이 별들 사이로 다시 올라오면, 그 별이 부르는 노래가 들려올지도 모른다……

시간이 흘러간다. 그것은 피 모양으로 참말로 흘러간다. 아직도 비행이 계속되는가? 일 초 일 초가 행운을 빼앗아간다. 그러니까 흐르는 시간은 파괴하는 것같이 생각된다. 이십세기 동안에 시간이 신전을 무너뜨리고, 화강석 사이로 길을 내어 신전을 먼지로 만들어 흩뜨려 버리는 것처럼 이제 여러 세기의 소모가 일 초 일 초 안에 쌓여서 탑승원들을 위협하는 것이다.

일 초 일 초가 무엇인가를 빼앗아간다.

파비앙의 그 목소리를, 파비앙의 그 웃음을, 그 미소를. 침묵이 우세하여진다. 바다의 무게처럼 그 탑승원들 위에 자리를 잡는, 점점 더 무거운 침묵이 우세하여진다.

그때 누군가 주의를 환기시킨다.

「한 시간 사십 분. 휘발유의 극한이다, 아직 비행하고 있을 수는 없지.」

그리고는 조용해졌다.

무엇인지 쓰고 싱거운 것이 여행이 끝날 무렵처럼 입술로 올라온다. 아무것도 알 수 없는 어떤 일이, 좀 메식메식한 어떤 일이 일어났다. 그리고 이 얼기설기된 니켈과 이 구리줄들 사이에서 사람들은 폐허가 된 공장에 떠도는 바로 그 서글픔을 맛본다. 이 기계들은 모두 둔중하고, 쓸데없고

용도가 바뀐 것같이 보인다. 죽은 나뭇가지의 무게같이 보인다.

이제는 날이 새기를 기다리는 수밖에 없다.

몇 시간 있으면, 아르젠티나 전체가 해를 맞아 떠오르리라. 그러면, 이 사람들은 해변 모래밭에서 잡아당기는, 천천히 끌어올리는 그물, 무엇이 들어 있을지 알지 못하는 그물을 바라보듯, 여기서 꼼짝 않고 머물러 있으리라.

사무실 안에 들어앉은 리비에르는 운명이 인간을 해방시켜 줄 적에, 크나큰 참사가 있어야만 느낄 수 있는 그 휴식을 느꼈다. 그는 한 지방 전체의 경찰을 동원시키게 했다. 그는 이 이상 아무것도 할 수 없다. 그저 기다려야 할 참이다.

그러나 초상집에서도 질서는 유지되어야 한다. 리비에르는 로비노에게 눈짓을 한다.

「북쪽 기항지 비행장들에 전보를 치시오. 『파타고니아 선의 우편기는 상당히 연착될 것으로 예상됨. 유럽 행 우편기의 출발을 너무 지체시키지 않기 위하여 파타고니아 우편물은 다음 번 유럽 행 우편기편에 보내겠음.』이라고.」

그는 몸을 약간 앞으로 구부린다. 그러나 애를 써서 무엇인가를 생각해낸다. 그것은 중대한 일이었다. 아! 그렇지. 그래서 잊어버리지 않으려고.

「로비노.」

「예?」

「주의서를 하나 만드시오, 조종사들에게 엔진의 천구백 회 이상의 회전을 금한다는. 엔진을 망쳐 놓거든요.」

「알았습니다.」

리비에르는 좀더 몸을 구부린다. 그는 무엇보다도 혼자 있고 싶었다.

「자, 로비노, 이 사람, 좀 나가 줘요…….」

그러자 로비노는 궂은 일을 당하고도 마음의 평온을 잃지 않는 이 태도에 놀란다.

21

　로비노는 이제는 침울한 기분으로 사무실을 이곳저곳 정처없이 돌아다 녔다. 두 시에 떠날 예정이던 그 우편기의 출발이 중지되고, 날이 새어서나 떠나게 될 테니 회사의 생명이 정지된 셈이었다. 얼굴에 표정을 잃은 사무원들은 아직 밤샘을 하고 있으나, 그 밤샘은 소용없는 것이었다. 북쪽 기항지 비행장들에서 오는 보전 전보를 아직도 규칙적인 리듬으로 받고는 있지만, 그것들 안에 있는 『쾌청』, 『만월』, 『무풍』 따위들은 불모의 왕국의 환상을 불러일으키는 것이었다. 달빛과 들의 황야. 로비노가 아무 생각 없이, 과장이 쓰던 서류를 뒤적이고 있으려니까, 과장이 자기 앞에 서서 당돌하게 경의를 표하며 그것을 돌려 주기를 기다리고 있는 것이 눈에 띄었다. 「아시고 싶은 것이 있으면, 말씀입니다. 제게 다……」 이렇게 말하는 듯한 태도였다. 아랫사람의 이 태도가 감독의 비위에 거슬렸다. 그러나 아무 대꾸도 생각나지 않았다. 그래서 약이 올라, 서류 뭉치를 과장에게 돌려 주었다. 과장은 아주 거드름을 부리며 자기 자리에 가서 앉았다. 『저 자의 목을 잘랐어야 할걸 그랬다.』고 로비노는 생각했다. 그래서 체통을 살리느라고 그날 밤의 참극을 생각하며 몇 걸음을 걸었다. 이 참극 때문에 회사의 어떤 정책이 배척을 당하게 되리라 생각하고, 로비노는 두 가지 초상을 슬퍼했다.

　그리고는, 저기 제 사무실에 틀어박혀 있는 리비에르의 모습이 머리에 떠올랐다. 리비에르는 자기를 『이 사람』이라고 불렀었지. 어떤 사람이 이렇게까지 지지를 받지 못한 적은 일찍이 없었다. 로비노는 지배인이 몹시 가엾게 생각이 되었다. 그는 머릿속에서 은근히 동정하고 위로하는 데 쓰이는 구절을 몇 개 생각해 보았다. 그는 매우 아름답다고 생각되는 감정에 감동되었다. 그래서 가볍게 노크를 했다. 대답이 없었다. 그는 이 고요한 가운데에서 더 세게 노크할 엄두가 나지 않아서, 문을 밀고 들어갔다. 리비에르는 거기 있었다. 로비노가 리비에르의 방을 거의 서슴지 않고, 거의 격의 없이 지낸다는 기분으로, 자기 생각으로는 탄환이 비오듯 하는 속을 뚫고 부상한 장군에게 달려가, 패주(敗走)하는 동안 모시고 귀양에서 형제같이 지내는 한 중사와 같은 기분으로 들어가는 것은 이번이 처음이었다. 『무슨 일이 일어나든, 나는 당신의 편입니다.』 이렇게 로비노는 말하고 싶은 듯했다.

리비에르는 아무 말 없이 고개를 수그리고 자기 손을 들여다보고 있었다. 로비노는 그 앞에 우두커니 서서 말을 꺼낼 엄두가 나지 않았다. 사자는 때려 잡혀도 역시 무서웠다. 로비노는 점점더 정성을 풍기는 말을 준비했다. 그러나 눈을 쳐들 때마다, 사분의 삼 가량 수그린 얼굴과 반백이 된 머리와 몹시도 비창하게 꽉 다문 입술과 마주쳤다! 마침내 그는 결심했다.

「지배인님……」

리비에르는 얼굴을 들어 그를 쳐다보았다. 리비에르는 하도 깊고 하도 아득한 명상에서 깨어난 길이라 어쩌면 이 로비노가 앞에 있는 것을 아직 깨닫지 못하는지도 모를 일이었다. 그리고 그가 무엇을 생각했는지, 무엇을 느꼈는지, 마음속에 무슨 슬픔을 지니고 있는지는 아무도 알 수 없었다. 리비에르는 로비노를 어떤 사무실의 산 증인처럼 오랫동안 쳐다보았다. 리비에르가 로비노를 쳐다보면 볼수록, 그의 입술에는 이해하지 못할 아이러니가 나타났다. 리비에르가 그를 쳐다보면 볼수록 얼굴을 붉혔다. 그러니까, 리비에르에게는 점점더, 로비노가 감격할 만한 호의, 그리고 불행히도 자발적으로 우러나는 호의를 가지고 인간의 어리석음을 증명하려고 여기 온 것같이 생각되었다.

로비노는 당황했다. 중사도, 장군도 탄환도 이미 통용되지 않게 되었다. 무엇인지 설명할 수 없는 일이 일어나고 있었다. 리비에르는 여전히 그를 쳐다보고 있었다. 그러자 로비노는 얼떨떨한 상태에서 자기 태도를 좀 고쳐, 왼편 주머니에서 손을 뺐다. 리비에르는 여전히 그를 쳐다보고 있었다. 그러니까 마침내, 로비노는 웬지 모르게 몹시 거북한 태도로 말을 꺼냈다.

「명령을 받으러 왔습니다.」

리비에르는 시계를 꺼내보고, 그저,

「지금 두 시요. 아순시온 우편기가 두 시 십 분에 착륙합니다. 유럽 행 우편기를 두 시 십오 분에 이륙시키도록 하시오.」

로비노는 야간 비행이 중지되지는 않는다는 이 놀라운 뉴스를 퍼뜨렸다. 그런 다음, 로비노는 과장을 보고,

「검사를 하게 그 서류 뭉치를 가져오시오.」라고 했다.

그리고 과장이 그의 앞으로 와 서자 말했다.

「기다리시오.」

그래서 과장은 기다렸다.

22

아순시온 우편기에서 곧 착륙한다는 것을 알려왔다. 리비에르는 그 가장 몹쓸 곤경을 당하는 시간에도 전보 한 장 한 장을 훑어보며, 이 우편기의 순조로운 비행을 지켜보았었다. 그로서는 이것이 오늘 밤의 혼란중에서, 그의 신념의 복수요 증거였다. 이 순조로운 비행은 그 전보로 무수한 다른 순조로운 비행도 예고해 주는 것이었다. 『대선풍은 매일 밤 있는 것이 아니다.』 리비에르는 이렇게도 생각했다. 『길을 한번 닦아 놓은 이상, 계속하지 않을 수는 없는 것이다.』

꽃이 만발하고 야트막한 집이 들어차고 미지근한 강물이 흐르는 아름다운 정원에서 내려오듯, 파라구아이에서 이 비행장 저 비행장을 거쳐 내려오며, 비행기는 별 하나 흐리게 하지 않는 대선풍권 밖을 미끄러져 오고 있었다. 여행용 담요를 두른 여객 아홉 명은 자기 자리 옆의 유리창에 이마를 대고, 보석이 하나 가득 들어 있는 진열장을 들여다보듯 밖을 내다보았다. 왜냐하면 아르젠티나의 소도시들이 밤 속에 별 세계 도시들의, 보다 더 창백한 황금빛 아래에, 그 황금빛 등불을 조르르 늘어놓고 있는 것이다. 기수에 있는 조종사는, 산양을 지키는 목자처럼 달빛을 가득히 받은 두 눈을 크게 뜨고, 귀중한 인명의 짐을 두 손으로 받쳐들고 있었다. 벌써 부에노스아이레스의 그 장미빛 불이 지평선을 환하게 물들였다. 이제 얼마 안 있어, 옛날 이야기에 나오는 보물처럼 그 도시의 보석들이 모두 빛나리라. 무전사는 손가락으로

최후의 전보를 치고 있었다. 그것은 무전사가 하늘을 날아오며 흥겹게 친, 그리고 리비에르에게는 그 뜻이 통하는 어떤 소나타 곡의 마지막 몇 소절을 치기라도 하는 듯했다. 그리고는 안테나를 걷어올리고, 약간 기지개를 켜고, 하품을 하고 빙그레 웃었다. 다 도착한 것이다.

　착륙하자, 조종사는, 유럽 행 우편기의 조종사가 양손을 주머니에 찌르고 자기 비행기에 기대섰는 것을 보았다.

　「자네가 가나?」

　「응.」

　「파타고니아는 왔나?」

　「기다리지 않기로 했어, 행방불명이야. 일기는 좋은가?」

　「아주 좋은 일기야, 파비앙이 행방불명인가?」

　그들은 거기에 대한 이야기는 별로 하지 않았다. 깊은 동지애는 말을 필요없게 하는 것이었다.

　아순시온에서 유럽으로 가는 우편 행낭들을 유럽 행 비행기에 옮겨 싣는 동안 조종사는 여전히 꼼짝 않고 머리를 젖혀 목덜미를 기체에 대고 별들을 우러러보고 있었다. 그는 자기 안에 위대한 능력이 태어나는 것을 느꼈고, 그러자 세찬 즐거움이 그를 엄습했다.

　「다 실었어? 그럼 스위치.」 하는 목소리가 들렸다.

　조종사는 까딱도 하지 않았다. 그는 엔진에 발동을 걸고 있었다. 조종사는 비행기에 기댄 자기 어깨에 비행기가 생동함을 느낄 참이다. 떠난다…… 안 떠난다…… 하고 그렇게도 헛소문이 많이 떠돈 뒤에, 조종사는 마침내 안심이 되었던 것이다. 그의 입이 약간 벌어져 이들이 달빛에 젊은 맹수의 이빨처럼 반짝였다.

　「조심하게, 밤이니, 응!」

　그에게는 동료의 충고가 들리지 않았다. 양손을 주머니에 찌르고, 구름과 산과 강과 바다들을 향하여 머리를 젖힌 채, 소리 없이 웃기 시작하는 것이었다. 조용한 웃음이었다……. 그러나 나뭇잎을 건드리는 미풍처럼, 그의 안에 나타나 그를 온통 뒤흔들어 놓는 웃음이었다……. 조용한 웃음이기는

하였다. 그러나 저 구름들보다도 산과 강과 바다들보다도 훨씬 강한 웃음
이었다.

「어찌된 셈인가?」

「그 바보 같은 리비에르 자식이 말이야……. 내가 무서워하는 줄 안단
말이야!」

23

조금만 있으면, 비행기가 부에노스아이레스 상공을 지나갈 것이다. 싸움을
다시 시작하는 리비에르는 비행기의 폭음이 듣고 싶다. 별 세계를 행군하는
군대의 굉장한 발 소리같이, 폭음이 나서 부르릉거리다가 사라지는 것이 듣고
싶다.

리비에르는 팔짱을 끼고, 사무원들 사이를 지나간다. 유리창 앞에 가서,
발을 멈추고, 귀를 기울이고 생각한다.

만일 그가 다만 한 번이라도 출발을 중지했다면 야간 비행의 명분(名分)은
서지 못했을 것이다. 그러나 내일 리비에르를 비난할, 저 마음 약한 자들을
앞질러, 리비에르는 또 한패의 탑승원을 탑 속으로 놓아 주었다.

승리니…… 패배니…… 하는 말들은 전혀 의미가 없다. 생명은 이 표상들
밑에 있으면서 벌써 또 다른 표상을 준비하고 있다. 승리는 한 국민을 약하게
만들고, 패배는 또 다른 국민을 각성시킨다. 리비에르가 맛본 패배는 어쩌면
참된 승리를 더 가까이 가져오는 약속인지도 모른다. 중요한 것은 오직
전진하는 사태뿐이다.

오 분만 있으면, 무전국들이 기항지의 비행장들에 경보를 발할 것이다.
만 오천 킬로미터에 걸쳐 생명의 약동이 모든 문제를 해결해 줄 것이다.

벌써, 비행기라는 파이프 오르간의 노래가 울려 올라간다.

리비에르는 그의 엄한 시선 앞에 몸을 굽히는 사무원들 사이를 천천히
걸어 자기 일터로 돌아간다. 자기의 크나큰 승리를 지니고 있는 대 리비에르,

승리자 리비에르.

남방 우편기

생텍쥐페리 지음
金 秀 娟 옮김

제1부

1

『라디오 편(便). 여섯 시 십 분 툴루즈에서 각 기항지 비행장에 알림. 프랑스—남아메리카 선 우편기는 다섯 시 사십오 분 툴루즈를 떠났다.』

물갇이 맑은 하늘이 별들을 잠그고 드러내고 있었다. 그리고 밤이 왔디. 사하라 사막은 두덩 너머 또 두덩으로 달빛 아래 펼쳐졌다. 우리 머리 위에서는 물건의 형상을 보여 준다기보다는 그 물건들을 빚어 놓는 등불 같은 빛이 물건 하나하나를 연한 물질로 길러 주고 있었다. 소리가 나지 않는 우리 발걸음 밑에는 두꺼운 모래밭이 흐무지게 쌓여 있었다. 우리는 태양의 중압(重壓)에서 벗어나, 맨머리 바람으로 걷고 있었다. 밤, 그것은 집 안이기에……

그러나 어찌 우리의 평화를 믿을 수 있겠는가? 무역풍은 끊임없이 남쪽으로 미끄러져가고 있었다. 바람은 비단 소리를 내며 해변을 씻고 있었다. 그것은 돌아간다든가 장애물에 막힌다든가 하는 유럽의 바람 같은 것이 아니어서, 달리는 특급 열차같이 우리 몸 위를 몰아쳤다. 밤에는 바람이 몹시 세차게 불어오는 때가 가끔 있어, 우리는 북쪽을 향하여 바람과 맞서서 불려가는 듯한, 알지 못하는 목적지를 향하여 바람을 거슬러 올라가는 듯한 느낌을 가지곤 하였다. 바람은 얼마나 서둘렀고, 우리는 얼마나 불안해했던가!

해가 돌고 돌아 다시 날은 밝았다. 모르 인들은 별로 소란을 피우지 않았다. 스페인 보루에까지 대담하게 나오는 자들도 손짓 발짓을 하며, 총을 무슨 장난감인 양 메고 다녔다. 그것은 무대 뒤에서 본 사하라 사막이었다. 불귀순 부족들은 거기서는 신비로울 것이 없었고, 또 하찮은 배우 몇몇을 내보이기도 하는 것이었다.

우리들은 서로가 가장 범위가 좁은 자기 자신의 영상과 마주 대하며 살고 있었다. 그렇기 때문에 우리는 사막 가운데 외로이 떨어져 있다는 것을 깨닫지 못했었다. 우리가 멀리 와 있다는 것을 느끼고, 그것을 원근법에 의해서 바라보기 위해서는 본국으로 돌아가서야만 가능할 것이었다.

우리는 오백 미터 밖으로는 별로 나가지 않았다. 거기서부터는 불귀순 지구가 시작되는 것이다. 그러니까 우리는 모르 인들의 포로임과 동시에 우리 자신의 포로이기도 하였다. 우리와 가장 가까운 이웃인 시스네로스나 포르에티엔의 동료들도 칠백 킬로미터, 혹은 일천 킬로미터 떨어진 곳의 모암(母岩) 속에 묻혀 있듯 사하라 사막 속에 묻혀 있었다. 그들도 같은 보루 주위에 매달려 있었다. 우리는 그들의 버릇까지 알고 있었다. 그러나 그들과 우리들 사이에는 생물이 사는 유성(遊星)과 유성 사이의 두꺼운 침묵과 같은 것이 끼여 있었다.

그날 아침, 세계가 우리 때문에 걱정하기 시작하였다. 무전사가 마침내 우리에게 전보를 전해 주었다. 모래밭 가운데 세운 두 개의 무전탑이 매주 한 번씩, 우리와 외부 세계를 연결시켜 주는 것이었다.

「다섯 시 사십오 분에 툴루즈를 출발한 프랑스—남아메리카 선 우편기는 열한 시 십 분에 알리칸테를 통과하였음.」

툴루즈, 이 선의 기점인 툴루즈에서 오는 말이었다. 멀리 떨어져 있는 신에게서 오는 말소리였다. 십 분 동안에, 이 통지는 바르셀로나, 카사블랑카, 아가디르를 거쳐 우리에게 와서 다시 다카르 쪽으로 퍼져갔다. 오천 킬로미터에 걸친 연선의 모든 비행장들이 호출을 받는 것이었다. 저녁 여섯 시의 연락 시간에는 다시 이런 통지를 받았다.

「우편기는 스물한 시에 아가디르에 도착, 스물한 시 삼십 분에 카프쥐비로 출발, 카프쥐비에는 미슐랭 조명탄을 이용하여 착륙함. 카프쥐비 비행장은 평상시와 같이 점등할 것. 아가디르와 항시 연락을 취할 것. 서명(署名), 툴루즈.」

사하라 사막 한가운데에 고립되어 있는 우리는 카프쥐비의 감시소에서 아득한 혜성 하나를 지켜보는 것이었다.

저녁 여섯 시쯤 되자 남쪽이 어수선해졌다.

「다카르에서 포르 에티엔, 시스네로스, 쥐비에 알림. 우편기의 소식을 지급 통보할 것.」

「쥐비에서 시스네로스, 포르 에티엔, 다카르에 알림. 열한 시 십 분 알리칸테 통과 후 소식 없음.」

엔진 한 대가 어디에선가 폭음을 내고 있을 것이다. 툴루즈에서 세네갈에 이르기까지 사람들은 그 엔진의 폭음을 들으려고 귀를 기울이고 있었다.

2

툴루즈. 다섯 시 삼십 분.

비행장행 자동차는 비오는 밤을 향하여 열린 격납고 입구에 와서 딱 멎었다. 오백 촉광짜리 전구들은 사적장(射的場)에서처럼 물체들을 딱딱하게, 있는 그대로, 정확하게 보여 주었다. 이 원천정 밑에서는 발음된 말 한 마디 한 마디가 울려서, 사라지지 않고 침묵을 채워 놓는다.

번쩍번쩍하는 함석, 때 끼지 않은 엔진들. 비행기는 새 것같이 보인다. 기계공들이 발명가와 같은 손가락으로 만지는 섬세한 정밀 기계, 그들은 지금 정비를 마친 기체에서 물러난다.

「빨리 합시다, 여러분. 빨리 해요…….」

한 행낭씩, 우편물은 비행기의 뱃속으로 들어간다. 빠른 대조(對照).

「부에노스아이레스……나탈……다카르……카사……다카르……서른아홉,
맞습니까?」

「맞습니다.」

조종사는 옷을 입는다. 스웨터, 비단 목도리, 가죽 내리닫이, 모피 안을
댄 장화. 잠이 덜 깬 그의 몸은 무겁다. 누군가 그를 부른다.

「자! 빨리……」

양손에 시계며 고도계며 지도갑을 쥐고 두꺼운 장갑 속에 든 손가락을
오그라뜨리며, 그는 둔중하고 서투르게 조종석까지 기어올라간다. 대기를
떠난 잠수부와도 같다. 그러나 일단 자리를 잡으면 모든 것이 경쾌해진다.

기계공 한 사람이 그에게로 올라온다.

「육백삼십 킬로.」

「좋소. 여객은?」

「세 명.」

그는 여객들을 보지도 않고 맡는다.

비행장 주임이 직공들에게로 돌아선다.

「누가 이 엔진 덮개에 가닥못을 박았어?」

「제가요.」

「벌금 이십삼 프랑이다.」

비행장 주임은 최후의 점검을 한다. 사물의 절대적인 질서, 마치 발레와도
같이 모든 동작이 규칙적으로 조절된다. 이 비행기가 오 분 후에는 저 하늘을
날고 있으리라는 것과 마찬가지로, 이 격납고 속에서도 모든 것이 정확한
위치에 놓여 있다. 그 비행기도 배의 진수처럼 잘 계산되어 있다. 모자라는
이 가닥못 한 개, 그것은 명백한 과오다. 오백 촉광짜리 이 전구들, 이 정확한
눈길, 이 엄밀함은 이 비행장을 거쳐 부에노스아이레스나 칠레의 산티아고
에까지 가야 하는 이 비행이 우연의 결과가 되지 않고 탄도학(彈道學)의
결과가 되기 위해서이다. 폭풍우를 만나도, 안개와 선풍을 만나도, 밸브 스
프링, 요정(搖挺), 기재(機材) 등의 예측할 수 없는 많은 고장이 일어나도,
급행 열차도, 특급도, 화물선도, 여객선도 모두 앞지르고 새까맣게 떨어뜨리기

위해서이다 ! 그리고 부에노스아이레스나 칠레의 산티아고까지 기록적인
단시간 안에 도착하기 위해서이다…….

「출발.」

조종사 베르니스에게 종이 한 장이 쥐어진다. 전투의 비책(祕策)이다.

베르니스는 읽는다.

「페르피냥에서의 통보에 의하면, 쾌청, 무풍. 바르셀로나에는 폭풍, 알리
칸테는…….」

툴루즈. 다섯 시 사십오 분.

힘찬 바퀴가 굄목을 찍어누른다. 프로펠러의 바람을 맞아, 뒤로 이십 미터
떨어져 있는 풀까지 흘러 내려가는 것 같다. 베르니스는 손목을 움직이는
것으로 폭풍을 일으켰다억제했다한다.

계속해서 발동 조절을 하는 사이에 이제는 소리가 점점 부풀어, 마침내는
고체에 가깝도록 **빽빽**해져서 기체가 그 속에 파묻혀 버린다. 그때까지 미흡한
무엇인가가 자기 안에서 채워지는 것을 느끼자, 조종사는 『됐어』하고 생
각한다. 그러고는 역광선을 받아 유탄포 모양으로 검은 자태를 하늘로 **뻗친**
엔진 덮개를 들여다본다. 프로펠러 뒤에서는 새벽 풍경이 떨린다.

바람을 안고 천천히 굴러가다가, 그는 가솔린 핸들을 자기 앞으로 잡아
당긴다. 비행기는 프로펠러에 빨려들어 쏜살같이 내달린다. 탄력성 있는
활주로에서 첫번 반동이 약화되면, 이윽고 땅이 피대처럼 바퀴 밑에 늘어나며
빛나는 것같이 보인다. 처음에는 느끼지 못하다가, 다음에는 액체같이 되었던
공기가 이제는 고체가 되었다고 판단하자 조종사는 그것에 몸을 의지하고
올라간다.

활주로 옆에 있는 나무들이 지평선을 내주고 자태를 감춘다. 이백 미터를
올라가도, 아직 장난감 같은 목장이며, 똑바로 선 나무며, 칠을 한 집들을
내려다볼 수 있고, 수풀들은 모피와 같은 두께를 그대로 지니고 있다. 사람이
사는 땅…….

베르니스는 자기가 편안하기 위해서 필요한, 등을 기대는 정도와 팔꿈치의

정확한 위치를 찾는다. 그의 뒤에는 툴루즈 시 위에 낮게 비낀 구름이 정 거장의 어두컴컴한 대합실 같은 모습을 보여 준다. 이제 그는 올라가려고 하는 비행기에 덜 저항하며, 손으로 억제하던 비행기의 기운이 약간 활개를 펴게 내버려 둔다. 그는 손목의 움직임으로, 그를 들어올리고 파동 모양 그의 몸 안에 퍼지는 물결 하나하나를 해방시켜 준다.

다섯 시간만 있으면 알리칸테요, 오늘 저녁에는 아프리카다. 베르니스는 생각에 잠긴다. 그는 마음이 편하다. 『나는 정리를 해놓았다.』고 그는 생각 한다. 어제 저녁, 그는 급행 열차로 파리를 떠났다. 얼마나 이상야릇한 휴가란 말인가! 그에게는 분명치 않은 소란이 아직도 몽롱하게 기억에 남아 있다. 그는 이 다음에는 괴로워할 것이다. 그러나 당장은 모두가 자기 밖에서 계속되기나 하는 것처럼 모두를 뒤로 버린다. 우선은 그가 밝아오는 새벽과 더불어 태어나 이른 아침부터 오늘이라는 날을 건설하는 데 조력하는 것 같은 느낌을 갖는다. 그는 생각한다. 『나는 이제 한 직공에 지나지 않는다. 나는 아프리카 우편 항공로를 건설하고 있다.』 그리고 세계를 건설하기 시 작하는 일꾼에게 있어서는 매일같이 세계가 새로 시작되는 것이다.

『나는 정리를 해놓았다……』 아파트에서의 마지막 날 저녁. 쌓아 놓은 책 뭉치 둘레에 접어넣은 신문지, 불사른 편지, 정리한 편지, 세간 덮개, 꽁꽁 묶이어 본래의 생활에서 끌려나와 공간에 내던져진 이 물건 저 물건. 그리고 이제는 의미가 없어진 그 마음의 동요. 그는 무슨 여행 준비라도 하듯 그 이튿날을 위한 준비를 하였다. 그는 아메리카에라도 가려는 듯이 이튿날을 향하여 길을 떠났다. 결말을 짓지 못한 많은 사물이 아직 그를 자기 자신에 붙들어매어 놓았었다. 그러다가 별안간 그는 자유롭게 되었다. 베르니스는 자기가 이렇게도 저렇게도 될 수 있고, 그렇게도 쉽게 죽을 수 있음을 발견한 것이 거의 겁이 날 지경이었다.

불시착 비행장 카르카손이 그의 밑을 흘러 지나간다. 이것은 또 얼마나 잘 정돈된 세계인가! ──고도 삼천 미터──그 상자 속에 차곡차곡 들어 있는 목장처럼 잘 정리된 세계다. 집들도, 운하들도, 도로도, 모두 사람들의 장난감이다. 밭 하나하나가 그 울타리에까지 뻗고, 정원 하나하나가 그 담에까지 뻗어 있는 분할된 세계, 정돈된 세계. 잡화상 마나님이 자기 할머니의 생활을 모두 그대로 되풀이하는 카르카손. 울타리 속에 든 초라한 행복들. 진열장 속에 잘 늘어놓은 인간의 장난감들.

너무 내놓고 너무 벌여 놓은 진열장 속의 세계, 뚤뚤 만 지도 위에 잘 정돈되어 있는 도시들, 느릿느릿 움직이는 땅이 조수와 같이 정확하게 그에게 옮겨다 주는 도시들.

그는 자기가 고독하다고 생각한다. 고도계의 표시판에 태양이 반사된다. 밝고 얼어붙은 듯한 태양이다. 방향타간(方向舵桿)을 한 번 밟으니, 풍경 전체가 방향을 바꾼다. 이 빛이 광물성이라, 이 땅도 광물성으로 비친다. 살아 있는 물건들의 부드러움과 향기와 나약함을 이루어 주는 것은 모두 없어져 버린 것이다.

그런데도 가죽 저고리 밑에는 따뜻한 육체가 있고——또 연약한 육체, 베르니스가 있다 —— 두꺼운 장갑 속에는, 주느비에브여, 그대의 얼굴을 손 가락 등으로 쓰다듬어 주던 기묘한 손이 들어 있다…….

이제 스페인에 들어섰다.

3

베르니스, 그대는 오늘 지주와 같이 평온한 마음으로 스페인을 통과할 것이다. 눈에 익은 풍경들이 차례차례 눈에 들어올 것이다. 뇌우에 둘러싸 여서도 그대는 여유 있게 팔꿈치를 놀릴 것이다. 바르셀로나, 발렌시아, 지 브롤터가 그대에게 다가왔다가는 뒤로 물러난다. 모두가 순조롭다. 그대가 뚤뚤 말린 지도를 펼치면 끝마친 일거리가 뒤에 가서 쌓일 것이다. 그러나 나는 그대가 처음으로 우편기를 조종하기로 된 그 전날, 그대가 첫걸음을 내디디던 일, 내가 마지막으로 일러 주던 충고를 기억하고 있다. 그대는 새벽에 수많은 사람의 묵상을 품에 받아 안기로 되어 있었다. 그대의 약한 팔 안에 말이다. 보물을 외투 속에 감추듯, 만 가지 함정을 뚫고 그 묵상들을 들고 가기로 되어 있었다. 귀중한 우편물, 생명보다도 더 귀중한 우편물이라는 말을 그대는 들었었다. 그리고 몹시도 연약한 우편물. 까딱 잘못하면 불꽃이 되어 흩어져 바람에 섞여 버리는 우편물. 나는 그 전투 전야의 일을 기억하고 있다.

「그러고서는?」

「그러고서는 페니스콜라의 해변으로 나가도록 하란 말이야. 어선들을 조심하게.」

「그 다음엔?」

「그 다음엔 발렌시아까지 가는 동안 죽 불시착 비행장이 있네. 빨간 연필로 표를 해주지. 달리 할 수 없으면 물이 마른 개천에 착륙하게.」

베르니스는 이 전등의 초록빛 갓 밑에서 펼쳐 놓은 지도를 들여다보며 학생 시절로 돌아간 기분이었다. 그러나 땅의 각 지점에서 오늘의 선생은 살아 있는 비밀을 그에게 내보이는 것이었다. 알지 못하는 나라들이 이제는 죽은 숫자들을 보여 주는 것이 아니라 꽃이 피어 있는 진짜 밭들을, 모래가 죽 깔린 진짜 해변을 보여 주는 것이었다. 저기를 지나갈 적에는 이 나무를 조심해야 하고, 여기를 저녁때 지나칠 적에는 어부들을 피해야 한다는 것이다.

자크 베르니스, 그대는 이미 그라나다나 알메리아의 모르 왕궁도 회교당도 구경하지 못할 것이고, 다만 하나의 개천과 하나의 오렌지나무, 그리고 그들의 초라한 속삭임을 만나게 되리라는 것을 알고 있었다.

「내 말을 잘 듣게. 날씨가 좋으면 곧장 가는 거야. 하지만 날씨가 나빠서 낮게 날게 되면, 왼편으로 돌아서 이 계곡으로 들어서란 말이야.」

「이 계곡으로 들어선다.」

「얼마 후에는 이 고개로 해서 바다로 나올 거고.」

「이 고개로 해서 바다로 나온다.」

「그리고 정신을 바싹 차려 엔진에 주의해야 하네. 깎아지른 듯한 절벽과 바위들이 있으니까.」

「하지만 엔진이 말을 안 들으면?」

「재주껏 빠져나오는 거지.」

그러니까 베르니스는 싱긋 웃었다. 젊은 조종사들은 로마네스크하다. 바위가 돌팔매 날듯이 지나가며 그를 죽인단 말이다. 어린이가 달려오는데, 누가 손으로 이마를 막아 그를 쓰러뜨린단 말이지……

「아니야, 이 사람아, 아니라니까! 재주껏 빠져나오는 거야.」

그리하여 베르니스는 이 교훈을 얻은 것이 자랑스러웠다. 그는 어렸을 적에 배운 《에네이드》에서 그를 죽지 않게 해주는 비결은 하나도 찾아내지 못했었다. 스페인 지도를 짚어 주는 선생의 손가락도 탐광가의 손가락은 아니어서 보물도 함정도 보여 주지는 못하였고, 저 목장에 있는 양치기 처녀도 가리켜 주지는 못하였다.

기름 같은 빛을 흘려 내보내는 이 램프는 오늘 얼마나 온화한 기운을 퍼뜨린단 말인가! 성난 바다를 가라앉히는 그 기름 그물. 밖에는 바람이 불고 있었다. 이 방은 선원들의 주막처럼 이 세상 안에서 작은 섬을 이루고 있었다.

「포르토 한잔 할까?」

「물론이지.」

조종사의 방은 언제 떠날지 모르는 주막, 자주 사람을 갈아야만 하였다. 회사에서는 전날 저녁이 되어서야 『××조종사는 세네갈로…… 아메리카로 전근을 명함……』이라고 통고하는 것이었다. 그러면 그날 밤으로 정든 관계를 끊어 버리고, 짐 궤짝에 못을 박고, 자기 방에서 자기 자신과 자기 책들을 벗겨내서, 자기가 떠난 뒤에는 유령이 지나간 것만큼의 흔적도 남겨 놓지 말아야 한다. 어떤 때에는 그날 밤 안으로 몸에 감긴 어떤 젊은 여자의 양팔을 떨치고 기운을 빠지게 하고, 모두가 싫다고 앙탈이니까 타이르기보다는 지치게 만들어 놓고, 새벽 세 시쯤 되어서 잠든 여자를 살그머니 내려 놓아야 하는 것이다. 이 이별을 받아들이는 것이 아니고 자기의 슬픔을 받아들이는 그 여자를 살그머니 잠속에 내려 놓으며, 『울고 있는 것을 보니 마음을 정한 모양이로구나.』 하고 혼자 중얼거려야 하는 것이다.

자크 베르니스. 그대는 그 후 세계를 이리저리 돌아다니며 무엇을 배웠는가? 비행기를 배웠는가? 사람은 단단한 수정 속에 구멍을 뚫으며 천천히 앞으로 나아간다. 도시들은 차차 이것도 좋고 저것도 괜찮게 된다. 그것과 접촉하기 위하여는 착륙을 해야 하는 것이다. 그대는 이제 그 보화들이 바쳐졌다가는 이내 바다에 씻기듯 시간에 씻겨 사라지는 것을 알고 있다. 그러나 처음 몇 번 비행을 하고 돌아왔을 적에 어떤 사람이 되었다고 생각했으며, 어찌하여 그 새로운 사람과 귀여운 소년의 환상을 혼동하려고 하였는가? 첫번 휴가를 맡자, 그대는 나를 옛날 우리 학교로 끌고 갔었다. 베르니스, 나는 그대가 지나가기를 기다리는 사하라 사막에서 우리 어린 시절을 찾아가 보았던 그 일을 생각하며 마음이 우울하다.

송림(松林) 사이에 있는 흰 별장, 한 창문에 불이 켜지고, 다음에는 또 다른 창문에 불이 켜졌다. 그대는 이런 말을 하였다.

「우리가 처음 시를 쓰던 공부방이 저곳이지…….」

우리는 아주 멀리서 온 길이었다. 우리들의 무거운 외투가 세계를 누비고, 우리들 방랑자의 영혼은 우리들 속에 깨어 있었다. 우리는 입을 꽉 다물고 손에는 장갑을 끼고 든든한 채비로 알지 못하는 도시에 가까이 갔었다. 군중은 우리를 덮쳐 누르듯 내달려왔으나, 우리와 부딪치지는 않았다. 우리는 카사블랑카나 다카르같이 개화한 도시에서만 흰 플란넬 바지와 테니스 셔츠를 입기로 했었다. 탕지르에서는 맨머리로 걸어다녔다. 잠자듯 조용한 이 작은 도시에서는 무장이 필요치 않았으니까.

우리는 씩씩한 힘줄에 의지하여 튼튼한 몸으로 돌아왔다. 우리는 싸웠고, 괴로움을 당했다. 우리는 끝없는 땅을 건너질렀었고, 몇몇 여자를 사랑했었고, 때로는 죽음과 더불어 담판 노름을 했었다. 그것은 단지 우리의 어린 시절을 지배하였던 그 벌과(罰課)와 금족(禁足)의 무서움을 떨치고 토요일 오후의 점수 발표에 끄떡없는 몸으로 참석하기 위해서였다.

우리가 들어서자, 처음에는 복도에서 속살거리는 소리가 들리더니, 이어 부르는 소리가 나고, 다음에는 노인들처럼 사뭇 허둥지둥 서두르는 것이었다. 그들은 램프의 황금빛 광선을 몸에 받으며, 양피지같이 창백한 뺨에 눈만은 몹시도 반짝이며, 명랑하고 정답게 우리에게 다가왔다. 그래서 우리는 이내 그분들이 우리가 딴 사람이 된 것을 벌써 알고 있다는 것을 깨달았다. 졸

업생들이란 앙갚음을 하는 듯이 발소리도 요란하게 모교로 오는 습관이 있는 것이다.

왜냐하면 그분들이 내 세찬 악수도, 자크 베르니스가 똑바로 쳐다보는 눈길도 괴이하게 여기지 않고, 우리에게 대뜸 어른 대접을 해서, 일찍이 우리에게 말한 일도 없는 오래 된 사모스 포도주 병을 가지러 달려갔기 때문이었다.

저녁을 먹으려고 모두 식탁에 자리를 잡았다. 그분들은 화롯불에 둘러앉은 농사꾼들처럼 램프갓 아래 서로 바짝 붙어앉았다. 그리고 우리는 그분들의 기력이 쇠약해진 것을 알았다.

그분들의 기력이 약해졌다는 것은, 그분들이 우리를 악습과 빈곤으로 이끌어가게 될 것이라고 하던, 그 전의 우리의 게으름에 대한 관용을 소년 시절의 결점이라면서 웃어넘겨 버리는 것으로 알 수 있었다. 우리에게 그것을 꺾어야 한다고 그렇게도 열심히 강권하던 우리의 교만함과 거만함을, 오늘 저녁에는 그분들이 추켜 주고 고상하다고까지 말해 주는 것으로 그것을 알 수 있었다. 우리는 철학 선생에게서 고백까지도 들었다.

데카르트는 어쩌면 그의 학설을 부당 전제(不當前提)에 입각시켰는지도 모른다는 것이었다. 파스칼은? …… 파스칼은 잔혹했다는 것이었다. 파스칼 자신은 그렇게 많은 노력을 했는데도 인간의 자유라는 묵은 문제를 해결하지 못하고 세상을 마치지 않았느냐는 것이었다. 그리고 전력을 다해서 우리가 정명론(定命論)에, 테느의 학설에 물들지 않게 하려고 힘썼던 바로 그 철학 선생이, 학업을 마치고 학교를 떠나는 소년들에게는 인간 생활에 있어서 니체보다 더 혹독한 적(敵)이 없다고 생각하던 그분이 이제는 니체에게 죄스러운 애정을 느낀다고 우리에게 고백하는 것이었다. 니체……, 바로 그 니체가 그분의 마음을 설레게 한다는 것이었다. 그리고 물질의 현실 문제도 그렇고……. 그분은 이제 무엇이 무엇인지 알 수가 없게 되어 불안해진다는 것이었다. 그래서 그분은 우리들에게 물었다. 우리는 이 따뜻한 집에서 인생의 대폭풍 속으로 뛰어갔으므로, 땅 위에는 정말로 날씨가 어떻더라는 것을 그분들에게 이야기해야 할 판이었다. 한 여인을 사랑하는 남자가 정말 피루스같이 여자의 종이 되는지, 또는 네로처럼 그녀의 목을 자르는 인간인 회자수(劊子手)가 되는지를 말이다. 아프리카와 그 황야, 그 푸른 하늘이 정말로 지리 선생이 가르치던 그대로였는지를(그리고 자기 몸을 보호하려고 눈을 감는다는 타조가 정말 그러는지를) 말이다. 자크 베르니스는 고개를 약간 숙였다. 왜냐하면 그는 크나큰 비밀을 간직하고 있기 때문이었다. 그러나 선생들은 그 비밀들을 그에게서 빼앗아갔다.

그분들은 베르니스에게서 행동의 도취감을, 엔진의 폭음을, 그리고 우리가 행복을 맛보기 위하여는 그분들처럼 저녁 때 장미나무나 다듬어 주는 것으로는 만족치 못하게 되었다는 것을 알고자 하였다. 이번에는 그가 루크레스니 전도서니 하는 것을 해석하고 충고할 차례였다. 베르니스는 그분들에게 비행기 고장으로 사막 가운데 홀로 떨어져서도 죽지 않으려면 먹을 것을 얼마, 물을 얼마 가지고 가야 된다는 것을 일러 주었다. 그것은 아직 소용에 닿을 수 있는 일이었다. 베르니스는 빨리빨리 최후의 충고를 그분들에게 해주었다. 그것은 조종사를 모르 인들의 손에서 구해 주는 비결, 조종사를 화재에서 구해 주는 신경의 반사 작용이었다. 그러니까 그분들은, 아직 걱정은 되면서도 세상에 이런 새로운 힘을 내놓은 것이 안심되고 흐뭇하기도 하여 머리를 끄덕였다. 그분들이 한결같이 찬양하여온 영웅들을 마침내 손가락으로 만질 수 있었다. 그리고 그 영웅들을 마침내 알게 되었으니, 이제는 죽어도 좋다고 생각하는 것이었다. 그분들은 소년 시절의 줄리어스 시저 이야기도 하였다.

그러나 그분들을 서글프게 할까 봐, 우리는 쓸데없는 행동 뒤에 오는 환멸과 휴식의 쓴맛에 대해서 이야기하였다. 그리고 제일 나이 많은 분이 몽상에 잠기는 것을 보고 마음이 언짢아져서, 책속의 유일한 진실이 얼마나 평화일 수 있는가도 이야기하였다. 그러나 선생들은 이미 그것을 알고 있었다. 그들은 역사를 가르치고 있었으므로 그들의 경험은 엄혹한 것이었다.

「자네는 왜 고향에 돌아왔나?」

베르니스는 대답하지 않았다. 하지만 늙은 선생들은 사람들의 마음을 알고 있었다. 그래서 눈을 찡긋하며 『사랑 때문이지.』 하고 생각하는 것이었다.

4

하늘에서 본 땅은 벌거벗고 죽은 것 같았다. 비행기가 내려온다, 그러면 땅이 옷을 입는다. 수풀들이 땅을 포근히 덮어 주고, 골짜기와 야산들이 땅에 물결 이랑을 새겨 놓는다. 땅이 숨을 쉬는 것이다. 그 위를 날아갈 때에 거인의 가슴 같은 산은 기체에 닿을 듯이 부풀어오른다.

이제는 가까워진 물건들의 흐름이, 마치 다리 밑의 급류 모양 빨라진다. 그것은 판판하던 세계가 무너지는 것이다. 나무, 집, 동네가 편편한 지평선에 떨어져 떠내려가듯 비행기 뒤로 날아간다.

알리칸테의 착륙장이 솟아올라 기울어졌다가 자리가 잡힌다. 바퀴가 그 것을 스치고 압연기에 걸리듯 접근해서 날카롭게 갈라진다……

베르니스는 무거운 다리를 끌며 조종석에서 내린다. 잠시 동안 그는 눈을 감는다. 그의 머리에는 아직 엔진의 폭음과 생생한 영상이 가득하고, 그의 수족은 아직 비행기의 진동을 그대로 느끼는 것 같다. 그런 다음 그는 사무실로 들어가 느릿느릿 의자에 걸터앉는다. 팔꿈치로 잉크병과 책 몇 권을 밀어젖히고는 613호기의 항공 일지를 끌어당긴다.

「툴루즈—알리칸테. 비행 시간 다섯 시간 십오 분.」

그는 붓을 멈추고, 피로와 몽상에 몸을 맡겨 버린다. 분명치 않은 소음이 그의 귀에 들어온다. 한 부인네가 어디선지 소리를 지른다. 포드 차 운전사가 문을 열고, 미안하다고 하며 싱긋 웃는다. 베르니스는 점잖게 등신대(等身大)의 그 벽과 문과 운전사를 둘러본다. 그는 한 십 분 동안 알아듣지도 못하는 이야기로 참견을 하고, 몇 번이고 그쳤다시작했다하는 몸짓에 한몫 낀다. 이 광경은 현실감이 없다. 그렇지만 문 앞에 서 있는 나무는 삼십 년 전부터 그대로 있는 것이다. 삼십 년 동안 이 풍경의 초점이 되어 있는 것이다.

「엔진, 이상 없음.」

「기체, 오른쪽으로 기울어짐.」

펜대를 내려놓으며, 그는 그저 『졸리는구나.』하고 생각할 뿐이다. 그리고 관자놀이를 찍어누르는 꿈이 다시 머리를 번거롭게 한다.

그토록 맑은 풍경 위에 떠오른 밀화색 광선. 잘 정리된 밭과 목장들. 오른쪽에 놓인 동네, 왼쪽에는 조그마한 양떼, 그리고 양떼를 둘러싼 파란 하늘. 『하나의 집이다.』라고 베르니스는 생각한다. 그는 그 풍경, 그 하늘, 그 땅이 무슨 집 모양으로 되어 있다고 별안간 몹시도 분명하게 느꼈던 것이 생각난다. 몸에 익은, 잘 치워진 집. 모든 물건이 잘 정돈돼 있고, 그 훤한 광경 속에는 아무 위협도 아무 틈새기도 없었다. 그는 그 풍경의 안쪽에 자리잡고 있는 느낌이었다.

늙은 부인들이 그들의 객실 창 앞에서 시간이 흘러감을 깨닫지 못하는 것이나 마찬가지였다. 잔디밭은 생생하고, 느림보 정원사는 꽃에 물을 준다. 그 여자들은 정원사의 마음 든든한 등을 따라 눈길을 옮긴다. 반짝거리는 마루에서는 왁스 냄새가 퍼져 올라와 그 여자들을 취하게 한다. 집안의 질서는 아늑한 것이다. 오늘 하루도 바람이 불고 볕이 내리쬐고 소낙비가 오고 했으나, 겨우 장미꽃 몇 송이를 상했을 뿐 그것들은 지나갔다.

「시간이 됐네. 난 가네.」

베르니스는 다시 출발한다.

베르니스는 폭풍우 속으로 들어간다. 폭풍우는 파괴자의 곡괭이처럼 비행기를 짓궂게 엄습한다. 전에도 이런 폭풍우를 당한 일이 있다. 『빠져나가게 되겠지.』 베르니스는 이미 기본적인 생각, 행동을 지휘하는 생각밖에 없다. 내리지르는 기류가 그를 처박는, 병풍같이 둘러쳐진 산속에서 질풍을 몰아치는 비가 하도 빽빽해서, 밤중같이 어두운 이 병풍처럼 둘러쳐진 산속에서 빠져나간다는 생각, 이 담을 뛰어넘어 바다로 나가야 한다는 생각뿐이었다.

충격이다! 어디가 부서졌는가? 비행기는 갑자기 왼편으로 기울어진다. 베르니스는 한 손으로, 다음에는 양손으로 나중에는 몸 전체로 비행기를 버틴다.

「에이, 빌어먹을!」

비행기는 땅을 향하여 떨어지기 시작한다. 이제 베르니스는 파멸이다. 이제일 초만 있으면 이 무너진 집에서, 겨우 이해하기 시작한 이 집에서 영원히 밖으로 내던져질 것이다. 평야, 수풀, 동네 들이 팽글팽글 돌며 그에게로 솟아오를 것이다. 보이는 것은 연기뿐, 소용돌이치는 연기, 연기뿐이다 ! 양 우리가 산지 사방으로 재주넘기를 한다…….

「아아 ! 무서웠다…….」

발뒤꿈치로 내리지른 것이 조종색(操縱索)을 제 위치로 바로잡아 주었다. 조종 장치가 말을 안 들었던 것이다. 무어 ? 사보타지 ? 아니야. 절대로 아니라니까. 발뒤꿈치로 한 번 질러서 세계를 바로잡았으니까. 기막힌 사건이었다 !

사건 ! 그 순간에서 남은 것이란, 오직 입 안에 쓴 맛, 몸이 시큼한 것밖에는 없다. 그렇지 ! 하지만, 힐끔 엿본 그 단층이란 정말 소름끼치는 것이었다. 거기에는 모든 것이 눈가림에 지나지 않았다. 도로도 그렇고, 집도 그렇고, 모두가 사람들의 장난감이었다…….

이제 지나갔다. 끝났다. 여기는 하늘이 말갛게 개었다. 기상 예보에는 이렇게 나와 있었다. 『하늘은 사분의 일 가량 권운이 끼겠음.』이라고. 일기 예보 ? 기압의 등압선 ? 보르쥬센 교수의 『구름의 분류』? 명절다운 날, 그렇다. 칠월 십사일에 알맞은 날씨다. 『말라가에는 명절날입니다.』하고 말했어야 할 판이었다. 시민은 누구나가 머리 위에 만 미터의 맑은 하늘을 소유하고 있다. 권운에까지 닿는 하늘. 수조(水槽)가 이렇게 밝고 이렇게 널찍한 일은 일찍이 없었다. 요트 경주를 하는 날 저녁의 물굽이가 이러하리라. 푸른 바다, 선장의 푸른 깃과 푸른 눈. 밝은 휴가.

끝났다. 편지 삼만 장이 살았다.

회사에서는 늘 이렇게 뇌었었다. 우편물은 귀중하다, 우편물은 생명보다 더 귀중하다고. 그렇다. 애인 삼만 명을 살릴 수 있는 것이니까……. 애인들이여, 좀 참으라 ! 저녁 등불빛을 헤치고 그대들에게로 가노라. 베르니스 뒤에는 빽빽한 구름이 통속에서 회오리바람에 불려 소용돌이치고 있다. 그의 앞에는 햇볕을 받은 땅이, 목장의 밝은 천이, 수풀의 나사(羅紗)가, 바다의 주름진 베일이 펼쳐져 있다.

지브롤터의 상공쯤에서는 해가 지리라. 그러면 탕지르를 향하여 왼편으로 선회하는 것으로 베르니스는 물결에 떠다니는 어마어마한 빙산 같은 유럽 대륙을 하직하게 되는 것이다.

갈색 땅에 자리잡은 몇몇 도시를 더 지나치면, 그 다음은 아프리카다. 시커멓게 반죽된 땅의 몇몇 도시를 지나가면, 그 다음은 사하라 사막이다. 베르니스는 오늘 밤 땅이 옷을 벗는 것을 구경할 것이다.

베르니스는 풀이 죽었다. 두 달 전에 그는 주느비에브를 정복하러 파리로 올라갔었다. 어제 그는 자기의 패배를 깨끗이 정리하고 회사로 돌아왔다. 뒤로 멀어져가는 이 평야, 이 도시, 이 등불 들은, 실상은 베르니스가 내팽개치는 것이다. 그가 그 모든 것을 벗어 던지는 것이다. 한 시간만 있으면 탕지르의 등대가 보일 것이다. 자크 베르니스는 탕지르의 등대가 보일 때까지 추억에 잠길 것이다.

제 2 부

1

나는 과거로 되돌아가서, 지난 두 달의 이야기를 해야겠다. 그렇지 않으면 그 두 달에서 무엇이 남겠는가? 내가 이야기하려고 하는 사건이, 호수 속에 갇혀 있는 물처럼 단순히 지워 버린 사람들의 파문 위에 그것들의 조그마한 동요를, 동심원적(同心圓的)인 파문을 차차 거두고, 내가 거기에서 받은 강렬한 감동이 얼마 뒤에는 덜 강렬하게 되고, 나중에는 온화하게 되기까지 가라앉았을 적에, 세상은 다시 안정된 것으로 내 눈에 비칠 것이다. 주느비에브와 베르니스의 추억 때문에 마음을 몹시도 괴롭혀야 할 그곳을, 서글픈 생각은 별로 하지 않고도, 벌써 거닐게 되지 않았느냐 말이다.

두 달 전, 그는 파리를 향하여 올라가고 있었다. 그러나 그렇게 오랫동안 떨어져 있은 다음에는, 돌아와도 제자리를 다시 찾지 못하고, 한 도시에 거치적거리는 물건이 되고 만다. 그는 나프탈렌 냄새가 나는 저고리를 입은 자크 베르니스에 지나지 않았다. 그는 말을 잘 듣지 않는 서툰 육체 속에서 움직이고 있었다. 그리고 방 한구석에 너무도 차근차근 정돈된 자기 짐에게 불안정하고 임시적인 것이라고 생각되는 것을 청했다. 그 방은 아직 흰 보자기와 책에 점령을 당하지 않았다.

「여보세요…… 아, 자넨가 ?」

그는 우정의 인구 조사를 한다. 사람들은 환성을 올리고 그를 반가이 맞는다.

「야, 유령이다. 반갑네.」

「그렇고말고. 언제 만날까?」

오늘은 마침 틈이 없단다. 내일은? 내일은 골프를 하러 가지만, 그에게도 오라고 한다. 가기 싫다고? 그럼 모레 만나지. 저녁을 같이 하지. 정각 여덟 시에.

그는 내키지 않는 걸음으로 댄스 홀로 들어간다. 기생 서방들 틈에 끼여서 그는 외투를 탐험가의 의복처럼 벗지 않는다. 저들은 이 우리 속에서 수조 속에 있는 붕어들처럼 그들의 밤을 지내며, 마드리갈을 한 바퀴 돌고, 춤을 한 차례 추고, 자리로 돌아와 술을 마신다. 이렇게 어수선한 가운데에서 혼자 정신이 말짱한 베르니스는 짐꾼처럼 자기가 우둔한 것같이 느껴져서 다리에 힘을 주고 버티고 서 있다. 그의 생각은 조금도 흐리지 않다. 그는 테이블 사이를 지나 빈 자리로 간다. 그가 눈을 주는 여자들의 눈은 살짝 딴 데로 흘러가고, 사라지는 것 같다. 젊은 친구들은 그를 지나가게 하려고 몸을 날렵하게 비킨다. 마치 밤에 순찰을 도는 장교가 가까이 오는 데 따라서, 보초들의 궐련이 손가락에서 떨어지는 것과 같았다.

이 세계를, 우리는 돌아올 때마다 다시 만나는 것이다. 브르타뉴의 뱃사람들이 그림엽서 같은 그들의 동네와, 별로 나이가 더 들지도 않은, 너무도 충실한 그들의 약혼녀를 고향으로 돌아와서 다시 만나는 것이나 마찬가지였다. 어릴 적에 읽던 책의 삽화와 같이 조금도 변함없는 약혼녀였다. 이렇게 모든 것이 놓여진 대로 제자리에 있고, 운명의 힘으로 그렇게도 잘 지배되어 있는 것을 발견하고, 우리는 무엇인가 컴컴한 구석이 있지 않는가 무서워 졌었다. 베르니스가 어떤 친구의 소식을 물으면, 그들은 이렇게 대답한다.

「그럼 여전하고말고. 그 사람 하는 일이 썩 잘 돼 가지는 않지. 하지만, 뭐…… 세상사가 다 그런걸.」

모든 사람이 자기 자신의 포로요, 알지 못하는 브레이크에 걸려 있었다.

도망꾼이요, 가난뱅이 아이요, 그 요술쟁이와 같은 자기와는 다들 딴판이었다.

친구들의 얼굴은 두 해의 겨울과 여름을 지나면서 좀 닳아빠지고 좀 홀쭉해졌을까말까 했다. 술청 한구석에 있는 저 여인도 그는 알아보았다. 웃음을 너무 서비스했기 때문에 좀 피곤해졌다고 할 얼굴이었다. 저 바텐더도 그대로였다. 그는 바텐더가 자기를 알아볼까 봐 겁이 났다. 자기를 부르는 그의 목소리가 자기 안에 죽은 베르니스를, 날개 없는 베르니스, 탈출하지 못한 베르니스를 다시 살아나게 하기나 할 것처럼.

돌아오는 도중에 벌써 그의 주위에는 감옥과 같은 한 풍경이 조금씩 꾸며지고 있었다. 사하라의 사막과 스페인의 바위들이, 이제 나타나려고 하는 풍경 속에서 마치 연극의 의상 모양으로 차츰차츰 물러났었다. 마침내 국경을 넘어서니, 평야의 혜택을 받는 페르피냥이 나타났다. 비스듬하게 길게 뻗은 석양이 조금씩 더 엷어져가는 그 들판에는 풀 위 여기저기에 걸쳐 황금빛 옷이 차차 더 여려지고 더 투명해지며, 사라진다기보다는 차라리 증발하고 있었다. 그러면 푸른 공기 아래 컴컴하고도 아늑한 초록빛 진흙이 나타났다. 그 조용한 바탕. 엔진의 회전을 줄이고 그 바닷속으로 잠수해 들어간다. 거기에는 모든 것이 잠들어 있고, 모든 것이 담과 같이 분명하고 오래 간다.

비행장에서 정거장까지 오는 자동차 행로. 그의 얼굴 맞은편에 나타난 표정 없이 굳어 버린 얼굴들. 그들의 운명이 새겨진 그 손들은 무릎 위에 펴진 채 몹시도 무거운 듯 얹혀 쉬고 있었다. 밭에서 돌아오는 그 농사꾼들과도 어깨를 스쳤다. 자기집 문 앞에 서서 십만 명 중에서 한 남자를 기다리는 그 처녀, 십만 명에 대한 희망을 단념한 그 처녀. 어린애를 흔들어 주던 그 어머니, 벌써 어린애에게 사로잡혀 달아날 수 없는 그 어머니.

사물의 비밀에 직접 접촉한 베르니스는 가장 은밀한 지름길로 해서 고향으로 돌아왔다. 정기 항공로의 조종사답게 양손을 주머니에 찌른 채, 트렁크 하나 없이, 담을 하나 고치든가 밭 한 뙈기를 늘이는 데 이십 년 동안이나 소송을 해야 하는, 아주 끄떡도 하지 않는 세상으로 돌아온 것이다.

아프리카에서 이 년 동안 근무하고, 바다의 표면처럼 움직이고 늘 변하는 풍경, 그러면서도 차례차례로 자취를 감추면 오직 하나밖에 없는, 영원한,

그리고 자기가 **빠**져나갔던 그 묵은 풍경을 그대로 드러내놓는 풍경을 이 년 동안 겪고 난 뒤에, 그는 지금 서글픈 대천사(大天使)처럼 정말 땅 위에 발을 디디고 있었다.

「그런데 모두가 그대로란 말이야……」

모두가 달라지지 않았을까 하고 걱정했었는데, 막상 돌아와 보니까 모든 것이 그대로인 것이 오히려 괴로워졌다. 그는 해후와 우정에서 막연한 귀찮음밖에 바라지 않았다. 멀리 있을 적에는 사람들이 상상을 한다. 떠날 적에, 사람들은 미어지는 듯한 가슴을 안고 애정을 뒤에 내던져 버리지만, 보물을 땅속에 파묻어 두고 간다는 이상야릇한 기분도 없지 않았던 것이다. 이러한 도피는 어떤 때는 욕심 사나운 사랑의 증거가 되는 수도 있다. 어느 날 밤, 별이 총총히 박힌 사하라의 하늘을 쳐다보며, 멀리 떨어져 있는 이 애정, 땅속에 묻힌 씨앗처럼 밤과 시간으로 파묻힌 이 뜨거운 애정을 꿈꾸려니까, 잠자는 것을 보기 위하여 조금 뒤로 물러난 것 같은 느낌이 별안간 들었다. 고장난 비행기에 기대어, 그 사막의 곡선, 그 지평선의 굴곡을 바라보면서, 그는 목자와 같이 자기의 사랑을 지키고 있었다…….

「그런데 돌아와 보니 이 모양이란 말이다!」

그래서 베르니스는 어느 날 내게 이런 편지를 보냈다.

내 귀성(歸省)에 대해서는 말하지 않겠네. 감격이 나를 맞이한다면 나는 내가 사물의 주인이라고 생각하네. 그러나 아무런 감격도 눈을 뜨지 않았어. 나는 마치 일 분 늦게 예루살렘에 도착한 순례자와도 같았네. 그의 욕망도 그의 신앙도 사라져서 그가 만나는 것이란 돌뿐이란 말이야. 여기 이 도시로 말하자면 그저 벽일 뿐일세. 나는 다시 떠나고 싶네. 자네는 처음으로 출발하던 때가 생각나나? 우리는 함께 출발했었지. 뮈르시, 그라나다 따위 도시들은 진열장 속에 골동품들 모양으로 누워서 과거 속에 파묻혀 있었지. 그때 우리는 거기에 착륙하지 않았으니까. 그 도시들은 여러 세기가 지나가며 남겨 놓은 것이었지. 엔진은 그 우렁찬 폭음으로 다른 소리를 전부 지워 버리고, 그 뒤로는 풍경이 영화처럼 소리 없이 지나가고 있었지.

그리고 그 추위——우리는 하늘 높이 비행하고 있었으니까 ——그 도시들은 얼음 속에 갇혀 있었지. 자네 생각나나?

나는 그때 자네가 내게 주었던 종이 쪽지들을 아직도 가지고 있네.

『저 달그락거리는 이상한 소리를 조심하게…….. 그 소리가 심해지거든 해협으로 들어가지 말게.』

두 시간 후, 지브롤터에 접어들었을 때에는 『타리파를 기다려서 횡단하게, 그게 낫지.』라고 했지.

탕지르에 와서는, 『너무 오래 머물러 있지 말게. 땅이 무르니까.』라고 했고.

이것뿐이었지. 이런 말을 가지고 세계를 정복하는걸세.

나는 자네의 이 짧막한 명령으로 아주 강력하여진 전략의 계시(啓示)를 받았네. 탕지르라는 아무것도 아닌 그 조그만 도시, 그것이 내 첫 정복이었지. 그것이 내 첫번 강도질이었단 말이야. 그렇지, 우선 수직으로, 하지만 아주 멀리서. 그러다가 차차 내려가노라면, 목장과 꽃과 집들이 활짝 피어나고, 내가 얼음 속에 파묻힌 도시를 광명으로 다시 돌려 주면, 그 도시는 생생하게 살아났었지. 그리고 별안간 그 훌륭한 발견을 하게 된단 말이야. 비행장에서 오백 미터 떨어져 밭을 갈고 있는 그 아라비아 사람을 내게 끌어당겨서 나와 같은 척도의 사람으로 만들거든. 그 아라비아 사람이야말로 정말 내 전리품(戰利品)이 아니면 내 창작물, 또는 내 장남감이었네. 나는 볼모를 한 명 잡은지라, 아프리카는 이제 내 소유가 되었었네.

이 분 후, 풀밭에 내려선 나는, 생명이 다시 시작되는 어떤 별에라도 내려앉은 듯 젊은 기분이었네. 그 새로운 기후 속에서 그 땅, 그 하늘 안에서 나는 어린 나무 같다는 생각이 들었네. 그리고 나는 기분 좋은 시장기를 느끼며 여행의 피로를 기지개로 풀고 있었네. 나는 성큼성큼 탄력 있는 걸음을 옮겨 놓아 조종의 피로를 풀며, 착륙을 해서 내 그림자를 붙잡았다는 생각을 하고 껄껄 웃었네.

그리고 그 봄이란! 툴루즈의 그 우중충한 비를 겪고 난 뒤에 만난 그

봄이 생각나나? 사물들 사이를 흘러다니던 그렇게도 신선한 공기! 여자 하나하나가 모두 비밀을 간직하고 있었지, 말의 억양에, 몸짓에, 침묵 속에까지도. 그리고 모두가 탐이 나는 여자들이었지. 그리고 자네는 내 성질을 잘 알지만, 빨리 그곳을 떠나서 내가 예감은 하면서도 무엇인지 똑똑히 알지 못하는 것을 더 멀리 가서 찾아보려고 서둘렀네. 나는 휘청거리는 고욤나무 가지를 들고 보물 있는 데까지 세상을 두루 다니는 탐천가(探泉家)였으니까 말일세.

그러니 내가 찾는 것이 무엇인지를 자네가 좀 말해 주게. 그리고 내 창문에 이마를 대고 내 친구들의 도시, 내 욕망과 추억의 도시를 내다보며 어째서 내가 실망을 하는가 좀 일러 주게나. 어째서 생전 처음으로, 샘을 발견하지 못하고, 보물에서 이렇게까지 멀리 떨어져 있는 것 같은 느낌이 드는지를 말이야. 내가 받은 그 은밀한 약속, 그리고 어떤 숨은 신(神)이 지키지 않는 그 약속이란 도대체 어떤 것이란 말인가?

나는 샘을 다시 발견했네. 자네 생각나나? 주느비에브 말일세……

베르니스의 이 편지를 읽으며, 눈을 감으니 주느비에브여, 그대의 어릴 적 모습이 떠올랐다. 우리가 열세 살이고 그대는 열다섯 살이었다. 우리의 추억 속에 어떻게 그대가 나이를 먹었겠는가? 그대는 언제나 그 연약한 소녀 그대로 남아 있었고, 사람들이 그대의 말을 하는 것을 들을 적에, 우리가 깜짝 놀라며 인생의 모험을 하라고 내보내는 것도 그 연약한 소녀였다.

다른 사람들은 이미 성숙한 여인을 이끌고 제단 앞에 서는데, 베르니스와 내가 저 아프리카 속에서 약혼녀로 택한 사람은 한 어린 소녀였다. 열다섯 살 먹은 소녀인 그대는 어머니들 중에서 가장 어린 어머니였다. 나무를 타고 올라가다가 벌겋게 드러난 장딴지를 벗기는 그런 나이에, 그대는 굉장한 장난감인 진짜 요람을 요구했었다. 그리고 이 이적(異蹟)을 눈치채지 못하는 그대의 가족들 중에 끼여 사는 동안, 그대가 여인다운 조촐한 몸짓을 할 때 우리에겐 그대가 옛날 이야기 같은 생활을 하고, 이상한 문으로 해서 가장 무도회, 어린이 무도회에라도 들어오듯 이 —— 아내로, 어머니로, 선녀로 —— 가장하고 세상으로 들어오는 것으로 보였다.

과연 그대는 선녀였다. 나는 기억한다. 그대는 묵은 집의 육중한 벽에 둘러싸여 살고 있었다. 총안(銃眼) 모양으로 뚫린 창틀에 팔을 괴고 달을 기다리넌 그대의 모습이 눈에 선하다. 날이 떠오르고 있었다. 그러자 들판이 수군거리기 시작했고, 매미 날개의 울음통을, 개구리 배의 방울을, 집으로 돌아오는 소의 목에 달린 종을 흔들어 놓았다. 달이 떠오르고 있었다. 어떤 때는 동네에서 사자(死者)의 종이 울려, 귀뚜라미들과 밀 이삭들과 매미들에게 알지 못할 죽음의 소식을 전했다. 그러면 그대는 몸을 앞으로 쑥 내밀고, 약혼자들 걱정만을 했다. 왜냐하면 희망보다 더 깨지기 쉬운 것이란 없는 법이니까. 그러나 달은 여전히 올라오고 있었다. 그러면 죽음의 종소리를 지울 만큼 암내나는 부엉이들이 서로서로 불렀다. 들개들이 둥그렇게 둘러서서 달을 보고 요란스럽게 짖었다. 그러면 나무 한 그루 한 그루, 풀 한 포기 한 포기, 갈대 한 대 한 대가 살아났다. 그리고 달은 자꾸 올라오고 있었다. 그러면 그대는 우리들의 손을 잡고 우리에게 귀를 기울이고 들어 보라고 했다. 그것은 땅의 소리요, 사람을 안심시키는 좋은 소리니까 귀를 기울이라고 했다.

그대는 그 집에 완전히 호위되어 있었고, 집 둘레도 또한 대지의 그 살아 있는 옷으로 호위되어 있었다. 그대는 보리수와 참나무와 양떼들과 너무 많은 조약을 맺고 있었으므로, 우리는 그대를 그들의 여왕이라고 불렀었다. 저녁때 세상이 밤을 지낼 준비를 할 적에 그대의 얼굴은 차츰차츰 안온한 표정을 회복했다. (농사꾼들은 그 가축들을 외양간에 들여보냈다.) 그대는 멀리 떨어진 외양간의 등불을 보고 알아냈다. 은은한 소리가 들려온다. 『수문(水門)을 닫는구나.』 모두가 제자리로 들어갔다. 마침내 저녁 일곱 시 특급 열차가 우렁찬 소리를 내며 동네를 지나 사라질 때 침대차의 유리창에 비친 얼굴처럼 불안하며 불확실한, 움직이는 것들을 모두 쓸어 버리는 것이었다. 그러면 너무 넓어서 어둠침침한 식당에서 저녁 식사가 시작되고, 그대는 거기서 밤의 여왕이 되었고 우리는 스파이처럼 그대를 끊임없이 감시하고 있었다. 그대가 세간에 둘러싸여 늙은이들 틈에 말없이 앉아, 몸을 앞으로 수그려서 보이는 것은 오직 등피갓의 황금빛 동그라미에 비친 그대의 머리뿐이었다. 그렇게 빛의 왕관을 쓰고 그대는 군림하는 것이었다. 그대가 그렇게도 사물과 결합되어 있고, 사물과 그대의 생각과 그대의 장래에 대해서 그렇게도 자신이 있었으므로, 우리에게는 그대가 영원한 것으로 보였다. 그대는 우리의 여왕이었다.

그러나 우리는 그대를 괴롭힐 수가 있을는지, 그대를 숨이 막히도록 으스러져라 하고 껴안을 수가 있는지를 알고 싶었다. 왜냐하면 우리는 그대 안에 인간적인 것이 있음을 깨닫고, 그것을 바깥 광명으로 끌어내고 싶었던 까닭이다. 우리가 눈앞에 끌어내고 싶은 애정과 비탄이 그대 안에 있었던 것이다. 그리고 베르니스가 그대를 껴안자 그대는 얼굴을 붉혔다. 베르니스가 더 세게 껴안자 그대의 눈에는 눈물이 빛났다. 그러나 노파들이 울 때와는 달리 그대의 입술은 보기 싫게 일그러지지 않았다. 그러자 베르니스는, 그 눈물은 별안간 가득찬 마음에서 솟아나는 것이어서 금강석보다도 더 귀중하며, 그것을 마시는 자는 불사신(不死身)이 될 것이라는 말을 내게 들려 주었다. 그는 또 그대가 그대의 육체 속에 살고 있는 것은 마치 저 요정(妖精)이 물속에 살고 있는 것과 같으며, 그대를 물 위로 떠오르게 하는 가지가지의 요술을 알고 있는데, 그 중에 가장 확실한 것은 그대를 울리는 것이라는 말도 했다. 우리는 이렇게 해서 그대의 사랑을 훔친 것이다. 그러나 우리가 그대를 놓아 주면 그대는 이내 웃었고, 그 웃음소리에 우리는 몹시 당황했다. 마치 느슨하게 쥐고 있으면, 새가 달아나듯이.

「주느비에브, 시를 읽어 주렴.」

그대는 별로 읽지를 않았다. 그러나 우리는 그대가 이미 모든 것을 아는 것으로 생각했다. 우리는 그대가 당황해하는 것을 본 적이 없다.

「시를 읽어 주렴⋯⋯.」

그대는 읽어 주었다. 그러면 우리에게는 그것이 세상에 대한 교훈으로 들렸고, 그 교훈은 또 시인에게서 오는 것이 아니라 그대의 지혜에서 오는 것같이 생각되었다. 그리고 애인들의 비탄, 여왕들의 눈물들이 안온하고

위대한 것이 되었다. 그대의 목소리 속에서는 사랑 때문에 죽는 사람들이
몹시도 조용히 죽어가는 것이었다.

「주느비에브, 사람이 사랑 때문에 죽는다는 게 참말일까?」

그대는 시 읽던 것을 멈추고 심각하게 생각에 잠기곤 했다. 그대는 필시
그 대답을 고사리와 귀뚜라미와 벌들에게서 찾는 것이었으리라. 그리고
「그렇다.」고 대답하는 것이었다. 벌들은 사랑한 까닭에 죽으니까. 그것은
필요하고 화평한 것이었다.

「주느비에브, 애인이란 무엇이야?」

우리는 그대가 얼굴을 붉히는 것이 보고 싶었다. 그런데 그대는 얼굴이
빨개지지 않았다. 겨우 좀 거북한 듯이 달빛에 흔들리는 연못을 똑바로
바라보고 있었다. 그대에게는 아마 빛이 애인인가 보다고 우리는 생각했었다.

「주느비에브, 너 애인이 있니?」

이번에야말로 그대가 얼굴이 새빨개지리라 생각했다. 그런데 그렇지 않
았다. 그대는 아무렇지도 않게 생그레 웃고 있었다. 그대는 머리를 흔들었다.
그대의 왕국에서는, 한 계절은 꽃을 가져오고, 가을은 과일을 가져다 주고,
한 계절은 사랑을 가져오는 것이어서, 인생은 간단한 것이었다.

「주느비에브, 우리가 이담에 무얼 하려 하는지 알겠니?」

우리는 그대를 어리둥절하게 해주고 싶어서 그대를 약한 여인이라고 불
렀다.

「약한 여인이여, 우리는 정복자가 되련다.」

우리는 그대에게 인생이라는 것을 설명해 들려 줬다. 정복자들은 금의환
향을 해서 그들이 좋아하는 여자를 애인으로 삼는다고.

「그렇게 되면, 우리는 네 애인들이 되는 거야. 좋아, 시를 읽어 다오…….」

그러나 그대는 더는 읽어 주지를 않았다. 그대는 책을 밀어 놓았다. 그대는
갑자기 그대의 생명을 몹시도 확실하게 느꼈다. 마치 어린 나무가 햇볕을
받아 자라고 씨앗이 여무는 것을 깨닫듯이 말이다. 필요한 것 외에는 이미
아무것도 없었다. 우리는 우화(寓話)의 정복자들이었다. 그러나 그대는 그
대의 고사리와 벌들과 산양들과 별들에게 의지하고, 그대의 개구리들의 울

음소리에 귀를 기울이고, 주위에서는 밤의 평화가 솟아오르는 가운데, 그대의
안에서 그대의 발목에서 목덜미로 뻗쳐 올라오는 그 모든 생명에서, 형언할
수는 없지만 확실한 그 운명에 대한 자신을 얻는 것이었다.

그리고 달이 중천에 오르고 잘 시간이 되자, 그대는 창문을 닫았다. 달은
유리창 너머로 번쩍였다. 우리는 그대가 진열장 유리를 닫듯이 하늘을 닫아서
그 속에 달과 별 한 줌이 갇혔다고 그대에게 말했다. 왜냐하면 우리는 모든
상징과 같은 함정을 써서, 우리의 불안이 우리를 불러들이는 바다 저 깊은
속으로 넌지시 그대를 끌고 들어가려던 것이었다.

……나는 샘을 다시 발견했네. 내 노독(路毒)을 푸는 데에는 그 샘이 필
요했어. 그 샘은 여기 있네. 다른 샘들은…… 사랑을 치르고 난 뒤에는
멀리 별들 사이로 물러가 버린다고 말하던 여자들이 있지. 그때 여자들은
마음의 구상에 지나지 않는다고 했지. 그러나 주느비에브는…… 자네도
기억하겠지만, 그 속에 사람이 살고 있다고 우리가 늘 말했었지. 나는 누가
사물의 뜻을 발견하듯 그를 다시 발견했네. 그리고 그와 나란히 서서,
드디어 내부를 들여다보게 된 세상을 걷고 있네…….

그 여자는 물건들 편에서 그에게로 오는 것이었다. 그 여자는 천 쌍의
이혼에 이어, 천 쌍의 혼인에 중매를 서는 것이었다. 그 여자는 그에게 그
마로니에를, 그 거리를, 그 분수를 돌려 주는 것이었다. 모든 물건이 그의
영혼이라는 중심으로 다시 그 비밀을 가져다 주는 것이었다. 그 공원은 미국
사람에게라도 보이기 위한 것처럼 빗질을 하고 수염을 깎고 말끔히 치워져
있지 않았고, 그보다도 오솔길의 그 혼잡과 낙엽과 애인들이 거닐다가 떨
어뜨린 손수건 따위를 거기서 만날 수 있었다. 그래서 그 공원은 하나의
함정이 되었던 것이다.

2

주느비에브는 자기 남편 에를랭 이야기를 베르니스에게 한 적이 없었는데, 오늘 저녁에는 이렇게 말했다.

「마음에 내키지 않는 저녁 모임이에요, 자크. 손님이 많이 온답니다. 같이 와서 식사하세요, 그래야 제가 덜 외롭겠어요!」

에를랭은 몸짓을 한다. 너무 많이 한다. 둘만이 있을 적에는 왜 친근감으로 떨쳐 버릴 만한 태도를 굳이 보이는 것일까? 그 여자는 남편을 불안스러운 태도로 쳐다본다. 이 남자는 자기가 일부러 지어 놓은 인격을 앞에 내세우는 것이다. 그것은 허영으로가 아니라 자신을 가지기 위한 것이다.

「당신의 관찰은 매우 정확합니다.」

주느비에브는 메스꺼워서 머리를 돌려 버린다. 그 젠 체하는 몸짓, 그 말투, 그 외면 치레의 자신이라니!

「보이! 여송연.」

그 여자는 이렇게도 활동적이고 자신의 힘에 취한 듯한 남편의 모습을 일찍이 본 일이 없었다. 식당에서나 무대에서 그는 세상을 마음대로 휘젓는다. 말 한 마디가 어떤 사상을 건드려 그것을 뒤집어 놓는다. 말 한 마디가 보이와 급사장을 건드려 그들을 움직인다.

주느비에브는 웃음이 나서 입이 썰그러진다. 무엇 때문에 이런 정치적인 만찬회를 하는 건가? 무엇 때문에 반 년 전부터 이렇게 정치에 마음이 들뜬 것일까? 에를랭으로서는 자기가 강하다고 믿기 위해서 자기 머릿속으로 힘 있는 사상이 지나가고, 자기 몸에 힘찬 태도가 드러난다고 느끼기만 하면 그만이다. 그러면 아주 기가 막히게 감격하여 자기 초상에서 한 걸음 물러나, 자기 자신을 우러러보는 것이다.

그 여자는 그들을 제멋대로 하라고 내버려 두고 베르니스 쪽을 돌아다본다.

「탕자(蕩子)님, 사막 이야기를 좀 해주세요……. 언제나 아주 돌아오시게 돼요?」

베르니스는 그 여자를 들여다본다.

베르니스는, 옛날 이야기 속에서처럼, 이 알지 못하는 여인 안에서 자기를 보고 빙그레 웃는 열다섯 살 먹은 소녀를 찾아낸다. 숨으려고 하지만 그 몸짓으로 오히려 자기가 있는 곳을 가리켜 주는 소녀를 말이다. 주느비에브, 나는 그 요술을 기억하고 있다. 그대를 두 팔로 끌어다가 그대가 아플 만큼 꼭 껴안아야 할 거다. 그러면 그 소녀가 다시 소생해서 울 것이다…….

남자들은 지금 흰 앞가슴을 주느비에브 쪽으로 돌려대고 유혹자로서의 일을 하고 있다. 마치 사상이나 상상으로 여자를 낚을 수 있기나 한 것처럼, 마치 여자가 이런 경쟁의 상품이기나 한 것처럼. 그의 남편까지도 매우 친절하게 군다. 오늘 밤에 아내를 못살게 굴리라. 다른 남자들이 그 여자에게 생각이 있어하는 것을 보고서, 비로소 그 여자를 발견하는 것이다. 야회복을 입은 그 여자가 그 빛나는 아름다움과 남자들의 마음에 들려는 마음으로 아내라는 자기 안에 약간의 창녀적 냄새를 풍겼을 때에 그 여자의 진가를 발견하는 것이다. 그 여자는 생각한다. 그는 저속한 걸 좋아하리라고. 어째서 그 여자 전체를 사랑하지 않는 것인가 ? 그 여자의 어떤 부분만을 사랑하고 다른 부분은 어둠 속에 내버려 둔다. 음악이나 사치를 사랑하듯 그 여자를 사랑하는 것이다. 그 여자가 재기(才氣)가 있다든가 감상적이든가 하면 그 여자에게 마음을 둔다. 그러나 그 여자가 무엇을 믿건, 무엇을 느끼건, 무엇을 마음 속에 간직하고 있건…… 도무지 아랑곳하지 않는다. 아이에 대한 그 여자의 애정, 가장 이해하기 쉬운 그 여자의 걱정 따위, 그런 어둠의 부분에는 아는 체를 하지 않는다.

모든 남자가 그 여자 옆에서는 헐렁이가 되어 버린다. 그 여자가 화를 내면 따라서 화를 내고, 그 여자가 상냥해지면 자기도 따라서 상냥해지고 하여, 그 여자의 마음에 들기 위하여 『나는 부인이 하라는 대로 하는 사람이 되겠습니다.』 하고 말하는 듯싶다.

그것은 사실이기도 하다. 그런 것은 남자에게는 아무래도 좋은 것이다. 중요한 것이 있다면 그 여자와 동침하는 것일 뿐이리라.

그 여자는 동침하는 것만을 늘 생각하지는 않는다. 그럴 시간이 없는 것이다.

그 여자는 자기 약혼 시절의 처음 며칠이 생각난다. 그 여자는 웃는다. 그러면 에를랭은 갑자기 자기가 연애를 하고 있다는 것을 깨닫는다. 『아마 그것을 잊고 있었던가 ?』그는 여자에게 말을 하고 여자를 길들이고 정복하려 든다.

「아이, 시간이 없어요…….」

그 여자는 그의 앞장을 서서 오솔길을 걸으며, 막대기를 노래의 리듬에 맞추어 신경질적으로 움직이며 애송이 가지들을 후려쳤다. 젖은 땅은 좋은 냄새를 풍겼다. 나뭇가지들이 얼굴 위로 비오듯 떨어졌다. 그 여자는 혼자 중얼거렸다.

「나는 시간이 없다……. 시간이 없어 !」

우선 온실로 달려가서 꽃을 보살펴야 했다.

「주느비에브, 당신은 가혹한 여자요 !」

「그야 물론이지요. 제 장미꽃들을 보세요, 얼마나 묵직한가 ! 묵직한 장미꽃은 참 훌륭해요.」

「주느비에브, 키스하게 가만 있어요…….」

「그러세요, 어때요 ? 내 장미꽃들이 좋으세요 ?」

남자들은 언제나 그 여자의 장미꽃들을 좋아한다.

「아니예요, 아니라니까요. 자크, 나는 슬프지 않아요.」

그 여자는 베르니스에게 비스듬히 기댄다.

「저는 생각나요……. 저는 아주 이상한 계집애였어요. 저는 제멋대로 하느님을 만들어냈어요. 어린애다운 절망이라도 느끼게 되면, 저는 어떻게 할 수 없는 지나간 일을 가지고 하루 종일 울었어요. 그렇지만 밤이 돼서 등불을 불어 끈 다음에는 이내 제 친구를 만나러 갔어요. 저는 그에게 이런 기도를 올렸지요. 『제가 당한 일은 이렇습니다. 그런데 저는 망쳐 버린 생애를 바로잡기에는 너무도 약합니다. 그러나 저는 당신에게 모든 것을 바칩니다. 당신은 저보다 훨씬 강하신 분입니다. 어떻게든지 해주세요.』그러고는 잠이 들곤 했어요.」

그리고 믿기 어려운 물건 중에도 충실한 것이 얼마든지 있다. 그 여자는 책과 꽃과 친구들 위에 군림했다. 그 여자는 그들과 조약을 맺으려 하였다.

그 여자는 사람의 미소를 자아내는 몸짓도, 『아! 우리 점성술가로군 요……』하는 한 마디밖에 없는 대답의 신호도 알고 있었다.

그렇지 않으면, 베르니스가 들어온다든가 할 때, 『탕자님, 앉으세요……』 하는 따위.

모두가 그 여자와는 자기 속마음을 알아본다는 기쁨, 같은 비밀 속에 끌려들어간다는 기쁨으로 친밀해졌었다. 가장 깨끗한 우정이 죄악처럼 풍부하게 되었었다.

「주느비에브, 당신은 여천히 물건들을 지배하는구려.」하고 베르니스가 말했다.

그 여자가 응접실의 세간을 약간 움직이고, 이 안락의자는 조금 끌어다 놓고 하면 친구는 놀랍게도 거기서 세상 안에 자기가 있을 자리를 찾아내게 되는 것이었다. 긴 하루의 생활이 지난 뒤에, 흐트러지는 음악과 시든 꽃 따위, 우정이 땅에 짓밟아 버리는 그 모든 것이 얼마나 소리 없이 설레이던가. 주느비에브는 소리 없이 자기 왕국에 평화를 이룩해 놓았다. 그러면 베르니스는 일찍이 자기를 사랑했던 포로의 몸이었던 소녀가 —— 여자 안에 몹시도 깊이 잘 보호되어 있는 것같이 느껴졌다.

그러나 하루는 사물들이 모반(謀反)을 일으켰다.

3

「자게 가만 계세요……」

「이럴 수가 있단 말이오! 일어나요. 어린애가 숨이 넘어가요.」

화닥닥 잠이 깨서, 그 여자는 아이 침대로 달려갔다. 어린애는 자고 있었다. 열로 인해 얼굴은 번들번들하고 숨을 가쁘게 쉬고는 있었으나, 조용한 숨결이었다. 비몽사몽간에 주느비에브는 다른 배를 끌어당기고 있는 예선(曳船)

의 가쁜 숨소리를 생각했다.

「얼마나 힘들까?」

이것이 벌써 사흘째나 계속되니! 아무것도 생각할 힘이 없어, 그 여자는 앓는 어린애 위에 꾸부린 채 서 있었다.

「왜 당신은 애가 숨이 넘어간다고 했어요? 왜 저를 무섭게 했어요?……」

그 여자의 가슴은 아직도 몹시 두근거리고 있었다.

「난 그런 줄 알았지.」

그 여자는 남편이 거짓말을 한다는 것을 알고 있었다.

어떤 고민의 엄습을 받아 혼자 괴로움을 견뎌낼 수 없을 때, 그는 자기의 괴로움을 아내와 함께 하고자 하였다. 그는 자신이 고통을 당할 적에, 남이 편안한 것을 견딜 수가 없었다. 그렇지만 사흘 밤이나 꼬박 새운 그 여자는 쉬어야 했었다. 벌써 그 여자의 머리는 무엇이 무엇인지 모를 정도로 멍해 있었던 것이다.

그 여자는 이런 천만 가지 공갈을 용서했다. 그까짓 말들이야…… 대수로울 게 없지 않으냐 말이다. 수면 시간을 따진다는 것이 우스운 일이지!

「당신은 철딱서니가 없어요.」

그 여자는 이렇게만 말했다. 그리고는 남편의 기분을 부드럽게 해주려고 「당신은 꼭 어린애 같아요……」라고 말해 주었다.

별안간, 그 여자는 간호원에게 시간을 물었다.

「두 시 이십 분입니다.」

「그래요?」

주느비에브는 『두 시 이십 분……』을 여러 번 뇌었다. 급하게 몸을 움직일 무슨 일이라도 있는 듯이. 그러나 그런 일이란 아무것도 없었다. 여행하는 때처럼 그저 기다리는 것밖에는 아무것도 할 일이 없었다. 그 여자는 침대를 토닥거리고, 약병을 가지런히 놓고, 창문을 만지고 하였다. 그 여자는 보이지 않는 신비로운 질서를 만들었다.

「좀 주무셔야 할 텐데요.」 하고 간호원이 말했다.

그리고는 침묵이 흘렀다. 그러다가는 다시 눈에 보이지 않는 풍경이 닳

음질치는 여행과 같은 압박감.

「펑펑 살아 있는 걸 보며 그렇게도 귀여워한 애가…….」

에를랭이 원망을 늘어놓았다. 그는 주느비에브에게서 위로의 말을 듣고 싶었다. 불쌍한 아비로서의 자신의 구실에 대해…….

「빈둥빈둥거리지 말고, 무얼 좀 하세요!」

주느비에브는 부드럽게 타일렀다.

「당신은 사업 관계로 약속이 있으시니, 거기나 가보세요!」

그 여자는 남편의 어깨를 밀었다. 그러나 그는 자기의 괴로움을 되씹고 있었다.

「어떻게 그럴 수가 있소? 이런 경우를 당하고서…….」

『이런 경우를 당해서,』 하고 주느비에브는 속으로 혼잣말을 했다.

『하지만…… 그럴수록 더 해야지요!』

그 여자는 이상하게도 질서를 세워 놓을 필요를 느꼈다. 제자리에 놓이지 않은 저 꽃병, 가구 위에 아무렇게나 딩굴고 있는 에를랭의 저 외투, 받침대에 앉은 저 먼지, 그것은…… 그것은 모두가 적이 전진한 자취였다. 어두운 와해(瓦解)의 조짐이었다. 그 여자는 이 와해와 싸우고 있었다. 골동품의 금빛 광택과 줄을 잘 맞추어 놓은 세간들은 표면까지 명랑한 현실들이다. 주느비에브에게는 건강하고 명쾌하고 빛나는 것은 모두 어두운 죽음으로부터 자신들을 보호해 주는 것으로 생각되었다.

의사는 이런 말을 했다.

「튼튼한 아이니까 어떻게 되겠지요.」

물론, 그 어린애는 잘 적에도 그 조그만 두 주먹으로 생명을 잔뜩 움켜쥐고 있었으니까. 그것은 참으로 훌륭하였다. 몹시도 튼튼하였다.

「부인, 밖에 나가서 산보라도 좀 하시지요. 부인이 다녀오시면 제가 나가겠습니다. 그렇잖으면 우리가 배겨내지를 못할 겁니다.」 하고 간호원이 말했다.

두 여인의 기운을 다하게 만드는 이 어린애의 모습은 이상야릇했다. 그 애는 두 눈을 꼭 감고, 가쁜 숨을 몰아쉬며, 두 여인을 세상 끝까지 끌고

가는 것이었다.

주느비에브는 에를랭을 피하기 위해서 밖으로 나갔다. 그는 아내에게 연설을 하고 있었다. 「내 가장 근본적인 의무가…… 당신의 자존심이……」하며.

그 여자는 졸렸으므로 그 구절을 하나도 알아듣지 못했다. 그러나 『자존심』 같은 어떤 말은 지나는 결에 그 여자를 놀라게 했다. 왜 자존심이라는 거야? 그것이 여기에 무엇하러 나타나느냔 말이다.

울지도 않고 쓸데없는 말 한마디도 하지 않으며, 알뜰한 간호원같이 자기를 도와 주는 이 여인을 의사는 놀라워했다. 그는 생명에 봉사하는 이 자상한 하인에게 감탄하였다. 한편, 이 내진(來診)은 주느비에브에게 있어서 하루 중에 가장 즐거운 시간이었다. 의사가 그를 위로해 주어서가 아니었다. 의사는 아무 말도 없었으니까. 다만 의사의 머릿속에는 이 어린애의 육체가 정확한 위치에 놓여 있기 때문이었다. 중대한 것, 어두운 것, 불건강한 것은 무엇이든지 표시되는 까닭이었다. 어두운 그림자와 싸우는 이 마당에 그것은 얼마나 유리한 엄호인가! 전전날 저녁의 그 수술만 하더라도, 에를랭은 응접실에서 울상이 되어 있었다. 그 여자는 수술실에 남아 있었다. 흰 수술복을 입은 외과 의사는 고요한 낮의 권력자처럼 방으로 들어왔다. 조수와 그는 재빠른 투쟁을 시작했다. 알맹이만 남은 말과 명령, 클로로포름, 그리고 죄시오, 그리고 요도 따위의 말이 감정을 잃은 채 가만가만 떨어져 나왔다. 그러자 별안간, 베르니스가 비행기에서 느끼듯, 그 여자는 매우 힘있는 작전의 계시를 받았었다. 이기게 된다는 것이다.

「그걸 어떻게 볼 수가 있소? 당신은 냉혹한 어머니란 말이오?」

에를랭이 말했었다.

어느 날 아침, 그 여자는 의사 앞에서 까무러쳐 안락의자에서 스르르 미끄러져 내렸다. 그 여자가 깨어났을 적에, 의사는 용기 이야기도, 희망 이야기도 하지 않고, 아무 동정도 표시하지 않았다. 의사는 그 여자를 정중하게 바라보며 말했다.

「부인은 과로하십니다. 그러시면 안 됩니다. 오늘 오후에는 외출을 하십시오, 명령입니다. 극장엔 가지 마십시오. 소견이 너무 좁은 사람들이 이해하지 못할 테니까요. 하지만 무엇이고 극장에 가는 것과 비슷한 것을 하십시오.」

그러면서 의사는 생각했다.

『이것이야말로 내가 이 세상에서 본 것 중에서 가장 진실한 것이다.』

그 여자는 불르바르의 냉기에 놀랐다. 그 여자는 걸음을 옮기며, 어렸을 적 일을 회상하는 데에서 크나큰 휴식을 맛보았다. 나무와 평야들. 단순한 것들. 오랜 세월이 흐른 뒤 어느 날, 이 아이가 태어났고, 그것은 또 이해할 수 없는 것인 동시에 무엇보다도 더 단순한 것이기도 하였다. 다른 무엇보다도 더 힘차게 명백한 현실이었다. 그 여자는 건성으로, 살아 있는 다른 물건들을 보살피는 결에 아이를 보살폈었다. 그런데 그 여자가 즉시 느낀 것을 표현하기에는 적당한 말이 없었다. 그 여자가 느낀 것은…… 그렇다, 그렇고말고. 자기가 현명하다는 것이었다. 그리고 자신을 알고, 모든 것과 연결이 되고, 위대한 협동에 참여한다고 느꼈었다.

그날 저녁 그 여자는 자기를 창문 곁으로 옮겨 달라고 했다. 나무들이 살아서 자라 올라오며, 땅에서 봄을 빨아올리고 있었다. 그 여자도 나무들과 같았다. 그의 애기는 엄마 옆에서 가냘픈 숨을 쉬고 있었지만, 그것은 세상을 움직이는 엔진이요, 그 가냘픈 호흡은 세상에 활기를 띠게 하는 것이었다.

그러던 것이, 사흘 전부터는 얼마만한 혼란이 일어났는가 ! 창문을 연다든지 닫는다든지 하는 따위의 아주 하찮은 행위도 중대한 결과를 가져올 수 있게 되었다. 무엇을 해야 할지 모르게 되었다. 약병과 홑이불과 어린애를 만지면서도 이러한 손짓이 미지의 세계에서 어떠한 결과를 나타내게 되려는지 알지 못했었다.

그 여자는 골동품 상점 앞을 지나갔다. 주느비에브는 자기 객실의 골동품들을 태양을 잡기 위한 함정인 것같이 생각했다. 빛을 머무르게 하는 것은 모두가 그 여자의 마음에 들었다. 아주 밝게 비쳐서 표면으로 솟아오르는 것은 모두가 그녀의 마음에 들었다. 그 여자는 이 수정 그릇 속에서 조용한 미소를, 오래 묵은 맛있는 포도주를 대할 적에 빛나는 그런 조용한 미소를 맛보기 위해서 걸음을 멈추었다. 그 여자는 피로한 마음속에 빛과 건강과 생의 확증을 뒤범벅시켜 놓으며, 황금 못처럼 박혀진 이 반사광(反射光)을 죽어가는 어린애 방에 갖다 놓아 주고 싶었다.

4

에를랭이 다시 공박하기 시작했다.

「그래 당신은 놀러다니고 골동품 상점이나 기웃거릴 마음이 난단 말이오? 그건 절대로 용서할 수 없소! 그건……」

그는 적당한 말을 생각했다.

「그건 언어 도단이오. 생각지도 못할 일이오. 어미로서는 도저히 용납되지 못할 짓이오!」

그는 기계적으로 궐련을 한 대 꺼내들고, 한 손으로 붉은 담배 케이스를 흔들고 있었다. 주느비에브는 또 『자신의 체면!』이라는 말도 들었다. 그녀는 이런 생각을 했다.

『저이가 그 담배에 불을 붙일 셈인가?』

「그래……」

에를랭은 느린 말투로 뱉듯이 말했다. 그는 이 새로운 사실을 맨 나중에 말하려고 남겨 두었었다.

「그렇소……. 어미가 놀러다니는 동안 어린애는 피를 토하고!」

주느비에브는 얼굴이 사뭇 하얗게 질렸다.

그 여자는 방에서 나가려고 했다. 그러나 남편이 문 앞에 딱 막아섰다.

「나가지 마오!」

그는 짐승처럼 숨을 가쁘게 쉬었다. 자기 혼자서 겪은 그 고민의 값을 받고야 말 작정이었다!

「당신은 나를 괴롭히고 나서 나중에 후회하시게 돼요.」

주느비에브는 남편에게 그저 이렇게만 말했다.

그러나 바람이 가득 든 고무풍선 같은 그에게, 사물에 임하여 아무 실행력이 없는 그에게 던져진 이 충고가 그의 흥분을 결정적으로 자극시키는 채찍이 되었다. 그는 소리소리 질렀다. 그렇다! 그 여자는 언제든지 자기의 노력에는 무관심했고 그저 모양이나 내고 경박하기만 했다는 것이다. 그렇다, 자기의 모든 정력을 그 여자에게 쏟아온 에를랭, 그는 오랫동안 속아왔다는 것이다. 그렇다. 하지만 그것은 모두 아무것도 아니라는 것이었다. 자기 혼자 그 때문에 괴로워했다고, 사람은 살아가는 동안은 언제나 외로운 것이라고 했다…….

주느비에브는 기가 막혀서 돌아섰다. 그는 그 여자를 자기 앞으로 돌려 세우고 몰아댔다.

「하지만, 여자들의 과실은 벌을 받는 거야.」

그리고 그 여자가 다시 몸을 빼내려니까, 이번에는 모욕으로 위압했다.

「아이가 죽어가, 이게 천벌이란 말이야!」

그의 분노는 살인을 하고 난 뒤처럼 대번에 수그러진다. 이 말을 던져 놓고는 자기 자신도 멍청하니 서 있다. 하얗게 질린 주느비에브가 문 쪽으로 한 발 내디딘다. 그는 오직 고귀한 인상을 나타내려 했었는데, 지금 그 여자가 자기에 대해 가지고 나가는 영상이 어떠한 것일지 짐작이 간다. 그래서 그 영상을 지우고 고치고 해서 억지로라도 그 여자 안에 상냥한 영상을 들여보낼 마음이 생긴다.

갑자기 풀이 죽은 목소리로 그는 말한다.

「용서해 주오……. 이리 와요…… 내가 미쳤었소!」

손잡이를 쥐고 반쯤 그에게로 돌아선 그 여자가, 그의 눈에는 자기가 조금이라도 움직이면 달아나려는 들짐승같이 보인다. 그는 움직이지 않았다.

「와요……, 이야기할 게 있으니……. 어려운 일이야…….」

그 여자는 꼼짝 않고 서 있다. 그 여자는 무엇을 무서워하는 건가. 그는 아내가 이렇게 쓸데없이 겁을 집어먹는 것을 보고 화가 날 지경이다. 그는 자기가 미쳤었고 가혹하고 불공평했었고, 그 여자만이 진실하다는 말을 하고 싶었다. 그러나 우선 그 여자가 가까이 와서 자기를 믿는다는 증거를 보여 주고, 마음 턱 놓고 대해 주어야 한다. 그러면 그는 그 여자 앞에 꿇어 엎드릴 것이다. 그러면 그 여자는 이해할 것이다……. 그런데 그 여자는 이미 손잡이를 돌리고 있지 않는가 ?

그는 팔을 뻗쳐 갑자기 그 여자의 손목을 잡아챈다. 그 여자는 그를 몹시도 경멸하는 눈초리로 바라본다. 그는 짓궂어진다. 이제는 어떻게 해서라도 그 여자를 자기 손에 넣고 휘둘러야 하고, 자기 힘을 그 여자에게 보여 주고, 「이거 봐, 손을 놔줄 테야.」 하고 말해야 될 판이다.

그는 아내의 가냘픈 팔을 처음에는 가만히, 다음에는 난폭하게 잡아당겼다. 그 여자는 그의 빰을 치려고 손을 들었다. 그러나 그는 그 손을 꼼짝 못하게 쥐었다. 이제 그는 그 여자를 아프게 했다. 그는 자기가 아내를 아프게 한다는 것을 깨달았다. 그는 도둑고양이를 잡아가지고, 억지로 길들이고 강제로 쓰다듬어 주며 거의 숨이 막히게까지 만드는 아이들을 생각했다. 상냥하게 군다고 말이다. 『나는 그녀를 괴롭힌다. 그러니 일은 모두 글러먹었다.』고 생각하며, 그는 숨을 깊이 들이쉬었다. 그는 몇 초 동안, 자기가 만들어 놓았지만, 자기 자신까지도 무섭게 생각되는 자기의 그 영상을 주느비에브와 아울러 없애 버리고 싶은 미친 듯한 욕망을 느꼈다.

이윽고 그는 이상스럽게도 무능과 공허의 기분에 사로잡혀 손가락을 풀었다. 그 여자는 남편이 이제는 정말 무서울 것이 없게 된 것처럼, 별안간 무엇이 자기를 남편의 손이 닿지 않는 곳에 갖다 놓아 주는 것처럼 천천히 물러갔다. 그녀의 안중에는 남편이 없었다. 그 여자는 서두르지 않고 천천히 머리를 다시 매만지고 몸을 꼿꼿이 세우고 나갔다.

그날 저녁, 베르니스가 찾아왔을 적에 그 여자는 그에게 아무 이야기도 하지 않았다. 이런 이야기란 남에게 하는 것이 아니다. 그러나 그 여자는 그에게 자기들이 같이 지낸 어린 시절의 추억과 먼 외지에서 지낸 그의 생활을 이야기해 달라고 했다. 그렇게 한 것은 위로해 주어야 할 어린 소녀를 그에게 맡겼기 때문이었고, 소녀들은 그림으로 위로하는 것이기 때문이었다.

그 여자는 그의 어깨에 이마를 얹었다. 베르니스는 주느비에브가 온통 자기 어깨에서 피난처를 얻은 것이라고 생각했다. 그 여자는 필시 그렇게 생각했으리라. 사람이 애무를 할 적에는 자기 자신을 아주 조금밖에 걸지 않는다는 것을 필시 그들은 알지 못했으리라.

5

「주느비에브, 당신이 이런 시간에 우리 집엘 오다니……, 얼굴이 몹시 창백하군…….」

주느비에브는 말이 없다. 괘종의 똑딱거리는 소리가 몹시 귀찮다. 램프 불빛이 벌써 새벽빛과 어우러진다. 열을 오르게 하는 음울한 음료다. 저 창문을 보니 구역질이 난다. 주느비에브는 참느라고 애를 쓴다!

「불빛이 보이길래 왔어요……. 그런데 할 말이 조금도 생각나지 않아요.」

「그렇소. 주느비에브, 나는…… 나는 이렇게 책을 뒤적이고 있어요…….」

제대로 제본되지 않은 책들이 노란, 하얀, 빨간 얼룩을 지어 놓는다. 꽃 잎들이라고 주느비에브는 생각한다. 베르니스는 기다린다.

주느비에브는 꼼짝 않고 있다.

「주느비에브, 나는 이 안락의자에 앉아서 몽상을 하고 있었습니다. 이 책을 펼쳤다 저 책을 펼쳤다 하고 있었는데, 모두 읽은 것 같은 생각이 들었습니다.」

그는 자기의 흥분을 감추기 위해서 이렇게 노인다운 인상을 주며, 가장 침착한 목소리로 말한다.

「주느비에브, 내게 할 말이 있습니까?……」

그러나 마음속으로는 이렇게 생각한다. 이것은 사랑의 기적이라고.

주느비에브는『이이는 알지 못하는구나.』하는 한 가지 생각하고만 싸우고 있다……. 그러면서 이상하다는 듯이 그를 쳐다본다. 그 여자는 소리를 내어 덧붙여서 말했다.

「저는 왔어요…….」

그리고 손으로 이마를 짚는다.

창문의 유리가 훤해지며, 방안에 수조(水槽) 속 같은 광선을 퍼뜨린다. 『램프 불빛이 희미해지는구나.』 하고 주느비에브는 생각한다.

그러고는 별안간 서글프게 외친다.

「자크, 자크, 저를 데리고 가세요!」

베르니스는 창백해져서, 그 여자를 품에 안고 흔든다.

주느비에브는 눈을 감고 말한다.

「저를 데려가 주세요…….」

이 어깨에 기대고 있으니 시간이 지나가는 것이 괴롭지 않다. 모든 것을 버린다는 것은 기쁘기까지 하다. 몸을 맡겨 버리면, 흐르는 물에 실려 내려간다. 자기 자신의 생명이 흐르고…… 또 흘러가는 것같이 생각된다. 그 여자는 소리를 내어 몽상한다.

「나를 괴롭히지 말고.」

베르니스는 그 여자의 얼굴을 쓰다듬어 준다. 그 여자는 무엇인가를 회상한다.

『오 년 동안, 오 년 동안이나…… 그런데, 그럴 수가 있단 말인가!』

그 여자는 또 생각한다. 『나는 그에게 그렇게도 많은 것을 바쳤는데…….』

「자크, 자크, 내 아들이 죽었어요…….」

「아시겠지요. 저는 집에서 도망해 나왔어요. 저는 평화가 몹시도 그리워요. 저는 아직 모르겠어요. 아직 괴로운 줄을 모르겠어요. 저는 애정이 없는 여자일까요? 다른 분들은 울면서 저를 위로하려고 합니다. 그분들이 그렇게 친절한 것에 감격합니다. 하지만, 저는 아직 아무것도 기억이 나지 않아요. 아시겠어요?…… 당신한테는 무엇이든지 말할 수 있어요. 죽음은 주사다, 붕대, 전보다 하고 몹시 어수선한 가운데 찾아오는군요. 며칠 밤을 새고 나면, 꿈을 꾸는 것같이 생각돼요. 진찰을 하는 동안, 텅 빈 머리를 벽에 기댄답니다. 그리고 남편과의 말다툼, 아아! 몸서리가 쳐져요! 오늘 조금 전에요……. 그이는 내 손목을 붙잡았어요. 난 손목을 비틀려는 줄 알았어요.

이게 모두 주사 한 대 때문이었죠. 그렇지만 저는 알고 있었어요……. 아직 시간이 안 됐다는걸. 그러고 나선 저보고 용서해 달래요. 하지만, 그런 건 아무래도 좋아요! 저는『예…… 예, 그러세요, 아이한테 가보게 가만 계세요.』그이는 문을 가로막고『용서해 주오…… 용서를 받아야겠소!』그저 자기 맘대로지요.『아이 참, 비켜 주세요. 용서해 드린다니까요.』그러니까 그이 말이『입으로는 용서한다고 해도 맘속으로는 용서 안 하지.』하는 거예요. 이런 식으로 자꾸 되풀이하니, 저는 꼭 미칠 것만 같았어요. 그러니까 물론, 끝장이 난 다음에도 별로 절망을 느끼지 않아요. 화평하고 조용한 것이 이상할 지경이지요. 저는요…… 이렇게 생각했어요. 아이가 잔다고요. 그뿐이에요. 저는 또 날샐 녘에 어딘지 모르게 아주 먼 데로 출발한다는 생각도 들었어요. 그래서 무엇을 해야 할지 통 알지 못하게 됐어요. 저는 생각했어요. 다 왔다고. 저는 주사기와 약을 들여다보면서,『다 왔으니…… 이건 이제 아무 의무가 없게 되었다.』고 혼자 중얼거렸어요. 그러고는 까무러쳤어요.」

별안간 그 여자는 흠칫 놀라며 말한다.

「제가 여길 오다니 성한 정신은 아니었어요.」

그 여자는 새벽이 저기서는 큰 재난을 나타내리라는 것을 깨닫는다. 찬 기운이 서린 채 흐트러진 홑이불, 세간 위에 아무렇게나 던져진 수건, 쓰러진 의자. 그 여자는 급히 이 물건들의 참변에 대처해야 한다. 급히 이 안락의자를 제자리에 끌어다 놓고, 저 꽃병을, 저 책을 제자리에 갖다 놓아야 한다. 생활을 둘러싸고 있는 물건들에게 본래의 자세를 다시 갖추게 하기 위해서 그 여자는 쓸데없이 몸을 고달프게 해야 되는 것이다.

6

사람들이 슬픔을 위로해 주기 위해 왔다. 사람들은 뜸을 들여가며 말을 한다. 사람들은, 자꾸자꾸 되씹는 가엾은 추억이 그 여자 안에서 가라앉게 내버려 두지만, 그것은 또 몹시도 생각이 모자라는 침묵이다……. 그 여자는 태연하게 굴었다. 그 여자는 사람들이 이리저리 둘러 말하는 『죽음』이란 말을 거침없이 입에 올렸다. 그 여자는 사람들이 해보는 말에 자기가 어떤 반향을 보이는가 살피는 것이 싫다. 그 여자는 사람들이 자기를 감히 쳐다보지 못하게 하느라고 그들을 똑바로 쳐다보았다. 그러나 그 여자가 눈을 내리뜨기만 하면…….

또 다른 조문객들…… 옆방까지는 침착하고 조용하게 걸어들어오다가, 옆방에서 응접실까지는 사뭇 창황한 걸음으로 몇 발 뛰어와서는 그 여자의 가슴에 쓰러지는 조문객들. 말은 한마디도 없다. 그 여자도 그들에게 아무 말도 하지 않는다. 그들은 그 여자의 슬픔을 숨막히게 한다. 그들은 얼굴이 일그러진 한 소녀를 품에 꼭 껴안는다.

그의 남편이 이번에는 집을 팔자고 한다.

「그 가지가지의 서글픈 추억은 우리한테 가슴 아픈 일이니까!」하고 남편은 말한다. 그의 말은 거짓말이다. 고통이란 것은 벗조차 될 수 있는 것이다. 그러나 그는 부산하다. 그는 야단스런 짓을 좋아하는 것이다. 그는 오늘 밤 브뤼셀로 떠난다. 그 여자는 나중에 따라가기로 한다.

「집 안이 얼마나 어수선한데 그래요…….」

그 여자의 모든 과거가 무너진다. 오랫동안 참을성 있게 꾸며 놓은 이 응접실. 사람이나 가구 상인이 갖다 놓은 것이 아니고, 시간이 거기에 내려놓은 이 세간들. 이 세간들은 응접실을 꾸민 것이 아니라 그 여자의 생활을 꾸며 놓았었다. 이 안락의자는 벽난로에서 멀리 끌어내고, 이 받침대는 벽에서 멀리 떼어 놓는다. 그러니까 문득 모든 것이 생전 처음으로 자기의 생생한 모습을 지닌 채, 과거 밖으로 내던져지는 것이다.

「그런데 당신도 또 떠나실 테지요?」

그 여자는 절망적인 몸짓을 한다.

천만 가지 계약이 깨졌다. 그러면 그 어린애는 세상을 지배하고, 그의 주위에서 세상이 질서를 유지하고 있었단 말인가? 그의 죽음이 주느비에브의 이러한 패배를 가져다 주는 어린애였더란 말인가? 그 여자는 맥없이 말한다.

「괴로워요……」

베르니스는 조용히 그 여자에게 말한다.

「내가 당신을 데리고 가지요. 내가 당신을 납치해 갑니다. 생각나십니까？ 나는 언제고 돌아온다고 했지요. 내가 말했지요……」

베르니스는 양팔로 그 여자를 꼭 껴안는다. 그러니까 주느비에브는 고개를 약간 젖히고, 눈에는 눈물이 반짝인다. 지금 베르니스가 품에 감싸안고 있는 여자는, 눈물을 흘리고 있던 그 소녀에 지나지 않는다.

×월 ×일, 쥐비 곶에서.

친애하는 베르니스, 오늘은 우편기가 있는 날일세. 비행기가 시스네로스를 출발했네. 그 비행기는 곧 이곳을 들러서, 자네에게 보내는 이 몇 줄의 책망을 싣고 떠날걸세. 나는 자네 편지와, 붙잡혀온 우리 여왕에 대해서 많이 생각했네. 어제 끊임없이 바다에 씻기는, 아무것도 없이 텅 빈 해변을 거닐면서, 나는 우리가 그 해변과 비슷하다고 생각했네. 나는 우리가 존재하는 것인지를 잘 모르겠네. 자네는 어느 날 저녁, 비극적인 일몰 때에, 스페인 보루 전체가 빛나는 해변 속으로 가라앉는 것을 보았지. 하지만, 그 신비로운 파란 빛깔의 반사광은 보루와 같은 물질로 되어 있는 것은 아니야. 그리고 그것이 자네의 왕국일세. 아주 현실적이고 아주 안전하다고는 할 수 없는 왕국이지……. 하지만, 주느비에브에게는 마음대로 살게 내버려 두어야 하네.

그래, 그 여자가 지금 얼마나 마음이 어지럽겠는가를 나는 알고 있네. 그러나 일생에 있어서 비극이란 드문 거야. 처분해야 할 우정이라든지, 애정이라든지, 사랑이라든지 하는 건 별로 없어. 자네가 에를랭에 대해서 무어라고 하든, 사람이라는 게 그리 대수로운 것은 아니야. 나는 말이야…… 인생이란 것이 다른 물건으로 지탱되는 거라고 생각하네…….

그 풍속, 그 습관, 그 법률 따위, 자네가 필요성을 느끼지 않는 그것들, 거기에서 자네가 탈출해 나온 그것들이 모두…… 인생의 테두리가 되는 거야. 생존해 나가기 위해서는, 자기 주위에 영속적인 현실이 있어야 하는걸세. 그러나 조리(條理)가 없었다든가 불공평하다든가 하는 것은 모두 말에 지나지 않네. 그러니 자네가 빼돌린 주느비에브는 내면의 주느비에브가 그리울걸세.

그리고 그 여자는 자기에게 무엇이 필요한지를 알고 있나? 그 여자 자신, 깨닫지 못하고 있는 재물에 젖어 있던 그 습관, 돈, 이것이 있어야 행복을 정복하고 외부적 불안을 정복할 수가 있는 것일세——그런데 그 여자의 생활은 내적인 것이지——그렇지만, 물건을 영속시켜 주는 것도 재산이란 말이야. 눈에 띄지 않는, 땅속에 들어 있는 냇물이 한 집의 벽을, 추억을, 즉 그 집의 혼을 한 세기 동안이나 먹여 살리는 것일세. 그런데 자네는, 그 집에서, 눈에는 보이지 않지만 그것을 이루고 있는 여러 가지 물건을 아파트에서 전부 끄집어내듯, 그 여자에게서 그녀의 생활을 빼내서 아주 텅 비게 해놓으려는 참일세.

하긴, 자네로서는 사랑한다는 것이 사는 것이라는걸 나도 생각은 하네. 자네는 새로운 주느비에브를 데리고 간다고 생각하겠지. 사랑은 자네가 가끔 그 여자에게서 얻어 보던 그 눈의 빛깔이고, 따라서 그것은 램프에 기름을 보급하듯이 꺼지지 않게 유지시키기가 쉬울 것이라고 자네는 생각하겠지. 또 사실, 어떤 순간에는 아주 간단한 말들이 비상한 힘을 지니고 있는 것같이 보이며, 사랑을 키우기가 쉽기도 하지…….

산다는 것은, 확실히 이것과는 다를 것일세.

7

주느비에브는 이 커튼과 이 안락의자를 살그머니, 그러나 새로 발견하는 경계표 만지듯 만져 보는 것이 어째 서먹서먹하다. 지금까지는 손가락으로 이렇게 쓰다듬는 것이 장난의 한 가지였다. 지금까지는 이 장치가, 극장에서처럼 자기가 하고 싶은 때에 나타났다없어졌다하는 것이 몹시도 경쾌했었다.

취미가 아주 확실한 그 여자는 이 페르샤 양탄자가 정확히 말해서 무엇을 표시하는 것이며, 이 쥬이의 화폭(畵幅)이 무엇을 나타내는 것인지 일찍이 생각해 본 적이 없었다. 오늘까지는 그렇게도 아늑한 집 안의 모습을 형성하고 있었는데, 그것들이 지금은 그 여자의 눈에 띄는 것이었다.

『아무것도 아니다. 내가 내 생활이 아닌 생활 속에 어울려들지 않는 외부인으로 있기 때문이다.』고 주느비에브는 생각했다. 그 여자는 안락의자에 깊숙이 파묻히며 눈을 감았다. 이와 같이 급행 열차 찻간에 있으면, 지나보내는 일 초 일 초가 집과 수풀과 동네들을 뒤로 휙휙 던져 버린다. 그렇지만 눈을 뜨고 침대에서 바라보면, 보이는 것이란 언제나 변함없이 구리로 만든 고리 한 개뿐이다. 사람은 알지 못하는 사이에 변화를 일으킨 것이다.

『일주일만 있다가 눈을 뜨면 나는 딴 여자가 될 것이다. 이이가 나를 데리고 가니까.』

「우리 집을 어떻게 생각하시오?」

왜 벌써 그 여자를 깨워야 하는 것일까? 그 여자는 휘둘러본다. 그 여자는 자기가 느끼는 것을 표현할 수가 없다. 이 장치는 영속성이 없다는 느낌이다. 그 뼈대가 든든하지 못하다…….

「이리 가까이 오세요, 자크. 사라지지 않는 자크…….」

총각 살림의 긴의자와 커튼에 걸린 이 어스름한 빛. 벽에 걸린 모로코 천들. 이것들은 모두 오 분 동안에 걸었다떼었다할 수 있는 것이다.

「왜 벽을 가려 놨어요, 자크? 왜 손가락과 벽의 접촉을 부드럽게 하려고 하세요?……」

그 여자는 손바닥으로 돌을 쓰다듬고, 집 안에서 확실하고 가장 영속성 있는 것을 쓸어 주는 것을 좋아한다. 배처럼 자기를 오래오래 거두어 줄 수 있는 것을 말이다…….

그는 자기의 재산, 기념품들을…… 내보인다. 그 여자는 그것들을 안다. 그 여자는 파리에서 유령과 같은 생활을 하는 식민지군 장교들을 알고 있었다.

그들은 자기들이 큰 거리에 서 있는 것을 발견하고는, 아직 살아 있는 것을 이상히 여겼다. 그들의 집에 가면, 사이공이나 마라케슈의 그 집을 그럭저럭 회상할 수는 있었다. 거기서는 여자 이야기며, 동료들 이야기며, 승진 이야기들을 했다. 그러나 저기서는 어쩌면 살아 있는지도 모르는 벽의 그 커튼들이 여기서는 죽은 물건 같았다.

그 여자는 손끝으로 얇은 구리 그릇을 만져 보았다.

「당신은 내 골동품이 마음에 들지 않습니까?」

「자크, 용서하세요……. 이건 좀…….」

그 여자는 『천박』이라는 말을 감히 입 밖에 낼 수가 없었다. 그러나 모사화(模寫畵)가 아닌 진품의 세잔느 외에는 알지도 사랑하지도 않았고, 모제품(模製品)이 아닌 진짜 세간밖에는 알지도 사랑하지도 않은 것에서 오는 그 여자의 고상한 취미 때문에, 이런 것들을 은연중 업신여기게 되었다. 그 여자는 아주 너그러운 마음으로 모든 것을 희생할 생각이었다. 그 여자는 벽에 회칠을 한 감방에서 사는 것도 견딜 수 있을 것같이 생각되었지만, 여기서는 약간 자기가 자기 자신의 위신을 상하게 하는 것 같은 느낌이 들었다. 부잣집 딸로서의 자기의 화사함이 아니라, 대단히 이상한 생각이겠지만, 자기의 올바름이 모독당하는 것 같은 느낌이었다. 자크는 그 여자의 이 거북해하는 심정을 이해는 못 하면서도 눈치는 챘다.

「주느비에브, 나는 당신에게 지금까지와 같은 악착 같은 생활을 계속해서 시킬 수는 없습니다. 나는……」

「아이! 자크! 당신 미쳤어요. 그런 생각을 하시게! 저는 이런 거 다 아무 상관없어요.」

그 여자는 그의 가슴을 파고들었다.

「단지 저는 당신의 양탄자보다는 양초칠을 잘한 아주 단순한 마룻바닥이 더 좋을 뿐이에요……. 제가 이걸 모두 손을 봐드리겠어요…….」

그러다가 그 여자는 말을 뚝 끊었다. 그 여자는 자기가 소원하는 그 꾸밈 없는 장식이 오히려 훨씬 더 큰 사치요, 물건의 후한 모습을 가리는 이 마스크보다도 훨씬 더 돈이 든다는 것을 깨달았기 때문이었다. 어렸을 적에 그 여자가 놀던 그 홀, 반짝반짝하는 호도나무 판으로 만든 그 마룻바닥, 몇 세기를 지나도 유행에 뒤떨어지지도 않고 낡지도 않는 그 육중한 테이블 같은 것들 말이다…….

그 여자는 이상한 우울을 느꼈다. 그것은 재산을 아쉬워한다든가, 재산이 있으면 할 수 있는 그것을 아쉬워하는 것이 아니었다. 그 여자는 없어도 좋은 것을 필시 자크보다는 덜 경험했을 것이니까. 그러나 그 여자는 자기의 새 생활에 있어서야말로 이 없어도 좋은 것을 실컷 경험하게 되리라는 것을 깨달았다. 그 여자는 그것이 필요하지 않았다. 하지만 그 영속성의 보증, 그것을 이제는 가지지 못하게 될 것이다. 그 여자는 생각했다.『전에는 물건들이 나보다 더 영속성이 있었는데. 나는 물건들로부터 영접을 받고, 호위를 받고, 또 언젠가는 그 물건들의 보호를 받으리라는 확신을 가지고 있었는데, 지금은 오히려 내가 물건들보다 더 오래 가게 되었다.』

그 여자는 또 이렇게도 생각한다.『내가 시골엘 갔을 적에는…….』

그 여자는 보리수의 우거진 숲 너머로 보이던 그 집이 눈앞에 떠올랐다.

맨 앞에 떠오르는 것은 그 중에서도 가장 든든한 것, 즉 땅속에까지 뻗어들어간 그 널찍한 돌로 만든 정면 계단이었다.

거기서는…… 그 여자는 겨울을 생각했다. 수풀의 마른 삭정이 가지를 전부 따버리고, 집의 선을 알알이 드러내 놓는 겨울. 세상의 뼈대까지도 보이는 것이었다.

주느비에브는 지나가며 휘파람으로 개들을 부른다. 그 여자의 발걸음 하나하나에 낙엽들이 바스락 소리를 낸다. 그러나 겨울이 이렇게 흐리고 마른 풀을 모두 뜯어 놓은 뒤에는, 봄이 온 누리를 채우고 나뭇가지에 올라와 새 싹을 돋게 하고, 물의 깊이와 움직임을 방불케 하는 그 푸른 나뭇가지들을 다시 우거지게 하리라는 것을 그 여자는 알고 있다.

거기서는 그의 아들이 완전히 없어지지는 않았다. 그 여자가 설익은 마르멜로를 뒤집어 놓으려고 술광에 들어갈 적에야 겨우 거기서 살짝 빠져나간 길이었지만, 애야, 그렇게도 뛰어 돌아다니고, 장난을 몹시 하고 했으니 이제는 자는 것이 좋지 않겠느냐?

시골에서의 죽은 이들의 신호를 그 여자는 안다. 그러나 그것을 무서워하지는 않는다. 그 신호가 각각 집 안의 침묵에 자기 침묵을 보탠다. 사람들은 읽던 책에서 눈을 들고, 숨을 죽이고, 이제 막 사라진 부르는 소리를 맛본다.

죽은 이들은 사라졌다고? 늘 요랬다저랬다 변하기만 하는 자들 가운데서는 그들만이 홀로 변함이 없거늘, 그들의 마지막 얼굴 모습이 마침내 그렇게도 진실하게 되어, 그들에게 있는 아무것도 그것을 부인하지 못하게 되었거늘!『이제 나는 이 사람을 따라가서, 이 사람 때문에 괴로움을 당하고 그를 의심할 것이다.』

왜냐하면 애정과 반감을 사람들은 곧잘 혼동하지만, 그 여자는 운명이 이미 결정된 그들에게서만은 그것을 따로따로 갈라 놓았기 때문이다.

그 여자는 눈을 뜬다. 베르니스가 생각에 잠겨 있다.

『자크, 저를 보호해 주셔야 해요. 저는 가난한, 아주 가난한 여자로 출발할 테니까요.』

베르니스가 만약 힘이 모자란다면, 책속에 있는 그림보다 별로 더 실제적인 것도 아니고 또 조금도 필요없는 광경밖에는 없는 세상에서, 그 여자는 다카르의 그 집, 부에노스아이레스의 그 군중보다 더 오래 살아 있을 것이다…….

그러나 자크가 그 여자에게 몸을 숙이고 상냥스럽게 말을 한다. 그가 자기 자신에 대해서 보여 주는 이 모습을, 숭고할 만큼 성실한 이 애정을, 그 여자는 믿으려고 노력하리라고 마음먹는다. 그 여자는 사랑의 영상을 사랑하리라고 작정한다. 그 여자에게는 자기를 보호하는 것이라고는 가냘픈 영상밖에 없다…….

그 여자는 오늘 밤, 쾌락 속에서 이 연약한 어깨, 이 하찮은 피난처를 발견하고, 짐승이 죽을 때처럼 거기에 자기 얼굴을 깊숙이 파묻을 것이다.

8

「절 어디로 데려가시는 거예요? 왜 저를 이리로 데려오시는 거예요?」

「이 호텔이 마음에 들지 않소, 주느비에브? 다른 데로 갈까요?」

「예, 다른 데로 가요…….」 하고 주느비에브는 쭈뼛거리며 말했다.

헤드라이트가 몹시 어두웠다. 그들은 구멍 속으로 들어가듯 밤속으로 힘들게 빠져들어갔다. 베르니스는 이따금 곁눈질을 했다. 주느비에브는 창백해져 있었다.

「춥습니까?」

「조금요. 하지만 괜찮아요. 모피를 잊어버리고 안 가지고 나왔어요.」

그 여자는 덤벙대는 어린 소녀였다. 그 여자는 생그레 웃었다.

이제는 비가 오고 있었다.

『염병할!』하고 생각했다. 그러면서도 그는 지상낙원으로 가는 것은 으레 이러리라고도 생각했다.

상스 근처에서는 플러그를 한 개 갈아 끼워야 했다. 그는 회중전등을 잊고 안 가져왔었다. 또 한 가지 잊은 물건이 있었다. 그는 비를 맞으며, 자꾸 빠져나오는 스패너를 가지고 더듬거렸다.

『기차를 탈 걸 그랬다.』고 그는 자꾸만 되풀이해 생각했다. 그가 자기 자동차를 타고 가기로 한 것은 그 편이 자유롭다는 인상을 주기 때문이었다. 꼴 좋은 자유다! 그뿐 아니라, 그는 이번 도망을 시작한 뒤로 죽 서툰 짓만 해왔다. 거기에다 또 잊고 온 것은 얼마나 많은지!

「어떻게 돼가요?」

주느비에브가 그의 곁으로 왔다. 그 여자는 갑자기 자기가 포로의 몸이 된 것같이 느껴졌다. 이 나무 저 나무가 보초.모양 서 있고, 도로 수선공의 저 멍청한 오막살이가 지켜 서 있고……. 아이고, 이게 무슨 꼴이야!…… 여기서 영영 살아야 한단 말인가?

다 됐다. 그는 그 여자의 손을 잡았다.

「신열이 있군요!」

그 여자는 웃었다…….

「예…… 좀 피곤해요. 좀 잤으면 좋겠어요…….」

「그런데 왜 비를 맞고 차에서 내렸어요!」

엔진은 여전히 시원치 않아서 갑자기 꺼지기도 하고 삐드득거리기도 했다.

「자크, 목적지까지 갈 것 같아요?」

그 여자는 신열에 싸여 반쯤 자고 있었다.

「갈 것 같아요?」

「가고말고요. 이제 곧 상스에 들어갑니다.」

그 여자는 한숨을 푹 쉬었다. 그 여자가 해보려고 하는 것은 힘에 겨웠다. 그것은 모두 헐떡이는 이 엔진 때문이었다. 나무 하나하나가 어떻게 무거운지 앞으로 끌어당기기가 몹시 힘들었다. 나무 하나하나가. 한 그루를 지나치면, 또 한 그루. 그런데 그것이 또 한없이 계속되었다. 『이럴 수가 있나, 또 차를 세워야겠는걸.』 하고 베르니스는 생각했다.

그는 이 고장이 겁났다. 그는 풍경이 꼼짝 않는 것이 무서웠다. 그것이 싹터 나오는 어떤 생각을 활짝 퍼지게 하는 것이다. 그는 머리를 쳐들기 시작한 어떤 힘이 겁났다.

「주느비에브, 이 밤을 생각하지 말고…… 오래지 않아 맞이할 일을 생각해요……. 저…… 스페인을 생각해요. 스페인은 좋아하겠지요?」

멀리서 들려오는 가느다란 목소리가 그에게 대답했다.

「그래요, 자크, 저는 행복해요. 하지만…… 저는 산적들이 좀 무서워요.」

그 여자가 조용히 웃는 것이 보였다. 이 말들은 베르니스에게는 가슴이 쓰린 것이었다. 그 말들은, 스페인을 여행한다는 건 옛날 이야기 같은 것이에요, 하는 말 외에 아무 뜻도 없는 것이었다……. 신념이 없는 말들이었다. 신념이 없는 군대였다. 신념이 없는 군대는 정복할 수가 없다.

「주느비에브, 이 밤이, 비가 우리들의 자신을 무너뜨리는 거요…….」

그는 이내 이 밤이 나을 기약 없는 병과 같다는 것을 깨달았다. 그 병의 맛을 그는 입속에서 맛보았다. 그것은 새벽을 바랄 수 없는 그런 밤이었다.

그는 싸우며 속으로 똑똑 끊어 말했다.

『비만 안 오면, 새벽이 병을 낫게 할 텐데……. 비만 안 오면…….』

무엇인지 그들 속에 병든 것이 있었다. 그러나 그는 그것을 알지 못했다. 그는 땅이 썩은 것이라고, 밤이 병든 것이라고 생각했다.

『날이 새면, 숨을 돌리리라.』 또는 『봄이 되면, 다시 젊어지리라…….』고 말하는 빈사(瀕死)의 병자들처럼, 그는 날이 새기를 고대했다.

「주느비에브, 저기 있는 우리 집을 생각해요…….」

그는 이내, 이런 말을 해선 안될 걸 그랬다고 깨달았다.

주느비에브에게 그 집의 영상을 일으킬 만한 것은 아무것도 없었다.

「예, 그래요, 우리 집…….」

그 여자는 그 말의 음향을 시험해 보았다. 그 말의 열기는 빠져나가고, 그 맛은 붙들어 둘 길이 없었다. 그 여자는 말로 되어 나오려고 하는, 자기가 알지 못하던 많은 생각을, 그 여자에게 겁을 집어먹게 하는 여러 가지 생각을 떨어 버렸다.

상스의 호텔을 알지 못하는 그는 어떤 가로등 밑에 정차해서, 여행 안내서를 펴보기로 했다. 거의 꺼져가는 가스등 불빛에 그림자가 어른거리고, 『자전거……』라고 쓴 다 벗겨지고 번지고 한 간판이 희끄무레한 벽 위에서 움직이고 있었다. 그에게는 그것이 일찍이 자기가 읽은 것 중에서 가장 초라하고 가장 천덕스러운 말같이 생각되었다. 보잘것없는 생활의 상징으로 생각되었다.

그는 저기에서 지내던 자기 생활 속에는 초라한 것이 많았었는데, 그것을 다만 느끼지 못했을 뿐이라는 것을 깨달았다.

「불 좀 주시지, 점잖으신……」

말라깽이 놈팽이 셋이 빈정거리며 그를 바라보았다.

「저 미국 사람들이 길을 찾고 있단 말이야…….」

그러고는 주느비에브를 힐끔힐끔 쳐다보았다.

「저리 가지 못해?」 하고 베르니스가 악을 썼다.

「자네 계집 말이야, 보잘것없군. 이십구 번지에 사는 우리 계집을 좀 가보란 말이야…….」

주느비에브는 약간 겁이 나서 그에게로 몸을 굽혔다.

「뭐라고들 그래요?…… 제발 가자니까요.」

「하지만, 주느비에브…….」

그는 하고 싶은 말을 참고 입을 다물었다. 그 여자를 위해서 호텔을 하나 찾아야만 했다……. 저 술 취한 놈팡이들이야…… 뭐 대수로울 것이 있나? 그리고 그는 그 여자가 열이 있다는 것, 몸이 괴롭다는 것을 생각하고, 이런 사람들을 만나지 않게 했어야 할 걸 그랬다고 생각했다. 그는 병적이라고 할 만큼 고집스럽게 그 여자를 이런 추잡스러운 일에 끌어들인 것을 스스로 나무랐다. 그는…….

지구의 호텔은 문이 닫혀 있었다. 그 조그만 호텔들은, 밤이 되면 모두가 잡화 상점같이 보였다. 그는 느림보들을 불러일으킬 때까지 문을 두드렸다. 숙직하는 사람이 문을 벙싯 열고 말했다.

「만원입니다.」

「제 처가 병이 들었으니, 제발 좀!」하고 베르니스는 간청했다.

문은 이미 다시 닫혔다. 발소리는 복도 쪽으로 사라져 가고 있었다. 모두가 짜고, 그들을 곯려 주고 있었다.

「뭐라고 대답해요? 왜, 왜 대답도 안 하지요?」하고 주느비에브가 말했다.

베르니스는 하마터면, 여기는 파리의 부앙돔 광장이 아니라고, 조그만 호텔들은 배가 잔뜩 부르면 잠이 들고 마는 것이라고 말할 뻔했다. 그것은 당연한 일이었다. 그는 아무 말 없이 앉았다. 그의 얼굴은 땀이 나서 번들번들했다. 그는 차에 발동을 걸지 않고, 번쩍이는 포석을 뚫어지게 내려다보고 있었는데 비는 목덜미로 흘러내렸다. 그에게는 온 땅덩어리처럼 꼼짝 안 하는 것을 움직여야 될 것 같은 생각이 들었다. 또다시 『날이 새기만 하면…….』하는 어리석은 생각이 머리에 떠오르고.

참말이지, 이 순간에야말로 인정 있는 말을 한마디 해야 할 참이었다.

주느비에브가 그렇게 해보았다.

「이런 건 다 아무렇지도 않아요. 우리 둘의 행복을 위해서 일해야 하니까요.」

베르니스는 그 여자를 쳐다보았다.

「그렇소. 당신은 참으로 마음이 너그럽구려.」

그는 감동했다. 그는 키스를 해주고 싶었다. 그러나 이 비, 이 불편, 이 피로…… 그렇지만 그는 그 여자의 손을 잡았다. 그러자 신열이 더 오르고 있는 것을 깨달았다. 일 초 일 초가 그 여자의 육신을 범하고 있었다. 그는 공상으로 침착을 회복했다.

『따끈한 펀치를 만들어 주도록 할 테다. 뭐 대수로운 건 아닐 거야. 아주 따끈한 펀치. 그리고 담요로 잘 싸주리라. 우리는 이 어려운 여행을 생각하고 서로 마주보며 웃을 거야.』

그는 막연한 행복감을 맛보았다. 그러나 지금 당장 겪는 이 현실은 그 공상과 얼마나 동떨어진 것이었던가! 다른 호텔 두 채는 대답조차 없었다. 그 공상. 그때마다 그 공상을 다시 해야 되었다. 그리고 그때마다, 그 공상 속에 포함되어 있던 현실화의 그 가냘픈 능력, 그 명확성을 조금씩 잃었다.

주느비에브는 입을 다물었다. 그는 그 여자가 불평을 하지 않으리라는 것과, 이제는 아무 말도 하지 않으리라는 생각이 들었다. 그가 몇 시간, 며칠 동안 차를 달린다 해도, 그 여자는 아무 말도 하지 않으리라 생각되었다. 이제는 절대로 아무 말도 하지 않을 것이다. 그가 그 여자의 팔을 비틀어도, 그 여자는 아무 말도 하지 않으리라는 생각이 들었다…….

『내가 헛소리를 하는군. 내가 꿈을 꾸는군!』

「주느비에브, 나의 아기, 아파요?」

「아아니요, 이제 괜찮아요, 좀 나아요.」

그 여자는 많은 일에 대해서 실망을 느낀 참이었다. 많은 것을 단념한 길이었다. 누구를 위해서? 그를 위해서. 그가 자기에게 줄 수 없는 물건들을 단념한 길이었다. 이제 좀 낫다고 한 말……, 그것은 용수철 하나가 부러져 나가는 것이었다. 더 온순하게, 그러면 그 여자는 점점 더 나아질 것이다. 행복을 단념하였을 테니까. 그 여자가 아주 몸이 좋아지면…….

「응! 내가 이거 무슨 바보 짓이야, 아직도 꿈을 꾸고 있으니.」

희망과 영국 호텔. 상용(商用) 여행자에게는 특별 요금.

「내 팔에 기대시오, 주느비에브⋯⋯. 그래요, 방을 하나요. 부인이 몸이 불편합니다. 빨리 펀치 하나! 따끈한 펀치를 하나 갖다 주시오.」

상용 여행자에게는 특별 요금. 어째서 이 구절이 그렇게도 쓸쓸할까?

「이 안락의자에 앉으시오. 그러면 좀 나을 거요.」

부탁한 펀치가 왜 안 오는 건가, 상용 여행자들에게는 특별 요금.

나이 먹은 하녀가 시중을 들었다.

「자요, 부인. 아이고, 덜덜 떠시는군, 얼굴이 새파랗고. 온수통을 하나 만들어 드리지요. 십사 호실입니다. 아주 널찍하고 깨끗한 방입지요⋯⋯ 손님, 숙박계를 좀 써주십시오.」

더러운 펜대를 손에 들고, 그는 문득 자기들의 성이 각각이라는 것을 생각했다. 그는 하인들이 주느비에브를 이상한 눈으로 보게 되리라고 생각했다.

「나 때문이야. 취미가 고상하지 못해서.」

이번에도 그 여자가 그를 도와 주었다.

「애인들이라고 쓰세요. 그게 다정스럽지 않아요?」하고 그 여자는 말했다.

그들은 파리의 일을, 스캔들을 생각했다. 그들의 눈에는, 여러 얼굴들이 당황하여 어쩔 줄 모르고 있는 모습이 선하게 떠올랐다. 어떤 곤란한 일이 지금 막 그들 앞에 나타나기 시작한 참이었다. 그러나 그들은 자기들이 생각하는 것이 서로 딱 들어맞을까 봐, 한 마디 말도 입 밖에 내기를 꺼렸다.

그리고 베르니스는 지금까지야 뭐 약간 말을 잘 안 듣는 엔진과 비 몇 방울과 호텔을 찾느라고 십 분 허비한 것밖에는 아무것도, 참말 아무것도 없었다는 것을 깨달았다. 그들이 극복하는 것같이 생각된 그 몹시 힘드는 곤란이 사실은 그들 자신에게서 온 것이었다고 깨달았다. 주느비에브가 고생을 한 것은 자기 자신과 싸운 것이었고, 그 여자가 자기 자신에게서 떼어내려고 하는 것이 어떻게나 세게 달라붙어 있든지 그 여자는 벌써 갈기갈기 찢기어졌었다.

그는 그 여자의 양손을 쥐었다. 그러나 그는 말이 그녀에게 아무 소용

없으리라는것을 다시 깨달았다.

　그 여자는 자고 있었다. 그는 정사(情事)를 생각하지 않았다. 그러나 그는
이상한 꿈을 꾸었다. 지나간 일의 반추(反芻). 램프의 불꽃. 램프에 빨리
기름을 부어 불이 꺼지지 않게 해야 한다. 그리고 또 세차게 부는 바람에서도
불꽃을 보호해야 한다.

　그러나 무엇보다도 그 무욕(無慾)을 생각했다. 그는 그 여자가 물욕이
대단했으면 좋겠다고 생각했다. 물욕으로 고민하고, 물욕에 사로잡혀 어린
애처럼 물건을 달라고 울부짖었으면 했다. 그러면 그 궁핍한 가운데에서도,
그는 그 여자에게 줄 것이 많았으리라고 생각되는 것이었다. 그러나 그는
배고파하지 않는 이 소녀 앞에 가엾게도 무릎을 끓고 있는 것이었다.

9

　「아아니. 아무것도 아니예요…… 아! 벌써?」

　베르니스는 일어나 서성거린다. 꿈속에서의 그의 몸짓은 예선 인부(曳船
人夫)의 몸짓처럼 둔중했었다. 사람 속의 어둠에서 그를 광명으로 이끌어내는
사도(使徒)의 몸짓과 같이 무거운 것이었다. 그의 발걸음 하나하나는 무용
가의 그것처럼 의미 심장한 것이었다.

　「오오! 내 사랑……」

　그는 방 안을 이리저리 거닐었다. 우스꽝스러운 일이다. 이 유리창은 새
벽빛으로 더럽혀져 있다. 지난 밤에는 유리창이 짙은 푸른색이었는데. 램프
불빛을 받아 유리창은 사파이어 같은 짙은 빛깔을 지녔었다. 지난 밤, 그
유리창은 별나라에까지 뚫려 있었다. 사람은 꿈을 꾸고, 사람은 공상을 하고,
마치 배의 이물에 서 있는 것 같았다.

　그 여자는 무릎을 오그린다, 자기의 몸이 덜 구워진 빵같이 물렁물렁하게
느껴진다. 심장은 너무 빨리 뛰어서 가슴이 아프다. 객차에 있을 때와 마

찬가지다. 차축(車軸)의 속력을 규칙적으로 알려 준다. 차축들이 심장과 같이 뛴다. 차창에 이마를 대고 내다보노라면, 풍경이 흘러간다. 검은 덩어리들을 마침내 지평선이 받아들여, 죽음과 같이 아득한 평화로 감싸 준다.

그 여자가 그 남자에게, 『나를 꼭 붙잡아 주세요!』하고 소리쳤으면 했다.

사랑의 팔은 사람의 현재와 과거와 미래를 아울러 품어 준다. 사랑의 품은 마치…….

「아이, 그만두어 주세요.」

그 여자는 일어난다.

10

이 결정, 그것은 우리들이 관여하지 않고 이루어진 것이라고 베르니스는 생각했다. 모든 것이 말 한 마디 주고받지 않은 채 결말이 났던 것이다. 이렇게 돌아오는 것이 미리부터 예정되었던 일같이 생각되었다.

그 여자가 그렇게 몸이 불편한 채 여행을 계속한다는 것은 말이 되지 않았다. 나중에 다시 생각해 볼 일이라고 보았다. 에를랭이 멀리 여행을 사 있는 동안, 이렇게 잠깐 집을 비웠던 건 아무 말썽이 없으리라고 생각되었다. 베르니스는 모든 것이 이렇게까지 쉽게 해결될 것처럼 여겨지는 것이 이상했다. 그는 그것이 참말이 아니라는 것을 잘 알고 있었다. 이렇게 힘들이지 않고 행동할 수 있었던 것은 그들이었다.

그뿐 아니라, 그는 자기 자신을 의심했다. 그는 이번에도 꿈에 사로잡혔 었다는 것을 알고 있었다. 그러나 그 꿈은 얼마나 그윽한 곳에서 오는 것 인가? 오늘 아침, 잠이 깨어 이 얕고 충충한 천장을 쳐다보며 이내 이런 생각을 했었다.

『그 여자의 집은 배와 같은 것이었다. 그것은 여러 세대를 이 해안에서 저 해안으로 옮겨다 주었다. 어디를 가든, 여행이란 그저 대수로운 것은 아니다. 그러나 배표도 선실도 누런 가죽 트렁크도 가지고 있다는 데에서

사람은 얼마나 안전감을 가지게 되느냐 말이다. 배를 타고 있다는 데에서
말이다……』

그는 자기가 어떤 언덕길을 내려가고 있어, 자기도 깨닫지 못하는 사이에
미래가 다가오기 때문에, 자기가 괴로워하는지도 아직 모르고 있었다. 일이
되어가는 대로 몸을 맡겨 버리면 괴로움을 모르는 법이다. 심지어 슬픔에
몸을 내맡겨도 이미 괴로움을 깨닫지 못하는 것이다. 그는 이 다음 어떤
영상과 맞부딪칠 적에나 괴로움을 맛볼 것이다. 이리하여, 자기들 역할의
이 후반(後半)을 쉽사리 해치운 것은 그들 속 어디엔가 그것이 준비되어
있었기 때문이라는 것을 그는 알았다. 그는 여전히 고르지 못한 엔진을 끌고
오며 이런 생각을 했다. 그러나 목적지까지 가기는 할 것이다. 언덕길을
내려가고 있으니까. 언제까지나 이 내리받이 길의 그림자가 붙어다녔다.

퐁텐블로 근처에서 그 여자는 목이 마르다고 했다. 풍경의 온갖 작은
부분까지 낯이 익었다. 풍경은 침착하게 자리잡고 있었다. 그것은 불안한
마음을 가라앉혔다. 필연적인 하나의 윤곽이 동이 트면서 떠오르는 것이었다.

어떤 시골 음식점에 들러 그들은 우유를 청했다. 서두른들 무엇하랴. 그
여자는 우유를 한 모금씩 천천히 마셨다. 서둘러서 무엇한단 말인가? 무슨
일이 생기든, 반드시 그들에게 오는 것이었다. 언제까지나 붙어다니는 필
연성의 그림자.

그 여자는 상냥했다. 많은 점에 대해서 그 여자는 그에게 감사했다. 그들의
관계는 어제보다 훨씬 더 자유스러웠다. 그 여자는 방그레 웃으며, 문 앞에서
모이를 쪼아먹는 새를 가리켰다. 그에게는 그 여자의 얼굴이 새로운 것으로
생각되었다. 어디에서 이 얼굴을 보았던가?

여행객들에게서. 조금만 있으면 우리 생활과 떨어져 새로운 생활을 할
여행객들에게서 그런 얼굴을 보았다. 플랫폼에서, 그 얼굴은 벌써 미지의
정열을 생활하며 웃을 수 있는 얼굴이다.

그는 다시 눈을 들어 그 여자를 바라보았다. 그 여자는 옆모습으로 고개를
숙이고 생각에 잠겨 있었다. 그 여자가 얼굴을 조금이라도 돌리는 날이면,
그는 그 여자를 잃을 것이었다.

아마, 그 여자는 여전히 그를 사랑하고 있으리라. 그러나 약하디약한 소녀에게 너무 많이 요구하면 안 된다.

그는 물론 이렇게 말할 수는 없었다. 『나는 당신에게 자유를 돌려 드립니다.』한다든가, 그것과 비슷하게 이치에 닿지 않는 말은 할 수가 없었다. 단지, 자기가 하려고 하는 것에 대해서, 자기의 장래에 대해서 이야기했다.

그런데 그가 생각해내는 그 생활 속에 그 여자는 사로잡혀 있지 않았다. 그에게 감사하기 위하여 그 여자는 작은 손을 그의 팔에 얹었다.

「당신은 제 사랑의 전부…… 전부예요.」

그것은 또 참말이기도 했다. 그러나 그는 이 말을 듣고, 자기들이 서로 연분이 없다는 것도 깨달았다.

고집스럽고도 상냥한, 무자비하고 가혹하고 불공평하게 되기가 아주 쉬우나, 그러나 그것을 깨닫지 못하며, 전력을 다해서 어떤 알지 못할 보물을 지키려고 나설 참이면서도, 조용하고 상냥한 그 여자.

그 여자는 에를랭과도 연분이 있는 여인이 아니었다. 그는 그것을 알고 있었다. 그 여자가 그런 생활을 다시 한다고 하는 말도 그에게는 오직 괴로울 뿐이었다. 그러면 그 여자는 무엇 때문에 세상에 태어났단 말인가? 그 여자는 괴로워하지 않는 것 같았다.

그들은 다시 길을 떠났다. 베르니스는 약간 왼편으로 몸을 돌렸다. 그는 자기도 역시 괴롭지 않다는 것을 알고 있었다. 다만 그의 안에 어떤 짐승이 상처를 입어 알 수 없는 눈물을 흘리고 있음이 분명했다.

파리에 돌아오니, 아무런 소동도 없었다. 사람은 역시 남의 생활에 그리 큰 영향을 주지는 못하는 것이다.

11

무슨 소용이 있단 말인가? 파리 시가는 그의 주위에서 쓸데없는 소란을 계속하고 있었다. 그는 이 혼잡 속에서 아무것도 나오지 못하리라는 것을

알고 있었다. 그는 느릿느릿, 자기와는 아무 상관없는 통행인들의 무리를
헤치며 올라갔다. 그는 이렇게 생각했다. 『이건 뭐 내가 여기 없는 거나
마찬가지 아닌가?』 그는 오래지 않아 다시 떠나야만 했다. 그 편이 좋았다.
그는 일이 자기를 아주 물질적인 끈으로 얽어 놓아서 자기가 다시 현실로
나타나게 되리라는 것을 알고 있었다. 그리고 일상 생활에 있어서는 사소한
발걸음 하나도 사실로서의 중요성을 띠게 되고, 정신적인 패배는 약간 그
의미를 잃게 된다는 것도 알고 있었다. 기항지에서 주고받는 농담도 그 맛을
그대로 지니고 있을 것이다. 그것은 이상한 일이긴 하지만 확실한 일이기도
하였다. 다만, 그는 자기 자신에 대해서 흥미를 느끼지 못했다.

　노트르담 옆을 지나가던 길이라 그는 거기로 들어갔다. 그리고 사람이
빽빽하게 들어찬 것을 보고 놀라, 기둥 옆으로 피해갔다. 도대체 그는 왜
여기에 있는 것일까? 자기로서는 알 수 없었다. 결국, 여기서는 시간이
사람을 어떤 것으로든 이끌어 주기 때문에 들어왔던 것이다. 밖에서 지내는
시간은 아무 곳으로도 인도해 주지 못하게 되어 있다. 그렇다. 『밖에서는,
시간이 아무데로도 인도해 주지 못한다.』 그는 또 자기를 재인식할 필요도
느꼈다. 그래서 어떤 정신적 규율에라도 그랬을 것처럼 신앙에 몸을 맡겼다.
그는 자기 자신에게 타일렀다. 『나를 표현해 주고 나와 근사한 어떤 공식을
내가 발견한다면, 내게는 그것이 진실이 될 것이다.』 그러고는 귀찮은 듯이
덧붙였다. 『그렇지만 나는 그걸 믿지 않을 거다.』

　그러자 별안간, 자기가 이번에도 장거리 비행을 떠나는 것이라고, 또 자기의
일생이 이렇게 도망질쳐 다니는 데 소비된 것이라고 생각되었다. 그리고
설교의 시초가 마치 출발 신호인 양 그의 마음을 불안케 했다.

　「천국은,」 하고 설교자가 시작했다.

　「천국은…….」

　그는 두 손으로 커다란 설교단의 가장자리를 잡고 청중을 향하여 몸을
굽혔다. 꽉 들어찬, 모든 것을 집어삼키는 청중. 그들에게 자양을 주는 것이다.
그에게는 어떤 비유가 비상하게도 명백하게 머리에 떠올랐다. 그는 덫에 걸린

고기들 생각을 하며 느닷없이 덧붙였다.

「갈릴리의 어부가……」

그는 오래 두고 많은 회상을 일으켜 줄 말밖에는 하지 않았다. 그는 청중에게 느릿느릿한 압력을 가하며 자기의 비약을 육상선수의 뜀 거리처럼 차차 넓혀지고 있는 듯이 보였다.

「여러분들은 모를 것입니다……. 얼마나 많은 사랑이…….」

그는 약간 숨을 헐떡이며 말을 끊었다. 그의 감정이 너무 벅차서 미처 표현할 수가 없었다. 그에겐 아무리 우스운, 아무리 흔해빠진 말도 너무나 많은 뜻을 포함하는 것같이 느껴지고, 그래서 어떤 말이 청중의 마음을 움직이는 말인지 구별할 수 없다는 것을 깨달았다. 촛불에 비친 그의 얼굴은 밀랍으로 만든 얼굴 같았다. 그는 손을 짚은 채, 얼굴을 쳐들고 몸을 꼿꼿하게 바로잡았다. 그가 숨을 좀 돌리니, 청중은 바다가 출렁이듯 조금씩 술렁댔다.

그런 다음, 그는 말이 생각나 설교를 계속했다. 그는 놀랄 만큼 자신 있게 말했다. 그는 자기의 힘을 자각하는 짐 부리기 인부와 같이 경쾌했다. 그가 어떤 구절을 끝마쳐갈 때면, 누가 그에게 짐을 넘겨 주듯 그의 밖에서 생겨난 생각이 그에게 떠올랐고 이리하여 그에게는 청중을 사로잡을 표현을 어떻게 해야겠다는 그 영상(影像)이 막연하게나마 미리부터 자기 안에 떠오르는 것이었다.

베르니스는 지금 설교의 마지막 말에 귀를 기울이고 있었다.

「나는 모든 생명의 샘이로다. 나는 그대들 속에 들어가 그대들에게 생명을 불어넣고 다시 물러나는 조수(潮水)로다. 나는 그대들 안에 들어가 그대들을 상하게 해놓고 물러나는 악이로다. 나는 그대들 안에 들어가 영원히 남아 있는 사랑이로다.

그대들은 마르시옹과 제4복음서를 가지고 내게 대항하려 하는도다. 그대들은 성경 변작(變作)에 대해서 내게 말하려 하는도다. 그리고 내가 그대들 인간의 가련한 논리를 초월해 있건만, 그리고 그것에서 그대들을 구해 주고 있건만, 그대들은 나를 향하여 가련한 인간의 논리를 내두르는도다!

죄인들아, 내 말을 알아들으라! 나는 그대들을 그대들의 과학에서, 그

대들의 공식에서, 그대들의 법률에서, 그대들의 정신적인 노예 지위에서,
운명보다도 더 가혹한 정명론에서 구해 주노라. 나는 갑옷의 벌어진 틈이요,
나는 감옥의 들창이요, 나는 계산의 그르침이로다. 즉, 나는 생명이로다.

그대들은 별의 운행을 분석하였도다. 오오, 연구실의 세대여, 그러면서도
이제 그대들은 별을 모르는도다. 별은 그대들의 책속에 하나의 기호는 될
지언정, 이미 빛을 잃었도다. 별에 대해서는 그대들이 어린이들보다도 잘
모르는도다. 그대들은 인간의 사랑을 지배하는 법칙까지도 발견하였도다.
그러나 그 사랑 자체는 그대들의 기호에서 빠져 달아나, 그대들은 거기에
대해 한 소녀보다도 잘 모르는도다! 자, 내게로 오라. 이 아늑한 빛을, 이
사랑의 빛을, 나 그대들에게 돌려 주리라. 나는 그대들을 종으로 삼지 않고
그대들을 구해 주노라. 나의 집이 유일한 구원이니, 내 집 밖에서 그대들은
어떻게 되겠는가?

나의 집 밖에서, 번쩍이는 선수재(船首材) 위에 바다가 흘러가듯, 시간의
흐름에 그 온갖 의미를 태워 주는 이 배 밖에서, 그대들은 어찌 되겠는가?
소리는 들리지 않되 섬들을 내솟게 하는 바다의 흐름. 바다의 흐름.

내게로 오라, 아무것으로도 인도하지 않는 행동의 쓰라림을 맛본 그대들
이여.

내게로 오라, 법 이외의 것에 이끌려가지 못하는 사랑의 쓰라림을 맛본
그대들이여.」

그는 팔을 벌렸다.

「무릇 나는 거두어 주는 자로다. 나는 세상의 죄를 짊어졌었노라. 나는
그 새끼를 잃은 짐승들 같은 그대들의 슬픔을, 그대들의 불치의 병을 짊
어짐으로써 그대들을 위로했노라. 그러나 오늘날의 내 백성들아, 그대의 병은
더욱 깊고 더욱 고치기 어렵도다. 그렇지만, 그 병도 다른 병들과 마찬가지로
짊어지겠노라. 나는 정신의 더 무거운 그 사슬들을 짊어지겠노라.

나는 세상의 무거운 짐을 지는 자로다.」

『징험(徵驗)』을 얻으려고 부르짖지 않는 것을 보고, 베르니스는 그 설교
자가 절망하고 있는 것으로 생각했다. 그가 『징험』을 선포하지 않고, 자기

자신에게 대답하고 있는 것을 보고.

「그대들은 장난하는 어린이들 같으리라. 매일매일의 무익한 노력이 그대들의 힘을 탕진시키는가? 내게로 오라, 내가 그대들의 노력을 뜻있게 하리라. 그대들의 노력은 그대들 마음속에 쌓여질 것이요, 나는 그것을 인간적인 것으로 만드리라.」

말이 청중 속으로 파고든다. 베르니스에게는 이미 말은 들리지 않고, 그 말속에 있어 무슨 모티브처럼 되풀이되는 것이 들릴 뿐이다.

「……나 그것을 인간적인 것으로 만들리라.」

그는 불안해진다.

「오늘의 애인들이여, 내게로 오라, 그대들의 메마르고 가혹하고 절망적인 사랑을 나는 인간적인 것으로 만들어 주리라.

내게로 오라, 그대들의 그 육욕을, 서두름과 사후의 쓴맛을 인간적인 것으로 만들어 주리라…….」

베르니스는 자기 고민이 더 커지는 것을 느낀다.

「……무릇 나는 사람을 보고 감탄한 자였노라…….」

베르니스는 당황한다.

「나만이 홀로 사람에게 자기 자신을 돌려 줄 수 있는 자로다.」

신부는 입을 다물었다. 기진해서, 그는 제대(祭臺) 쪽으로 몸을 돌렸다. 그는 자기가 지금 세워 놓은 그 신을 예배했다. 그는 자기가 모든 것을 바친 것처럼 자기 육체의 피로가 무슨 제물이기나 한 것처럼, 자기 자신을 몹시도 비천한 자로 느꼈다. 그는 알지 못하는 사이에 자신을 그리스도와 동화시키는 것이었다. 그는 제대 쪽을 향하여 놀랄 만큼 느리게 말을 다시 이었다. 「아버지시여, 저는 저들을 믿었나이다. 그래서 제 생명을 주었나이다…….」

그리고 최후로 한 번 더 청중 쪽으로 몸을 굽히며 말한다.

「무릇 나는 그들을 사랑하나이다…….」

그러고는 몸을 떨었다.

베르니스에게는 침묵이 이상하게 생각되었다.

「성부와…… 이름으로…….」

베르니스는 생각했다.

『얼마나 큰 절망이냐! 신앙의 표명은 어디에 있는가? 나는 신앙의 표명은
듣지 못하고 다만 철저한 절망의 부르짖음을 들었을 뿐이다.』

그는 성당에서 나왔다. 오래지 않아 아크 등이 켜질 것이었다. 베르니스는
세느 강변을 따라 걸음을 옮겼다. 나무들의 마구 뻗은 가지들이 풀과 같은
황혼에 붙어서 꼼짝하지 않고 있었다. 베르니스는 걸었다. 그의 마음이 잔
잔해졌다. 그것은 하루의 휴전이 주는 안온인데, 사람들은 어떤 문제를 해결한
데에서 오는 안온이라고 생각한다.

그렇긴 하지만, 이 황혼은…… 그것은, 이미 제정(帝政)의 붕괴와 패전의
저녁과 보잘것없는 사랑의 결말에 쓰였고, 내일은 또 다른 희극에 쓰이게
될 너무나도 연극적인 배경이다. 고요한 저녁이거나 생명의 흐름이 느릿느
릿할 때면, 오히려 무슨 비극이 일어나는지 알 수 없기 때문에 불안스러워지는
무대 배경이다. 아아! 그렇게도 인간적인 불안에서 그를 구원해 주기 위한
그 무엇이…….

아크 등이 일제히 켜졌다.

12

택시. 버스. 그 속에 섞여들어가면, 베르니스, 기분이 좋은, 이름 붙일 수
없는 혼잡이 아닌가? 아스팔트 속에 박아 놓은 듯한 느림보——자, 비켜나!
일생에 한 번밖에 마주치지 못하는 여자들, 이것이 유일한 찬스다. 저쪽은
불빛이 한층 더 노골적인 몽마르트르다. 벌써 거리의 여인들이 집적거린다—
—빨리! 저리 가자!…… 저쪽에는 또 다른 여자들이 온다. 스페인 여자들이
보석상자처럼 지나간다. 그 속에 있으면, 아름답지 못한 여자들도 그럴 듯하게
보인다. 배 위에만 하더라도 오십만 프랑어치 진주는 둘렀을 것이고, 반지는
또 얼마나 굉장한 것들인가! 호사를 잔뜩 한 살덩어리. 여기엔 또 곤란한
경우에 처한 여자.

「놔요. 난 당신을 알아요 ! 뚱쟁이지요, 저리 가요. 가만 있으라니까요. 나도 살아야겠어요 ! 」

깊숙이 삼각형으로 파진 야회복을 벌거벗은 등어리에 걸친 그 여자가 그의 앞에서 저녁을 먹고 있었다. 그에게는 이 목덜미, 이 어깨, 그리고 가끔 살의 경련이 빨리 지나가는 이 평평한 등밖에 보이지 않는다. 언제나 다시 나타났다가는 다시 붙잡을 수 없게 되는 그 물질. 여자가 담배를 피우며, 주먹으로 턱을 괴고 머리를 숙이고 있었기 때문에, 그에게는 아무것도 없는 평평한 등어리밖에는 보이지 않았다. 『벽』 같다고, 그는 생각했다.

댄서들이 춤을 추기 시작했다. 그들의 스텝에는 탄력이 있고, 발레의 혼이 그들에게 어떤 혼을 빌려 주었다. 베르니스는 그 여자들의 몸을 균형잡히게 지탱시켜 주는 그 리듬이 좋았다. 몹시도 위대한 균형이지만, 그 여자들이 언제나 놀라울 만큼 정확하게 다시 찾아내는 그 균형 말이다. 그 여자들은 영상이 고정되려고 하는 찰나에 언제나 그것을 뭉그러뜨리고, 안식과 죽음의 문 앞에까지 가서 다시 그것을 동작으로 해결하는 것으로, 관능을 불안하게 만들었다. 그것은 바로 요정의 표현, 그것이었다.

그의 앞에는 호수의 수면같이 잔잔한 그 신비로운 등이 그저 있을 뿐이다. 그러나 약간의 몸짓이나, 무슨 생각이나 전율이 거기에 큰 그림자의 파동을 터뜨렸다.

『나는 저 속에서 움직이는 알지 못할 그것들이 필요하다.』고 베르니스는 생각했다.

댄서들은 모래 위에 몇 가지 알지 못할 글씨를 썼다가 지우고는 절을 했다. 베르니스는 그 중에서 제일 경쾌한 댄서를 손짓해 불렀다.

「춤 잘 추는군.」

그는 그 여자의 육체가 과일의 살만큼이나 가벼우리라 생각했는데, 그것이 무게가 있는 것을 발견한 것은 뜻밖이었다. 그것은 한 재물이었다. 그 여자는 앉았다. 그 여자의 눈길은 힘차고, 면도질을 한 목덜미는 황소의 목덜미를 연상케 했다. 그리고 그것은 그 여자의 육체에서 가장 딱딱한 관절이었다. 그 여자의 얼굴은 조금도 세련된 편이 아니었다. 그러나 그 몸 전체에는 큰 평화가 얼굴에서부터 내려와 퍼져 있었다.

그리고 베르니스는 그 여자의 머리칼이 땀에 젖어 착 달라붙어 있는 것을 발견했다. 분 바른 얼굴 밑의 한 가닥 주름살. 후줄근해진 의상. 어떤 영역에서 빠져나오듯 춤속에서 물러나오니까, 그 여자는 어수선하고 서툴러 보였다.

「무얼 생각하고 있어?」

그 여자는 서툰 몸짓을 했다.

밤의 이 모든 소란이 어떤 의미를 가지기 시작했다. 급사와 택시 운전사와 급사장이 분주히 돌아다닌다. 그들은 각기 자기 일을 하고 있었다. 그 직업이란 결국은 그의 앞에 이 샴페인 병과 웃음을 파는 이 거리의 여자를 밀어 놓아 주는 것이었다. 베르니스는 모든 것이 직업을 비치는 무대 뒤에서 인생을 바라보고 있는 것이었다. 거기에는 악습도 미덕도 불순한 감동도 없고, 다만 패거리를 이뤄 일하는 사람들의 그것과 마찬가지로 습관적으로 하는 개성 없는 노동만이 있었다. 여러 가지 몸짓을 모아서 하나의 언어를 만들어 놓은 그 춤까지도 외국인에게밖에는 통하지 않는 것이었다. 외국인만이 거기에서 어떤 문장을 발견하는 것이었고, 여기 사람들과 그 댄서들은 벌써 그것을 잊은 지가 오래 되었다. 이와 같이, 같은 곡을 천 번이나 되풀이해 연주하는 음악가는 그 곡의 의미를 잊어버린다. 여기서 그 여자들은 푸트라이트 속에서 스텝을 밟고 표정을 꾸미곤 했지만, 무슨 생각들을 하며 그렇게 했는지는 알 수가 없다. 이 여자는 아픈 발 생각만 하고, 저 여자는 춤추고 난 뒤에 있을 랑데부——그 몹시도 가련한!——생각만 한다.

또 이 여자는 『나는 백 프랑을 꾼 게 있는데……』하고 생각하고, 저 여자는 늘 아프다는 생각만 하고 있는지도 모른다.

벌써 그의 마음속에는 모든 열이 식어 있었다. 그는 혼잣말을 했다.

『너는 내가 원하는 것을 하나도 줄 수가 없다.』

그러면서도 그의 고독은 너무도 심한 것이어서, 그 여자가 필요했다.

13

그 여자는 입이 무거운 이 사람이 무섭다. 잠든 이 남자 곁에서 밤에 잠이 깨면, 그 여자는 마치 아무도 없는 해변 모래밭 위에 외로이 있는 듯한 느낌이 든다.

「안아 주세요!」

그 여자는 그래도 정다운 감정이 일기도 한다……. 그러나 이 육체 안에 들어 있는 알지 못할 그 생활. 이 두개골 속에 들어 있는 알 길 없는 꿈은! 이 가슴 옆에 비스듬히 누워 있노라면, 그 여자에게는 이 남자의 호흡이 물결처럼 올라와 솟았다가라앉았다하는 것이 느껴지는데, 그것은 바다를 건널 때에 느끼는 불안 같은 것이었다. 살에 귀를 갖다대고 움직이고 있는 엔진이나 집 부수는 인부의 망치같이 딱딱한 이 심장의 고동소리를 듣고 있노라면, 그 여자는 그가 붙잡을 수 없이 빨리 도망치는 것 같은 느낌을 가지게 된다. 그리고 그 침묵은 또 어떤가? 그 여자가 한 마디 말을 하면, 그 사람은 그제서야 겨우 꿈에서 깨어나는 것이다. 그 여자는 번갯불이 칠 때, 하나…… 둘…… 셋…… 하고 세어 보는 것으로 자기 말과 그의 대답 사이에 몇 초나 걸리는가 세어 본다. 그는 저 멀리 떨어져 있는 것 같다. 그가 눈을 감으면 그 여자는 죽은 사람의 머리같이 무거운 그의 머리를 포석이라도 쳐들 듯 두 손으로 잡아 쳐든다.

「여보, 왜 이렇게 쓸쓸해요……?」

도무지 알 수 없는 길동무다.

둘이 나란히 누워서 아무 말이 없다. 생명이 냇물처럼 몸속을 흐르는 것이 느껴진다. 눈이 핑글핑글 돌 만큼 빠른 흐름이다. 육체는 물결에 뜬 일엽편주…….

「몇 시지?」

시간을 맞추다니 이상스러운 여행이다.

「여보!」

그 여자는 물에서 건져낸 듯이 머리칼이 헝클어진 머리를 젖히고 그에게 기어오른다. 여자가 잠자리에서나 정사(情事)에서 나올 적에는, 언제나 바다에서 건져진 듯 머리카락이 이마에 달라붙고 얼굴은 개개 풀려 있는 것이다.

「몇 시지?」

그건 물어서 무엇 하나? 시간은 마치 시골의 작은 정거장들처럼——영 시, 한 시, 두 시——지나가서 뒤로 물러나 사라진다. 무엇인지 손가락들 사이로 새어나가는데, 그것을 잡을 수가 없다. 늙는다는 것, 그것은 아무것도 아니다.

「당신이 백발이 되고, 나는 또 얌전히 당신의 동무를 하고 있는 모습이 눈에 선하게 떠올라요…….」

늙는다는 건 아무것도 아니다.

그러나 이 순간을 망쳐 버린 것, 그 평온을 좀더 뒤로 미루는 것, 이것은 마음을 번거롭게 하는 것이다.

「당신 고향 이야기를 해주세요.」

「거기는…….」

베르니스는 그것이 불가능하다는 것을 알고 있다. 도시, 바다, 고국 따위는 모두 같은 것이다. 어떤 때, 알지 못하면서도 느끼기는 하는, 무엇이라 꼬집어 말할 수 없는 모습이 있긴 하지만, 그것을 말로 표현할 수는 없다.

그는 손으로 이 여인의 옆구리, 몸 가운데 가장 무방비한 곳을 건드려 본다. 여인, 그것은 살아 있는 육체 중에서 가장 알몸이요, 가장 연연한 빛을 내는 육체다. 그는 이 육체에 생기를 부어 주고, 태양같이, 내부에 있는 기후같이, 그것을 따뜻하게 해주는 그 신비로운 생명을 생각한다. 베르니스는 이 육체가 부드럽다고도 아름답다고도 생각하지 않고, 다만 따스하다는 것만을 생각한다. 짐승의 몸처럼 따스하다는 것, 살아 있다는 것. 그리고 쉬지 않고 뛰는 이 심장, 자기의 것과는 다른 샘, 이 육체 속에 갇혀 있는 샘.

그는 자기 안에서 몇 초 동안 날개를 친 쾌락을 생각한다. 날개를 치고는 죽어 버리는 그 어리석은 새처럼, 그런데 지금은…….

지금은, 유리창 속에 하늘이 떨고 있다. 남자의 욕심으로 무방비 상태가 되고 왕관이 벗겨진 용색(容色) 뒤의 여인이여. 차디찬 별 세계에 버려진 여인이여. 마음의 풍경은 그렇게도 빨리 변하는 것이다…….

정욕도 지나쳤고, 애정도 지나쳤고, 정열의 강도 지나쳤다. 지금은 육욕에서 벗어나, 깨끗하게 차갑게 바다를 향해서 뱃머리에 서 있다.

14

잘 정돈된 이 객실은 플랫폼 같다. 베르니스는 파리에서 특급 열차를 기다리는 동안 무려 한 시간을 보낸다. 그는 창유리에 이마를 대고 군중의 흐름을 내다본다. 그는 이 강물이 흐른 뒤에 처져 있다. 사람사람이 모두 계획을 꾸며 갖고 급히 서두른다. 세상 일이 그를 빼놓고 얽혔다풀렸다한다.

저기 지나가는 저 여인이 겨우 열 걸음만 옮겨 놓으면 시간 밖으로 나가고 만다. 이 군중이 사람을 눈물과 웃음으로 길러 주는 산 물질이었는데, 지금은 그것이 죽은 사람들의 행렬과도 같아 보이는 것이 아닌가.

제3부

1

유럽과 아프리카는 여기저기서 그날 최후의 폭풍우 뒷설거지를 하며, 별로 사이를 두지 않고 밤 준비를 시작했다. 그라나다의 폭풍우는 가라앉고, 말라가에서는 비로 풀려 쏟아졌다. 어떤 곳에서는 돌풍이 아직 나뭇가지에 악착같이 달라붙어 마치 머리끄덩이를 뒤흔들어 놓는 것 같았다.

툴루즈, 바르셀로나, 알리칸테는 우편기를 떠나보낸 후, 부속품을 치우고 비행기를 들여놓고 격납고를 닫았다. 우편기가 낮에 오기로 되어 있는 말라가는 조명을 준비할 필요가 없었다. 게다가 우편기는 착륙하지도 않을 것이었다. 그 우편기는 아마 아주 낮게 떠서 탕지르 쪽으로 그냥 날아갈 것이다. 오늘도 역시 아프리카의 해안을 보지 못하고, 나침반만 들여다보며, 이십 미터의 저공 비행으로 해협을 넘어가야 할 것이다.

세찬 선풍이 바다를 온통 뒤집어 놓고 있었다. 바람에 부서지는 물결이 하얗게 일었다. 이 물을 바람 불어오는 서쪽으로 돌리고 돛을 내린 배가 하나같이, 깊은 바다에서처럼, 리벳이 모두 움직일 정도로 흔들리고 있었다. 잉글리시 록크로 인해서 그 동쪽에는 저기압이 생겨 비가 동이로 퍼붓듯 쏟아지고 있었다. 서쪽에는 구름이 한층 높이 떠 있었다. 바다 건너쪽에는, 시가를 행구는 듯한 **빽빽한** 채찍비 때문에 탕지르가 연기를 무럭무럭 뿜고

있는 것 같았다. 지평선 위에는 층운이 가득차 있고. 그런데 라라슈 쪽은
말갛게 개어 있었다.

카사블랑카는 푸른 하늘 아래 마음껏 숨을 쉬고 있었다. 싸움을 치르고
난 뒤 모처럼 정박하고 있는 범선들이 항구를 가리켜 주고 있었다. 폭풍우가
갈아 뒤집어 젖힌 바다 위에는 이제 규칙적인 길다란 산물결이 부챗살 모
양으로 퍼져 나갈 뿐이었다. 밭들은 석양으로 인해 한층 더 푸른 빛이 돌아
물속같이 깊어 보였다. 시가에는 이곳저곳 아직 젖은 광장이 번쩍이고 있었다.
발전소의 바라크에서는 전기 기사들이 한가롭게 기다리고 있었다. 아가디
르의 기사들은 비행기가 도착할 때까지는 아직 네 시간이 남아 있으므로
시내에 들어가서 저녁을 먹고 있었다. 포르 에티엔, 생루이, 다카르의 직원
들은 잘 수도 있었다.

저녁 여덟 시에 말라가의 무전국이 이런 통보를 보냈다.

「우편기 착륙하지 않고 지나감.」

그러자 카사블랑카에서는 조명 장치를 시험했다. 항공 표지등의 빛이 밤의
한 조각을 검은 직사각형으로 붉게 비쳤다. 이가 빠진 것처럼 여기저기 전등이
켜지지 않았다. 그 다음 제이의 스위치가 탐조등에 전류를 통했다. 그러니까
젖빛 같은 뽀얀 빛이 비행장 가운데로 퍼져들어왔다. 이제는 뮤직 홀에 배우가
빠진 격이었다.

탐조등 하나를 움직였다. 눈에 보이지 않는 빛다발이 젖은 나무에 가서
걸렸고, 나무는 수정처럼 번쩍하려고 하였다. 그 다음에는 흰 바라크가 엄
청나게 큰 덩치로 떠올라서 그 그림자가 빙그르 돌더니 이내 사라져 버렸다.
이윽고 빛무리가 다시 내려와 제자리를 찾아내서는, 비행기를 위하여 흰
짚요를 다시 깔아 놓았다.

「좋소, 스위치를 내리시오.」 하고 주임이 말했다.

그는 사무실로 올라가, 갓 받은 서류를 조사하고 나서 하염없이 전화통을
들여다보고 있었다. 오래지 않아 라바에서 전화가 걸려올 것이다. 모든 것이
완전히 준비되어 있었다. 기공들은 빈 가솔린 통과 상자에 걸터앉았다.

아가디르에서는 도무지 무슨 영문인지를 알 수가 없었다. 그들의 계산에

의하면 우편기는 벌써 카사블랑카를 출발했을 것이다. 사람들은 혹시나 하고 그 우편기를 기다리고 있었다. 금성(金星)을 비행기의 현등으로 잘못 안 것이 여남은 번이나 되었다. 북극성도 마침 북쪽에서 오는 별이기 때문에 역시 현등으로 잘못 보았다. 정수(定數) 외의 별이 하나 보이기만 하면, 성좌(星座)들 틈에 들어앉을 자리를 찾아내지 못하고 방황하는 별이 하나 보이기만 하면, 탐조등의 스위치를 넣으려고 사람들은 기다리고 있었다.

비행장 주임은 당황했다. 자기도 우편기를 떠나보내야 할 것인가? 왜냐하면 남쪽에는 안개가 잔뜩 끼어 있지 않을까 걱정이었던 것이다. 어쩌면 눈 건천(乾川)까지도, 혹은 쥐비까지도 농무(濃霧)가 끼어 있을지 모른다. 그런데 무전으로 아무리 불러도 쥐비는 죽은 듯이 대답이 없었다. 솜같이 빽빽한 구름 속으로 밤에 『프랑스—아메리카』를 띄워 보낼 수는 없었다! 그런데 사하라의 이 초소는 그의 비밀을 혼자 간직하고 있는 것이었다.

그렇지만 쥐비에서는, 세계의 다른 부분과 분리된 우리들이 파선하고 있는 배처럼 SOS를 보내고 있었다.

「우편기 소식 알려라, 우편기 소식 알려라…….」

우리는, 같은 질문만 되풀이해서 귀찮게 해오는 시스네로스에는 이미 대답을 하지 않고 있었다. 이와 같이 서로 천 킬로미터나 떨어진 우리들은 각기 쓸데없는 비명을 밤을 향하여 던지고 있었다.

스무 시 오십 분이 되자, 긴장된 마음들이 풀렸다. 카사블랑카와 아가디르가 서로 전화 연락을 할 수 있게 되었다. 우리 무전도 드디어 통하게 되었다. 카사블랑카에서 통보를 보내니, 그 한 마디 한 마디가 다카르에까지 중계되었다.

「우편기는 스물두 시에 아가디르로 향발 예정.」

아가디르에서 쥐비에 알림. 우편기 오전 영 시 삼십 분에 아가디르에 도착 예정. 쥐비까지 계속 비행시킬 수 있겠는가?」

「쥐비에서 아가디르에 알림. 농무. 날 새기를 기다릴 것.」

「쥐비에서 시스네로스, 포르 에티엔, 다카르에 알림. 우편기는 아가디르에서 자겠음.」

조종사는 카사블랑카에서 항공 일지에 서명을 하면서, 램프 불 밑에서 눈을 깜박거렸다. 바로 전에는 그의 눈 한 번 깜빡이는 것이 아주 하찮은 전리품밖에 얻지 못했었다. 어떤 때, 베르니스는 육지와 바다의 경계선에서 부서지는 흰 파도가 자기를 안내해 주는 것을 고맙게 생각해야 했었다. 그런데 지금 이 사무실에서는 그의 눈이 서류함, 흰 종이, 육중한 세간 따위로 잔뜩 요기가 되는 것이었다. 그것은 자기 물건을 아낌없이 보여 주는 풍부한 세계였다. 문 어귀에서부터는 밤이 텅 비워 놓은 세상이 있고.

열 시간 동안이나 바람에 뺨을 얻어맞은 까닭에, 그의 얼굴은 벌겋게 달아 있었다. 그의 머리에서는 물방울이 흘러내리고 있었다. 그는 맨홀에서 기어 올라오는 하수도 인부처럼 무거운 장화를 신고, 가죽 웃옷을 입고, 이마에 머리칼을 착 달라붙인 채 밤 가운데에서 나와서는, 고집스럽게도 눈을 깜빡이고 있었다.

그는 갑자기 말을 꺼냈다.

「그래…… 나더러 이대로 비행을 계속하라고 하실 작정입니까?」

비행장 주임은 서류를 아무렇게나 휘저어 놓으며 퉁명스럽게,

「당신은 하라는 대로만 해요.」

주임은 자기가 이번 출발을 강요하지 않으리라는 것을 이미 알고 있었다. 또 조종사로 말하면 자기도 출발하겠다고 말하리라는 것을 알고 있었다. 그러나 두 사람은 각각 자기 판단대로 한다고 생각하고 싶었다.

「내게 눈을 가려 놓고 가솔린 핸들이 달린 장속에다 나를 집어넣고서, 그 세간을 아가디르로 옮겨 놓으라고 하세요. 지금 나보고 하라고 하시는 건 바로 이겁니다.」

자기 자신이 당할 수 있는 사고를 일순간이나마 생각하기에는 그에게 너무도 풍부한 내면 생활이 있었다. 이런 생각들이란 속이 비어 있는 사람들에게나 오는 것이다. 그러나 이 장의 비유는 아주 마음에 들었다. 불가능한 일들이 있기는 하다……. 그러나 자기는 그것을 이겨내고야 말겠다고 생각했다.

비행장 주임은 문을 벙싯 열고 밤의 어둠 속으로 담배를 던졌다.

「자! 보이는데…….」

「뭐가요?」

「별들 말이오.」

조종사는 그 말에 화가 울컥 치밀었다.

「그까짓 별들이 뭡니까? 겨우 세 개가 보이는군요. 화성으로 가라는 게 아니고 아가디르로 보내시는 거 아니예요?」

「한 시간만 있으면 달도 뜨지요.」

「달이…… 달이…….」

이 달 이야기가 그에게는 더 기분이 나빴다. 그래 자기가 야간 비행을 하는데 달이 뜨기를 기다렸단 말인가? 아니, 자기가 아직 연습생이란 말인가?

「자, 좋소! 알았으니, 여기서 쉬시오.」

조종사는 화가 풀려, 어제저녁부터 가지고 다니던 샌드위치를 펼쳐 놓고 조용히 썹었다. 그는 이십 분 후에 떠날 작정이었다. 비행장 주임은 빙그레 웃고 있었다. 그는 오래지 않아 이륙을 알게 되리라는 것을 알고, 전화통을 가볍게 두드리고 있었다.

모든 준비가 되어 있는 지금, 하나의 공백이 생겼다. 이렇게 가끔, 시간의 흐름이 정지되는 일이 있다. 조종사는 시꺼멓게 기름투성이가 된 양손을 무릎 사이에 끼우고 몸을 앞으로 숙이고 의자에 앉아 꼼짝 않고 있었다. 그의 눈은 벽과 자기 사이에 있는 어느 한 곳을 말똥말똥 바라보고 있었다. 입을 반쯤 벌리고 비스듬히 앉아 있는 비행장 주임은 무슨 비밀의 신호라도 기다리는 것 같았다. 타이피스트는 하품을 하고, 주먹으로 턱을 괴고 앉아 졸음이 전신을 무겁게 엄습하는 것을 느꼈다. 모래 시계는 틀림없이 흐르고 있었을 것이다. 그러다가 먼 데서 들려오는 큰소리 한 마디가 마치 버튼을 누르는 엄지손가락처럼 온 기계장치를 다시 움직여 놓았다. 비행장 주임이 손가락 한 개를 들었다. 조종사는 빙그레 웃고 벌떡 일어나, 가슴에 새 공기를 가득 들이마셨다.

「그럼! 안녕히.」

이렇게 어떤 때는 필름이 끊어지는 수가 있다. 움직이지 않는 것이 사람을 놀라게 하고, 일 초 일 초가 기절(氣絶)보다도 더 중대한 것처럼 생각되다가, 이윽고 생명이 다시 시작된다.

이리하여 그는 처음에는 이륙한다는 인상을 갖지 않고, 파도 소리 같은 자기 엔진의 폭음이 요란스럽게 흔들어 놓는 축축하고도 차디찬 굴속에 갇혀들어가는 듯한 느낌을 가졌다. 그러고는 어떤 하찮은 물건에 떠메어지는 듯한 느낌. 낮에는 야산의 둥근 봉우리라든지, 물굽이의 선이라든지, 푸른 하늘 따위가 그를 용납하는 세계를 이루고 있지만, 지금 그는 이 모든 것 밖에, 원소가 아직 뒤죽박죽으로 섞여 있는, 형성 중에 있는 세계에 있는 것이었다. 평야가 물러가면서, 저 밑에서 색색이 유리처럼 그를 비쳐 주던 마자간, 사피, 모가도르 같은 마지막 도시들이 달아났다. 그리고는 마지막으로 농가의 불빛들이 비쳤다. 그것은 땅의 마지막 현등이었다. 별안간 그에게는 아무것도 보이지 않았다.

『그렇지! 이제 안개 속으로 들어가는군.』

경사 표시기(傾斜表示器)와 고도계를 주의해 들여다보며, 그는 구름에서 나가려고 그냥 내려가게 두었다. 전구의 약한 붉은 빛에 눈이 부셔서 그것을 껐다.

『됐어, 구름에서 빠져나왔다. 그런데 아무것도 안 보이네.』

소(小) 아틀라스 산맥의 최초의 봉우리들이, 떠돌아다니는 빙산들 모양으로 물 가운데를 보이지도 않고 소리도 내지도 않고 지나가고 있었다. 그의 어깨에 그것이 지긋이 느껴졌다.

『응, 재미가 없는걸.』

그는 뒤를 돌아다보았다. 유일한 동승자인 기공이 회중전등을 무릎에 놓고 책을 읽고 있었다. 숙이고 있는 머리만이 거꾸로 비친 그림자와 함께 좌석 밖으로 드러나 있었다. 초롱 모양 안쪽에서 비쳐지는 그 얼굴이 그에게는 이상스럽게 보였다. 그가, 「여어!」하고 소리쳤으나, 그의 목소리는 폭음 속으로 사라지고 말았다.

그는 철판을 주먹으로 두드렸다. 기공은 불빛 속에 우뚝 솟아오른 채, 여전히 책을 읽고 있었다. 책장을 넘길 때 그의 얼굴은 몹시도 거칠어 보였다. 「여어!」하고 베르니스는 한 번 더 소리를 질렀다. 겨우 두 팔 간격밖에 떨어져 있지 않은 그 사람에게 도무지 의사를 통할 길이 없었다. 기공과 연락하기를 단념하고 그는 앞쪽으로 다시 몸을 바로잡았다.

『기르 곶 근처에 왔을 텐데, 이건 참말이지…… 큰일났는걸.』

그는 생각했다.

『바다 쪽으로 좀 많이 벗어나 버렸나 보다.』

그는 나침반을 가지고 진로를 바로잡았다. 그는 성마른 암말처럼, 그리고 실제로 왼편에서 산들이 그를 찍어누르기라도 하는 것처럼, 이상스럽게도 바른편 바다 쪽으로 깊숙이 밀려나간 듯이 느껴졌다.

『비가 오나 보다.』

손을 내미니 세찬 빗방울이 닿았다.

『이십 분만 있으면 다시 해안으로 돌아오게 된다. 그러면 거긴 평지니까 위험이 덜 할 테지…….』

그런데 별안간, 왜 이렇게 밝아지는 건가! 구름이 말갛게 걷힌 하늘에 뭇별들이 물에 씻긴 듯 새로운 빛을 내고. 달이…… 모든 등불 중에 가장 정다운 등불인 달이……! 아가디르 비행장의 전기 광고판에, 세 번이나 불이 켜졌다.

『비행장의 등불 따위가 무슨 일이 있어! 나는 달이 있는데…….』

2

쥐비 곶의 새벽이 막을 올리니, 내 앞에는 텅 빈 무대가 나타났다. 그림자도 없고 배경도 없는 무대 장치. 저 모래 언덕도, 저 스페인 보루도, 저 사막도 언제나 제자리에 붙박혀 있다. 온화한 날씨에도 목장과 바다를 아름답게 꾸며 주는 그 그윽한 움직임이 거기에는 없었다. 느릿느릿한 대상(隊商)의 무리인

유랑민들은 모래알의 성질이 달라지는 걸 알아보고는, 저녁때 황량한 풍경 속에 천막을 친다. 나도 조금만 돌아다닐 수 있다면 사막의 그 광대무변함을 느낄 수 있겠지만, 이 변함없는 풍경은 색판화처럼 생각을 막아 놓았다.

이 우물에는 삼백 킬로미터 밖에 있는 우물이 대답하고 있었다. 겉보기에는 꼭 같은 우물, 꼭 같은 모래, 그리고 같은 모양으로 펼쳐진 땅의 모습이다. 그러나 거기에는 물건의 조직이 새로웠다. 바다의 똑같은 물거품이 일 초 일 초 새로워지듯이 새로워진 조직이다. 둘째 우물에 가서야 나는 비로소 고독을 느꼈을 것이고, 그 다음 우물에 가서는 이별이 참말로 신비스러워 보였을 것이다.

오는 날 가는 날이 텅 빈 채, 아무 사건도 없이 흘러갔다. 그것은 천문학자들에게 있어서 태양계의 운행과 같은 것이었다. 그것은 몇 시간 동안 땅이 해를 향하여 배를 내놓는 것이었다. 여기서는 말들도 우리 인류가 그에게 주는 담보를 차차 잃어버려, 이제 그 속에 들어 있는 것은 오직 모래뿐이었다. 『다정』이라든가 『사랑』이라든가 하는 따위의 가장 뜻이 무거운 말들이 우리 마음에 아무 무게도 느끼게 하지 못했다.

아가디르에서 다섯 시에 출발했으니까, 그대는 이미 여기 착륙했어야 할 터이었다.

「다섯 시에 아가디르에서 떠났으면 그는 벌써 착륙했을 텐데.」

「그렇지, 그래…… 허지만, 남동풍이 불고 있으니까.」

하늘은 누런 빛이었다. 바람이 일면 몇 달 동안 북풍에 밀려 만들어졌던 사막의 형태가 온통 뒤죽박죽이 되어 버릴 것이다. 이런 혼란이 오는 날이면, 모래 언덕들이 옆으로 갈기는 바람을 맞아, 모래를 긴 머리카락 모양으로 뽑아내고, 모래올들은 하나하나 실꾸리에서 풀려 나가 좀더 멀리 가서 다시 새 실꾸리에 감긴다.

모두 귀를 기울인다. 아니다. 그것은 바닷소리다.

비행 중에 있는 우편기, 그것은 아무것도 아니다. 아가디르와 쥐비 곶 사이에 걸쳐 있는, 탐험하지 못한 불귀순 지구 위를 비행할 때에 그것은 어느 곳에도 없는 동료나 마찬가지다. 조금 있으면, 이곳 하늘에 움직이지 않는 표지가 하나 생겨나는 것 같으리라.

『아가디르에서 다섯 시에 떠났으면……』

사람들은 막연히 비극이 일어나지 않았나 하고 생각하게 된다. 고장이 난 우편기, 그것은 처음에는 자꾸 길어지기만 하는 기다림, 약간 짜증이 나다가 가라앉는 입방아에 지나지 않는다. 그러다가는 시간이 너무 길어져서 겨우 오죽잖은 몸짓과 토막말로 무료함을 메우게 되는 것이다.

그러다가 별안간 주먹으로 테이블을 쾅 치는 소리가 나고,

「빌어먹을! 열 시야……」 하는 말소리가 들리면, 사람들은 벌떡 일어난다. 동료 한 사람이 모르 인들 수중에 들어간 것이다.

무전사가 라스팔마스와 통신을 한다. 디젤 엔진이 요란스럽게 숨을 쉰다. 교류기(交流機)가 터빈처럼 윙윙거린다. 그는 방전(放電) 하나하나가 나타내는 암페어 계(計)를 열심히 들여다본다.

나는 서서 기다린다. 무전사는 몸을 비스듬히 틀어 왼손을 내밀고, 오른손으로는 여전히 키를 움직이고 있다. 그러다가 그는 소리친다.

「뭐요?」

나는 아무 말도 하지 않았다. 이십 초가 지난다. 그는 또 무어라고 부르짖으나 나는 듣지 못하고, 그저

「아! 그래?」 하고 대답한다.

내 주위에 있는 모든 것이 빛난다. 벙싯 열린 덧문으로 햇빛이 새어들어오는 것이다. 디젤 엔진의 크랭크가 촉촉한 불꽃을 튀기며 이 햇빛을 헝클어 놓는다.

이윽고 무전사가 내 편으로 완전히 돌아앉아 수신기를 벗는다. 엔진이 캑캑거리다가 멎는다. 내게는 그의 마지막 말 몇 마디가 들린다. 갑자기 조용해졌으므로, 그는 내가 백 미터나 떨어져 있는 것처럼 소리를 고래고래 질러서 말을 한다.

「……상관하지 않겠다는 태도로군요!」

「누가?」

「저자들 말입니다.」

「아! 그래? 아가디르를 불러낼 수 있소?」

「통신 재개 시간이 안 됐는데요.」

「그래도 해보시오.」

나는 노트 위에다 갈겨쓴다.

『우편기 미착. 다시 돌아갔는가? 이륙 시간 다시 알리시오.』 이렇게 쳐보시오.」

「예, 불러 보겠습니다.」

그러고는 다시 소음이 시작된다.

「그래서?」

「……다리세요.」

나는 정신이 산만하게 공상에 잠겨 있다. 그는, 『기다리세요.』라고 할 생각이었을 것이다.

누가 우편기를 조종하는가? 이렇게 공간과 시간 밖에 있는 사람은 자크 베르니스 그대인가?

무전사는 엔진을 껐다가 스위치를 넣고, 다시 수화기를 머리에 쓴다. 그는 연필로 책상을 또드락거리며 시간을 들여다보고 하품을 한다.

「고장이 왜 났을까요?」

「그걸 내가 어떻게 안단 말이오!」

「하긴 그렇군요. 아…… 아무것도 안 들립니다. 아가디르에서 듣지 못한 모양입니다.」

「다시 해보겠소?」

「다시 해보지요.」

엔진이 윙윙거리기 시작한다.

아가디르는 여전히 잠잠하다. 우리는 지금 그 목소리에 귀를 기울이고 있다. 만약 아가디르 국이 다른 무전국과 통신하고 있으면, 우리도 그 통신 속으로 끼여들어갈 참이다.

나는 의자에 앉는다. 무료를 덜기 위해서 수신기를 하나 들어 귀에 대니, 새 소리가 요란스러운 새 우리 속에 떨어져들어간 격이 된다.

길고, 짧고, 너무 빠른 삼연음(三連音) 따위, 나는 이 언어를 잘 이해하지 못한다. 그러나 아무것도 없는 줄로 생각했던 하늘에 얼마나 많은 목소리가 나타나는 것인가.

세 곳의 무전국이 말을 하고 있었다. 한 국이 잠잠해지면, 다른 국이 무용에 참가한다.

「이거요? 보르도의 자동 호출입니다.」

날카롭고 성급하고 먼 트레몰로. 좀더 무겁고 느린 다른 목소리.

「이건?」

「다카르입니다.」

침통한 목소리. 목소리는 끊어졌다가 다시 시작되고, 다시 끊어졌다가 다시 이어지곤 한다.

「바르셀로나가 런던을 부르고 있는데, 런던이 대답을 안 하고 있습니다.」

어딘가 아주 멀리서 생트아시즈가 은은하게 무슨 이야기를 하고 있다.

사하라에 이 무슨 랑데부가 벌어지는 것인가! 온 유럽이 한군데 모이고, 그 서울들이 새 소리로 속내이야기들을 주고받곤 한다.

가까운 데서 웅웅거리는 소리가 들렸다. 스위치를 돌리니 목소리들이 모두 잠잠해지고 만다.

「아가디르였지요?」

「아가디르였습니다.」

무전사는 무슨 까닭인지 여전히 괘종을 똑바로 들여다보며 호출 신호를 보낸다.

「아가디르에서 들었소?」

「아니오. 하지만 지금 카사블랑카와 통화중이니까 알 수 있게 됩니다.」

우리는 몰래 천사의 비밀을 청취한다. 연필이 머뭇거리다가 휘갈기며 글자 하나를 둘을, 그리고 열을 재빨리 못박아 놓는다. 말들이 이루어져서 꽃이 피어나는 것 같다.

「카사블랑카에 알림…….」

개자식! 테네리프가 방해를 해서 아가디르를 듣지 못하게 한다.

테네리프의 무지하게 큰 목소리가 수화기를 모두 가득 채워 놓는다. 그 목소리가 딱 그친다.

「……착륙 여섯 시 반. 이륙…….」

훼방꾼이, 테네리프가 다시 우리를 방해한다.

그러나 나는 알려던 것을 넉넉히 알았다. 여섯 시 반에 우편기는 아가디르로 돌아갔다──농무 때문이었는가? 엔진의 고장 때문이었는가?──그래서 일곱 시나 되어서야 다시 출발했을 것이다……. 그러니까 늦어진 것이 아니다.

「고맙소!」

3

자크 베르니스, 이번에는 그대가 도착하기 전에 그대의 됨됨이를 드러내 놓으련다. 어제부터 무전사들이 그 위치를 정확히 말해 주는 그대. 이곳에서 규정된 이십 분을 지낼 그대, 내가 통조림 한 통을 열어 주고, 포도주 병마개를 뽑아 주고 할 그대. 우리에게는 사랑이니 죽음이니 하는 따위의, 참으로 중요한 문제에 대해서는 하나도 말하지 않고 그저 바람의 방향이 어떠니, 일기가 어떠니, 엔진의 상태가 어떠니 하는 이야기만 할 그대. 기공의 농담을 듣고는 웃고, 덥다고 중얼거리고, 우리 중의 아무하고나 비슷하게 보일 그대…….

나는 그대가 어떠한 비행을 하고 있나를 말하련다. 그대에게는 베일에 가려진 진실이 얼마나 잘 보이는지, 어째서 그대가 우리 곁에서 떼어 놓는 발걸음이 우리의 것과 같지 않은지를.

우리는 소년 시절을 같이 지냈다. 그런데 지금 내 추억 속에는 갑자기

담쟁이가 얽힌 쓰러져가는 묵은 담이 우뚝 솟아오른다. 우리는 대담한 어린이들이었다.

「왜 무서워하니? 문을 밀어 봐…….」

담쟁이가 얽힌 쓰러져가는 묵은 담. 햇볕에 마르고, 꿰뚫리고, 짓이겨진 담, 명백한 진실을 간직한 담. 도마뱀들이 잎 사이에서 소리를 내며 돌아다니는 것을 보고 우리는 그것을 뱀이라고 부르며, 벌써 죽음이라는 그 도피의 상징까지도 좋아했다. 담 이쪽에 있는 돌은 하나같이 어미닭이 품은 달걀같이 따뜻하고 둥글었다. 땅 조각 하나하나가, 풀잎 하나하나가 햇빛에 비쳐 비밀이 하나도 없었다. 담 저쪽에는 전원의 여름이 그 풍요함과 원숙함으로 군림하고 있었다. 우리에게는 종각이 하나 보였다. 우리는 탈곡기 소리를 들었다. 푸른 하늘 빛이 모든 공허를 채워 놓았었다. 농사꾼들은 밀을 베고, 본당 신부님은 포도나무에 소독약을 뿌리고, 친척들은 객실에서 브리지를 하고 있었다.

이곳 땅 조각에 육십 평생을 보내며, 나서부터 죽을 때까지 이 태양을, 이 밀들을, 이 집을 맡아서 사는 그분들을, 이 살아 있는 세계를 우리는 『수직(守直)의 무리』라고 불렀다. 왜냐하면 우리는 과거와 미래라는 이 무서운 두 대양에 둘러싸인 가장 위험한 고도(孤島) 위에 우리가 있다고 흔히 생각하는 것이었다.

「열쇠를 틀어 봐…….」

아이들에게는 낡은 배의 퇴색한 초록 빛깔을 띤 그 조그마한 초록빛 문을 열지 못하게 되어 있었다. 바다의 낡은 닻처럼 오랜 세월을 두고 녹이 슨 문인, 그 무지한 자물통을 만지지 못하게 되어 있었다.

아마, 어른들은 우리들 때문에 뚜껑 없는 빗물 웅덩이를 경계하고, 웅덩이에 빠져 죽은 어린이의 무서운 모습을 두려워하는 것이었으리라. 문 뒤에는 물웅덩이가 있었는데 그것이 천 년 전부터 움직이지 않는다고 하여, 흐르지 않는 웅덩이 이야기를 들을 때마다 우리는 그 물을 생각했었다. 동그랗고 조그마한 잎들이 초록색 천으로 물을 덮었었다. 우리가 돌을 던지면, 그 천에 구멍이 뚫렸었다.

태양의 무게를 지니고 있던 그 늙고 몹시도 육중한 나뭇가지 밑은 얼마나 서늘했던가. 축대의 연한 잔디풀을 일찍이 햇볕에 누렇게 말린 적이 없었고, 그 귀중한 천을 건드린 적도 없었다. 우리가 던진 조약돌은 별처럼 그 운행을 시작했다. 우리에게는 그 물이 끝이 없는 것처럼 생각되었으니까.

「좀 앉자…….」

아무 소리도 우리에게 들려오지 않았다. 우리는 우리의 육체를 새롭게 해주는 서늘함과 냄새와 촉촉한 공기를 맛보았다. 우리들은 세계의 끝을 방황하고 있었다. 왜냐하면 여행한다는 것은 무엇보다도 육체를 바꾸는 것임을 알고 있었기 때문이다.

「여기는 만물의 이면(裏面)이다…….」

자신만만한 이 여름의, 이 시골의, 우리를 사로잡고 있는 이 얼굴들의 이면이다. 그리고 우리는 강제된 이 세계를 미워한다. 저녁 식사 시간이 되면, 우리는 진주를 만지고 온 인도의 잠수부들처럼 무거운 비밀을 안고 집쪽으로 걸음을 옮겼다. 해가 서쪽으로 기울어, 식탁보가 장미빛으로 물드는 시각에, 우리는 「날이 길어지는군…….」 하는 말을 듣고는 마음이 서글퍼졌다.

우리는 그 낡은 습관, 계절과 휴가와 관혼상제 따위로 이루어진 그 인생에, 그 표면만의 헛된 이 소란통에 휩쓸려들어가는 것 같은 느낌이 들었다.

도피, 이것이야말로 중요한 것이다. 열 살 때 우리는 지붕 밑 곳간의 뼈대 속에 피난처를 발견했다. 죽은 새들과 터진 낡은 트렁크와 이상야릇한 옷가지들, 이런 것은 조금은 인생의 무대 이면을 보여 주는 것이었다. 그리고 숨겨져 있다고 우리가 말하던 그 보물, 사파이어며 오팔이며 다이아몬드같이 옛날 이야기에 정확히 묘사되어 있는 묵은 보물. 희미한 빛을 발하는 그 보물. 벽 하나하나와 대들보 하나하나의 존재 이유가 되는 그 보물. 무엇인지 모를 것과 대항해서 집을 방어하는 이 무지한 대들보들. 무엇인지 모르다니. 그것은 시간과 대적해서 집을 방어하는 것이다. 왜냐하면 이것이 우리 집에서는 큰 적이었다. 사람들은 전통이라는 것으로 시간을 막아내고 있었다. 과거를 숭배하는 것이 그것이고, 무지하게 굵은 대들보들이 그것이다. 다만 우리들만이 이 집이 바다 위에 밀어낸 배 같은 것임을 알고 있었다. 선창도 뱃바닥도 내려가 본 우리들만이 이 집에 어디로 해서 물이 새어들어오는지를 알고 있었다. 우리는 새들이 죽으려고 기어드는 지붕의 구멍들을 알고 있었다. 우리는 집 뼈대의 벌어진 틈 하나하나를 모두 알고 있었다.

저 밑에 객실에서는 손님들이 잡담을 하고 예쁜 여자들이 춤을 추고 있었다. 이 얼마나 거짓 안정이냐! 아마 리큐르를 나누고 있는 모양이다. 검은 제복에 흰 장갑을 낀 하인들 선객이여!

그러나 우리는 저 위에서 지붕의 틈새로 푸른 밤이 새어들어오는 것을 바라보고 있었다. 이 자디잔 구멍, 바로 별 하나가 그리로 해서 우리 위에 떨어졌다. 하늘 전체에서 우리를 위해서 쏟아져 내려온 별. 그런데 그것은 병자를 내는 별이었다. 그래서 우리는 얼굴을 돌이켰다. 그것은 죽음을 가져오는 별이었으니까.

우리는 펄쩍 뛰어올랐다. 물건들이 어둠에 숨어서 하는 일. 보물로 배가 터진 대들보. 뚝뚝 소리가 날 때마다 우리는 나무를 살폈다. 모든 것이 곡식을 튀겨내 보려고 차비를 차린 꼬투리에 지나지 않았다. 이것은 그 속에 다른 것을 간직하고 있는 물건의 낡은 껍데기라고 우리는 믿어 의심치 않았다. 하다못해 이 별 하나, 이 단단한 다이아몬드라도 말이다. 언젠가 우리는 그것을 찾아, 북쪽이나 남쪽을 향하여, 혹은 우리 자신 속으로 걸음을 옮길 것이다. 피하는 것이다.

잠을 재우는 별이 지금까지 그를 가로막았던 기왓장을 돌아서 무슨 신호 모양으로 분명하게 보였다. 그래서 우리는 침실로 내려왔다. 우리에게까지 오려고 천 년 동안이나 공간 속을 자맥질하는 빛의 더듬이〔觸角〕처럼 신비로운 돌이 물속으로 끝없이 잠겨들어가는 세계의 지식을, 삐걱거리는 집이 배처럼 위험한 지경에 놓여 있는 세계의 지식을, 물건들이 차례차례로 숨은 보물의 압력으로 터지는 세계의 지식을 안고 비몽사몽의 먼 길을 떠나는 것이었다.

「거기 앉게. 난 자네가 무슨 고장을 일으킨 줄 알았지. 자, 한 잔 들게. 난 자네가 고장을 일으킨 줄 알고 찾으러 떠나려던 길일세. 비행기가 벌써 활주로에 대기하고 있네. 저거 보게나. 아잇 투사 부락 사람들이 이자르구앵

부락 사람들을 습격했다네. 난 쟈네가 그 소동 속으로 떨어진 줄 알고 걱
정했었네. 한 잔 들어. 뭘 먹겠나?」

「날 떠나게 해주게.」

「아직 오 분이 남았어. 나 좀 보게. 주느비에브하고 무슨 일이 있었나?
왜 웃는 서야?」

「아! 아무것도 아니야. 조금 전에 조종석에서 옛날 노래가 생각났어. 나는
갑자기 아주 어린애가 된 기분이었어……」

「그래, 주느비에브는?」

「잊어버렸어. 날 떠나게 해주게.」

「자크…… 대답 좀 하게…… 만나 봤나?」

「응……」

그는 망설였다.

「툴루즈로 도로 내려오는 길에 한 번 더 만나 보려고 돌아왔네……」

그리고 자크 베르니스는 그가 거기서 당한 일을 내게 이야기해 주었다.

4

그것은 시골의 조그마한, 정거장이라기보다는 오히려 비밀의 문이라고 할
만한 것이었다. 그 역은 들판을 내려다보고 있었다. 온화한 집찰인(集札人)
앞을 지나, 흔해빠진 흰 길과 개울과 들장미가 피어 있는 곳으로 나가게
된다. 역장은 장미 손질을 하고 역수(驛手)는 빈 수레를 미는 시늉을 하고
있었다. 이러한 가장(假裝)을 하고서, 비밀 세계의 문지기 셋이 망을 보고
있었다.

집찰인은 차표를 또드락거리면서

「댁은 파리에서 툴루즈로 가시는 길인데, 왜 여기서 내리십니까?」

「다음 열차로 가겠습니다.」

집찰인은 그의 아래위를 훑어보았다. 집찰인은 길과 개울과 들장미를 그

에게 내줄까 말까 망설이는 것이 아니라, 에를랭 시절부터 가면을 쓰고 곧잘 들어오는 그에게 이 왕국을 내주기를 주저하는 것이었다. 마침내 그는 오르페 시대부터 이러한 여행에 필요한 것으로 된 세 가지 덕인 용기와 젊음과 사랑을 베르니스에게서 발견했는지, 이렇게 말했다.

「지나가시오.」

가짜 급사, 가짜 악사, 가짜 바텐더를 둔 조그만 비밀 바들처럼, 그저 눈 가림으로 여기 놓여 있는 데 지나지 않는 이 작은 역을 특급 열차들은 무 정차로 지나갔다. 버스에서 벌써 베르니스는 자기의 생명이 느려지고 방향을 바꾸는 것 같은 느낌이 들었다. 그런데 지금 이 농사꾼과 나란히 앉아서 마차를 달리고 있는 그는 보다 더 우리에게서 멀어져가고 있었다. 그는 신비 속으로 깊이 파고들어가는 것이었다. 농사꾼은 서른 살이 되면서부터 벌써 얼굴이 온통 주름살투성이여서, 이제는 더 늙을 여지가 없었다. 그는 밭을 가리키며 말했다.

「빨리 자랍니다 !」

우리들 사람에게는 보이지 않지만, 태양을 향하여 달리는 이 밀포기들의 줄달음은 얼마나 성급한 것인가 !

농부가 담을 가리키며,

「저건 우리 고조부께서 쌓으신 거지요.」 하고 말했을 때에 베르니스는 우리를 한층 더 멀리 떨어져 있는 것으로, 한층 더 불안정하고 더 불쌍한 자들로 생각했다.

그는 벌써 영원한 담과 영원한 나무에까지 왔다. 그는 목적지에 이르렀다는 것을 알아차렸다.

「여기가 그 댁입니다. 돌아올 때까지 기다리시겠습니까 ? 」

물속에 잠든 전설의 왕국, 베르니스는 그곳에서 한 시간밖에 지내지 않으면서 백 년이나 늙은 것 같은 느낌을 가지게 될 것이다.

바로 오늘 저녁, 이 마차와 버스와 특급 열차가 그를 태워 가지고 오르페의 세계에서, 『잠든 숲속의 미녀』의 세계에서 이 세상으로 다시 데려다 주는 사바(娑婆)에의 도피행을 마련해 줄 것이다. 그는 툴루즈 행 열차 속에서

핏기 가신 뺨을 차창에 갖다대고 앉아, 다른 여객들과 다른 점이 없어 보일 것이다. 그러나 『달 빛깔』, 『시간의 빛깔』인 남에게 말할 수 없는 한 가지 추억을 그는 마음속 깊이 간직하고 있을 것이다.

괴상한 방문이었다. 큰소리 하나 안 들리고, 반가이 맞는 사람 하나 없다. 길에서는 둔한 발자국 소리를 냈다. 예전처럼 그는 울타리를 뛰어넘었다. 정원 길에 잡초가 길게 자라 있었다……. 아! 변한 것이란 이것뿐이로구나. 집이 나무 사이로 하얗게 그의 앞에 나타났다. 꿈속에서처럼 뛰어넘지 못할 만큼 멀리 떨어진 곳, 목적지에 다다르려는 순간에 이것은 신기루란 말인가? 그는 넓은 돌층계를 올라갔다. 그것은 확실한 선의 여유에서 필연적으로 생겨난 것이었다. 여기에는 하나도 얼치기로 된 게 없다……. 응접실 곁방은 어둠침침했다. 의자 위에 흰 모자가 하나 놓여 있었다. 그 여자의 모자가? 얼마나 사랑스러운 무질서인가. 그것은 아무렇게나 내버려 둔 데서 오는 무질서가 아니라, 사람이 살고 있는 것을 알려 주는 그럴 듯한 무질서였다. 그 무질서에는 아직도 사람의 동작의 흔적이 엿보였다. 약간 뒤로 물려진 의자, 거기에서는 사람이 식탁에 손을 짚고 일어난 것이었다. 그에게는 그 사람의 동작이 눈에 보이는 듯싶었다. 펼쳐진 책 한 권, 누가 그 책을 놓고 간 것일까? 왜? 마지막에 읽은 구절이 아직도 어떤 마음속에서 노래하고 있는지도 모른다.

베르니스는 가정의 천만 가지 잡다한 일, 천 가지 사소한 소동을 생각하며 빙그레 웃었다. 사람들은 하루 종일 똑같은 일을 하고 똑같이 어질러 놓은 것을 치우며 집 안을 돌아다니는 것이다. 거기서 일어나는 극적인 사건은 조금도 중요한 것이 아니었다. 여행객이기만 하면, 외부 사람이기만 하면, 그런 것쯤 웃어 버릴 수도 있는 것이다…….

『그렇지만, 여기도 다른 데나 마찬가지로 일 년 내내 해는 지고, 하루가 지났었다. 그리고 다음 날이 오면…… 다시 생활은 시작되고. 사람들은 저녁을 향하여 걸음을 옮겼었지. 그때에는 모든 근심 걱정이 없어졌었지. 덧문은 닫았것다, 책은 잘 챙겼것다, 불막이는 제자리에 놓여 있것다. 이렇게 해서 얻은 휴식은 영원할 수 있었을 것이다. 그 휴식은 영원의 맛을 가지고 있었다. 그런데 내 밤들은 막간의 휴식보다도 못 하단 말이야……』

그는 이런 생각을 했다.

그는 소리를 내지 않고 살그머니 앉았다. 모든 것이 하도 조용하고 평온해서 그는 자기가 온 것을 감히 알릴 생각을 못 했다. 정성스럽게 내린 발 사이로 햇볕 한 가닥이 새어들었다.

『갈라진 틈새다, 여기서는 알지 못하는 사이에 늙는구나……』 하고 베르니스는 생각했다.

『무슨 소식을 듣게 되려나?……』

옆방에서 들려오는 발소리가 온 집 안을 황홀경에 몰아넣었다. 조용한 발걸음. 제대에 꽃을 차려 놓는 수녀의 발걸음.

『무슨 세밀한 일을 하는걸까? 내 생활은 비극 속에서처럼 찍어눌려 있는데, 여기는 이 동작과 저 동작 사이에, 이 생각과 저 생각 사이에…… 얼마나 널찍한 공간이 비껴 있고, 얼마나 탁 트인 데가 있느냐 말이다.』

그는 창문으로 고개를 내밀고 들쪽을 바라보았다. 기도하러 가기 위해서, 사냥을 하러 가기 위해서, 편지를 전하러 가기 위해서 걸어야 하는 수십 리의 흰 길이 뻗어 있는 이 들판은 태양 밑에 무한히 펼쳐져 있었다. 탈곡기 소리가 들려왔다. 그 소리를 들으려면 애를 써야 했다. 배우의 그 작은 목소리를 들으려고 관객들이 숨을 죽이는 것과 마찬가지다. 발소리가 다시 들렸다.

『진열장 속이 하도 꽉 차서 골동품들을 정리하는구나. 어떤 세기(世紀)든지 물러날 적에는 이런 조개껍질들을 남겨 놓는 것이지……』 하고 베르니스는 생각했다.

사람들의 이야기 소리가 들렸다. 베르니스는 귀를 기울였다.

「이 주일을 지날 것 같소? 의사 선생님의 말로는……」

발소리가 멀어졌다. 그는 어안이 벙벙해서 감정을 억제했다. 누가 죽어간단 말인가? 그의 심장이 죄어들었다. 그는 흰 모자, 펼쳐진 책 따위 온갖 생명의 증거에 도움을 청했다……

말소리가 다시 들렸다. 그것은 사랑이 가득찬, 그러나 몹시도 온화한 목소리들이었다. 사람들은 죽음이 이 지붕 밑에 자리를 잡고 있는 것을 알고, 얼굴을 돌이키지 않고 절친한 친구인 양 그것을 영접하는 것이었다. 거기에는 연설조의 말투라고는 하나도 없었다.

『산다, 골동품을 정리한다, 죽는다…… 하는 것이 모두 얼마나 간단한 일인가……』하고 베르니스는 생각했다.

「응접실에 꽂을 꽃을 꺾었소?」

「예.」

사람들이 갈리기는 했으나 고른 목소리로 소곤소곤 말하고 있었다. 여러 가지 일에 대한 이야기였는데, 죽음은 그저 그것들을 회색으로 물들일 뿐이었다. 별안간 웃음소리가 나더니, 제풀에 사라져 버리고 말았다. 깊은 뿌리는 없으나, 점잖은 무대에서도 참지 못하는 그런 웃음이었다.

「올라가지 말아요, 자고 있는데.」하는 소리가 들렸다.

베르니스는 들키지 않고 가장 가까운 거리에서 바로 슬픔의 한가운데에 앉아 있었다. 그는 들킬까 봐 겁이 났다. 바깥 사람이 오면, 모든 것을 말하고 싶은 마음에서 덜 조촐한 슬픔이 생겨나는 법이다. 집안 사람들은 손님에게 곧잘 이런 말을 한다.

「병자를 잘 아시고 사랑하신 댁은…….」

그러면 손님은 죽어가는 병자의 훌륭한 점을 모두 돋보이게 해야 되는데, 그것은 여간 고역이 아니다.

그러나 베르니스는 이런 집안끼리의 슬픔에 한몫 낄 자격이 있었다.

『……왜냐하면 나는 그 여자를 사랑하니까.』

그는 그 여자를 다시 한 번 보고 싶은 생각이 나서, 몰래 층계를 올라가 침실 문을 열었다. 방 안에는 여름이 하나 가득 차 있었다. 벽은 밝고 침대는 희었다. 열린 창문으로는 햇빛이 아낌없이 쏟아져들어오고 있었다. 먼 종각의 시계가 평화롭게, 느리게, 심장의 올바른 고동을 전해 주었다, 우리가 가져야 하는 정상적인 심장의 고동을. 그 여자는 자고 있었다. 여름의 한가운데에서 그것은 얼마나 영광스러운 잠이던가!

『죽어가는구나…….』

그는 빛이 환히 비치는 밀칠한 마룻바닥을 걸어갔다. 그는 자기가 그렇게 침착한 것이 이상하게 생각되었다. 그러나 그 여자의 신음 소리를 듣고는 베르니스는 더 이상 가까이 갈 생각을 감히 하지 못했다…….

그는 하나의 무량(無量)한 존재가 거기에 있는 것같이 느껴졌다. 병자들의 영혼은 공간에 자리를 잡고 그것을 그득 채워 놓는다. 그래서 병실은 한 상처 같아 보인다. 사람들은 감히 세간 하나 건드리지 못하고 걸음 하나 옮겨 놓지 못한다.

아무 소리도 들리지 않았다. 파리들이 나는 소리만이 들렸다. 서늘한 바람이 한 점 부드럽게 방 안으로 불어들어왔다. 베르니스는 『벌써 저녁때로구나.』 하고 생각했다. 그는 오래지 않아 닫힐 덧문과 밝혀질 램프 불빛을 생각했다. 미구에 밤이 되면, 병자는 저 참(站)을 지나가야 할 텐데, 하고 그 밤만을 오로지 생각하게 될 것이다. 그런 때면 밤새 켜두는 램프가 신기루처럼 병자의 눈을 홀리게 해서, 그림자가 움직이지 않는 물건들이, 열두 시간을 꼬박 같은 각도에서 바라보게 되는 물건들이 마침내 뇌리에 새겨져서 견딜 수 없는 압력으로 찍어누르게 된다.

「누구세요?」 하고 그 여자가 물었다.

베르니스는 가까이 갔다. 애정과 동정이 그의 입술로 올라왔다. 그는 몸을 굽혔다. 그 여자를 도와 주기 위해서. 그 여자를 품에 안기 위해서. 그 여자의 힘이 되기 위해서.

「자크…….」

그 여자는 그를 말끄러미 쳐다보았다.

「자크…….」

그 여자는 그를 자기 생각 속에서 끌어내는 것이었다. 그 여자는 그의 어깨를 찾지 않고 자기의 추억을 들추고 있었다. 그 여자가 몸을 솟구치는 표류자처럼 그의 소매에 매달리는 것은 어떤 물건을, 어떤 의지할 것을 붙들기 위해서가 아니고, 어떤 영상을 붙잡기 위해서였다……. 그 여자는 쳐다본다…….

그러니까 그 여자에게는 그가 차츰 모르는 사람같이 생각되어진다. 그 여자에게는 이 주름살, 이 눈매가 낯설다. 그 여자는 그를 부르려고 그의 손가락을 꼭 쥔다. 그는 그 여자에게 아무런 도움도 될 수가 없다. 그는 그 여자가 마음속에 간직하고 있는 벗이 아니다. 벌써 여기 있는 사람에게 싫증이 나서 그 여자는 그를 밀어내고 얼굴을 돌려 버린다. 그는 미치지 못할 먼 거리에 있는 것이다.

그는 발소리를 죽여가며 빠져나와, 다시 한 번 현관을 건너질렀다. 그는 머나먼 여행에서, 나중에 잘 기억이 나지 않는 어렴풋한 여행에서 돌아오는 것 같았다. 그가 괴로웠던가? 그가 슬펐던가? 그는 걸음을 멈추었다. 물이 새는 선창에 바다가 스며들 듯 황혼이 새어들어, 골동품들의 형태가 사라져가고 있었다. 유리창에 이마를 갖다대고 그는 보리수 그림자가 길어져 서로 얽히고 잔디밭을 어둠으로 뒤덮는 것을 보았다. 먼 동네에 불이 켜졌다. 겨우 한 줌밖에 되지 않는 등불들, 그의 양손에 전부 움켜쥘 수 있을 정도였다. 이미 거리라는 것이 없어졌다. 야산이 손에 닿을 것 같았다. 집 안의 목소리들이 잠잠해졌다. 집 안 정돈이 모두 끝난 것이었다. 그는 꼼짝하지 않았다. 그는 이와 비슷한 황혼들 생각이 머리에 떠올랐다. 그날 일어나니까, 몸이 잠수부처럼 무거웠다. 여인의 매끄러운 얼굴이 굳게 닫혀 버리니, 사람들은 갑자기 장래가, 죽음이 무서워지는 그런 저녁이었다.

그는 밖으로 나왔다.

그는 들켰으면 하는, 누가 불렀으면 하는 간절한 생각으로 뒤를 돌아다보았다. 그랬다면 그의 마음은 슬픔과 기쁨으로 녹아 버렸을 것이다. 그러나 아무 일도 없었다. 그를 붙드는 것은 아무것도 없었다. 그는 힘 없이 나무들 사이를 미끄러지듯 지나갔다. 그는 울타리를 뛰어넘었다. 길이 딱딱하게 울렸다. 그것이 마지막이었다. 그는 다시는 이곳에 돌아오지 않으리라 생각했다.

5

그리고 베르니스는 쥐비에서 떠나기 전에, 사건 전체를 간추려서 내게 들려주었다.

「나는 주느비에브를 내 세계로 끌어들이려고 했단 말이야. 그런데 내가 그 여자에게 보여 주는 것마다 모두 빛이 퇴색하고 회색으로 변했네그려. 첫날 밤은 형언할 수 없이 두꺼워서, 그것을 우리는 뚫고 나갈 수가 없었네. 나는 그 여자에게 그녀의 집과 그녀의 생활과 그녀의 영혼을 돌려 줄 수밖에 없었어. 길가의 포플라를 한 그루 한 그루 모두 돌려 주어야만 했단 말이야. 파리로 도로 올라가는 데 따라, 우리와 세계 사이에 가로막혀 있는 그 두께가 점점 엷어지더군. 내가 그 여자를 바닷속으로 끌고 들어가려고 한 꼴이 되고 말았어. 나중에 다시 그 여자를 만나려고 했을 적에는 그 여자를 가까이 하고 만지고 할 수가 있었지. 그때 우리 사이에는 공간이 가로놓여 있지를 않았네. 그보다 더한 것이 딱 가로질러 있었단 말이야. 무엇이라고 말할 수는 없네. 사 년이라는 세월이 가로질러 있었다고나 할까, 남의 생활과 우리 사이의 거리는 그렇게도 멀단 말이야. 그 여자는 자기 흰 시트를, 자기 여름을, 자기 진리를 잔뜩 움켜쥐고 있어서, 데리고 나올 수가 없었네. 이젠 떠나게 해주게.」

진주를 만지기는 하면서도 그것을 해면에까지 내올 줄 모르는 인도의 잠수부여, 그대는 이제 어디로 가서 보물을 찾으려는가? 내가 디디고 걸어다니는 이 사막, 납추 모양으로 땅에 붙들려 있는 내가 걷는 이 사막, 나는 거기에서 아무것도 발견하지 못할 것이다. 그러나 마술사여, 그대에게는 이것이 모래의 베일에 지나지 않고, 한 가면에 지나지 않는 것을…….

「자크, 떠날 시간일세.」

6

지금, 그는 몽롱한 기분으로 꿈나라를 방황하고 있다. 이렇게 높은 데서 내려다보면 땅은 움직이지 않는 것 같다. 누런 모래가 깔린 사하라는 끝없는 보도 모양으로 푸른 바다를 파고 든다. 오른쪽으로 쏠리며 옆으로 미끄러 져가는 이 해안선을, 숙련공인 베르니스는 엔진과 같은 선 위로 다시 이끌어 놓는다. 아프리카 주의 굴곡을 만날 때마다, 그는 기체를 조용히 기울인다. 다카르까지는 아직 이천 킬로미터가 남았다.

그의 앞에는 이 불귀순 지구의 눈부실 만큼 흰 빛이 가로놓여 있다. 어떤 때는 모래에 덮이지 않은 바위가 보인다. 모래가 바람에 불려가서 여기저기에 규칙적인 모래 언덕을 쌓아올렸다. 움직이지 않는 공기가 모암(母岩)처럼 비행기를 품었다. 가로로 흔들리지도 않고 세로로 흔들리지도 않으니, 이렇게 높은 데서는 풍경의 변화가 조금도 느껴지지 않는다. 바람 속에 꼭 끼여서 비행기는 그저 한량이다. 첫번 기항지인 포르 에티엔은 공간에 적혀 있지 않고 시간 속에 기입돼 있다. 그래서 베르니스는 시계를 들여다본다. 아직 부동(不動)과 침묵의 여섯 시간이 남아 있다. 그런 다음 그는 번데기에서 나오듯 비행기에서 나오게 된다. 그러면 세상이 새로워 보인다. 베르니스는 이러한 기적의 연장이 되는 그 시계를 들여다본다. 그 다음에는 꼼짝 않고 있는 회전계를 본다. 만일 이 바늘이 자기가 가리키던 글자를 놓치는 날이면, 고장이 사람을 모래에 넘겨 주는 날이면, 시간과 공간은 그가 생각조차 해보지 못하는 새로운 뜻을 가지게 될 것이다. 그는 지금 사차원 속을 여행하는 것이다.

이 숨막히는 느낌을, 그러나 그는 이미 경험했다. 우리 조종사들은 누구나 다 그것을 체험으로 알고 있다. 수많은 영상이 우리 눈속에 오락가락했었는데, 우리는 그 중의 하나한테 붙들리고 만다. 그 영상은 그 모래 언덕과 그 햇볕과 그 침묵이라는 실제의 무게로 우리를 찍어누르는 것이다. 한 천지가 우리 위에 내려앉은 것이다. 우리는 약하다. 지닌 무기라고는 겨우 밤이 되었을 적에 영양(羚羊)들이나 쫓아 버릴 수 있는 몸짓뿐이다. 지닌 무기라고는 삼백 미터까지도 들리지 않고, 사람들에게 미치지도 못할 목소리뿐이다. 우리는 누구나 다 언젠가 이 알지 못하는 유성(遊星)에 떨어진 일이 있다. 거기에서는 우리 생활의 리듬과 조화되기에는 시간이 너무 광막했다.

카사블랑카에서 우리는 만나야 하기 때문에 시간으로 셈을 했었다. 그 만나는 시간마다 우리는 마음이 새로워졌었다. 비행 중에는 매 삼십 분마다 기후가 달라졌고, 그러면 육체가 달라졌었다. 그런데 여기서는 한 주일로 셈을 하게 된다.

동료들이 우리를 거기서 구해냈다. 그리고 우리가 기운이 없으면 비행기 좌석에까지 우리를 들어올렸다. 우리를 이 사막의 세계에서 자기네 세계로 끌어올려 주는 것은 동료들의 무쇠 같은 팔뚝이었다.

이렇게 많은 미지의 위를 날며, 베르니스는 자기 자신을 잘 알지 못한다고 생각한다. 갈증이나 버림받는 것이나, 또는 모르 인 부족들의 잔인성은 그의 마음속에 무엇을 불러일으킬 것인가? 그리고 포르 에티엔 기항지로 갑자기 한 달 이상이나 걸려야 가게 될 때에는 그에게 어떤 생각이 일 것인가? 그는 또 이렇게도 생각한다.

『나는 용기가 조금도 필요없다.』

모든 것이 추상적인 채로 남아 있다. 젊은 조종사가 루핑을 해볼 때에, 그가 내 위를 바로 스쳐간다고 생각될 때에 그와 한 번 부딪치기만 하면 나를 부수어 버릴 만한 딱딱한 장애물이 아니라, 꿈속에서 보는 것같이 흐느적거리는 나무나 담으로 여겨지는 것이다. 베르니스, 역시 용기가 필요없다고?

그런데도 엔진이 노크했기 때문에, 머리를 쳐들지도 모르는 그 미지의 것이 그의 마음 바로 맞은편에 자리를 잡게 될 것이다.

한 시간이 지나, 마침내 프로펠러에 정복된 이 곳과 저 물굽이가 아무것도 아닌 힘 없는 땅속으로 사라져 버렸다. 그러나 앞에 있는 땅은 한 조각 한 조각이 신비로운 위협을 간직하고 있다. 아직 천 킬로미터, 굉장히 넓은 이 식탁보를 자기 앞으로 끌어당겨야 한다.

「포르 에티엔에서 쥐비 곳에 알림. 우편기 열여섯 시 삼십 분 무사 도착.」

「포르 에티엔에서 생루이에 알림. 우편기 열여섯 시 사십오 분 출발.」

「생루이에서 다카르에 알림. 우편기 열 시 사십오 분 포르 에티엔 출발. 야간 속항(續航)시킬 예정임.」

동풍. 바람은 사하라 사막 안쪽에서 불어온다. 그래서 모래가 누런 소용돌이처럼 올라온다. 새벽에는 탄력성 있는 창백한 해가 뜨거운 안개 때문에 일그러져 지평선에서 떠올랐다. 창백한 비누방울이라고나 할까. 그러나 중천으로 올라오면서는 차차 오그라들고 도로 제 모양을 찾아서 목덜미를 찌르는 그 뜨거운 화살, 그 뜨거운 송곳이 되고야 말았다.

동풍. 포르 에티엔에서는 온화하고 거의 시원하다고도 할 만한 공기 속에서 이륙을 했는데, 고도 백 미터만 되면, 이와 같은 용암의 흐름을 만나게 된다. 그러면 즉시,

유온(油溫)——백이십 도.

수온(水溫)——백십 도.

이천 미터, 삼천 미터의 고도로 올라간다. 물론 좋다! 이 모래의 폭풍우 위로 올라간다? 물론 좋다! 그러나 오 분 동안만 키를 올리면, 자동 점화 장치와 밸브가 타버린다. 그리고 또 올라간다는 것이 말이 쉽지, 탄력성 없는 이 공기 속에서는 비행기가 자꾸 빠져들어가서 꼼짝을 하지 못하게 된다.

동풍. 눈앞이 보이지 않는다. 해는 이 누런 소용돌이 속에 말려들어가고 말았다. 그 창백한 얼굴이 이따금 빠끔히 내밀고는 사뭇 지져댄다. 땅은 바로 밑밖에는 보이지 않는다. 그것도 희미하게! 치솟는 건가, 내리박히는 건가, 옆으로 기우는 건가? 도무지 알 수 없다! 아무리 올라가도 백 미터밖에 못 올라간다. 할 수 없다! 밑으로 내려가서 찾아보자.

지면 가까이에는 북풍이 분다. 됐다. 무심코 한 팔을 조종석 밖으로 내민다. 마치 쾌속의 보트에서 손을 내밀어 손가락으로 찬물을 회롱하는 격이다.

유온——백십 도.

수온——구십오 도.

개울처럼 시원하다고? 비유로는 그렇다. 기체가 약간 흔들린다. 기복(起伏) 하나하나가 따귀를 갈기는 것이다. 아무것도 보이지 않으니 곤란하다.

그러나, 티메리스 곶에 이르자, 동풍이 땅 위에까지 내려왔다. 이제는 피난처가 없어졌다. 고무 타는 냄새가 난다. 마그네토인가? 조인트인가? 회전계의 바늘이 머뭇거리다가 십 회전이 떨어진다.

『아아니, 넌 또 왜? 너까지 말썽을 부려서야……』

수온——백십오 도.

십 미터를 올라갈 수가 없다. 뜀판 모양으로 앞으로 다가오는 모래 언덕을 힐끔 바라보고, 기압계를 힐끔 들여다본다. 영치기! 모래 언덕이 빚어내는 소용돌이다. 조종간에 배를 바싹 갖다대고 조종을 한다. 그러나 이렇게 오래 계속될 수는 없다. 물이 넘치도록 담긴 대접처럼 비행기를 양손으로 기울지 않게 받쳐들고 있는 것이다.

바퀴 밑 십 미터 거리에서 모리타니아가 그 모래를, 그 염전을, 그 해변을 밸러스트의 격류처럼 흘려보내고 있다.

천오백이십 회전.

최초의 에어포켓이 조종사를 주먹으로 치듯 후려갈긴다. 이십 킬로미터만 가면 프랑스 초소가 꼭 하나 있다. 거기까지 가야 한다.

수온——백이십 도.

모래 언덕, 바위, 염전 들이 모두 삼켜져 버린다. 모두 압연기(壓延器)에 걸려 넘어간다. 자, 봐라! 대지의 윤곽이 넓어지고 열렸다가 다시 닫힌다. 바퀴와 가지런히 전복(轉覆)이 다가온다. 저기 보이는 빽빽이 모여 있는 검은 바위들이 느릿느릿 다가오는 것 같더니, 갑자기 요동하기 시작한다. 그것을 마구 받고 들어가니 모두 흩어져 버린다.

천사백삼십 회전.

『내가 뻗어 버리면……』

그의 손이 스치는 철판에 손가락이 탈 지경이다. 라디에이터가 심하게 김을 내뿜는다. 짐을 너무 실은 강배 모양, 비행기가 무겁다.

천사백삼십 회전.

바퀴 밑 이십 센티미터 되는 곳에서 마지막 모래가 급히 튀어오른다. 재빠른 삽질. 황금빛 모래를 퍼올리는 삽질. 모래 언덕 하나를 뛰어넘으니 초소가 보인다. 아아! 베르니스는 엔진 스위치를 끈다. 그렇게 해야 할 때였다.

풍경의 약진에 브레이크가 걸려 멈추어진다. 먼지로 되었던 이 세계가 다시 뭉쳐진다.

사하라에 있는 프랑스 군의 초소. 늙은 중사가 베르니스를 맞아 주며, 동포를 만난 것이 기뻐서 웃고 있었다. 세네갈 병 스무 명이 『받들어 총』을 했다. 백인이면 적어도 중사이고 젊은 사람이면 중위이니까.

「중사님, 안녕하십니까?」

「아! 이리 들어오십시오. 참 반갑습니다! 저는 튀니지에서 왔습니다⋯⋯.」

자기의 어린 시절, 자기의 추억, 자기의 마음, 그는 이 모든 것을 한꺼번에 베르니스에게 넘겨 주었다.

조그만 탁자가 하나, 벽에는 핀으로 꽂아 놓은 사진이 몇 장.

「이건 친척들의 사진입니다. 저는 그이들을 아직 전부는 모릅니다. 하지만 내년에는 튀니지에 갑니다. 저 사람요? 저 사람은 제 친구의 애인이지요. 그 여자를 제 친구 식탁에서 만났어요. 제 친구는 늘 그 여자 이야기만 했답니다. 그 친구가 죽고 나서는 제가 그 사진을 갖고 있다가 지금까지 죽 보관하고 있지요. 제게는 애인이 없거든요.」

「중사님, 목이 마른데요.」

「아! 한 잔 드시지요. 어떤 분에게든 포도주를 대접하는 건 참 기쁩니다. 대위가 왔을 적에는 포도주가 떨어졌었단 말씀입니다. 그분 다녀간 지가 다섯 달이 됩니다. 그 다음, 저는 물론 오랫동안 마음이 울적했습니다. 저는 전속시켜 달라고 청원까지 했답니다. 너무나 창피스러웠거든요. 뭘 하느냐구요? 매일 밤 편지를 쓰지요. 저는 잠을 자지 않습니다. 초가 있거든요. 하지만 반 년 만큼씩 우편물이 오기 때문에, 써둔 편지가 회답 구실을 못 하게 돼 있어요. 그래서 다시 고쳐 쓰곤 하지요.」

베르니스는 늙은 중사와 함께 담배를 피우러 초소 테라스로 올라간다. 달빛 아래에 보면 얼마나 공허한 사막인가 ! 중사는 이 초소에서 무엇을 감시하는 것일까 ? 아마 별들을, 아마 달을 감시하는 것이겠지……

「당신은 별을 감시하는 중사군요 ?」

「사양치 마시고 피우세요, 담배는 있습니다. 대위가 왔을 때에는 떨어졌었지만.」

베르니스는 그 중위와 대위에 대해서 모두 알게 되었다. 그는 이들의 유일한 단점, 유일한 장점을 퍼뜨릴 수도 있을 지경이었다. 한 사람은 노름꾼이고, 한 사람은 마음이 너무 물렀었다. 그는 또 사막 한가운데 외로이 떨어져 있는 늙은 중사를 젊은 중위가 최근에 찾아왔던 일은 거의 연애의 추억 같은 것이라는 이야기도 들었다.

「중위는 제게 별에 대해 설명해 주었습니다.」

「그렇지, 당신에게 별들을 맡겼군요.」 하고 베르니스는 말했다.

그리고 이번에는 중사가 별 이야기를 해주었다. 그리고 거리(距離) 이야기를 들으며, 중사는 멀리 떨어져 있는 튀니지를 생각했다. 북극성을 배우면서, 그는 그 별의 얼굴을 알아보겠노라고 맹세했다. 언제든지 약간 왼쪽에서 찾아보면 되리라고 했다. 그리고 그렇게도 가까이 있는 튀니지를 생각했다.

「그런데 우리는 그 별들을 향해서 눈이 핑핑 도는 속도로 떨어진단 말입니다…….」

그러니까, 중사는 쓰러지려는 몸을 겨우 벽에 기댔다.

「당신은 무엇이든지 아시는군요 !」

「중사님, 그렇지 않아요. 『당신은 그렇게 교육을 많이 받고 잘 배운 집 자제이면서, 뒤로 돌아 !를 잘못하는 게 부끄럽지도 않소 ?』 하고 나를 나무라던 중사가 있었답니다.」

「응 ! 부끄러워할 거 없어요. 『뒤로 돌아 !』는 참말 어려운 거예요…….」

그는 베르니스를 위로해 주는 것이었다.

「중사 ! 중사 ! 당신의 순찰등이…….」

이렇게 말하며 그는 달을 가리켰다.
「중사, 이런 노래를 아오?」

　　비가 오네, 비가 오네, 양치기 소녀……

그는 노래 곡조를 흥얼거렸다.
「아, 그 노래요, 알고말고요, 튀니지의 노랜걸요…….」
「중사, 그 다음을 가르쳐 주시오. 생각해내야 되겠소.」
「가만 계세요.」

　　흰 양을 데려가거라
　　저기 저 초막 속으로…….

「중사, 중사, 생각납니다.」

　　풀숲에 숨어 큰소리 치며
　　흐르는 물소리를 들어 보렴.
　　사나운 비가 곧 내리리니…….

「아! 참말 그래요!」하고 중사가 말했다.
그들은 같은 기분을 가지고 있었다…….
「날이 밝아오는구려, 중사, 일하러 갑시다.」
「시작합시다.」
「플러그 렌치를 이리 주시오.」
「자, 여기 있습니다.」
「여기를 스패너로 눌러요.」
「아! 명령만 하세요……, 뭐든지 할 테니.」
「자 봐요, 중사, 대단치 않은 고장이었어요. 난 떠나오.」

중사는 어딘지 모르는 곳에서 왔다가 다시 날아가려는 이 젊은 신(神)을, 넋을 잃고 쳐다본다.

……노래 한 구절, 그리고 튀니지와 자기 자신을 회상케 하려고 왔던 신. 사막 저 건너편, 어떤 낙원에서 이 아름다운 천사들은 소리없이 내려오는 것일까 ?

「중사, 안녕 ! 」

「안녕히……」

중사는 자기가 무슨 말을 하려는지조차 알지 못하며, 그저 입술을 움직이고 있었다. 중사는 마음속에 여섯 달치의 애정을 간직한다는 말을 할 수는 없었던 모양이다.

7

「세네갈의 생루이에서 포르 에티엔에 알림. 우편기 생루이에 도착 안 했음. 지급 소식 보내기 바람.」

「포르 에티엔에서 생루이에 알림. 열여섯 시 사십오 분 출발 이후 소식 없음. 즉시 수색을 시작하겠음.」

「세네갈의 생루이에서 포르 에티엔에 알림. 632호기 일곱 시 이십오 분 생루이 출발. 그 비행기 도착시까지 수색기 출발 보류하시압.」

「포르 에티엔에서 생루이에 알림. 632호기 열세 시 사십 분 안착. 조종사의 말로는 시계(視界) 충분했으나, 아무것도 발견 못 했다 함. 우편기가 소정 코스에 있었으면 발견했을 것이라는 조종사의 의견임. 깊이 파고드는 연락 수색에는 제삼 조종사가 필요함.」

「생루이에서 포르 에티엔에 알림. 동감. 곧 명령 내리겠음.」

「생루이에서 쥐비에 알림. 프랑스—아메리카 호 소식 없음. 지급 포르 에티엔으로 비래(飛來)할 것.」

쥐비.

기공 한 사람이 돌아와서 내게 말한다.

「물을 앞쪽 왼편 궤에, 음식은 오른편 궤에, 뒤쪽에는 예비 바퀴 한 개와 약품 상자를 넣어 드립니다. 십 분이면 됩니다. 좋습니까?」

「좋소.」

블럭 노트. 명령서.

「내가 없는 동안 일지(日誌)를 적을 것. 모르 인들 급료를 월요일에 줄 것. 빈 통들을 범선에 실을 것.」

그러고 나서, 나는 창문턱에 팔을 괴고 내다본다. 한 달에 한 번, 우리에게 단물을 보급해 주는 범선이 바다 위에서 가볍게 흔들리고 있다. 그 범선은 몹시 귀엽다. 그놈은 내 사막 전체에 약간의 활기와 신선한 맛을 갖다 준다. 나는 비둘기의 방문을 받은 방주(方舟) 속의 노아다.

비행기 준비가 끝났다.

「쥐비에서 포르 에티엔에 알림. 236호기 네 시 이십 분 포르 에티엔 향발.」

대상이 지나다니는 길은 흩어져 있는 백골로 표시가 되고, 우리 항공로는 몇몇 비행기로 알게 된다. 보자도르의 비행기까지 가려면 아직 한 시간이 남았다……. 모르 인들에게 약탈된 잔해(殘骸), 그것이 목표물이다.

모래 위를 날아서 천 킬로미터, 그러면 포르 에티엔이다. 사막 가운데에 초라한 건물 네 채.

「자네를 기다리고 있었네. 남은 해를 이용하기 위해서 곧 떠나세. 한 대는 해안선을 따라가고, 한 대는 이십 킬로미터의 내륙 지방, 나머지 한 대는 오십 킬로미터의 내륙 지방을 날기로 하지. 밤이 될 테니까 초소에 내리기로 하세. 자네는 비행기를 바꿔 타겠나?」

「응. 밸브가 시원치 않아.」

갈아타기.

출발.

아무것도 아니었다. 그것은 거무튀튀한 바위에 지나지 않았다. 나는 계속해서 이 사막을 죽 밀고 지나간다. 검은 점 하나하나가 과실(過失)이 되어 나를 괴롭힌다. 그러나 모래는 내게 검은 바위밖에는 굴려 보내지 않는다.

내게는 이제 요기(僚機)들이 보이지 않는다. 그들은 자기네 몫이 된 하늘에 자리잡고 있는 것이다. 솔개들과 같은 인내력. 이제는 바다가 보이지 않는다. 백열의 화로 위에 매달린 내게는 산 물건이라고는 아무것도 보이지 않는다. 내 심장이 두루 방망이질을 한다. 저 멀리 보이는 표류물이…….

역시 거무튀튀한 바위였다.

내 엔진은, 강물이 흘러내려가는 듯한 요란한 소리를 내고. 흐르는 이 강물이 나를 둘러싸고 내 진을 말린다.

베르니스, 나는 가끔 그대가 형언하기 어려운 그대의 바람[望] 속에 틀어박혀 있는 것을 보았다. 나는 그것을 어떻게 설명해야 할 지를 모르겠다. 다만 그대가 좋아하던 니체의 다음과 같은 말이 머리에 떠오른다.『덥고, 짧고, 쓸쓸하고도 행복스러운 내 여름.』

너무나 찾아 헤맨 탓으로 내 눈이 침침해졌다. 검은 점들이 춤을 춘다. 나는 이제 어디로 가는지조차 알 수가 없게 되었다.

「그러면, 중사는 베르니스를 만났단 말이지요?」

「새벽녘에 이륙했어요…….」

우리는 초소 담 밑에 앉는다. 세네갈 병사들은 웃고, 중사는 생각에 잠긴다. 훤하기는 하나 아무 짝에도 소용없는 황혼.

우리 중 누군가가 불쑥 말한다.

「만일 비행기가 부서졌다면…… 말이야…… 찾아내기가 아주 힘들 거야!」

「그야 물론이지.」

우리 중의 한 사람이 일어나서 몇 발 걷는다.

「재미없게 됐어. 담배 피우게.」

우리는 밤속으로 들어간다. 짐승도, 사람도, 물건도.

우리는 담배 한 개비의 불을 현등 삼아 밤속으로 들어간다. 그러니까 세계는 제대로의 넓이를 다시 지니게 된다. 포르 에티엔엘 가자면, 대상들은 늙어 버린다. 세네갈의 생루이는 꿈나라의 변경에 있다. 이 사막이 조금 전까지는 아무 신비도 없는 모래밭에 지나지 않았다. 세 발걸음이면 지나갈 수 있는 도시들이 눈앞에 환히 들여다보였었고, 인내와 침묵과 고독에 단련이 된 중사는 이러한 미덕이 쓸데없는 것임을 깨달았었다. 그러던 것이 지금은 하이에나가 한 번 울면 모래가 살아나고, 부르는 소리 한 마디가 신비를 불러일으키고, 무엇인지 태어나고, 죽고, 다시 시작되고…… 하는 것이었다.

그러나 별들은 우리들에게 올바른 거리를 일러 준다. 안온한 생활, 충실한 사랑, 우리가 몹시 아낀다고 믿는 애인, 이 모든 것의 소재를 북극성은 다시 우리에게 가리켜 준다…….

그리고 남십자성은 보물이 있는 곳을 가리킨다.

새벽 세 시쯤 되니, 우리들의 모직 담요가 엷어지며 알른알른하게 비친다. 이것은 달의 몹쓸 농간이다. 나는 꽁꽁 얼어서 잠이 깬다. 나는 초소의 테라스에 올라가서 담배를 피운다. 담배……또 담배…… 이렇게 하면서 나는 새벽을 맞을 것이다.

달빛을 담뿍 받은 이 조그마한 초소, 그것은 고요한 물 위에 떠 있는 포구다. 항행사들을 위해서 별들의 운행은 하나 빠짐없다. 우리 비행기 세 대의 나침반은 얌전하게 북쪽을 가리키고 있다. 그렇건만…….

지상에 마지막으로 디디는 발자국을 그대는 여기에 새겼는가? 여기서 물질의 세계는 끝이 나는 것이다. 이 조그마한 초소, 그것은 부두다. 활짝 열린 문지방을 넘으면 달빛의 세계, 오직 환영(幻影)밖에 없는 달빛의 세계다.

밤은 기묘하다. 자크 베르니스, 그대는 지금 어디에 있는가? 혹시 여기가 아닌가? 혹시 저기가 아닌가? 그대의 존재는 벌써 얼마나 가벼워졌는가! 내 주위에는, 이따금씩 껑충 뛰어오르는 영양(羚羊)의 몸무게나 받들어 주고, 그 중 무거운 옷자락에 겨우 가벼운 어린이의 몸이나 하나 겨우 쳐들어 주는 이 홀가분한 사하라가 무연(無緣)히 비껴 있다.

중사가 내 옆으로 왔다.

「안녕하십니까?」

「안녕하시오, 중사?」

그는 귀를 기울인다. 아무 소리도 안 들린다. 베르니스, 그대의 침묵으로 이루어진 적막이 흐른다.

「담배 한 대 피우려오?」

「주십시오.」

중사는 담배를 질근질근 깨문다.

「중사, 내일 내 친구를 찾아내고야 말겠소. 중사는 그 친구가 어디 있다고 생각하오?」

중사는 자신있게 지평선 전체를 가리킨다……

자취를 감춘 어린이 하나가 온 사막을 가득 채운다.

베르니스, 그대는 어느 날 나한테 이런 고백을 했다.

『나는 그리 잘 이해하지 못하는 생활, 아주 충실치 못한 생활을 좋아했네. 나는 내가 무엇을 그리워했는지조차 잘 알지 못하겠어. 그렇게 심한 갈망이 아니었으니까……』

베르니스, 그대는 어느 날 내게 이런 고백도 했다.

『내가 있으리라고 짐작된 건 모든 물건 뒤에 숨어 있었네. 조금만 노력하면, 언젠가 그게 무언지 이해하게 되고 알게 되고, 또 내 것을 만들 수 있을 것 같았어. 그런데 나는 밝은 세상 빛을 영영 보여 주지 못하고 만 이 그리운 존재 때문에 마음이 어수선한 채, 세상을 떠나게 되네그려……』

내게는 배가 한 채 뒤집히는 것 같은 생각이 든다. 울던 어린애가 울음을 그친 것 같은 생각이 든다. 내게는 흔들리는 이 돛과 돛대와 희망이 바닷속으로 가라앉는 것 같은 생각이 든다.

새벽. 모르 인들의 목쉰 부르짖음. 지쳐빠져서 땅에 엎드려 있는 그들의 약대. 소총 삼백 자루를 가진 비적단(匪賊團)이 몰래 북쪽에서 내려와, 동쪽에 나타나서는 대상을 학살했다 한다.

이 비적단 있는 쪽을 찾아보면 어떨까?

「그럼, 부챗살 모양으로 전개하세, 알겠나? 중심에 있는 비행기는 정동(正東)으로 달리고……」

열풍. 오십 미터만 올라가면, 벌써 이 바람이 배큐엄 클리너처럼 우리들의 살갗을 말린다.

벗이여!

그대가 그렇게도 찾아 헤매던 그 보물이 여기 있었단 말인가!

이 모래 언덕 위에, 양팔을 십자로 벌리고, 얼굴을 저 검푸른 물굽이 쪽을, 별들의 동네 쪽을 향하고 누운 그대는, 그날 밤, 몹시도 가벼웠지……

그대가 남쪽으로 날아 내려갈 적에 얼마나 많은 거미줄을 풀어 놓았던가 말이다. 단 하나 남은 벗인 그대는 공기같이 가벼운 베르니스였다. 거미줄 한 오라기가 겨우 그대를 붙잡아매 놓은 것이었다.

그날 밤, 그대는 더 가벼웠었다. 그대는 현기증을 느꼈다. 순간, 바로 머리 위에 있는 별속에서 보물이 반짝 빛났다!

내 우정의 거미줄이 겨우 그대를 붙잡아매고 있었건만, 부실한 목동처럼 나는 잠이 들어 있었나 보구나.

「세네갈의 생루이에서 툴루즈에 알림. 프랑스—아메리카 기 티메리스 동쪽에서 발견. 적은 부근으로 이동했음. 조종사 피살, 기체 파손, 우편물은 무사함. 우편물 다카르로 공수(空輸)했음.」

8

「다카르에서 툴루즈에 알림. 우편물 다카르에 무사히 도착했음.」

■ 감상과 해설

I. 생텍쥐페리의 생애

앙트안느 드 생텍쥐페리(Antoine-marie-Roger de Saint-Exupéry)는 1900년 6월 29일 프랑스 제3의 도시 리용에서 태어났다. 유년 시절을 리용 근처의 생 모리스 드레망에서 보낸 다음 1909년에는 파리 서쪽 200킬로미터 되는 곳에 있는 르망으로 이사하여 그곳 생트 크르와 학교에서 공부하였다.

그동안 1912년에 앙베리외 비행장에서 베를린 조종사가 조종하는 비행기에 처음 타봄으로써 나중에 조종사가 될 소질의 싹을 드러냈다. 그러나 이런 모험적인 행동과 더불어 키엘뵈프 교수에게서 바이올린 개인 교수를 받음으로써 장차 예술가가 되리라는 조짐을 보여 주기도 하였다.

1914년 10월에는 빌프랑슈 쉬르 소온 시의 몽그레 중학교에 들어갔으나 석 달이 지난 다음에는 다시 학교를 옮겨 스위스의 프리부르에 있는 마리아니스트 수도회에서 경영하는 중고등 학교에서 1917년까지 공부를 계속하였다. 이 학교의 선생들에 대하여는 오랜 뒤에까지도 사모의 정을 간직하여 작품에까지 그들에 대한 이야기를 쓰게 되었다.

1917년에 대학 입학 자격 시험에 합격한 후, 1919년까지 보쉬에 고등 학교와 생 루이 고등 학교에서 해군병 학교 입학 시험 준비를 하였으나 구술 시험에서 실패하고 나서 미술 학교 건축과에 들어가 15개월 동안을 공부하였다. 그가 《어린 왕자》에 삽화를 직접 그린 것도 이것으로 충분히 설명이 된다고 하겠다.

생텍쥐페리는 그후 이내 군에 입대하여 스트라스부르의 제2전투기 연대에

서 군대 복무를 하였는데, 처음에는 수리 공장에 배속되었다가 나중에는
조종사가 되었다. 이렇게 하여 어려서부터 가지고 있던 꿈의 하나인 비행사
직업의 터전은 닦아졌다. 그러다가 사관 생도로서 모로코의 카사블랑카에
파견되어 1922년까지 머물렀고, 군 복무 2년은 부르제에 있는 제33비행
연대의 전투 비행단에서 소위로 복무하였다.

　1922년 초에 바레스 장군이 그를 공군에 배속시키려고 하였으나, 그의
약혼녀의 집안에서 반대를 하여 결국 생텍쥐페리는 소위로 제대를 하였다.
그러나 그의 앞길을 가로막았던 이 약혼녀와는 필경 파혼을 하고 말았다.

　제대 후에 회사원이 되었으나 그는 기회가 있을 때마다 비행기 조종간을
잡았으며, 한편 그의 어릴 때 꿈의 하나였던 문필을 놓는 일이 없이 늘
이 길로 정진하여 1925년에는 〈은선(銀船-Navire d'Argent)〉이라는 잡지에
《비행사(l'Aviateur)》라는 짤막한 중편 소설을 발표하였다.

　1926년 10월 2일 에어 프랑스 전전신(前前身)인 라테코에르(Latécoére)
항공 회사에 입사하여 《야간 비행》의 주인공 리비에르로 알려진 디디에도라
를 알게 되고, 1927년 봄에는 바셰르, 메르모즈, 에스티엔, 기요메, 레크리뱅
등, 그의 작품에 자주 나오는 동료들과 함께 툴루즈 —— 카사블랑카, 그리고
다카르 —— 카사블랑카 사이의 우편 비행을 담당하였다.

　이때부터의 그의 생애는 그의 여러 작품에 단편으로 소개되는 것이니,
우선 쥐비(Juby) 곶(串)의 간이 비행장 책임자로 가서 18개월 동안을 불귀
순 지구(不歸順地區) 바로 근처에서 비적들의 위협을 받으며 근무한 것이
그것이다. 여기서 근무하는 틈틈이 《남방 우편기(Courrier Sud)》를 집필하
여, 1928년 프랑스에 귀국하였을 때에 출판하였다.

　곧이어 브레스트(브르타뉴 지방의 군항)의 해군 항공술의 고급반 강의를
듣고, 9월에는 남아메리카의 근무처로 떠났는데, 부에노스아이레스에서 이전
에 고락을 같이하며 항공로 개척에 힘써 온 동료들과 다시 만나게 되었다.
그것이 1929년이며, 그 해에 생텍쥐페리는 아르헨티나 우편 항공 회사 영업
주임으로 임명되었다. 이 무렵, 즉 1930년 6월 13일에 그의 동료 기요메가
22회째 안데스 산맥 횡단 비행을 하다가 폭풍설에 갇히어 소식이 끊어져

생텍쥐페리와 델레가 5일간을 수색 활동을 벌였으나 발견하지 못했는데, 기요메가 자기 힘으로 닷새 낮과 나흘 밤을 걸어 살아 돌아온 기적과 같은 사건이 있었다. 이 이야기는 《인간의 대지》에 자세히 소개되어 있다.

이 무렵 《야간 비행》을 집필하였는데, 그중 가장 중요한 인물은 리비에르, 즉 디디에도라였다.

1931년 우편 항공 회사의 복잡한 사내 사정으로 도라가 영업부장 자리를 뜨자, 생텍쥐페리와 몇몇 동료들이 그와 행동을 같이하였다. 생텍쥐페리는 1931년 파리로 돌아와 몇 주일 후에는 아게에서 고메즈 카리요라는 신문기자의 미망인 콘수엘로 순신과 결혼을 하였고, 우편 항공 회사에 재입사,프랑스— 남아메리카 항공로 중에서 카사블랑카 — 보르에티엔 구간을 담당하였다.

그해에 그의 제2작품 《야간 비행》을 발표하여 12월 『페미나』 문학상(Prix Fémina)을 받았다. 이리하여 작가로서 공인이 된 셈이다.

그뒤 라테코에르 회사의 시험 비행사를 거쳐 1934년 에어 프랑스에 입사, 선전부원으로 프랑스와 외국에 출장을 자주 다녔으며, 그해 7월에는 사이공에까지 파견되었다.

1935년 5월에는 《파리 수아르》 신문 특파원으로 모스크바에 다녀왔고, 같은 해에 에어 프랑스사의 주최로 동료 두 사람과 함께 『시문』기를 몰고 지중해 일주를 하며 강연을 하였다.

같은 해 12월 31일, 전에 파리 — 사이공 간 연락 비행을 시도한 쟈피(Japy)의 기록을 깨뜨리기로 결정하고, 이집트를 향하여 29일 출발하였다. 그러나 카이로에 도착하기 약 200킬로미터 앞에서 사막에 추락하여, 기계사 프레보와 함께 닷새 동안을 걸어 목이 말라 죽게되기 직전에 베두인 대상(隊商)에게 발견되어 구원되었다. 이 사건도 《인간의 대지》에 자세히 기록되어 기요메의 안데스 산 중의 조난과 더불어 인간의 의지력이 얼마나 굳세며, 그들의 책임감이 얼마나 투철한지를 보여 주었다.

생텍쥐페리는 이런 죽을 고비를 넘기고도 조금도 굽히지 않고 1937년에는 카사블랑카 — 뷰두 간을 『시문』기로 직접 연결시키는 항로를 개척하였다.

같은 해 3월에 파리에 돌아와, 4월에는 〈파리 수아르(Paris Soir)〉지의 특파원으로 내란이 한창인 스페인의 카라바셀과 마드리드 전선에 가서르포르타지를 보냈다.

1937년 9월에는 자기의 『시문』기로 뉴욕 — 티에라 델푸에고(남아메리카, 남단의 섬)간 장거리 비행에 대한 공군성의 허가를 받고 뉴욕으로 건너가, 1938년 2월 15일 출발하여 과테말라에 도착하였다가 다시 이륙할 때에 속력이 떨어져 추락, 중상을 입었다.

3월 28일에 뉴욕으로 돌아가 정양을 한 뒤 프랑스로 귀국할 때에 지난 몇 해 동안 조종사로 일하는 틈에 써 놓은 많은 기사로 된 원고를 가져왔으니, 이것이 그의 대표작 《인간의 대지(Terre des Hommes)》이다.

《인간의 대지》는 1939년 2월에 출판되었다. 같은 해 6월, 이 작품이 《바람과 모래와 별들(Wind, Sand and Stars)》이라는 제목으로 미국에서 출판되어 『이 달의 양서(Book of the month)』로 선정되고, 프랑스에서는 1939년도의 『아카데미 프랑세즈(Académie Francaise)』의 소설 대상(小說大賞)을 받았다. 그해 2월에 생텍쥐페리는 독일을 다녀왔고, 대서양 연안의 수상 비행기 근거지인 비스카르스에 가서 북대서양 횡단 기록을 깨뜨리려고 하는 기요메를 만나 보고 돌아오는 길에 파리에서 2주일을 지내고, 다시 뉴욕으로 건너가 출판사 사람들을 만나 본 다음 제2차 세계 대전이 일어나기 바로 며칠 전인 8월 26일에 프랑스로 돌아왔다.

동원이 되어 대위 계급으로 툴루즈에 입영하여 기술 교육을 담당하다가 후에 2의 33대 정찰 비행단에 전속되었다.

1940년 6월 17일 프랑스에 단독 휴전 조인이 있자, 2의 33대 정찰 비행단의 장교 전원을 알제로 이동시킨다는 결정이 내려, 생텍쥐페리는 동원 해제를 기다리며 그곳에 남아 있었다.

그후 동원 해제가 되어 프랑스로 돌아와 대체로 자유 지구에서 지내다가, 11월에는 모로코를 거쳐 포르투갈의 리스본으로 향발, 그곳에서 기요메가 추락 전사하였다는 소식을 듣고, 12월에 다시 대서양을 건너 뉴욕에서 프랑스를 위한 미국의 원조를 호소하는 운동을 함과 동시에 작품 집필을 계속하였다.

이리하여 1942년 2월 《전시 조종사(Pilote de Guerre)》 영문판인 《아라스 지구 비행(Flight to Arras)》을 출판하였고, 이 작품이 같은 해에 프랑스에 서도 나왔으나, 1943년에 독일 점령 당국자에 의하여 발매 금지 처분을 받았다.

역시 뉴욕에서 1943년 2월에 《어떤 볼모에게 부치는 편지(Lettre á un Otage)》를 출판하고, 4월에는 이 유명한 동화체의 작품인 《어린 왕자(Le Petiet Prince)》를 내놓았다.

연합군의 북아프리카 상륙 작전이 성공하자(1942년 2월 6일) 생텍쥐페리 는 알제에 있는 2의 33대 정찰 비행단에 재편입을 위한 교섭을 하여 미국인 지휘관 휘하에 들어가 우즈다에 주둔하고 있는 본대에 1943년 5월에 편입되 었다. 그러는 동안 그의 비행단은 7월에 튀니스로 이동했다.

7월 21일 생텍쥐페리는 사진 촬영을 위하여 론 강 계곡 상공을 비행하였 는데, 그후 착륙을 서투르게 한 것 때문에 미국 지휘관에게서 연령 상한선에 이르렀다는 경고를 받게 되었다. 그리하여 1943년 8월에는 알제로 돌아가 조그만 방에서 지내며 제트기 원리를 연구함과 동시에 가끔 《성채(Cita delle)》 원고를 정리하였다.

그러는 중에 사르디니아 빌라체드로에서 제31중형 폭격기 중대를 지휘하 던 샤생 대령이 생텍쥐페리의 배속을 승인받았다. 생텍쥐페리는 2의 33대 정찰 비행단에 복귀할 희망으로 그 기지로 가서 훈련 비행을 하였고, 역시 같은 희망을 가지고 나폴리로 가서 지중해 지구 공군 총사령관 이커 장군을 만나려 하였다. 그러나 이커 장군이 그를 피하는 바람에 뜻을 이루지 못하 고, 나중에 알제에 가서야 마침내 만나 보게 되었는데, 이커 장군은 할 수 없이 5회만 출격한다는 조건 아래 그의 2의 33대 정찰 비행단 복귀를 승낙 하였다.

이리하여 그는 1944년 5월에 사르디니아에 돌아갔는데, 그해 7월에 비행 단은 코르시카의 보르고 기지로 이동하였고, 생텍쥐페리는 약속받은 5회보다 더 많은 8회 출격을 이미 마쳤었다. 그런데도 계속 출격을 고집하기 때문에 동료들은 어떻게 그의 고집을 꺾을까 하고 걱정을 하였다.

마침내 1944년 7월 31일 그르노블 — 안느시 지구에 마지막 출격의 허락을 받아 떠났다가 영영 돌아오지 못하고 말았다.

코르시카의 바스티아 북쪽 100킬로미터쯤 되는 지역에서 독일군 정찰기에 의하여 격추되었으리라는 의견이 지배적이다.

이리하여 행동인이며 작가인 생텍쥐페리는 44세라는 나이로 요절하고 말았다.

Ⅱ. 작품해설

《인간의 대지》에 대하여

《인간의 대지(Terre des Hommes)》는 생텍쥐페리(Antoine de Saint-Exupéry)가 직업 비행가로서 겪은 15년간의 풍부한 체험을 바탕으로 하여 쓴 작품으로서, 그 추억의 하나하나는 어느 것이나 모두 극적이고 매우 흥미 깊은 것임에는 틀림없으나 그렇다고 독자 여러분은 그 진가가 이러한 에피소드의 흥미에만 있는 것이라고 생각해서는 안 된다. 이 책의 진가는 저자 생텍쥐페리가 이러한 체험에서 이끌어낸 그 뛰어난 모험에 있으니까 말이다. 일견 이 여덟 편의 에피소드는 각기 연계성이 없는 것도 같지만『인간 본질의 탐구』라는 질긴 밧줄로 긴밀하게 묶여져 있다.

생명의 희생기에서 의의를 찾으려 하는 인도적 헤로이즘의 탐구, 이것이 이 책의 근본 이념을 이루고 있다. 생텍쥐페리는 이 책에서 시인으로, 철인으로서의 비행가의 직업을 말하고 있다. 그는 이 직업을, 자아를 발굴하고, 자아를 알아내는 수단으로 삼고 있다. 그는 이 직업을 통해서 대자연과 접촉하고, 인간의 진실, 그 본연의 발견에 노력하고 있다. 헤로이즘이란 생명을 가볍게 여기는 것이 아니라 인도적 대의를 위하여 자기 자신을 연소하는 것이라고 그는 설파하고, 「나는 죽음을 가벼이 여기는 것이 그리 대단한 일이라고는 생각하지 않는다. 만약 그 죽음이 자기 자신이 떠맡은 책임감에 깊이 뿌리박고 있는 것이 아닌 이상」이라고까지 말하고 있다.

이 책임 관념이 인간에게 활력을 주고, 가혹한 불운에 대항하여 자기에게는 힘겨운 싸움이라도 도전할 수 있는 용기를 준다. 역시 이 책임감은 인간에게 작은 힘이라도 남아있는 한 그 싸움을 계속하게 하는 강인한 의지를 주고, 다른 동물로서는 도저히 할 수 없는 난관을 극복할 수 있는 노력을 계속케 한다. 안데스 산 속의 눈보라 속을 닷새 동안이나 끈질기게 헤맨 기요메를, 리비아 사막의 한복판에 불시착하여 물 한 방울도 없이 사흘간이나 방황한 생텍쥐페리를, 추위와 갈증과 피로를 이겨내고 생활할 수 있었던 기적이 있을 수 있었던 것도 이 책임 관념이 이들 두 사람의 현대 영웅들의 마음속에 강한 의식으로 남아있었기 때문이다.

《인간의 대지》는 물질적 이익이나 정치적 망동, 기득권의 확보에만 급급하는 현대에서 특히 잊어버리기 쉬운 지상에 사는 인간의 위엄에 대한 재인식의 책이다. 이 책을 쓰기 위해서는 누구보다도 과감한 행동인이며, 누구보다도 격렬한 정신을 갖고 있는 사람을 필요로 했다. 다행히도 우리들은 생텍쥐페리에게서 비행가로서, 문학자로서의 두 가지 재능을 겸비한 사람을 만나게 되었다. 그래서인지 아카데미 프랑세즈의 회원 에드몽 자르는 「이것은 근래 오랫만에 대하게 되는 뛰어난 책이다.」라고 말했으며, 신진 기예의 비평가 앙드레 루소는 「《인간의 대지》가 모든 중학교, 고등학교, 모든 청소년 학교에서 감상서로서 읽히기 바란다.」라고 말했다.

현실적인 행동의 책인 동시에 가장 심원한 정신의 소산이기도 한 《인간의 대지》는 독자의 가슴속에 반드시 자신의 진실, 자아에 대한 『향수』를 불러일으켜 인생을 살아가는 좋은 길잡이가 되어줄 것으로 믿어 의심치 않는다. 이 책은 1939년에 발행되었다.

《야간 비행》에 대하여

《야간 비행》은 《남방 우편기》에 계속되는 생텍쥐페리의 제2작으로 우편 비행업이 위험시되던 초창기에 야간 비행에 종사하는 사람들의 용기에 찬 행동을 그려 내고 있다. 특히 부에노스아이레스를 중심으로 한 남아메리카의 우편 비행 사업에 직접 참가했던 작자가 그 체험을 바탕으로 하여 위험도가 높은 이 행위의 의미를 추구하고 있다.

1926년에 우편 항공회사의 책임자 리비에르(디디에도라)는 남미에 프랑스 우편 항공망을 개선할 계획을 품었다.

초기의 이 항공망의 중심은 부에노스아이레스로서 칠레, 파타고니아, 파라과이에서 떠난 비행기들이 싣고 온 우편물을 부에노스아이레스에서 대기하던 유럽행 우편기가 그것들을 받아 가지고 리오 데 쟈네이로나 나탈까지 날라 주면 거기에서 선편으로 서아프리카의 다카르까지 수송하고, 거기에서 다시 우편기가 프랑스로 가져가는 것이었다. 그러다가 나중에는 에르모즈와 기요메 같은 조종사의 개척으로 대서양 횡단 비행이 이루어져서 항공편으로 남아메리카와 유럽 간의 연락이 취해지게 되었다. 그러나 당시에는 야간 비행이 없었기 때문에 낮 동안에는 기차보다 앞서지만 밤이 되면 다시 잃게 된다는 애로가 있었다. 여기서 기차의 추종을 물리치기 위하여 야간 비행이라는 해결책을 생각해 내게 된 것이다. 그런데 파라과이 선이나 유럽 선은 별 난관이 없으나, 칠레 선은 안데스 산맥의 천험이 가로놓여 있고, 파타고니아 선은 팜파스 지대의 강풍이 앞을 막아 내단한 경에를 이룬다.

이 파타고니아 선에서 야간 비행을 하던 조종사 파비앙이 폭풍과 구름 밖에 있는 별과 달의 세계에서 지상과의 교신이 두절된 채 자연과 최후의 투쟁을 하다가 죽음을 맞게 된다.

리비에르는 이러한 파비앙의 죽음 앞에서 어찌할 도리가 없다. 단지 책임자만이 느낄 수 있는 참담한 심정과 패배 의식만이 자리할 뿐이다.

그러나 그는 이내 마음을 가다듬고, 일을 다시 시작하고 명령을 내리고 한다. 유럽행 우편기는 연발이나마 출발하라는 것이다. 파라과이 기가 착륙했다. 이로써 실패와 성공은 1대1이 된 셈이다. 리비에르는 실망하지 않고 창가로 가서 조금 뒤에 폭음을 울릴 유럽행 우편기의 이륙을 기다린다. 유럽행 비행기가 떠나자 리비에르는 다시 제자리로 돌아와 일을 잡는다.

「자기의 크나큰 승리를 지니고 있는 대 리비에르, 승리자 리비에르.」

생텍쥐페리의 이 마지막 부분에서 리비에르를 승리자로 찬양하는 것은 보다 높은 가치를 추구하는 인간의 확고한 신념에 갈채를 보내고 싶어서였을 것이다.

《남방 우편기》에 대하여

이 소설은 1926년에 작가가 라테코에르 항공 회사에 입사하여 툴루즈 ── 카사블랑카, 다카르 ── 카사블랑카 사이의 우편 비행 업무를 담당했던 경험을 바탕으로 소설적 구상을 삼아 발표한 작가의 처녀작이다. 소설 속에서도 나오듯이, 특히 쥐비 곶(串)의 간이 비행장의 책임자로 18개월 동안 불귀순지구(不歸順地區) 근처에서 모르 인들의 위협을 받으며 근무했는데 그때의 경험과, 더욱 괴로운 생활인 그 자신의 포로 생활에서 느껴 온 바를 집필에 전념함으로써 정신적 안정을 찾았다. 행동가인 생텍쥐페리에게 있어서 소설의 저변에 흐르는 테마를 결정하기에는 자신의 성격을 대변할 『행동』의 의지가 가장 적합했을 것이다.

주인공 자크 베르니스, 그는 삶의 갈증을 해소시켜 줄 샘을 찾아 헤맨다. 툴루즈 ── 카사블랑카 ── 다카르 간 우편물 수송 임무를 맡고 있었던 그는 휴가를 얻어 프랑스 파리로 귀성(歸省)한다.

「나는 샘을 발견했다. 주느비에브를.」

어릴 적, 순진 무구했던 한 소녀, 지금은 결혼한 주느비에브에게서 생명수를 찾으려 하지만, 자크 베르니스는 그녀에게서 어떠한 위안도 얻지 못한다. 형언하기 어려운 자기만의 바람[望] 속에 틀어박혀 고뇌로 나날을 보낸다. 그러나 다시 자신의 본 업무인 우편기 조종으로 돌아오면서 삶의 샘이 여기에 있음을 깨닫고 「우편물은 귀중하다. 우편물은 생명보다 더 귀중하다.」라는 생각을 가진다. 주인공의 입을 통해 밝혀지는 행동의 의지는 이 소설의 끝부분에 잘 집약되어 있다.

「내가 있으리라고 짐작되는 건 모든 물건 뒤에 숨어 있었네. 조금만 노력하면 언젠가 그게 무언지 이해하게 되고, 알게 되고, 또 내 것으로 만들 수 있을 것 같았어. 그런데 나는 밝은 세상 빛을 영영 보여주지 못하고

만 이 그리운 존재 때문에 마음이 어수선한 채 세상을 떠나네그려…….」

　주인공 자크 베르니스는 어려운 여건 속에서 조종간을 잡음으로써 자신이 그토록 갈망하던 삶의 샘을 찾았지만 그에게 다가온 것은 죽음이라는 평화뿐이었다.「조종사 피살, 기체 파손, 우편물은 무사함. 우편물 다카르로 공수(空輸)했음.」,「다카르에서 툴루즈에 알림. 우편물 다카르에 무사히 도착했음.」

　죽음을 불사하고라도 그에게 주어진 책임을 완수하는 그의 행동적 의지는 바로 작가 생텍쥐페리의 행동가적 기질에서 우러난 성격 묘사임이 틀림없다. 주인공 자크 베르니스의 삶과 작자 생텍쥐페리의 생애는 이런 면에서 너무나 닮아 있다.

인간의 대지

■ 저　자 / 생 텍 쥐 페 리
■ 역　자 / 안 응 렬 · 김 수 연
■ 발행자 / 남　　　　용
■ 발행소 / 一信書籍出版社

주소 : 121-110 서울 마포구 신수동 177-3
등록 : 1969. 9. 12. NO. 10-70
전화 : 영업부 703-3001~6
　　　편집부 703-3007~8
　　　FAX 703-3009
대체구좌 / 012245-31-2133577